读客® 这本史书真好看文库

轻松有趣，扎实有力

上兵伐谋

管仲传

灭国不用兵，杀敌不用刀！

若虚 著

江苏凤凰文艺出版社
JIANGSU PHOENIX LITERATURE AND ART PUBLISHING

图书在版编目（CIP）数据

上兵伐谋：管仲传.2 / 若虚著.-- 南京：江苏凤凰文艺出版社，2021.3（2022.10 重印）
ISBN 978-7-5594-5478-2

Ⅰ.①上… Ⅱ.①若… Ⅲ.①长篇历史小说－中国－当代 Ⅳ.① I247.5

中国版本图书馆 CIP 数据核字 (2020) 第 241761 号

上兵伐谋：管仲传．2

若虚 著

责任编辑　丁小卉
特约编辑　徐贤珉　乔佳晨
装帧设计　陈　晨
责任印制　刘　巍
出版发行　江苏凤凰文艺出版社
　　　　　南京市中央路 165 号，邮编：210009
网　　址　http://www.jswenyi.com
印　　刷　三河市龙大印装有限公司
开　　本　710 毫米 ×1000 毫米 1/16
印　　张　21.5
字　　数　334 千字
版　　次　2021 年 3 月第 1 版
印　　次　2022 年 10 月第 3 次印刷
标准书号　ISBN 978－7－5594－5478－2
定　　价　42.00 元

目录

第六章
谋臣帷幄

一

齐桓公二年（公元前684年），又一个冬天到来了。今年似乎格外冷，秋意才在花木枝头拂起幽凉之感，黄叶殷红尚未脱尽，寒风便骤然而至。

年底是制定来年朔历的时候，赶在新年到来之前，史官将齐国来年的朔历制定完毕，上呈国君审定，以便在新年正旦的告朔礼上宣示群臣，颁于全国施行。不料国君拿到朔历，竟不看，古里古怪地问道："为何要交给我？"回答是：朔历事大，当由国君审定。

国君显出恍然惊觉的神情，冷笑道："寡人竟不知，齐国原来有君，我齐国向来只有大夫。"

史官听得冷汗遍体，却不敢有一字回应。

国君的怨话不是秘密，半日不到便传入了卿大夫们的耳中，这话相当刺耳，又扎心窝子，少数脸皮薄的还觉得脸疼。

卿大夫们刚在一场与国君的博弈中大获全胜，庆功的酒还没喝净，国君的怨气却冲上来倒人胃口了。国君有情绪也是正常，君被臣逼得无路可退，输得面子尊严荡然无存，不过这也让国君认清现实，没有卿大夫家族为支撑，必然坐不稳君位：切记了，当初是我们将你扶上位，我们也能把你拉下来。

所以国君还是垂拱治国为好，再别折腾新鲜花样了，闲极无聊想揍一顿鲁国，那就揍吧，揍完了一切如故。生活的水面很平静，水下什么样，国君不必知道，更不必去搅起波澜。

卿大夫们可以杀了一个破壁者，再来两个、三个，一样举起屠刀，任何妄图改变旧秩序的行为以及思想，都将遭到不留余地的摧毁。

忖里乙死了，谁将接过他的衣钵？是他的学生管仲吗？

卿大夫们盯紧了管仲，但有风吹草动，立刻扼杀在摇篮里。可时间渐逝，管仲却没有表现出任何非常之举，忖里乙被逼自杀，他也没有诉冤求情，或是与卿大夫们一决生死。临淄城风波迭生，他始终云淡风轻，也许他只想做一个平常的齐国大夫，一辈子无风无波地过下去。

便有人说起了管仲的逸闻，国君起初让管仲燮理忖里乙比国会，他说老婆要生孩子，无心于国政，噎得国君背过气去。这事让卿大夫们乐不可支，拿来当成佐酒的谈资，笑得张牙舞爪，喷着酒气评说道：管夷吾不足虑也。

眼睛只盯着自个儿小家的管仲，必定是胸无大志、心无远图，想他过去临战逃跑，乃怕死之徒，如何会有担当！

遭卿大夫们言辞戏弄的管仲，或是因最近临淄天气不好，外头冷箭暗拳也多，这一向都待在家里，更像个小器无担当的庸人。

两个多月前，姜婧诞下一女，新生命的诞生将悲惨死亡带来的伤心冲淡了一些。管仲对女儿的出生格外喜悦，他给她取名为忆，别人不懂这名字含义，姜婧却懂，她说，外边都道夷吾伧俗，其实他的细腻深情过于常人。

姜婧出了月子不久，召忽妻子便带着召御寇来看孩子。瞧着两个多月的管忆胖手胖脚，小嘴里咿咿呀呀，四岁的召御寇看得出神，也不知该如何表达心里的感受，只是嘿嘿傻笑。

召妻故意逗召御寇说：“喜欢妹妹吗？”

“嗯，喜欢。”

“让妹妹嫁给你如何？”

召御寇虽年幼，也朦胧懂得人事，顿时羞得满脸通红，像打洞仓鼠似的，一骨碌钻进母亲怀里，再不敢看管忆一眼。

姜婧笑道：“别臊了他，小呢，提这事也早了。”

召妻抚着召御寇的头，让他大方一些，他却不肯把脸露出来。召妻笑叹道："也不小了，再有两年，就到了上国学的岁数，再过去五六年，岂不该议亲了？"说起时间话题，她忽地停住了，许是想起召忽，无论召御寇长成什么样、有多大成就，他也永远看不见了，瞬间涌动的悲痛几乎让她落泪，匆匆掩过去，勉强堆出平静的笑来。

姜婧猜得到召妻的伤怀，也觉唏嘘，但这伤疤，她不会轻易揭开，也就只能若无其事地说道："御寇渐长，你对他有何打算？"

召妻叹气："他呀，尚武好勇，日日惦记兵戈之事，我也无法。"

"尚武是好事，我齐国推崇勇士，御寇自小有此志向，将来必有一番成就。"姜婧赞赏道。

召妻想到了一件有趣的事，抿嘴一乐："他还说他最喜雍廪，真奇怪。"雍廪的大名，齐国无人不晓，大人惧他，小孩也怕他，平常日子提起雍廪，也要打寒战，可四岁的召御寇竟然喜欢他。

姜婧惊讶道："是吗？御寇如此有见地，旁人不知雍廪，他独能看出雍廪不凡。"

"他想拜雍廪为师呢，我说他日入国学，自有博学保氏教你射驭，他却不肯，还与我置气。"召妻略带无奈地说。

姜婧嗔道："这算什么难事，御寇有心求学，何不成全他？我便去给夷吾说一声，让雍廪教教御寇。"

听到能被雍廪教导，召御寇终于把头抬起来了，欢喜之色溢于言表，余光突地扫到吧唧吃手的管忆，又把脸深深埋入母亲怀里。

召妻告辞后，姜婧想着将召御寇拜师雍廪一事告诉管仲，便遣人去前院请主家。管仲这时却没空，原来是鲍叔牙来了。

鲍叔牙刚往宫里走了一趟，被小白气得胁下疼，只好来寻管仲倾诉，说起小白最近的所作所为，更是痛心不已。

被卿大夫们逼迫杀人，又连遭兵败，重创一个接着一个，小白仿佛被击溃了意志，为善之心散落，为君之志也崩塌了，从此消极怠工，一味地纵情声色，凡有国政，一概不理。若有人进言，请国君理政，他便阴阳怪气地说："请交与诸大夫处分，寡人愚笨，不知如何做。"

国君不会治国，但会玩，本就好欢娱的小白，如今有了国君的尊贵身份，行乐更方便，将姜齐子孙的浪荡作风，发挥到淋漓尽致。

鲍叔牙去面君时，小白正与宫女们捉迷藏，谁输了谁脱衣服，小白输得太多次，脱得只剩一条遮羞的裈裤，见了鲍叔牙，也没有往日的敬畏，讪皮讪脸地说："鲍傅与寡人同乐如何？"

"国君任性妄为，为君之仪荡然无存，你前次说他悔将及，他如今溺在声色里，不肯抽身，悔在何处！"鲍叔牙越说越难过，眼睛都要红了。

管仲叹息："正因悔已及，而余人不给他改正错误的机会，逼他就范，断了他前行之道，他受挫极深，才致行为偏颇。"

鲍叔牙当然明白个中缘由，卿大夫们的阻击伤小白太深，一国君主受制于臣下，欲用人不可，欲举政不能，仿佛傀儡，既不能自己决定国政，莫若将这傀儡角色尽情扮演下去：你们要实际君权，拿去便是，虚君由我来当，各演各角，只别拦着我玩。

"我岂不知他受挫极深，可既为国君，纵使万难当前，也不可弃之忘之，由着性子胡作非为，这是一国之君该有的样子吗？乡里农人也不当如此！他若不尽君责，齐国将有大难！"鲍叔牙义正词严地说道。

管仲静默少时，竟自展颜一笑："不愧是鲍叔，身在草莽之中而无怯意，面临崩山之危而无惧色，有鲍叔在，齐国怎会有大难！"

鲍叔牙坦诚又坚定地说道："夷吾所誉过了，我也无他能，但有所担当，不敢辞其死而已。"

管仲点头，长吁一口气，肃然道："罢了，到时候了。鲍叔有此千夫不可挡之志，我又怎可避险难而不上？烦劳鲍叔相陪，我要面君！"

避事这样久的管仲突然要面君，鲍叔牙惊喜交加，他甚至都不去问管仲到底要与小白说些什么，只要管仲与小白见面，那便意味着转机的出现。

现在面君特别容易，小白不拒人，谁来都见，不管是来问政还是来进谏，就是临淄城卖浆老儿求见，他也乐意，反正来了大家一起玩。卿大夫们希望国君南面恭默，可也没想过要这种浪荡得满天飞的国君。先君诸儿已浪荡出人伦边际了，但还知道自己是国君，起码在他治下，齐国威风八面，掐别国国君，跟掐枯木似的。

但小白这样算什么？蔑视所有伦常规矩，乃至蔑视国君之位，把自己还原成动物性的"人"，私下还原就罢了，还要当众展露，哪日列国会盟，让这个不体面的国君去诸侯面前荡秋千，岂不丢丑？

管、鲍入宫时，小白在听奏乐，也非宫乐，而是齐国乡间小调，由两个脸歪眼斜的寺人主唱，虽然他们唱得荒腔走板，小白却听得津津有味，抬眼看见管、鲍，热络地邀请道：

“来来来，陪寡人一同赏乐。”

俩寺人本无唱歌天赋，是被小白赶鸭子上架，每一声唱得都不在调上，忽高忽低，忽重忽弱，唱至尾音，嗓子眼也要唱破了，难听得污耳朵。一曲终了，小白拊掌赞美，笑着问管、鲍道：“如何，乐乎？”

鲍叔牙没吭声，管仲说道：“不甚乐。”

小白固执地说：“寡人以为甚乐，想来管子听过甚乐之歌，便以为此歌不乐。”

“不瞒我君，臣确实听过。”管仲老实作答，没想到要给小白留面子。

小白却不恼，反倒上了心：“敢问管子，是何歌？”

“臣不善音律，不当歌之，然可吟之。”

小白不在乎地说道：“吟便吟，有何要紧！”

管仲恭敬一拜，目光慢慢转开，也没有看小白，沉着而清晰地吟哦道：

> 假乐君子，显显令德，宜民宜人。受禄于天，保右命之，自天申之。
>
> 千禄百福，子孙千亿。穆穆皇皇，宜君宜王。不愆不忘，率由旧章。
>
> 威仪抑抑，德音秩秩。无怨无恶，率由群匹。受福无疆，四方之纲。
>
> 之纲之纪，燕及朋友。百辟卿士，媚于天子……

他忽然停顿下来，转向小白，仿佛咬着钢珠似的，一个字一个字地吐出来：“不解于位，民之攸塈。”

小白的脸色变了。

殿堂内一片沉寂，管仲吟诗的余音，仿佛仍在空气里回荡，声音过处，落下一点两点火星子，虽小弱，积得多了，却足以燃起烈焰。

小白冷冷地道：“不觉得此歌乐。”

“臣也以为不甚乐，悲耳。”

“悲在何处？”

管仲语气迂缓地说道：“假乐君子，显显令德——令德不显，君子不乐，悲也；无怨无恶，率由群匹——多受怨恶，群匹不率，悲也；百辟卿士，媚于天子——百辟不媚，上下不交，悲也；不解于位，民之攸塈——懈怠君责，民寄无所，悲也。”

小白本来歪倒在君座上，这时腾地弹起来，脸色越发严酷，死盯着管仲，那双手举起来，又放下去，眼见就要发作。

明明已激怒了国君，管仲却不惊惶，平静地问道：“我君以为悲否？”

小白用力一拍座席，恶声道：“不悲！”

管仲淡然一笑：“我君胸襟宽博，天下至深之悲，也不以为意，身居君位，不懈于乐。今日死一人，无碍乐；明日死百人千人，无碍乐；后日死一国之人，仍无碍乐。”

小白已站了起来，身体似为飓风所袭，剧烈地颤抖着，那藏掖在灵魂深处的隐秘情绪，再也压不住了，他忽然厉声吼道：“都给我滚出去！”发声宣泄也不解气，于是一脚将面前的小方鼎踹飞出去，撞在殿门上，哐的一声惊心动魄。

一殿之人，无论唱歌的寺人、持巾的宫女、奏乐的乐工，都吓得连滚带爬逃出宫门，唯剩下管仲与鲍叔牙。

小白冲到管仲身前，他用一只手紧紧扣住管仲的肩膀，凄惨地说道：“你也来逼我？”

“不敢，但是臣不得不逼君。”管仲抬起脸，大胆地看着小白的眼睛。

小白讥诮道：“一样是逼君，何以有不得不？”

管仲正声道：“余人逼君，臣不敢置喙。臣逼君，乃逼君为君，逼君为国，逼君为民！君因小失误而丢弃为君的责任，恣意懈怠，令人羞耻！”

“那是小失误？”小白质疑道。

“是！”管仲像坚守阵地的战士，小白的每一次陷阵推锋，他都扛住了，并予以还击。

小白狠狠地瞪着他，但没说话。

管仲抗声而言：“我君若甘为昏聩之主，得过且过，可认定臣妄言，斩了臣首即是。君若有远图之志，将来还不知遭遇多少险难，经历多少阻扰，今为一小失误而灰心终日，罔顾为君之责，他日如何担大责负重任！”

小白一阵战栗，那抓住管仲肩膀的手缓缓松开了，沉默了一会儿，颓靡地叹了口气，惶然道：“我做不到。”

“做得到！”管仲大声地说道，“我君能于险阻中登临君位，能容射钩之罪臣，能勇为变国之政，何事做不到？”

小白一怔，到底忍不住，也是忍太久，眼泪滚落出来。被卿大夫们重创后，他以为自己百无一用，甚至抱定了一辈子做傀儡的消极念头，无非挨日子等死。可原来在管仲心中，他其实并没自己想的那样无能，他至此也深刻地领会了，曾经让他生出失望情绪的管仲，依旧还是那个永远夸誉他的管仲，也是最能忍他的管仲。

“管子，鲍傅，我……”小白连话也说不出了，只是哭。这段时间，他是人前装疯，人后忍疼，痛苦、恼怒、悲伤、悔恨都压在心底，无人倾诉，无处宣泄，国君怎么可以哭？国君仿佛生来就不应是人，喜怒哀乐统统得铲除，哪怕做傀儡，也是没有感情的傀儡。

管仲、鲍叔牙也不劝慰，静静等着小白发泄情绪。管仲也细心，递给小白一张干净的手巾，鲍叔牙更是温善，破天荒地什么也没说。

一番不顾所以的宣泄，把心里的积郁都倒了出来，人也似轻松许多，小白慢慢收住悲声，轻轻道：“是我错了。请管子教我，以后该怎么做。”

管仲温言道：“我君但有更改之心，后面的事，慢慢来。”他鼓励地笑了一下，示意小白不着急，先休养身心。

管仲、鲍叔牙没在宫里停留太久，待小白心情平复，两人便辞君离去。

走出宫门，未曾登车，管仲忽说道：“鲍叔仍如以往，不问缘由，不究对错，但凭夷吾一言，便全心信任。”

鲍叔牙笃信地说：“你凡举一事，必经熟思，何必多问？我纵便起初不解，过后详观其行，自然知晓。”

管仲往前走了一步，回头又说道：“适才我出危言，鲍叔竟也不劝，不怕我说错话，为国君惩责，丢掉性命？”

鲍叔牙摇头：“不会，如我前言，你凡举一事，必经熟思，出危言是为激励国君反省，我若出头来劝，反而坏事。”

管仲沉默，他举手扶住车舆，不登车却开言道："管夷吾……"他说出自己的名字，然后缓缓道，"曾数战数走，鲍叔不以我怯，知我有老母也；尝与鲍叔贾，分财利多自与，鲍叔不以我为贪，知我贫也；公子纠败，召忽为公子纠而死，吾幽囚受辱，鲍叔不以我为无耻，知我不羞小节而耻名不显于天下也。"

他回过头来，眸中闪烁着动人的明光，他看着鲍叔牙，每个字仿佛从心底最柔软的角落流出来："生我者父母，知我者鲍叔也。"

鲍叔牙心中一震，那一瞬，他竟手足无措，是该说些动情的话回应，还是做些触动人心的举动？此时此刻，他也明了，管仲不仅当他为朋友，更以他为知己。

正恍神时，管仲已登上车，向他伸出手，他想也不想地抬起手，管仲便将他拉上车，笑道："谁充御者？"

"管夷吾数欺鲍叔，鲍叔今要报复之。"鲍叔牙一本正经地说。

管仲大笑："好，该报复之！"他挪去御者之位，双手握住六辔，说道，"鲍子安坐，前途迢迢，可愿与夷吾同行不弃？"

鲍叔牙决然道："万死亦不当弃！"

六辔扬起，驷马得令，奋蹄奔腾，如风般扫过宽平之道，前路迢迢，或有险阻，然而因有同行者，再没怯懦退缩。

管、鲍面君后，小白当夜没有瞎折腾了，但说太困，谁都别来打扰他，早早就躺下去。这一觉睡得天塌地陷也不知，翌日日中还没醒。国君睡得如死了一般，宫中诸人怕有个好歹，偷摸着去榻边瞧一眼，人还有活气，但就是不醒。

终于至晡时，小白醒了，人还没坐起来，便嚷着饿了。宫里庖厨赶紧备膳，他吃得特别认真也特别快，仿佛要用这一顿饭的时间补上曾经荒废的时光，刚把食具放下，就说要出宫去。

"我君要去哪里？"寺人小心问。

小白不回答，他反正要出宫，去哪里，旁人管不着。其实齐宫宫人也习惯了，姜齐国君都这个作风，想一出是一出，任性起来，周天子来规劝，一样回应：你管不着。

出宫的小白没带多少随从，可能是着急去办什么要紧事。国君路车风驰电掣地奔在前面，后头步行的御士跑得上气不接下气，车马拐去庄道方向，轮毂才在庄道上转了两圈，便在一座私第前停下来。

小白不等御士们赶上来，也不耐烦代言通报，自己在门口喊道：“国君莅至，里边的人出来！”

国君忽至，私第像被开水烫了，一派沸反盈天的喧杂，里头呼声跑声交织呼应。不过一刻，管仲跑出来了，他显然是太过意外，本该穿戴朝服以见国君，可担忧换衣服让国君久等，穿着私服就奔出门。

他一面稽首参礼，一面请罪道：“不知我君莅至，臣还未更服，失礼了。”

小白打量着他，欢快地说道：“不必更服，这样最好，寡人私下会子，子以私服见寡人，正相配！”

他示意御者下车，向管仲招手道：“上来！”

管仲犹豫着没动，若非御者，与国君同乘路车僭礼，再看那小白意思，竟是还要亲自驾车。小白佯怪道：“管子忸怩作甚！寡人说过，哪一日学会五驭之术，必要管子鉴赏。你不上车观瞻，寡人就白学了！”

这是经年之前的游戏之言了，管仲当时为哄孩子，随口一诌，小白却记到现在，就算后来世事纷扰，曾经一度各行其道，小白心里一直存着他们当日的情分。国君尚且为了交情不问礼秩，自己何必计较于死规矩！

“如此，臣不敢不从！”管仲扬声道，他便款然上车，充了骖乘。

小白挤眼睛，露出恶作剧的笑容：“坐好了，跌下车别赖寡人。”

他猛地一拉六辔，驷马像踩着了火，着急地要摆脱那要命的灼烫，不顾一切地往前狂奔。正是黄昏，夕照漫天流淌，庄道空无一人，由得路车一往无前，道路两旁的房屋剪影树木剪影，从眼角疾速而过，风也激烈，一下下甩在脸上，生疼生疼。

小白为了炫技，偏不走直线，忽而拐左，忽而拐右，忽而驷马扬蹄仿若人立，忽而车舆偏侧悚然欲倒，忽而轻行细摇如履薄冰，忽而步步滞重如登险山。

这么肆意地跑完了庄道，尽头处倒转过来，跑至十字路口，拐入岳道，小白兴致不减，吞着风问道：“管子以为如何，快意否？”

“不甚快意。”

“何以不快？”

“心甚快，而身甚散。”

小白放慢了速度，路车缓缓止住，他转脸看着确实不甚快意的管仲，再也忍不住，爆出大笑，想是实在太可乐，眼泪也笑出来，车也驾不动了，差点要笑得滚下车去。

听着小白肆无忌惮的笑声，管仲知道，那个轻扬骄傲、自由敏锐的小白回来了。

“寡人错了，再也不让管子赏五驭之术，散了你可不得了。”小白擦着眼泪抱歉道。

管仲却显出欣悦之容，他指着那岳道：“从来行庄、乐，唯直行而已，我君为臣演五驭，使臣获知，原来同行一道，驭术可不同，行法可不同。”

小白心里一跳，面上却不动声色地说道：“天下人皆言，‘周道如砥，其直如矢’，若行周道不直往而前，要如何行？”

“周道如砥，然行之，有必要直如矢吗？天下列国，朝聘京师，皆行一直道吗？设若这五驭，有鸣和鸾、逐水曲、过君表、舞交衢、逐禽左，各有各技，于行道有术，于前途却归一，所谓‘沔彼流水，朝宗于海’，不过殊途同归。”

小白怔怔不语，失意地一叹：“寡人是走得太直了。”他认真地看着管仲，虔诚地说道，“请管子教我，如何行周道。”

“臣敢辱君，我君欲行周道，是为一家乎，为一国乎，或，为天下乎？”

小白沉吟道：“为一家过于狭隘，自也不敢为天下，为一国耳。”

管仲摇了摇头：“若为一国，不必行周道，行庄、岳足矣。”

“行周道，必是为天下，不可为一国？”小白有些茫然。

管仲知他心存疑惑，并不迫他立即给出答案，温和地说道：“我君可细细思量，到底是为一国，还是为天下，他日想通了，再来问臣。”

过去的管仲，用异类的生活打开了小白的视界；今天的管仲，用壮阔的天下撞开了小白的心胸。小白也许现在不甚明了，但他终究会领悟，也终究会践行。

因为管仲相信他，他也相信管仲，他们会磨合成互信互助的君臣，为同样的信仰奋斗，那一天不远了。

小白再次驾车，将管仲送到家门口。管仲下得车来，拜辞时说道：“我君可愿随臣出城，不敢耽搁我君大事。”

小白巴不得出城，城里闷着，人都要发霉了，城外才有广阔天地，在泰山下跑马，不比在庄、岳飙车舒爽吗！于是他着急地问道：“何时去？”

“告朔礼之后。”

那就是新年正旦过后。小白爽快地答允道：“善！便随管子走一遭！”

二

齐桓公三年（公元前683年）的告朔礼，在美妙的祥和中举行，卿大夫们于去年成功阻断了变国之政，致国君跌了一个大跟头——对于妄图改变生活常态的国君，卿大夫们都会给予这份“厚礼”。

遭到重创的国君颓废了下去，不理国政，荒淫浪荡。卿大夫们虽然偶尔会为这荡子国君脸上一红，也觉得实属常理，毕竟姜齐国君有不荒淫的吗？

新年在冽冽寒风中来临，萎靡不振的国君却像吃了再生神丸，或是被太公附体，忽然精神焕发，浑身的新鲜活气，仿佛刚从娘胎里跳出来，没被腌臜世俗沾染一丁点的污浊气，对这世界充满了好奇，以及热爱。

比如对伤害过他的卿大夫们，他表现出前所未有的善意，就在正旦前一日，他将保存很久的齐鲁盟书当众烧了。

他对卿大夫们用特别动情的语气说：“寡人不计前嫌，也期二三子不问前怨，君臣同心同德，兴我齐国。”

下头的卿大夫感激涕零，甚有失声哭泣者。那一日君臣互剖心曲，彼此都竭力承认一切皆是自己的错。

望着盟书燃噬的灰烬，卿大夫们松了一口气，国君正常了，他终于学会了怎样做一个国君。那么从现在开始，大家都安心地待在墙里，一起谋利，一起共赢，一起携手走向坟墓，当国君成为宗庙里的先君，卿大夫们也能配享。

也许是与卿大夫们和解，小白心情好得要飞入云端，看谁的脸都舒心，于是见人就赏。宫里的寺人、巷伯、女御、庖人、阍人、仆御，皆讨着了好处，多的抱了满怀，少的也能压一压手掌。

卿大夫们看在眼里，这不就是原来那个嬉皮笑脸的公子小白吗！像过去的姜齐国君一样，一生浪荡，但永远浪荡不出那条隐形界限。

小白以饱满的情绪主持了告朔礼。稍后的正旦飨礼，他嫌前面的献酬酢太麻烦，一股脑儿省掉，直接跳到无算爵。国君僭礼，卿大夫们也不在乎，又不是隔壁鲁国，成日盯着这些礼仪细节，有一丝错谬，便要跳脚。卿大夫们心里极精明，只要根本不动，礼的枝节可任意修改。

新年次日清晨，当昨夜飨礼上喝多了的卿大夫们还赖在美妾的臂弯里沉沉入睡时，小白已悄然出城。因是太早，小白一行人是第一拨出城，也怪那张脸生得太招摇，被开城门的守城兵认出来，司门没忍住问了一声："我君何往？"

小白乜斜了他一眼，自然不会告知自己的去向。司门吞了一口唾沫，眼睛往别处瞟，装作刚才问话的绝不是他。

擅自打听国君行踪，是犯大忌，守城兵都不敢问，但眼尖的还是有意外收获：与国君同行的人员中，有管仲与鲍叔牙。

小白一行人出了临淄城，循泰山北麓西南而行。这泰山横亘齐鲁边境，北山南山之下皆有通道，南道是勾连齐鲁的主要纽带，北道夹于泰山与济水之间，再往北走几步，蹚过济水，便进入卫国疆域。而济水中上游两岸遍布戎人聚落，接近齐国的一段是北戎，毗邻鲁国的却是济西戎，走泰山北道，必过谭国。卡在泰山通道上的谭国，国土面积小，军备力量弱，长期靠着抱齐国大腿苟活，仿佛齐国下属的大乡，但因其得天独厚的地理优势，扼守着通道要隘，少不了要设关收过路费。

小白是微服出巡，不愿意暴露自己的齐君身份，在过谭国关卡时，遭狠狠宰了一笔。问何以比平时多，守关的答曰："新年新籍法，多收你一贯，你饿不死，我也吃不撑。"

这无耻回应让小白怒不可遏，几乎要动起手来，幸而管仲、鲍叔牙强把他拖走。人是离开了，气却顺不了，他喷着火骂骂咧咧："回去就率师征讨，把这蜣螂小国灭了！"骂完又质疑："何以谭国强缴重税如此之久？齐国大夫们眼睛都瞎了吗，竟无一人进言，莫不是收了谭子的好处！"

管仲叹息道："谭国每籍十分，有五分归去齐国君私库，一分归于齐大夫私囊，此非谭独谋之，乃齐与谭共谋。”

小白哑然，其实也能想到，若没有齐国在后边撑腰，凭区区一个谭国，自不敢扼守泰山通道。谭国在前边站台充恶人，齐国在后面坐镇分赃，利益均沾，各行其权。

“原来最后拿到好处的，是寡人啊。”小白丧气地说。

“也不仅是齐谭，天下如此行事，不可胜数。”

“怎么说？”

管仲举起手，遥遥指向前途：“这偌大的天下，一山一水、一道一里，皆设卡征籍。倘或行商，出本国国门籍一分，路经某国之境又籍一分；入他国后，国门籍一分，都门籍一分，市门籍一分；待坐贾售货，又有絘布、总布、质布、罚布、廛布等若干籍。如此竭尽搜刮，利既难得，本也殆尽，谁肯为行商？”

小白惊讶道：“原来天下秩序混乱如斯，负赀行商尚举步维艰，寻常之人怎么走得了！”

鲍叔牙也说道，当年与管仲行走天下，虽然打着齐君特使的旗号，仍难免遭盘剥，从齐国离境后，大小关卡指不胜屈，仅仅过路也罢了，若要入国坐贾，势要揭下一层皮，所以列国行商若非财力雄厚，或有政治背景，都不爱出境。

“设关者为何？”小白问。

管仲答道：“有诸夏，也有戎人。”

小白摇头一叹：“诸夏常叱责戎人贪冒无信，岂料为牟利，竟同流合污，异日有何面目去正周礼！”

在谭国的这番遭遇，让小白心情跌落谷底，沿途泰山的嵯峨风光，也没让他展颜。现实那丑陋的真相，击溃了他旧有的认知，生活原来不仅是临淄城的富贵欢娱，也不仅是高层的钩心斗角，天下其实棱角多样，超出他的想象。

队伍走到清邑，因这里以前是管仲的家，小白毕竟好奇，才从那沮丧情绪里恢复过来。小白特意掩饰身份，但管仲的身份掩不住。他才在清邑露面，擅长捕捉稀奇事的乡人，仅仅是蹲在乡东口扯犊子时惊鸿一瞥，便撒腿奔出去，到处传播惊天秘闻。不到半日，大半个清邑都知道管夷吾回来了，确切地说，是荣归故里。

乡邑里君听说本乡贵人回来了，本来正搂着妾吃饭，这下饭也不吃了，妾也不要了，连滚带爬地冲出来迎接贵人，刚和管仲打个照面，已经泪流满面，仿佛见到了失散多年的亲爹，激动之情溢于言表，吹着胡子哭道：“夷吾，该死，我这张臭嘴，是管子。敢问管子，可曾用膳，可疲累，今夜愿往何处委屈玉体，有没有特殊要求？但听吩咐。”

管仲平淡地说道：“都不用，我回我原来的家。”

管仲在清邑的家，因管仲举家迁往临淄，已空了许久。原来只是一座积灰的空房子，起初清邑人也没当回事，就管夷吾家那穷酸光景，狗都不愿去做窝。但随着管仲在齐国政坛步步升级，人的身份荣耀，带来了物的增生意义，管仲旧宅竟成了清邑一景。

从底层野氓晋为齐国大夫，管仲跃升的奇迹，让清邑人生出异样念想：这座破房子八成有灵气，说不定是泰山神君在此歇脚。乡人都迷信，又因为贫苦，更相信非自然力量对命运的操控。于是管仲旧宅如土地庙似的，乡人常来此求子、求财、求婚，门口撮一抔土，献上两把干了的谷穗，恳请不拘哪个神，赐福一家老少吃口饱饭，别再挨饿了。

管仲等人回到旧宅，竟不觉有多少积灰，里外扫一扫抹一抹，还能住人。里君赶紧往自己脸上贴金，说日日打扫着呢，惦念着贵人哪一日回来，干干净净地怀想旧日景象。

乡人都好凑热闹，与当初鲍叔牙来拜访管仲时一模一样：院里挤得挨三顶五，门口探头探脑的也不在少数，墙垣上似结蛛网似的趴着人；几个丑汉骑着墙，也不忘记调戏墙下的少女，反倒被吐了一鞋面口水；一群光腚小孩儿冲来撞去，亲娘拉不住，不慎跌了屁股，哇哇大哭。

乡人们聚拢起来，拉家常说是非，眼睛并不闲着，见到管仲身边有个漂亮的年轻小伙儿，问是谁，被告知是鲍叔牙的亲戚。几个积年保媒的老妪立马做起姗婆营生，啧啧称赞：这后生太俊了，有没有娶妻？我这里有几个待嫁的好女子，要不要择一择？

小白初来乡野，见什么都稀罕得很，这儿摸摸，那儿瞅瞅，也不怯生，喜与乡人攀谈。便有不害羞的少女，看上他脸蛋动人，对他频频抛媚眼，大胆问他晚间在哪儿睡觉，他即便浪荡，也臊红了脸。

为答谢乡人的热情，管仲等人把随身可赠之物搜出来，作为礼物馈与乡人。众乡人齐声欢呼，前呼后拥地抢着来要礼，抢不着的还要骂架斗殴。

在吵吵嚷嚷要赠礼的人群里，管仲一眼看见一个跛足男人，脸很熟，却想不起是谁。那男人拖着个五六岁的小男孩，应是他儿子，他腿脚不便，行动总是慢了半拍，屡屡被挤出人群。

管仲努力地回想着这人到底是谁，细细打量他，苍老得满面风霜，看不出真实年龄，说他三十开外也凑合，说他五十挂零未尝不可，记忆从时间的坟墓下掘起往事的残骸，拼贴出依稀的从前。

管仲想起来了，他是丙季。

为了确定，他低声问里君道："那人可是丙季？"

里君瞧向那男人，不屑道："可不是他吗！"

也无须管仲探问，里君的话匣子打开了便关不上，喋喋不休地说将下去。这丙季家可是本乡一绝，穷得吃草根睡狗窝，挨得一日算一日。约莫七八年前，丙季父亲给活活穷死了。据与他家亲善的邻人详细道来，有一日丙季父亲饿得抽筋，不知乱吃了什么果腹的奇怪食物，闹起肚子来，颠颠地去蹲茅坑，蹲着蹲着身子一歪，就此栽倒，这一倒再没起来。

丙季失了依靠，原就是个贼小子，更没了章法，偷这家鸡牵那家羊，乡里人都嫌他手脚不干净，远远瞧见他来了，转身就往别处跑。他年岁日长，本该议亲了，可没人愿把女儿许给他，就不说行为不端了，仅仅太穷这条件，就让多少待嫁女儿恐惧退却。

丙季也是天生坏胚，看中了乡西老庆家的女儿，半夜摸进她房里，那老庆女儿傻不拉儿，和丙季欢欢喜喜搭上手，一来二去，老庆女儿的肚子大了。老庆气得暴跳如雷，但木已成舟，又能如何，忍痛将女儿嫁给丙季，狠狠发了话：儿辈自作孽，从此穷死饿死不关我事。

奈何好景不长，老庆女儿嫁过去一年，受不了这没有尽头的穷苦，每日餐风饮雪，弊衣负刍，就算是安贫乐道的君子，也要发疯。老庆女儿生下儿子不久，与过路清邑的小商人勾搭成双，于是抛家私奔。丙季闻风大怒，操起一把砍柴刀追出去，扬言要打断狗男女的腿。那小商人岂是善茬：不就拐走你老婆，敢和老子论理，你以为你是谁！遂邀上同道，拦住捉奸的丙季，十来人围攻，拳头、飞脚、棍棒如雨点似的砸下来，丙季没能打断私奔男女的腿，他自己的腿倒被打断了。

乡人厌丙季为人，也怜他不幸，他母亲当年与人私奔，他妻子也与人私奔，丙家人是中了巫诅吗？一代比一代穷寒，一代比一代悲惨。

管仲听完，不免唏嘘："也是可怜。"

里君却没同情心："管子切勿为这等小人动慈悯心，那童子，才五六岁，已学会偷窃，真真贼父亲生出贼儿子，这样无廉耻的贱人，就该穷死！"

管仲看了他一眼，有些话几乎脱口而出，还是忍下去了。

分完赠礼，众乡人千恩万谢，管仲便说："路途劳顿，要歇下了，欲叙旧情，明日再说吧。"里君还想留下秉烛夜谈，有多少知心话诉不尽，被管仲婉拒了。

夜如猎苑追兽，匆匆奔至，众人在管家旧宅宿下。陋室逼仄，条件有限，管仲临时做了安排，将里屋留给小白安歇，他与鲍叔牙守在外间，至于随君出行的御士，很是对不住，相烦在院子里搭营帐，野地里将就一晚。

小白头次在民家留宿，浑身地不适应——那床颇硬，硌得骨头疼，窗外时有群狗狂吠，抬头间，裂缝的天顶仿佛要塌。他努力使自己睡着，却睡不踏实，总觉得这里痒那里疼，恍惚以为有老鼠在兢兢业业地啃脚指头，烦恼地翻个身，又不小心碰到墙上的污垢，脏得缩手。

他实在无法入梦，索性起身，悄悄走出来，本想叫醒管仲、鲍叔牙，陪他唠嗑撑到天亮，孰料他们压根儿就没睡。

君臣相视，都笑起来，小白无可奈何地一叹："唉，惭愧，无法安眠。"

管仲笑道："我君既睡不着，莫若与臣等说说闲话，也许还能助眠。"

"也好。"

鲍叔牙擎来一盏豆灯，三人坐在床榻上，借着那点昏暝光芒，彼此相视，小白说道："你们怎么也不睡？"

管仲失笑道："说起前事，却忘了睡觉。"

"怎样的前事？"

管仲便将丙季的事讲述了一遍，小白微微点头，又轻轻摇头，拧着眉头说道："虽可怜，也极不知耻。这做人，总得有所为有所不为。丙氏一家人，不该为之事太多。"

管仲涩涩一叹："甚富不可使，甚贫不知耻，人为求一口饱腹吃食，哪里顾得上廉耻？臣也曾贫苦过，当此之时，穷饿不知礼为何物，但有饱腹之机，不择手段也要赚到。天下讲礼守礼者，唯在饱食之后，仓廪实而知礼节，衣食足而知荣辱。”

小白默默地回味管仲的话，卿大夫们敢与他叫板，是因为甚富不可使，而丙季这类人失礼糊涂，是因为甚贫不知耻。他忽然想起忖里乙告诉过他，一国之君大有为之处，在调高下分并财，原来道理在这里。

“我齐国乡野之民，为何穷困至此？别处乡邑，也是这般吗？”小白痛惋道。

管仲诚实地说道：“不敢欺瞒我君，穷乡之困民，只会更多，便是国都之乡，若详查之，只怕处处见蓬门。”

小白失意地抱住膝盖，懊恨地说道：“真该将齐大夫都拉来乡野看一看，整日饱食，举动狂放，遇大事不能举一策，反而百般阻扰，偏是这帮废物能吃饱饭！”

管仲却是摇头：“即便来了，也如今日之里君，以为是鄙野贱人，不值怜悯。我齐国乡官许多，大乡大夫，小乡里君，少有为民着想者，不过惦记着私囊罢了。”

小白想起被忖里乙“逼死”的崔子服，为了一个媚上的庸官，卿大夫们仿佛失心疯一般逼君杀人，这般疯狂的背后，是盘根错节的家族利益，是蛛网交织的宗亲联盟，并没有一个是为君分忧、为国担责、为民请命。

“难！”小白愁闷地说道，“民既如此贫，国又如何强？齐国以贫贱之民忝于强国之列，莫不是笑谈！”

管仲点首赞道：“我君此言至善，强国在于富民，民若因贫寒而无依无靠，是一国之根本不稳，纵使一时国强，稍遇惊变，恐有失国之乱。”

小白怅怅一叹：“忖里乙先生也说过，富国先富民，富民唯行变国之政。可管子该知道，变国之政会惹来什么。”忆起过去那场卿大夫们对变国之政的阻击，小白仍然心有余悸。

管仲沉稳地说道：“前次臣与君言，周道直如矢，然朝聘天子之道，并非一途。我君曾行直道，未曾走通，臣以为，但能面朝天子，其余歧路小道，或无人经行之草野荒径，都可一试。”

小白迟迟缓缓地问道：“管子以为行得通吗？”

“那要看我君行道决心有多大，若我君矢志靡他，则臣愿与君同行，万死亦不辞其难！”管仲说得铿锵有力，微茫的灯光映着他肃穆的脸，神情坚毅得令人敬畏。

小白的心急跳着，澎湃的情感在血液里冲荡，他觉得自己压不住那即将爆发的激情。

过去他听从忖里乙施行变国之政，是凭直觉以为忖里乙说得有道理，可他从没真正思考过，变国之政的根本原因何在，变国后的齐国又该走向何方，便轻易而草率地决定施行，甚至在内心深处，存有与卿大夫们置气的阴暗念头。

但变国之政才冒个头便失败了，忖里乙也被逼自杀。他那张扬自由的君主威风，被卿大夫们打得溃不成军。这打击重创了他的自信心，差点要放弃为君之责。

直到管仲的危言警醒，乃至这次出行的所见所闻，他才真正明白过来，什么是为君，什么又是为君之责，正如管仲的提问：是为一家，还是为一国，抑或，是为天下？

小白深深地呼了一口气：“子既不避万死，我何能舍子而避难，当与管子同行！”

“行周道，行庄、岳？”管仲故意发问。

小白看向管仲，彼此对视一眼，目光流转间，彼此心领神会，他笑了一霎，亢然道：“行周道！”

“说这半日，怎可抛下鲍叔！鲍叔不当同行吗？”鲍叔牙假装生气地说道。

管仲也敛着神情说道：“不敢抛下鲍叔，若无鲍叔，谁来驭车？”

小白笑出声来，伸出手去，一手扶住管仲，一手扶住鲍叔牙，动心地说道：“有幸，与二子同行！”

众人在清邑只待了两日，便即离开。走时，乡人都来送行，抹泪的抹泪，诉苦的诉苦，还有请管仲给他儿子、侄儿、外甥、女婿在临淄谋个差事的。

车马从送行人群中缓缓而过，管仲偏过头去，恰看见丙季带着儿子藏在人后，畏畏缩缩，躲躲闪闪。他过去或对丙季有很多厌烦，现在也只剩下怜悯了。

他略一沉思，对一名御士吩咐数语。那御士明白，待车马行远，送行乡人也散了，才折回去追上丙季，将一个栲栳大的布囊递过去，说道："管子送你的。"

丙季半晌没动，像是担心这布囊里有毒药。那御士催道："管子好心，赠你好物，你还不拿着！"

丙季还是不敢动。倒是他儿子一把接过布囊，东西很沉，他险些没握住。他便将布囊紧紧地抱在怀里，丝毫不松手，抬头去看丙季，却发现两行浊泪从父亲眼中滚出来，他即便年幼，也能读懂那泪水的意味，不是感动，是辛酸。

远去的管仲回头一望，其实已经看不见了，唯有巍巍泰山的轮廓渐渐过去，仿佛时间那不回头的轨道，有的人走在前，有的人走在后，可都不得不走。

三

微服出行的小白，在齐国乡野巡游了一个多月，才回到临淄，坐不暖席，便立即宣召高傒。

国君外出的事，卿大夫们是在小白出城两日后才知道，开始也觉惊讶，后来又以为寻常，因为这很像爱玩的小白的作风，突如其来地冒出新鲜想法，不假思索地实施——这趟又心血来潮去乡野游逛，大约是觉得在临淄待得烦闷，想去乡下呼吸山野空气。

小白召见高傒的君令，时间恰恰卡在吃晚饭的晡时，个中况味明眼人一见便知，这是国君欲与高傒共膳。

高傒自然也清楚，本已拿起羹匙，接到君令后，一口羹汤不敢饮，迅疾入宫面君。小白在内朝寝殿见他，来时，宫人们果然正在布膳，小白微笑着邀请道："一起吧。"

作为必要的礼节，高傒谦让了一番，才落座宾位。

这顿晚膳非常简单，竟没有肉，主食是羹饭，那羹是菜羹，清淡得没有一滴油；有酒水，是一夜速成的醴酒，不知用怎样的粗粮酿造，刮嗓子得很。饭既素，更无音乐侑食。国君请臣下共膳，肴馔居然如此寒酸，让人不禁怀疑，国君到底是昏乱忘记礼数，还是寻臣下开心。

可国君赐宴，便是毒药，也当咽下去，高傒没提一个字的异议，认真吞下每口饭，酒也饮得平稳，看不出他有任何不快。小白盯着高傒吃饭，饶有兴味地问道："味道如何？"

"可口。"

小白笑了一声："真可口？"

高傒顿了一下："可口。"但声音明显低弱了。

小白举起一根象牙柶，敲了一下酒罍，叹道："择肥美，选馨香，洁酒醴，备簠簋，供牺牲，置樽彝，陈鼎俎，净巾幂，精细烹煮而食之。"

牙柶又一敲："以上为我齐国大夫之食。"牙柶又点着面前的膳食，道："此为我齐国乡人之食，君臣这一膳，丰年一家三日之量，荒年一家三月之量。"他慢慢看向高傒，目光清冷，说道："高子以为孰更可口？"

高傒放下手中的饭匕，身子一晃，将起而未起。

小白仰面又一叹："鲁国曹沫——正是他在长勺击败寡人，曾有一言：肉食者鄙，未能远谋。肉食者，秉国之政，得国之利，眼中唯有一家一宗，何有国，更无民，倘饱食我一家，饿死一国人又何妨，真无远谋也。"

高傒忽地离席而起，颤抖着伏拜下去："臣惭愧至极，为一家一宗之私利，置国于不顾，置民于罔闻。"

小白瞧着他匍匐的后背，沉痛地说道："高子能知生民不易，然而其他大夫不知，他们双目如盲，看不见天下苦楚，寡人欲齐民饱食耳，奈何他们也不允！这齐国或是由不得寡人做主，高子以为谁更适合为国君，寡人让贤便是！"

高傒打个激灵，密密的冷汗渗出来，他战栗地说道："臣当日逼君就范，殊无君臣之礼，罪不可赦！请我君论处，虽死不敢置喙一言！"

小白起身，缓缓走到高傒身边，握住高傒的肩膀，将他扶了起来，动容地说道："高子说哪里话，小白幼时若无高子照拂，只怕命已休矣，俟后若无高子鼎力扶助，也坐不得这国君之位。小白记得高子的恩德，不仅以高子为倚重之臣，更以为亲人。"

国君的肺腑之言，触动了高傒。他流下泪来，泣道："臣怎敢奢想我君为亲人，我君待臣之恩，臣愿以死相报！”

小白扶住高傒的手臂，期颐道：“不要高子以死相报，寡人深知高子也具赤心，希望高子能帮齐国，也帮寡人。”

国君竟恳请臣下帮助于国政，可见在国君心中，臣下的尸位素餐以至何等地步！高傒悚然惊惧，戚戚地说道：“我君但有国命，臣万死不辞，不敢妄言相帮。”

小白亲切地笑道：“寡人愚拙，欲举大事而少良才矣，期得高子之力，兴我齐国，富我齐民，高子可愿与寡人同舟共济？”

高傒微昂起脸来，豪气地说道：“臣岂能为只贪私利之辈，为我齐国齐民，敢不从命！”

“好！”小白赞道。他放开了高傒，仄身取来两爵酒，一爵递给高傒，一爵自捧，朗声道：“饮此酒，寡人与高傒同心同德，共举大事！”

他先一饮而尽，高傒随从饮干，小白故意问道：“可口否？”

“不甚……可口。”高傒这次诚实了。

小白开怀大笑：“还是喜欢听你说实话。”他捧着酒爵走回君位，笑容越来越明亮，仿佛那脸上升起了一轮太阳。

国君与高傒的一顿饭，吃哭了高傒——外边传得有鼻子有眼。齐大夫们揣测是饭太难吃，估摸是国君从乡野搜来不入流的烹饪秘方，赏赐高傒同享美味，结果害苦了高傒。

笑话归笑话，不久以后，卿大夫们都渐渐体会出这一顿饭的深意来，原来国君与高傒不只是吃果腹之粮，更是吃出了齐国政治变革的开始。

君臣共膳一旬后，小白下达了一道惊世骇俗的君令——不是口头宣讲，而是加了玺的正式公文，习惯上称为玺书——并由内史捧书，立于太庙中廷，向当事人宣读，当事人由傧者引导，登而受书，稽首拜君，礼成以出，这便是西周以来延续不变的册命礼。

册命者，册诸侯，册功勋，也册卿。小白这次颁布的册命之令，正为册卿，所册者，是管仲。

国君要册命管仲为卿，临淄城沸腾了，卿大夫们惊得下巴都要掉了。管仲能升任大夫，已是齐国的传奇，因为管仲身份跃迁的超常规反传统，震撼了齐国人，也惊异了列国。各国说起齐国逸闻趣事，总要提一嘴，那个野人大夫谁谁。

齐国君子们对管仲平步青云的仕途感到别扭，但以为他这辈子也就止步于大夫了，至多国君特别宠待他，提拔他为上大夫，算是他个人身份的顶峰了，总也想不到，他有一天能跳过大夫，冲到卿位。

列国之卿，常为诸侯同姓，与国君同宗同祖，因世代执国政，又称世卿，诸如卫国的宁氏、孙氏，齐国的国氏、高氏，永远占据着正卿之位，别的家族的大夫再有才干，再努力钻营，也爬不到正卿。鲍氏为与齐国同年祚的大家族，只因是异姓，百年里官秩最高只到亚卿。

管仲，相对于有家族荫庇的齐国大夫，是一无所有的个体，若干家族奋斗几代，得一卿位尚且不易，凭什么他一介野氓，竟能抢到大夫家族前头去?

或许是小白觉得难平众意，所以只册命管仲为亚卿，没与国、高并驾齐驱。但后边接着的君令更吓人，是让管仲与国、高同执国政。

这是破天荒，更是冒天下之大不韪了。大夫们顿时觉得有好戏看了，敢从国、高手里夺权，嫌自己活得太顺畅了吗?

令人意想不到的是，册命礼的第二日，高傒上书国君，他愿居于管仲之后，辅佐管仲执国政。小白答复：高子有心，然而不必了。

高傒不争不抢，高风亮节得感动人心。那国牧呢?高傒支持国君的反秩序行为，人道是小白请高傒吃了一顿饭，传说高傒也请国牧吃了一顿饭，国牧哭没哭不知道，不过在管仲册卿一事上，国牧倒是没表态，也许是默认了。

大夫们原来指望国、高不满，闹出些风波来，他们也好在旁边起哄架秧子，不料风平浪静，高傒力撑，国牧沉默。好歹当初逼国君杀忖里乙，国牧还是牵头人，怎么在管仲平分他执政权的问题上，他倒缩头了?

国、高不起头，大夫们折腾不出花样来，管仲执齐政便是既成事实。临淄国人都在议论，这位新任执政要怎么治理齐国，若是又翻出忖里乙那套变国之政，大夫们该如何应对，依然不遗余力阻击吗?

新执政的新举措，没过多久便众所周知，就在册卿之礼过去半个多月后，宫中传出君令："即日起，将会计国都之乡的军赋。"因为周代军制以乡人居地广袤为征兵标准，必然会涉及田土、人口的统计，听来很像是比国会，卿大夫们立刻紧张起来。

这是要借着会计军赋查称贷吗?前头大张旗鼓地比国会、查称贷，死了一个忖里乙，管仲难道想步他老师后尘，也走上与卿大夫们作对的不归路吗？然而事实没有朝着卿大夫们担忧的方向发展，那道君令似乎只限于会计军赋，对于包括称贷在内的其余统计，只字不提。有心慌的大夫跑去小白面前旁敲侧击地探口风，小白像是知道大夫们的惶恐情绪，极为诚恳地说道："长勺战败，令寡人痛心难安。我齐国妄称大国，区区一鲁，竟不能胜，今审军赋，强军而已。"

若是仅为强军，也还好了，可能是国君嫌上阵杀敌的战士人数太少，想多征军赋？依照周代的传统军制，在井田制的基础上征军赋，是为九夫为井，四井为邑，四邑为丘，四丘为甸，一甸出四马一车。至于应征从军的人数，早期是二十五人兵车制，即出二十五个士兵，后期七十五人兵车制，即出七十五个士兵。但这是理想状态的军赋，实际操作时，既不可能有这样整齐划一的井田规划，也不可能恰好征够士兵人数。

西周至春秋，战士皆为国人，国人又多居于国都之乡，这些乡邑大小不等，田土良萎不一，人口众寡不同，征军赋时，原该根据实际情况，平摊负担，但一是乡官们嫌麻烦，二是周代军制规定得太死板，田地广者出兵多，田地少者出兵少。所以每有大蒐礼，有的乡承担了大部头的军赋，有的乡屡屡轻籍军赋，甚至出现一家青壮年全上战场的怪异事。

对此次会计军赋，大多数卿大夫推测是为了多征军赋。那时私权敛财也罢，富国强军也罢，一律靠征税，且征重税，不籍不出财，没有对庶民剜脂剔膏地剥削，供养不了庞大的君子阶层。

许是多征军赋兹事体大，管仲亲自下到乡里，还带去了若干属僚，分派往各乡司军赋，他自己则坐镇繇乡，统筹各项事务。繇乡自从乡大夫崔子服被烤成鱼片，迅速换了新的乡大夫，这次却是隰氏小宗。为派谁去繇乡主政的事，崔氏与隰氏虚伪地推让了三个回合，隰氏"勉为其难"地接受了。崔氏其实想的是再推一个回合，隰氏便自动退出，依然把乡大夫还给崔氏，哪知隰氏就坡下驴，竟就当仁不让了。

这回的乡大夫隰归，不似崔子服。那崔子服生了一副媚骨，眼风但凡扫到身份贵重者，马屁拍得惊天地、泣鬼神，能力偏又不够，往往使得有风骨者厌烦。隰归却是闷响炮，肚里有主张，嘴上却不说，管仲下驻繇乡，他的一切应对事宜，做到了妥善而合宜、恭敬而得体，任谁也找不出碴儿来，但这近乎完满的行事作风之下，埋下的是一双警惕的眼睛。

隰归借着燮理军赋的便利，时刻盯着管仲的一举一动，若有越矩，立即向大宗报告，大宗再知会其他家族，众人齐心合力，将威胁核心利益的苗头掐死。

在他那一双敏锐鹰眼的监视下，管仲或是有所察觉，或是并不想越矩，平日不见有非常举动，除了在乡里官寮部分公务，便是蹲在田坎边与农人闲聊，问的也是家常生活，诸如：家里几口人？生了几个儿女？去年丰歉如何？有余粮吗？女儿原来织丝技艺甲于一乡，前年嫁去西乡了；她丈夫立过战功，好生难得。

春秋时民间极少使用金属农具，生产工具相对简陋，一家一户的小农户尚未出现，农业生产多为集体耕种，传统农业又是看天吃饭，因而需要国家政权制定朔历，统一安排耕作时间。

每乡主持农事的是田正，繇乡田正也是隰氏。这实是不成文的传统法，某个家族主政某乡，则某乡从上到下大部分乡官，都为该家族把持。那田正有个属僚，清朗瘦削，年纪不过十六七，可能是被家里长辈送来乡里锻炼，提早熬资历。这少年很安静，影子似的跟在田正身后，不问他话，一言不发，问他话也得分是什么，问私事，三言两语结束了；问公事，说得头头是道。

管仲有次不经意地问田正：“他唤作什么？”

“隰朋。”

前回崔氏葬礼上，隰朋当场顶撞了大宗子，惹得隰辰不开心——宗子们聚会说正事，一个微末小子跳出来做仗马之鸣，胆儿太肥了，丢他自己的脸也罢了，可丢的是大宗子的脸，是隰氏的脸。隰辰之所以把隰朋留在身边，是曾经听底下人议论，隰氏有个天才少年，脑瓜子灵得能抵过百夫之智，隰辰来了兴趣，赶紧将隰朋召来。这么个聪明人万万不可浪费了，就借他的脑子为自己出谋划策，敛敛私财，交通王侯，蝇营狗苟等。可相处日久，隰辰并没看出隰朋有什么特别能耐，寻常不说，还显得木讷，像是不懂人情世故，极无眼力见儿，见谁都是呆头呆脑的愣样儿，伶俐劲儿还比不过看门的阍人。

隰辰对他极为失望，加上他在宗子聚会时无礼出声，薄了隰辰的颜面，于是当日便撵了他离开。但到底相处一场，他又为隰辰鞍前马后做了这样久的使唤厮役，于是隰辰假模假式地说：“不是我容不下你，是你之才，拘在我这里委屈了，不得不放你离开，你有什么想投身之处吗？”

隰朋不吵不闹，不伤不愁，平静地说道：“子待朋之情，朋不敢忘。至若投身之处，无别大志，想去乡里任一微职，不拘什么，能做事就行。”

卿大夫子弟多为纨绔，谈起玩乐，个个是行家里手，谈起做事，茫然不知所措，让他们下乡去踩两脚泥，真要生不如死。“居然还有这种怪人，主动要求去乡里任微职做事！”隰辰不以为震动，反以为他古怪。

恰好隰氏接管繇乡，便打发隰朋来此，无奈他年纪太小，任乡大夫不能，任其他乡官正职也不能，隰归忖度一番，把隰朋塞给田正，让他带孩子到处走走看看。隰归的意思是：隰朋想来乡里，无非是少年人好新鲜，哪里会真正做事，待他吃两天苦，自然要后悔，这乡里诸般事务，还有什么能比耕作更苦更脏？

隰归的本意是要吓跑隰朋，但随着时间一日日推进，隰朋没被吓跑，却也没表现出扎根乡间的壮志雄心。让他做事，他一丝不苟地完成；不让他做事，也不多话，垂手在一边默然观察。

管仲在繇乡待了近两个月，与隰朋经常碰面。其他乡官尚要逮着机会，向管仲抛去亲善友好的橄榄枝，唯独隰朋从来没有，仿佛是没想过要巴结这位新贵。

这一年的春耕已毕，夏耘将始，老天爷没为难农家人，尚算是风调雨顺，乡里人高兴之余，说起未来之景：倘若丰收，今年秋社必定要好好热闹一番。齐国人都好游社，一年又有两社，春社有春社的玩法，秋社有秋社的玩法，尤其春社，常为男女私会之时，上层也不认为是非礼，而是“奔者不禁”。

下头对社日的讨论，或许感染了管仲，他在田里与农人攀谈，向他们打听每年社日最可乐者为何，后来似嫌不够味儿，竟把隰朋召去，说是要问问他观社之俗。一个少谙人事的童子，懂什么观社之俗！乡官们都窃笑：管子怕不是昏了头，不知道齐国社日之最俗处，不就男女那点子事儿吗？

隰朋被召到乡官寮，管仲在内堂等候。隰朋在门口脱履时，先看了一眼外边的鞋子数量，略一思索，将一双鞋往边上靠，却是鞋尖朝外，左右整齐排列，又在门外清亮地通报，里边答了一声，这才趋步进入。

刚在屋里站定，礼还没行下去，便听见管仲笑道：“何以如此脱屦？”

隰朋行礼道：“有尊者在，脱屦不当履尊者屦，出而就屦，亦不敢向尊者屦。”

“又为何先言而后入？”

“门外有二屦，必是二人同室，贸然入室，恐干碍密谈，故而先言，闻允答之声再入。”

管仲细细打量着隰朋，那张年轻的脸上看不出情绪波澜，仿佛哪怕山崩了，海啸了，他也依然能平静如初，于是管仲赞叹道：“难得，童子之年，心思细如微发。”他举起手，示意隰朋坐下。一旁侍奉的雍廪，为隰朋捧来一席，待隰朋安坐，他闪去门口守卫，仿佛瞬息出现的一片影子，瞬息又消失了。

“你可知，召你来是为何事？”管仲直接问道，对心思纤细敏感的隰朋，绕山绕水地切入正题，丝毫没用。

隰朋静静地说道：“必不是为问观社之俗。”

管仲笑起来：“这心肝太透亮，照见天下阴谋阳谋。朋是聪明人，我也不以诳语相欺，望朋答我疑问，何以自愿往乡里任微职？”

隰朋还是波澜不惊的模样：“无他，为一探我齐国乡里。久居都邑，身在安逸，不知稼穑，不识民瘼，不晓饥寒，岂不是成了瞎子。”

这无疑是卿大夫子弟中的另类了。别的子弟像他这么大，仍是痴肥蠢样，别说主动探问人间疾苦，就是提起天下啼饥号寒的惨事，他们便造作出惊愕嘴脸，捂耳不听，蒙眼不见，活一辈子只为口腹的烂事与裤裆的丑事。

“你在乡里这些日子，知道多少稼穑事、民瘼事、饥寒事？”管仲亲切地问道。他越看隰朋越喜爱，仿佛是自己最亲爱的孩子，即便说错话说差话，也可以原谅。

隰朋诚挚地说道：“时日有限，所知不多，唯一点浅见，呈于吾子，期吾子鉴查之。”

管仲点点头，鼓励他说下去。

“想来吾子也知，我齐国乡里之民，贫者甚多，谋生计本已太难，国又常有重赋，往往朝令而夕求具，民不得已，遂借贷以偿国赋。若遇战事，民受命持戈出战，不得耕种，被迫贱卖五谷财物于大家，以致农不保本，借贷更甚，因此受息之人数之不尽。”

管仲心中微震，隰朋寥寥数言，击中了齐国的最大弊政——乡民难谋生计，被迫借贷过活，借贷后，因为利息过重，生计更难，必要再次借贷，如此恶性循环，永远被系缚在债务的天罗地网中，一代代人偿还下去。可被困在大网上的是底层乡民，结网的却是卿大夫家族，要动这张大网，势必会得罪所有称贷的卿大夫家族。忖里乙正是为改变齐国称贷弊政，遭到卿大夫群起围攻，被逼自杀。

隰朋对弊政的一针见血，使管仲既讶于隰朋的见地，也感于隰朋的勇敢，但他并不做评价，只是认真地听。

隰朋娓娓道：“乡民为生计借贷，实是无奈，困于贷息，举农则农不振，举商则商不兴，故而朋以为，与其私贷，不如公贷。”

他的声音仍是平稳无波折，眼睛却明亮起来：“公贷者，由国设公币，凡耒耜械器种穰，一体仰给于公，春贷民以耕作，秋收谷以还贷，给予免息优待。农既保本，又无贷息之忧，何以借私贷？再者，丝帛、皮革、筋角、羽毛、竹箭，若能合于国用，皆可定立券契。仅以我齐国女事为例，齐国轻纨，天下闻名，列国求一纯而难得。若能于轻纨成布前，先以公币券之，女得公贷，生计无忧，可全心为工，以树桑、养蚕、织衽为业，日后成布，国尽收之，售之他国，不止十倍百倍之利。再以此十倍百倍之利，为民借贷，如此往复，无穷已也。”

隰朋的策略是，以国家力量扶持小手工业者，在手工制品尚是原料时，与小手工业者签订契约，给予预付金，得到公贷的小手工业者，不为生计所愁，可安心为工，待制作完成，再由国家统一收购，而以平价统购的成品转销国外，却可赚取巨额利润，利润存入国库，作为下一轮公贷的启动基金。同理，农业生产也可先行公贷，生产工具与生产原料皆仰给国家，丰收后，以谷还贷。

管仲心中竟自一颤，下意识地立起了身子，怪道外间传闻隰朋是天才之智，听他这一席颖悟绝伦的言辞，真不学轻重而自通轻重，不到二十岁，竟有如此惊人的见识，他在隰朋的身上，忽然看到了齐国的未来。

他克制住自己的兴奋情绪，平稳着声调说道：“朋之言，是为守天壤之财，而来四方之利，未想你年岁尚轻，竟有如此卓荦见地。”

隰朋被肯定，也没特别表情："吾子说天壤之财，我齐国乃滨海之国，便是海盐这一项，也可生财利。"

管仲叹息道："君子耻于谈利，然无利，如何养民富国？朋虽年少，能深谙利之大益，比之谈利色变的君子，强过百倍。"

他笑着看向隰朋，说道："少年明敏，天才富赡，未来可期！"

管仲的连声夸赞，只让隰朋浅浅地笑了一下，很快又恢复成平和的模样。

第二日，繇乡全体乡官获知，因管仲与隰朋谈观社之俗甚欢，决意把隰朋留在身边。乡官们既纳闷也好笑，居然因为擅长谈那种事，让个小属僚攀上高枝，原来管仲也好这口。

外面说什么难听的闲话，并没影响当事人，管仲从来不管风言风语，隰朋也是一样不为外物牵绊情绪。自此，隰朋随从管仲左右。乡官们很想知道隰朋与管仲相处如何、执政许给他什么好处，可他口风紧得像浑然的铁板，一丝裂缝没有。

一个多月后，管仲离开繇乡，回临淄向国君复命，走时与隰朋同车而行。乡官们列于道边送行，眼望着安坐管仲身边的隰朋，有艳羡也有不解，不管隰朋到底因为什么得幸于管仲，他的人生毕竟转向了新征程。

四

齐桓公三年（公元前683年）上半年会计国乡的军赋，卿大夫们都认定了是国君要征重赋，带着看热闹的心态冷眼旁观国君又折腾新花样，下半年国君终于推出了正式的新政，不料与重赋完全无关，原来是要实施三国之制。

什么是三国之制？卿大夫们都一头雾水，翻历史典籍翻不出先例，问同寮之官问不出个所以然，只好眼巴巴地苦等国君给出解释。

小白很忙，没时间亲自对愚蠢的卿大夫们开释新政，但也不能让他们永远坠在迷雾里，便寻了个合适的时间，将他们聚起来，择了一个口齿伶俐又耐心温柔的寺人，逐一讲解。

国都之乡有二十余，将其中军赋最多的乡合并，再规划为十五乡，称为士农之乡。

十五士农乡按照五进位编制，以五家为轨，轨为之长，故五人为伍；十轨为里，里有司为长，故五十人为小戎；四里为连，连为之长，故二百人为卒；十连为乡，乡良人为长，故二千人为旅；五乡一帅，五乡之帅为长，故万人为一军。

这个编制的核心单元是五人为伍，称为卒伍，其以五个家庭为构成基石，五个家庭世同居，少同游，因此祭祀同福，死丧同恤，祸灾共之，若有战事，能做到夜战声相闻，足以不乖；昼战目相见，足以相识。

每五乡出一军，十五乡共出三军。这三军由国君掌中军，国牧与高傒掌左右军，也即是，国君与国、高平分了齐国的军权。三军作为齐国的常备军，无论战时抑或平时，都保持备战状态，从此齐国每逢大战，再不用临时行大蒐礼，即便遭遇突发性战争，也可从容应对。

三国军制比之以往的周礼军赋，最大的改变在于，以家庭为基准征兵，每一家只出一个战士，为正卒，其余青壮年充任预备役，为羡卒。这种平均分摊军赋的新制度，大大减轻了有的乡从前过重的负担。也因为没有把青壮年都拖去战场，不至于农忙时一遇大战，乡里寻不到劳动力，逼得老弱妇孺下田。

尽管寺人说得通俗浅白，一多半的卿大夫仍然懵懵懂懂。他们放贷是行家，算起利息分毫不差，整人也是好把式，当初逼死忖里乙，与国君打嘴仗，个个是口若悬河舌灿生花，一朝碰到细致入微的政务，脑子便似糊了糨糊，清爽不起来。

寺人说完，先是古怪的沉寂，大夫们面面相觑，脸上都写着不太懂、不甚明了、不知所云，顾忌面子不好看，不肯提问。过了很久，终于有个隰辰开口问道：“十五士农乡，这个这个……是国都之乡重整为十五乡？”

寺人满脸赞美的笑容：“隰子高见，国都之乡原有二十余，现设十五士农乡。尚有余乡，俟后设为工商乡，这工商乡，为世工、世商、世业者所居之地。”

隰辰其实不是要问这个意思，歪打正着显得自己懂了，其实他只是要确认而已。

大夫们低声议论着，有懂了大半的向懂了一半的解释，也有不懂的到处问“你听懂了没”。脑筋比其他大夫灵敏的崔夭，抓住了这军制改革的厉害之处，问道：“敢问，国子、高子与我君同掌军？”

寺人微笑着点头：“正是，我齐国有三军之鼓，为中军之鼓、国子之鼓、高子之鼓。”

崔夭沉默，到底没忍住，怪里怪气地笑了一声：“国子、高子不愧是世代执国政，如今看来，这军权也要掌下去。只是我倒有些不解之疑惑，他们既能与管子平分执政权，怎不把掌军权也分给他？”

寺人笑得跟喇叭花儿似的：“崔子所惑，在下不敢答，要不，崔子去问国君，这掌军权该分给谁？”

崔夭不吭气了。

经过崔夭这番打岔，大夫们都回过神来了，高傒、国牧与国君同掌兵，这天大的利好，是无论哪一卿大夫家族拼上性命也想要赚来的荣耀。怪不得他们前阵子对管仲执政一事，态度极其微妙，大夫们苦盼他二人出头巩固旧秩序，人家倒好，早就入了国君彀中，成了国君与管仲变国之政的拥趸。

大夫们虽恨国、高卖同盟，也佩服他们聪明而狠绝，所以呢，国、高可以世代执国政，就凭这永远选择胜利一方的机会主义能力，不是他们执政，谁能胜任？

恚怨于国、高的见风使舵，也感慨国君学奸猾了，原来那个被卿大夫逼得穷途末路的国君，已浴火重生。人走到绝境，要么彻底沦丧，要么绝地反击，国君选择了后者，而且反击得如此有力而无情，是妄图控制齐国的卿大夫们把他为君的本能逼出来了，把手段、心机、城府统统都逼出来了。

有国、高支持，新军制将有条不紊地进行下去。大夫们隐约感觉到，这也许只是变国之政的开始，一场触及齐国社会方方面面的改革，以悄然而磅礴之势，已经开始。

军制革新还在进行中，又有一件大事发生：小白向周天子求联姻，请娶王姬为君夫人。

周天子乐意得很，倒不是女儿多得嫁不出去，而是联姻大国，对周王室有百利，总把亲闺女嫁给穷酸小诸侯，不说别的好处捞不着，归宁时，带给老丈人的礼物，都没眼看。

“齐先君结亲王室，今君也结亲王室，舅氏未忘姬姜情谊，余一人甚欣慰。”周天子对求婚的齐国行人这么说，眼泪都要滚出来了。

齐君联姻天子，看似寻常，却给列国传递了某种信息：齐国在乎天子势力。虽说齐襄公诸儿也曾娶王姬，联姻天子于齐国来说，是一脉相承，但坊间盛传，齐国正在施行变国之政，这时候向天子求好，除非有益于变国之政，不然何以在节骨眼上生出联姻念头？

齐国对天子的态度，是与列国一样，将天子当作适当时利用的工具，但还是有诸侯们想不到的一层，时间还早，未来将揭晓答案。

周齐约定的成礼时间，是在年底，不晚于新年。而天子嫁女儿，由同姓诸侯主婚，按理说，又该是鲁侯主婚。

不料鲁侯居然拒绝了，理由是身体欠佳，天气也不好，最近有财政危机，建不起馆舍，怕委屈了王姬，反正，不想干。

周天子为此很不高兴，鲁国人也非难自家国君非礼也：齐鲁再有宿怨，天子嫁女是大事，我鲁国是周公之后，天子叔父，当暂放仇隙，为天子谋此大事，再问前怨。

可鲁侯并不那么想。

两次战胜齐国，使鲁侯志得意满，过去在诸儿淫威下受的窝囊气有多憋屈，现在战胜小白获得的自信心就有多爽快，恨不能将齐国踩在脚下，肆意凌辱，方才一解心头怨愤。

小白要成婚，鲁侯不半道劫走王姬，就算是秉持周礼的温雅君子了，竟然要为仇人主婚，这不是喜事，而是丧事！

鲁国卿大夫倒没有国君这般狭隘。守旧而古板的鲁国君子们，虽然一向看不惯姜齐国君的浪荡作风，但他们持周礼为生命，国君拒绝为王姬主婚，非礼就是非礼，甚有几个骨鲠大夫当面数落鲁侯：我君明薄齐君，实薄天子也。

曹沫也劝鲁侯说：“君以宿怨弃大礼，不智也。今齐国管夷吾执政，行变国之政，兴强国之道，我君此时开罪齐国，小白记仇，恐肇开祸端。”

鲁侯压根听不进劝，对齐国的变国之政，也是嗤之以鼻。去年齐国国君与卿大夫内讧，事情传来鲁国，君子们议论许久，大多认为大夫逼君非礼，然小白变国更错。鲁侯格外地幸灾乐祸，因听说忖里乙与曹沫有言辞争锋，特意去曹沫面前宣扬：你讨厌的人自寻死路了。

曹沫是何等心胸，政见不合、观点不一，都不会让他随意否定一个人，他对管仲的许多政治主张也不赞同，但并不妨碍他至今仍以管仲为朋友，所以他痛心地对鲁侯说：

“臣不讨厌忖里先生，臣与忖里先生，唯见解不同耳。然忖里先生，赤心为国，他今为国而死，臣敬之痛之！”

鲁侯被呛得脸上无光，他想不通曹沫会对一个人既反对又敬重，这种朴素的属于真正“君子”的情怀，对他这个养尊处优的“君子”来说，太难理解。亦如曹沫看出管仲执齐政，齐国会大变，他却看不出。

不肯主婚的鲁侯，缩在曲阜城夜郎自大着。小白没有提出任何抗议：天下姬姓诸侯多矣，缺了你鲁国，我还娶不了王姬？鲁侯拒绝才不过一旬，齐国就找到了主婚者，正是卫侯朔。

卫国作为齐国的传统盟友，卫朔又曾在齐国避难多年，也是齐国帮他重正君位，请他主婚，他没有拒绝的理由。

主婚必为王姬筑馆，按照惯例，馆舍该建在国都郊野，然则卫国都在黄河西岸，离临淄太远。从朝歌城嫁过来，跨了黄河，还得跨济水，一趟送亲之旅走下来，直要把王姬颠散了架。心眼儿时时推陈出新的卫朔，想出折中之法：将待嫁馆舍筑于济水畔的卫国边邑，到出嫁那日，乘舟泛济水顺流而下，在蒲姑泊舟登岸，转乘车马折转南下，一两日便至临淄，省却旅途劳顿之苦，又能尽快将新妇送去完婚，简直十全十美。

国君大婚将至，临淄城变得繁忙，也变得热闹，各国与婚使者陆续到达，有心夤缘的所送贺仪甚夥，无意奉迎的也备礼达情。拒绝主婚的鲁国也凑了一支使团相贺，只是使团规格较低，胡乱指派一个不得宠的下大夫，率七八个无所事事的属僚，去齐国玩一趟。

齐国方面对各国与贺使团，招待得极其用心。供使团居住的馆舍粉刷一新，梁高而门宽，能直接驾车越门而入。而且每个使团都有独立院落，生活设施一应俱全，寝卧一尘不染，被褥软和喷香，令人躺卧下去便不想起来。庖厨里案俎樽斝闪亮如星，新鲜又可口的酒肴每日供应不断。马厩也干净得不忍下脚，负责招待的馆人殷勤而细致，每日里笑脸相应，笑脸相送。

除了优待使团，对天下行商也有恩惠，为贺国君大婚，把这喜庆之吉传于天下，齐国暂免半年的门关籍。就是说，行商来齐国售货，入国境征收一次关税，之后入都邑、入市场，均不收关税。对于饱受列国累关重税之苦的行商，这无疑是极其诱人的利好，尽管只有半年免税期，若抢得及时，仍可赚得丰厚利润。周边列国的行商闻风而至，跑得最快的是鲁国商人，就算国君与齐国有仇怨，也挡不住他们的向利之心。

浃辰之间，临淄城被使团充盈，更被商人填满了，庄岳之间行走着各国商人，彼此操着蹩脚的雅言，吆喝的、砍价的、自吹的、起哄的喧嚣交相呼应，热闹比过乡间社日。临淄国人起先觉得太吵，后来去各市逛上一圈，忽然想到坐于国中，能买到万方之奇货，这对临淄人来说只有利而无弊。

大婚之期日渐临近，王姬已在来临淄的路上。这日收到卫朔亲笔手书的通报行程简书，小白心情愈加舒快，与管仲说起卫朔此人，品性虽卑劣，做事还算可靠。因听说庄岳之间繁华过于往昔，小白也很想去凑热闹，但又怕被人认出来，惹来国人轰动：国君也来逛阛阓吗？七大姑八大姨不都得涌上前来围观，他还怎么比货砍价。

管仲便宽慰道："待忙过这一阵，臣陪我君去庄岳之间，悄然去悄然回，不会被国人认出。"

小白雀跃："甚好甚好，只别告诉鲍傅，他若知道寡人入市，又得叨叨寡人了。"

"无妨，我君可令鲍叔同去，便说是巡示阛阓，体察民生，他自然无话可说。"管仲狡黠地一笑。

小白放声大笑："管子果真机诈，数欺鲍傅，而鲍傅自愿落网罟。"他止了笑，冷不丁说道，"管子回家看看吧。"

管仲愣住，忽然被小白这绵密的温情感动了。从会计军赋始，管仲几乎不沾家，不是在繇乡摸底士农情况，就是在官寮处分新军政事宜，逢着国君大婚，他又是齐国方面的傧相，手头事务更多更琐碎，每日里案牍劳神，尽瘁国事，哪里顾得上归家一窥，亦不知那年幼的儿女长得如何、妻子可孤单、老母可康健。

"多谢我君体恤，臣想回家看看。"管仲由衷地说道。

因为小白的关心，管仲终于回家了，未料这踏进家门，竟寻不到人。留家的仆役禀明主人，原来是管母携一家人，邀上召忽妻儿，去庄岳之间游市了，末了，还满怀向往地补充说：庄岳之间如今是临淄人的最爱，比申池还有趣，边鄙野人也奔来游市呢！

管仲哑然失笑："也好，关市不征，民得其利，亦得其乐。"

他在家里等得百无聊赖，便去与仆役们闲扯，问起母亲身体可好、管友和管忆长得怎生模样，仆役们说一岁多的管忆走得比管友还稳，性子可凶了，对管友揪头发、拧耳朵，打哭了兄长，她还乐得拍巴掌。仆役们继续说："还有御寇，不是主允诺雍廪教他弓马射驭吗？雍廪一向奉主不离，得空教他的时间不多，可便是这夹缝里的教学，也让他进步飞速。雍廪送了把小弓给他，日日勤练，力气是越来越大了。"

又说起管璧，前年不幸丈夫过世，因没有子嗣，大归于家。管母问过她再嫁心愿，她总是显得沉默忧虑。管仲心疼妹妹，劝母亲不必问了，由得她想怎样便怎样，哪怕永远不再嫁，就留在家里，不就多一张口吃饭的小事。

管璧在家也不闲，主动帮姜婧带孩子。她说自己无子女，管友、管忆就似她亲生儿女一般，因而对侄儿侄女极尽关爱，待姜婧也温善亲密。她过去反对管仲与姜婧的婚事，如今对亲嫂的态度较之从前，真判若两人。

管仲一面与仆役们说家事，一面安心等家人回来，忽见雍廪三步并作两步地跑进来，神情严肃得骇人，后头还跟着一人，仔细一看，竟是宾胥无。

宾胥无不久前擢升亚大夫，协助司寇掌刑律。这次国君大婚，临时抽调他去分管外事，凡各国使团入境、就馆、面君、设宴等，乃至外来事务文书往来，皆先交由他处分。瞧他这惶急之态，必是有大事发生，管仲顿觉神经一阵紧绷。

"有急事？"不等他们开口，管仲抢先问道。

宾胥无深喘了一口气，边行礼边说道："出大事了……"他一抹额上热汗，焦急地说道，"送王姬的卤簿，在卫国郿邑，遭戎人劫了。"

送亲队伍从筑馆的廪丘出发，方走到郿邑郊外，便遭了戎人突袭，劫掠发生得太快太出人意料，护送王姬的天子虎贲与卫国御士，都没有任何防备。对方刚发起攻击，送亲队伍便被冲成一盘散沙，拿武器的男人们还能抵挡一阵，可怜陪嫁的媵妾与侍奉王姬的宫女，手无缚鸡之力，身无寸铁之兵，哭爹喊娘地奔出去三五步，就被戎人揪住头发，大力甩在肩上，迅疾掳掠而去。

随行的卫朔吓得差点当场晕厥，哪里还想得到整顿队伍反击，一门心思只想逃命，口里还一直絮絮叨叨：早知不主婚了，早知率一师扈卫，早知不走这条道……

卫国御士忙着簇拥国君逃命，不太能顾得上王姬死活，值此生死攸关的紧要时刻，莫说天子女儿，天子也当自求多福。

这番戎人的袭击，难说是蓄谋已久，早就相中了王姬的嫁妆，就等着送亲队伍走到荒野处，冲上来抢了就走，一头扑入林深山险之地，找也找不回来。

卫朔欲保性命而罔顾王姬，天子虎贲也是恐惧失所。在这众心离散坐等覆亡的关头，忽有一人站出来，厉声道："今坐而不战是死，举戈一战亦是死，皆死，然莫如战乎！"

他当先距跃上车，举兵冲向戎人，虎贲们被他激励，或跃车驰骋，或奋戈冲锋，以必死之志，与戎人展开搏杀。那人突地扭头对卫朔高声喊道："君亦是丈夫之躯，能忍耻奔逃，为惜命小人吗？"

卫朔被说得脸上一红，身旁卫国御士的眼神奇奇怪怪，他闷着脸色喝道："看寡人作甚！"

心里虽别扭又恼火，卫朔终究放弃了逃跑，于是卫国御士也加入了战斗，周、卫合力，与戎人激战一场。那激励大家战斗的人极其骁勇，以单车驱敌，所向披靡，将一个戎人少良（戎狄小首领）生擒了，其余战士受他鼓舞，无一不勇，不仅将戎人击退，还俘虏了十来个戎兵。

战后，众人对那励战之人推崇备至，交口纷议道："若没有他，我辈已为戎虏。"卫朔尽管对他当众驳自己颜面，很是计较，也不得不承认，此人有勇。

那人便是王子成父。

这场战斗本出于意外，虽胜了此仗，但济水之畔，戎人遍地，若依卫朔起初的行程安排，循济水而东北行，恐危险难消。王子成父便建议先东入鲁境，紧急传书临淄，请齐君赴鲁迎王姬。

仿佛是天意的故意安排，不想主婚的鲁侯，却迎来了待嫁的王姬，对避难鲁境的王姬，总也不好撵走她，那样的话，就不仅是非礼，而是无人性了。

鲁侯心里相当不舒坦，他觉得天也在帮齐国硌硬自己，但仍不得不遣使问候，一堆废话里夹着小心翼翼的一句话："王姬辱在鄙邑可安好？"生怕王姬提出要来曲阜城住，那不得把小白也招来了吗！

小白又怎会来曲阜城，收到王姬遭劫的消息，他与管仲略做商议，当日便离开临淄，紧急赶往王姬避难的鲁境边鄙。

鲁侯知道小白要来家门口接走王姬，边鄙也知道国君与齐不睦，只好请示国君：齐君要入鲁境，是放他进来，还是有别的指示？鲁侯答复道："借道进，借道出，何伤。"

边鄙懂了，小白快进快出，则边鄙不论；若滞留太久，或有其他打算，则再做筹谋。

王姬所居在汶水北岸，那汶水流经徂徕山与泰山之间，其北岸有广袤的农产区，正是著名的汶阳田。小白进入鲁境时，天已入冬，农事早毕，汶北之田停了耕作，田里刚经过了一轮耘草，杂草枯秆捣碎了，与牛马粪壤搅拌，深埋土中，有培土之效。泰山下有无数片延自殷商的农田，汶阳田是其中最为优良者，鲁国宗庙祭祀所用粢盛，便来自汶阳所种之谷。

小白一路走一路看，慨叹道："鲁有汶阳田，良田千顷，能养万民，我齐国奈何没有！"

管仲说道："齐国所居之地，多盐卤咸湿，不宜耕种，地理所限，也无奈也。然硗地薄土，倘或得法，也成良田，不过有所缺耳。"

"缺什么？"

"缺懂耕作之才，非寻常农耕，乃精耕细耨也。"

小白惆怅地叹息道："可恨不知天下有否此才，便是有，身在何处！"

"天下异能之才多矣，我君有心求才，以深德觅之，以厚恩待之，何愁奇才不得。"

小白默然念想，良久，他点头笑道："是为至理，不急，总能找得到。"

齐君一行人，与送亲队伍在宿邑相遇。作为主婚者的卫朔依礼迎候，然而惊魂未定，与小白叙话时，神不守舍，问三句话，答十句话，非要啰嗦出不相干的废话。

王子成父见到管仲，笑盈盈地招呼道："夷吾安好，许久不见！"

能与王子成父重逢，实在是莫大的惊喜，管仲喜悦道："京师一别，至今十年，未想还能与王子再见，夷吾何幸！"

王子成父惘然一叹："经年不谋面，夷吾已为齐之执政，当日相聚虽短，也知夷吾不凡，今日相遇，方识真金不掩于尘也。"

管仲一笑，回忆道："尚记当日蒙王子之情，得观周乐，其和平之声，绕耳不去，至今不敢忘。"

提到这事，王子成父眼睛亮了：“原来答允夷吾，哪一日请命天子，遣天子乐工赴齐奏周乐，今番有幸，恰有婚姻之喜，天子恩渥，令宫中乐工随我来齐。”他往后看了看，安心地笑道，“还好还好，虽经恶战，乐工不曾伤损，不然，我几为毁诺小人！”

十年前的随口一句话，王子成父却铭刻在心，当成是必要践行的诺言，这言出必行、已诺必诚的真君子风范，让管仲感动不已。

“甚善，王子践诺之举，令人感佩。”管仲真诚地说。

五

齐侯与王姬的婚礼，让列国使团最难忘的，不是珍馐肴馔、象箸玉杯，不是华丽宫室、翩跹侍女，而是王子成父带来的天子宫乐。

为庆贺婚礼，也为飨宾客，天子乐工在宴宾的飨礼上演奏了《九夏》，是为《王夏》《肆夏》《昭夏》《纳夏》《章夏》《齐夏》《族夏》《祴夏》《骜夏》，部分乐章在这个场合演奏，有僭礼之嫌，但是经过天子允可，给予齐侯特权。

很少有机会听到纯正周乐的使团成员们，当音乐响起的那一刻，便被震撼得荡魂摄魄，这才是虎视函夏的天子威风，这才是卓立千古的华夏风度，真正万国朝宗的博大雄浑。

小白怔怔不能言，许久以后，才流涕叹息道：“天子之乐，至善之乐也。至善者，诸侯当尊之也。”

沉浸在周乐的汪洋大海里，列国使者没注意到小白的这声嗟叹，以为小白与自己一样，只是被旋律感动了，体会不出个中异乎寻常的含义。

婚礼刚完，王子成父便要辞行，小白挽留再三。他对王子成父印象极好，爱他豪迈果毅，也爱他风雅有礼，他私下对管仲说：王子成父风范可亲，与之结交，如饮醇酒，不觉沉醉。

王子成父谢过小白盛情，称道不敢逗留，还得返京向天子复命，异日有闲，再赴齐一会。小白深感遗憾，但也不能勉强留客，对王子成父说道：“他日若有难事，小白不辞，愿为王子分担一肩之力。”

列国使团相继出境，婚礼事宜皆落下帷幕。

这日小白宣召管仲，问道："宋国再请师于我，子以为如何回应？"

去年齐宋伐鲁，两国战败，小白痛定思痛，悔而思变，不再兴兵出国境。齐国的战心落了闩，本是协同出征的宋国倒敞开了奋战的门户。狂直戆厚的宋国人，天生的撞到南墙也不回头的犟脾气，起先为齐国战鲁，后来却变成了本国的雪耻之战，与鲁再战而三战，连战连败，仍不服输，如今还要请齐国襄助：当初说好了一块儿揍鲁国，你们不能半道抛下盟友。

管仲利落地回答道："内政不修，外举事不济，臣以为不当答允。"

小白能领会管仲的深思熟虑，新军政还在进行中，而接下来尚有一系列变国之政需要缓步推进，每拆掉旧秩序高墙的一块砖，便会惹来无穷阻力，为了变革顺利，不得已向国、高妥协，给予他们与国君分军权的天大利好，才换来这暂时的平静。

他思忖片刻，说道："也罢，寡人婉拒便是。"

议完正事，小白忽地像煞有介事地说道："这庄岳一游，尚可期否？"

管仲想也想得到，小白这些日子，天天惦记着去庄岳之间游市。为着君婚大事，小白不敢乱动，但那心里已搔痒得坐立不安，好歹熬到婚礼结束，宾客也走得差不多了，终于可以提出游市要求。

管仲笑道："可期，明日即游。"

小白拊掌欢叹，要不是担忧管仲责他性急，他现在就想冲出宫去。

管仲却又道："游市之乐，当有通商情者引导游之。说到通商情，臣不及一人，不知我君允否此人随从？"

只要能玩，管他是谁在旁边，鲍叔牙杵在前面瞪眼睛，小白也能忍受，于是痛快地答道："允！为何不允！"

管仲口里的通商情者是乐无荒，他现在长住齐国，他自己的解释是齐国朋友多，规矩少，风景好，住着也舒服；再有忖里乙死在这里，想忖里乙时，去墓前祭一爵酒，也方便。

忖里乙的死，伤透了乐无荒的心。他总是忍不住怨责自己，为何当时远在秦国，没有见到故友最后一面，也曾质疑管仲为何不救忖里乙，怨恨卿大夫们逼人太甚，国君弃子之举令人齿寒。后来，痛过头了，悲过界了，他便谁也不怪了。

“忖里乙是聪明人，他既然敢犯众怒行大事，自也想得到自己难免一死，你们华夏人为赴义，宁死不退，召忽不也是这样吗？”

乐无荒对管仲如此说，在他看来，召忽与忖里乙是同类人，为忠义而一往无前，召忽为公子纠杀身成仁，忖里乙何尝不是为了小白舍死不顾？他们这类人，在壮怀激烈的雄心背后，是让亲友悲慨难平的遗恨。

管仲请乐无荒带小白游市，乐无荒爽快地答应了。为防小白被人认出，乐无荒给小白备了一身素朴行头，乍看像他跑行商时押运货物的厮役。本来他还虑着跌损了小白的国君身份，岂料小白丝毫不介意，竟说喜欢这身装扮，定要留下来，以后有机会还要穿。

“未想齐君胸襟如此坦荡，受纡尊之辱，不以为忤。”乐无荒对管仲窃议道。

管仲笑吟吟地说道：“这便是我君啊，能含垢忍耻，心中可纳天下。”他只要提到小白的优点，眼睛里仿佛有星辉。

一众人在乐无荒的带领下，日中时分进入阛阓。鲍叔牙也在，他是被管仲硬拉来的。管仲说陪国君巡察市场，考量百物之价，鲍叔牙信服管仲，二话没说便随从前往。

众人来时，开市已近半日，庄岳之间商贩云集，行人如织，真真是举袂成云，挥汗如雨。为求免税福利，列国行商辐辏于此，铺面多得超出市场容纳量，摊铺间挤得无有缝隙，左右展不开，竟摆到了道路中央。路两边原有的固定店面，常被拥挤的摊铺挡住大门，买主想购货也进不来，气得商主站门口叉腰怒骂：卖布的滚开些，挡着老子卖鱼了！

市场空间多为商贩所占，原来可行车马的大道，只剩一人之距。众人排成一字阵列，艰难地从摊贩与人群间慢慢经过。小白悄悄嘀咕了一声：“太窄。”哪里料到被前头一个耳朵好使的老媪听见，回头对小白唠叨道：“可不窄吗，你说国君为何不能拓宽庄岳之间，能广宫室，就不能广官市？”

她说完死瞪着小白，那架势仿佛是认出了小白，要与不够尽责的国君针锋相对。小白下意识地辩白道：“国君继位以来，未曾广宫室……”眼见老媪脸色愠怒，改口道：“对，你说得对，国君该拓宽庄岳之间，与民方便。”

游市虽挤，众人兴致却未曾减损，皆因有个乐无荒带动气氛。他对市场上的货物如数家珍：这是郑国的菅席，这是宋国的斧斤，这是燕国的牛角，这是晋国的蒲弓，这是楚国的奇宝，这是假货……

被指为假货的商主，和乐无荒吵起来，拒绝承认自己卖假货，威胁要割了乐无荒的舌头。乐无荒是个好脾性，不在乎言辞攻击，说过了就忘记了。小白却气不过，恶狠狠地叱道：

“卖假货当缴罚布，驱逐出市，或者我们去上告司市，或者你自己滚出庄岳之间！”

那商主被小白的气势镇住了，竟不能还嘴。旁边卖货的、买货的顺耳听见，皆骂那商主不要脸。他臊红了脸，扭捏半晌，终于灰溜溜地“滚”出市场。

撵走了卖假货的不良商贩，小白心情大好，问何时能饮美酒。乐无荒笑了笑，领着大家往前行了一箭之地，来到一家酒肆。卖酒的商主与乐无荒极其熟络，尽管肆中客满，因乐无荒提前打了招呼，商主给他们预留了位置，便在临窗的一处宽敞所在，能观瞻街景，前边再用一座玉屏风隔断，仿佛雅间。

因乐无荒的缘故，酒肆商主亲为他们上酒。小白见得满室酒徒，放不下俎案的角落里也有人独酌，好奇打听道：“平时酒客也这样多？”

商主为他们一一斟酒，笑道：“哪儿能呢，平时能有这三分之一，我就要告谢太公佑护了！”他举手指向客人们，“全赖国君暂免关市之籍，列国行商麇集临淄。贵客且看，其中大半是列国行商，来我庄岳之间坐贾，所获财利多少不论，总要讨一爵酒吃。”

小白是一点即通的聪慧人，立即接口道：“饮了酒，也不得不吃我齐国美食；吃我齐国美食，也不得不寻乐子。”

商主哈哈一乐：“贵客甚有见地。不瞒贵客，列国行商来后，那女闾门前也是比肩接踵。”

小白若有所思地一叹：“未想暂免关市之籍，竟收如此之效！”

商主恳切地说道：“免除关市之籍，对列国行商有利，对我们也有利：一则我们入关入市，也能少征籍。二则以往列国行商入关市被征重籍，为盈利，只有加价售卖，看似便宜了我们，但于民不便，说来我们也想买列国奇货，如此高价，孰能负担？三嘛，正如贵客所见，坐贾赚利仰靠人多，列国行商都来我齐国贩货，人不就多了。”

小白打趣道：“你倒还大度，不怕商贾来多了，夺了你的财利。”

商主摇了摇头：“过往行商少有，财利也不见得有多好，市籍本已太重，又有坐贾征布，保本既难，何以盈利？倘买酒之人还少，那我们只得亏本了。”

小白是知道的，行商有门关税，坐贾有营业税，这还只是基础税种，尚有数之不清的隐形税收。为盘剥民力，各国还天才地创造出各种花样翻新的征籍办法。上次从谭国过路，谭国不就发明出新年新籍法，对过路客竭尽盘剥！

那商主又捧来三大罍好酒，乐无荒说朋友有体己话要说，那商主是晓得分寸的，只说有需要唤他，便退下去了。

小白擎起一爵酒，也不饮，去问管仲道：“免除关市之籍，半年便见效如斯，目前看来，民利甚夥，然国财能得否？”

管仲拿起案上的一根长梜蘸了酒水，在案上轻轻一画：“臣为我君设事讲解：倘有一行商，入齐国坐贾，唯入国门征籍一分，此一分入国府；此行商来庄岳之间坐贾，必赁我之商肆，假若赁为一分，此一分入国府；坐贾时长，必居我齐国屋舍，又得一分赁，此一分入国府；坐贾之外，饥寒求衣食，车马求粮秣，假若两分，此两分入国府；若有求乐之心，假若两分，此两分入国府。”

说到这里，管仲已在案上画出七条横线，他把长梜放开，“如此，已有七分利入国府，此非国财而为何？”

小白紧盯着那七条横线，忽地叹了一声，将那爵酒一饮而尽。

管仲再持长梜一画痕，一条纵线贯穿了七条横线，稳稳地说道：“我齐国为衢处之国，通达所出也，游子行商之所道。人来齐者，食吾粟，用吾币，黄金宝货流通不绝，我今不籍关市，因一端之损，而得天下累金之物，此为内守国财而外因天下。”

小白将酒爵重重叩在纵横水痕上，慨然道：“好个内守国财而外因天下，不籍关市而国自富。”

“此只为招徕天下行商之策，而轻重之术，不仅在内收天下之财，也在外制天下之财。”

“怎么说？”小白问道。

管仲说道：“臣过去求师忖里乙先生，忖里乙先生之前为臣讲解轻重之术，给臣讲说过一个故事。有甲乙两国，两国欲争伯主，甲国乃强国，乙国自忖不可以武力强取，不得已另辟他途。且说这甲国多产珍稀之鹿，乙国遂使人前往甲国花重金买鹿，甲国闻知乙国好鹿，不惜靡费千金为一禽兽。甲国以为黄金乃国之重宝，而禽兽乃国之弃物，以我之弃物得彼之重宝，是天以此福佑我也。于是甲国举国趋之，皆弃耕作而养鹿。乙国却暗自广蓄粮谷，因此甲国谷渐少而乙国谷渐多。异日，乙国闭关不与甲国通商，甲国之鹿无市可卖，而养民之谷又告罄，欲卖鹿不得，欲生谷不得，不得已仰食乙国，一国之生计制于他方，则是乙国不损一卒，使甲国臣服。”

说至此处，管仲并没有点破。小白约莫猜出个七七八八，疑问道：“闻子此言……是说我齐国可以制天下之财，收天下之心？”

“我君聪慧人，正是此理。”管仲笑道，“服膺人心之术多矣，而财利之所制，是最切中肌理者。我齐国若有为天下之心，则当牟天下之利，生天下之财，则天下服齐国也。。”

要成为天下的领袖者，可以采取的手段有很多，而经济制服便是其中最深入生活的一种，倘若天下人都争用齐货，以与齐国贸易为必需，进而就不得不以齐国价值观为依准。话不必说得太透彻，但小白想得很清楚，赞道：“此策大善！”

“无论内收天下之财，还是外制天下之财，皆为国富，不过，臣也曾为我君言之，欲国富，根本在民富矣。”管仲款然道，只一顿，意味深长地看住小白，“君可知，今日所更私服，成于何人之手？”

小白怔忡，他低头瞧了一眼身上衣装，不过是一件寻常私服，素朴简单，却也舒适，且衣料甚是轻薄软绵，翻开袖口细看，似有暗花隐现，能看出织衣者纤微入尘的精妙手艺，或是乐无荒从他的囤货里拣来的。小白向管仲困惑地摇摇头。

“成于我齐国女工之手。”管仲缓然笑道，“臣在繇乡时，闻一乡人言，他有一女儿擅织衽，技艺精纯，远近称叹，前年嫁去西乡为士人妻，臣遂遣人往西乡，请她织衣，才有我君今日所更之衣。”

小白恍然，再看这身衣服，越发察觉出不一样的织工妙处来，不禁称奇道：“此女手甚巧，却可请来织公服。”

管仲微一叹：“我齐国如此女之灵巧女工不在少数，倘若有心，去乡里走一遭，所获颇多，可怜贫甚，为饱食而操劳终日，纵有精工之技，也不得尽其所能。”

“身具巧工，才不得用，未免可惜。”小白惋惜地一叹，踌躇道，“国中怎可坐视不管，应思良策助其尽所能。”

管仲颔首：“正是此理。女工不织衽，皆因生计艰难，贫而不得分心行女事，若国中能给予公贷，即在丝成布前贷之，许诺曰：汝可为国织衽，国助工械，以树桑养蚕，且免汝息，他日布成，国以市价收之。使生计得保，后顾无忧，怎不全心于工？而这所收之布，国可售于他方，财利何止百倍！”

小白何等聪颖，立刻便听懂了，拍着膝盖呼道：“果是良策，民得其便，国得其利，国民俱富！子有此良策，何不早言！”

管仲谦让道：“此良策非出于臣之谋，乃隰朋谋之也。”

小白知道隰朋，管仲在繇乡结识隰朋，从此留在身边，做了执政属僚。值国君大婚，管仲又派隰朋与婚礼，相关细碎事务皆有参与。小白便是在此期间见到隰朋，零星几次接触，他觉得这个少年做事一丝不苟，事成了不言，事不成更不发声。旁人若有功劳，要在国君面前夸伐讨赏，隰朋却从不争功，仅此一点，便让小白赞赏有加。

“为国举良策而不邀功，若非吾子坦荡，孰能知道此良策出自少年之智？”小白慨叹道。

管仲微笑道：“良策各有所出，臣怎可据为己有？岂非卑劣小人！臣斗胆一请，我君若以为公贷女工可行，莫若交给隰朋主司。他既能举策，必已运筹在胸。旁人恐不通细务，把好事办成坏事。”

小白犹疑着：“主司国之大事，他是否过于年少？”

“他人年少或难断大事，然隰朋少年老成，其天才智略，其落落胸襟，臣也自叹弗如。”

小白默想少顷，决然道：“但能做事，年少又何妨！”念及隰朋，未免叹息连连，“我齐国若多得隰朋之才，何愁国不强，民不富！”

“我君欲求才，唯不拘一格耳。”

“子有何聚才之策？”

“慢慢来吧。”

一日游市，小白意犹未尽，与臣下聊得尽兴，好酒也喝得爽快，又买了若干好物，有用的没用的，只要合眼缘，价也不讲，一口便应承下来，于是大包小包拎了满手。左右哪里敢让国君携物，帮衬着拿在手里，其中鲍叔牙拿得最多，一面不高兴地指摘小白奢靡，一面却把东西接过来。

出得市门，小白回望庄岳之间，密集的人影仿佛被强拘在逼狭空间的大树，日渐生长的枝丫几乎要抻破阛阓的围墙，他再次评议道："太窄。"

回宫后，小白不日连颁两道君令：一是拓宽庄岳之间，四墙皆向外扩展一倍，要能容纳各国行商；二是延长免征门关税的时间，期限又定为半年。至于半年后如何，君令不言，而天下已翘首相望齐国惠商之政。

一座能聚天下富商、来天下良工、致天下精材，极度繁华富庶的临淄城正在形成。

六

齐桓公四年（公元前682年）的新年刚过，正旦飨礼饮过的醴酒还没在胃里消化干净，齐国便把谭国灭了，灭国理由是拒不执行免征门关税，且对齐君无礼。

谭国作为齐国的附庸国，多年来靠在齐国这棵大树下，收过路费收得满脸油脂。其实要说这门关税，谭国每收十分，有五分送给齐君贴补家用，所以泰山脚下这一道刮民财的关卡，实是两国共谋，彼此向来心照不宣。谁能想到，分赃伙伴翻脸不认人，竟以过路费收多了为罪状，要让本国绝祀！

再说到对齐君无礼，据说是某年某日，小白由此过路，遭守关的敲了一笔竹杠。这事掩埋了很久，谭子直到灭国前夕才知道，此时便是把守关者千刀万剐，也不能救国。

灭一国小民弱的谭国，小白都懒得亲率师，由大夫代君出征，师发国中，不几日便兵临城下。谭国无力抵抗，未曾交锋已望风披靡，谭子仓皇奔莒，逃亡途中，越想越气，尽管知道也没什么用，奈何激愤难当，砧板上的鱼也当蹦跶求生，于是向周天子告了一状。

周天子（周庄王）正病得欲死而不能，哪里有闲心管诸侯纷争，何况，自王纲解纽，天下大国灭小国者多矣，周天子就是个摆设，他有何能力管得了诸侯吞并？

“可怜。”天子唯能给予苍白而无力的叹息。

倒是年少的王孙阆评价说：“齐君跋扈，不好驾驭。”

周天子辛酸地说道：“跋扈也罢，温顺也罢，你能驾驭得了谁？”

王孙阆哼了一声，也不言了，可神色却隐着不服。

周天子以为何苦呢，每一代天子，起初都会不服、不屈、不忿，想要抗争，改变这王不王、侯不侯的局面，也都会经历一样的蹉跌、无奈、失望，最后就麻木了，得过且过了。

周之子孙日失其序——这是郑庄公的感慨，一代霸主尚且生出天命难违的喟叹，权柄外移的天子又能有多大作为。

悲酸于王纲不振的周庄王，没过多久崩于京。自平王东迁，这是第三位死在洛邑的天子。王室将天子崩殂的讣告赴于列国，也不指望诸侯们能来送天子最后一程，能遣个不甚体面的使者，送点廉价丧仪，就算是心中还念着天子。

但这次的天子之丧，忽然出现了一个让人揣度万端的变化。

天子崩殂的讣告发出去不及一月，便有诸侯国遣使奔丧，不是离得近的郑国，也不是标榜周礼代言人的鲁国，更不可能是黄河对岸的卫国与晋国，反而是刚刚被小诸侯告过御状的齐国。

齐国的吊丧使团规格相当高，领衔的是高傒。诸侯正卿与丧天子，这是自平王东迁以来，从未有过的尊崇。王室震惊得手足无措，仓促间忘记贵客与丧，周礼是怎么规定接待礼数的。为答谢齐国尊天子之心，王臣们商议，欲用天子待诸侯之礼。高傒辞让道：“不敢，陪臣辱于京，为寡君致丧天王，若享天子待诸侯之礼，这是僭礼，亦损致丧之情。”

王室赞高傒知礼，高傒说是齐君嘱意当事事依礼，诸侯为天子守四方，焉得不遵天子之礼？于是王室又赞齐君。

齐国不仅吊丧人员规格高，赠赙也很丰厚，玉琀、襚衣无一不备，比王室为天子准备的丧葬明器，等秩稍次，但价值更贵。

列国闻说齐国与丧，都有些拿不准主意：齐国给一个死天子献殷勤，意欲何为？总不能是害怕不致丧，遭到王室打击报复吧！这已不是天子威风凛凛的时代了。从前端坐镐京的周天子，可以任意地插手诸侯内政，看哪个诸侯不顺眼，便丢进鼎镬里烹煮，齐哀公不就成了周夷王大鼎里的一堆烂肉吗？

这个时候，如果有人说一声“齐君小白要尊王”诸侯不信，王室也不敢置信。郑庄公日日以天子卿士自居，仍然与周桓王打得不可开交，何况眼里常无天子的齐国。

高傒在京师待到天子落葬、返庙而哭，几乎参与了烦琐葬礼的全部过程，才告离开。王室对齐国之情感激不尽，新任周天子特意遣王孙阒祖送。也许是出于好奇，王孙阒打听道：“道路皆传，齐国行变国之政，高子能否告诉我，变了些什么，又为何要变？”

高傒含含糊糊地回答道：“道路纷传，十有八九不当信，无非富国利民而已。”

“高子口风紧呢。”王孙阒咯咯笑，“齐国富国利民，所求必大，高子不认，我也理会得。”

高傒不语，面前那张笑容可掬的脸，仿佛一揭便脱的假面，让他生出戒心。这是个不好对付的角色，疑心重而想法多，齐国以真心与丧，在这人看来，仍是别有用心。

因天子七月而葬的周礼制度，高傒赴京时，正值春光乍现，返回齐国时，已是秋来到。凉风搅动万千浮尘，将临淄城蒙上了一层浅浅的灰雾，仿佛沉淀不散的惆怅情绪，在那街陌巷道间久久盘桓。

高傒才进临淄，不遑宁居，即刻入宫面君复命。小白正在治朝正殿召见隰朋，见高傒来了，示意他稍等，扭头仍与隰朋叙话。

“国都之乡女工听闻可先券后衽，皆乐意受命。现受券而就工者，丝工两百九十三，帛工三百五十又一，布工五百又七。然各工分散，不利工功，待之后功成，也不便收之，但是多费人力。臣斗胆请命，欲将女工置于工商之乡，一体织之，一体收之。臣又于半年间，遍询鄙野之乡女工，也有肯者，但多有疑虑，恐获利薄于国都之乡，鄙野女工以为不公，请我君示下，可否国、野一致？”

隰朋说话不慌不忙，稳得像一碗永远端平的水，无论外界如何风起浪涌，那水也溢不出来一滴。

小白极是喜欢隰朋的言辞风格，没有半句废话，说公事便直入主题，不会推敲君心、观君脸色，也不会迂回包抄，兜一大圈再徐徐进入要旨，他说得累，君主听得也累。

隰朋奏事明了干脆，小白回应得也利索："将女工置于工商之乡，可行。"他顿了顿，眉毛微一扬，"至于国、野一致……"

这确实是难为小白了，国、野不一致是由来已久的传统。国人可上战场，可参与国事，是封建国家的社稷支柱；野人只能充战场厮役，没有与国政的权利，不幸犯轻罪，便永远沦为奴隶，有时归属还不明，说不清自己到底是齐国人，还是隔壁的鲁国人。

即便同样遭受上层剥削，野人的负担也重于国人，赋税更重，贷息更多，凡有国家建设的工程，如广宫室、建陵墓、辟池苑、筑城防，必被强制性服劳役，所得稍食，微薄不能糊口，不过只是廉价劳动力，与白干无差。

今齐国要兴女工，国都之乡若得一分利，鄙野之乡却仅得半分利，差距明显，眼瞅着国都女工收获甚丰，鄙野女工怎能甘心而就工。这变国之政，不能只变国都，而不变鄙野，不然齐国不就成了两截政治吗？一截荣光，一截暗淡，两截不统一，将来暗淡这一截也会拖垮荣光那一截。

想起管仲说过，国都之变告成后，便是鄙野之变，既然迟早都得变，那就先从国野女工同工同酬开始。

小白想通了这纠缠关系，也就无所顾忌了，爽声道："一致就一致。"

得到国君允诺，隰朋并没露出兴奋神情，也无赞颂之语，只"唯"了一声。

公事谈毕，隰朋绝不会与国君胡扯闲话。小白让隰朋先退下，隰朋行礼离开，经过高傒身边时，高傒悄悄打量他一眼，年轻得不见一丝沧桑感，却又稳重得不见一丝轻佻气，卿大夫子弟高傒见得多了，却从没见过这样沉着精干又从容淡泊之人。

想他二十岁不到，已为国君重臣，当时小白想任他为大夫，也觉得是不是太过年轻了，可不任职而司事，显得不伦不类，于是任为"胁"大夫，意思是比于大夫。

国中知晓隰朋以童子之年，忝列公官，艳羡他少年得志，也惊赞管仲慧眼识才，多事的还去嘲笑隰辰：这么个卓绝天才，待在你身边如许久，你是老眼昏花吗，竟没看出来？

隰辰因为隰朋得重用，高兴全无，不乐意倒是占据全部情绪。他这类传统秩序的维护者，都有偏执的控制欲，当然是要维护家族利益，但即便家族成员一步登天，也得是经他之手，决不允许不受掌控的另类成功，所以隰朋的飞升，于他来说，是丑事，而非荣耀。

高傒想着隰朋的事，并未意识到小白在上头呼他，慌得道歉道："臣失礼了。"

小白不介怀，问起高傒赴京与丧的情况。高傒说王室盛赞齐国知礼，新天子更是赞誉有加，称道：齐国比之他国，心里真有天子，他国心里有的只是本国。

"天子这样说，去这一趟值了。"小白从不掩饰自己爱听奉承话，谁不喜欢装帧精美的言辞？非要矫饰自己只听逆耳诤言，学得鲁国伪君子那套，好没意思。

见小白喜形于色，高傒迟疑了一下，本不想说，以为提前防备也未尝不可，便把王孙阆的态度说了出来。

一个王孙对齐国有猜疑心，小白没太当回事，便说："许是王孙误会我齐国，又有何伤。"

高傒提醒道："今日是王孙，明日或是天子，王孙误会我齐国无妨，天子误会我齐国又待怎讲？"

小白怔住了。即使国君不明言，高傒也懂，得到天子认可，是齐国的政治追求，更是变国之政的终极目的。这认可也不是单单要天子的一声赞美、一句肯定，而是在重整天下秩序时，天子这个旧时代的精神偶像能起到旗帜作用，倘天子对此持异议，那为重整秩序付出的一切努力，便像是莫大的讽刺。

小白滞滞地笑了一声："罢了，还没到那一步，他日再说吧。现有一大事，说与高子商榷。"

他看着高傒，问道："宋国的事，高子听说了吗？"

宋国于前个月发生了弑君之变，高傒在归途中已闻悉了。弑君者是郎之战时被鲁国生擒的南宫万。

因南宫万是宋国猛将，宋人几番求情，自然贿宝也不少，鲁国得了好处，便不留人，不久将他释放回国。叵耐宋国人是狂直之性，国君便是狂直的极端典型，每天看见南宫万，便讥讽他是鲁囚，要说有多大恶意恐怕也不是，只是管不住嘴。可南宫万也是宋人，一样戆而不知迂曲，绝不会为人奚落还一笑而过，因此恨意难平，有日趁着宋公在孟渚泽狩猎，犯下弑君之罪。

目下南宫万占据宋都，宋国诸公子走逃出国，有的奔本国边鄙，有的奔他国避难。也有忠君的萧邑（今安徽萧县）大夫站出来，纠合公族力量，又向曹国借兵，欲征讨南宫万。

高傒小心一问：“我君是否欲定宋国？”

小白不置可否，委婉道：“宋与我同盟。今宋乱，寡人欲尽同盟之谊，盟诸侯而定乱也。”

举凡大国，都有定国乱的责任。齐国在僖公时平过宋、卫、郑，襄公时深度介入过卫国内政。小白继位后，在对外关系上，除了与鲁两战皆败，于列国事务并无作为。而今宋国内乱，给了齐国再次站上列国舞台的机会，定宋乱对小白是一次试水，成功了，齐国重归大国行列，将来号令中原诸侯才有资本，但如果不成功呢？

高傒必须考虑周全，他是百事以齐国利益优先，也因他有为齐国谋事的忠心，小白认为他与其他卿大夫不同，为国者必有担当，是以欲行变国之政，若对他晓之以理，他也会支持。

“定宋国也可，然与盟非一国可成，我君欲请哪些诸侯？”

小白随心似的说道：“都请，看谁来吧。”

这话听来仿佛儿戏，似乎无理，细作思量，其实大有意味。襄公殁后，齐国无论内政外交，都遭受重大损伤，外间非议一度甚嚣尘上：齐国连鲁国也打不赢，大国之气象已尽。小白要定宋乱，请诸侯与盟，诸侯来不来，也是难说。来了，有一番方面角力的光景；不来，也有一番各具肚肠的光景。

高傒想试水也有试水的好处，不必畏首畏尾地缩在列国背后，小心翼翼地观察天下风向，便又问道：“兵车之会，抑或乘车之会？”

兵车之会是率师与盟，暗含武力威胁的意思；乘车之会，却是持礼之交，一切以言辞谈判为准，谈不拢也不动武。

小白笑道：“管子言，突以兵车会，恐惊散诸侯心。莫如先以乘车相召，我以礼相待，诸侯仍不来，再兵车合之。”

如此看来，乘车会是管仲的意思，实是先礼后兵，也是看看天下列国，有多少诸侯愿买齐国面子。

“也好。”高傒没有疑问。

齐国定宋乱的诸侯盟会，定于齐桓公五年（公元前681年）正月，于齐国北杏（今山东东阿北）举行。

与盟邀请，由齐行人送往列国，宋国自然是首要之选。这时宋国已平定了内乱，逃往陈国的南宫万也被宋人一而再，再而三地“请”回来。

继位的新君听说齐要管自家内务，戆里戆气地问道：“吾乱已平，何须齐国插手？”

这质疑里，有对齐国干涉内政的不满，也有对过去齐不肯助宋伐鲁的积怨：说是盟友，便当同仇敌忾。你伐鲁，我出了力，我伐鲁时，你却缩头了，不讲义气之辈，便不再是盟友。这时表出盟友之谊来抖大国威风，岂能依你！

宋国对盟会表现冷淡，其余列国心思各异，也不是断然拒之，而是先观望了一阵。鲁国是坚决不与盟。郑国是自家内讧未完，无心理外事。卫国不来的理由很牵强，本是齐国传统盟友，卫朔还曾为小白主婚，但卫朔相风，风往哪儿吹，他最清楚，眼见列国无心与盟，他索性也不来了。倒也给了齐国解释，说是上回遇戎袭，闪着了腰，至今未曾痊愈。

也不是没一个人来，有陈国、蔡国、邾国，不过来的不是诸侯，而是大夫，除蔡国遣的是上大夫，其余是下大夫。宋国最后还是难得地改了主意，也许是被齐国的诚意打动，也许是怜悯小白头次主盟便遭到冷场的打击，然而宋君不行，同样遣一大夫做代表。

与盟之日已至，北杏会盟的坛场上，唯有一面诸侯旗帜，迎着正月的寒风，猎猎作响，孤单而壮烈。

小白先还沮丧，后来油然生出自嘲之心，竟笑起来：“本欲邀同好行周道，未想来者寥寥，不屑与小白同行乎？”

随同前来的管仲嗟叹道：“踧踧周道，鞫为茂草。道为茂草所占，是故难行。”

“那就芟荑茂草，使道路得通！”小白挥起手，用力劈了下来。

诸侯不来，与会大夫也没被冷落，齐国仍给予优厚款待，只当大家是来齐国游乐。就像前次小白大婚，列国使团在临淄极尽欢悦，见识了齐国人的大方好客；俟后归国，把齐国精心准备的馈礼带回去，也把齐国不掺假的诚意带回去。

为“盟会”而备办的宴飨仍然如期举行，觥筹交错之间，小白问诸大夫："诸位在齐国待得可还舒心，有何要求尽管提出来，齐国虽力薄，也当不辞劳烦。"大夫们吃齐国的、拿齐国的，嘴短而手软，不好意思再提要求，纷纷言道："一切皆好，齐君太客气了。"

唯蔡国大夫忐忑不安地提出来："寡君至楚多日矣，鄙邑久请不得归。敢辱齐君，与楚谋之，归寡君……"

蔡侯失陷楚国的惨事，列国尽知，连周天子也为之掬过一把清泪。那是在小白继位后的第二年，楚举兵伐蔡，大败蔡师于莘，生擒蔡侯，裹挟归国。

自此蔡侯成了楚囚，楚王看在他是一国诸侯，留他做了羁旅客算是恩渥。身份似是客人，待遇却不及俳优。楚王心情舒畅时，待他客客气气，若天气明朗国事顺手，也有零星馈赠；心情恶劣时，提溜来百般羞辱嘲讽，数次指着他对群下说："大辱国之君在此。"

蔡侯在楚国近三年，备尝辛酸，苦不堪言，笼中鸟也比他自由。蔡国没了君主，数度求请楚国，献了奇宝若干，楚国却回复道：蔡君喜在楚，不思蔡也。言下之意为：不是我们不放人，是你们国君舍不得楚国。

小白明白蔡大夫的期望，蔡国遭侵，国君受辱，中原列国忙于内争，哪里有闲心管小蔡的死活，诸侯们对此置若罔闻，无人可为蔡国做主。因此蔡国此次遣使与盟，不是为平宋乱，而是揣着惴惴之意，巴望着齐国出面与楚国商量，请回蔡侯。

请求无疑是令人同情的，但齐国若允蔡之请，力争蔡侯回国，就意味着要与楚国正面对抗，凭齐国现在的实力与地位，太早与楚国硬碰硬，既吃不下楚国，还会惹来反噬。

小白也想帮一把蔡国，可愿望虽美好，现实却残酷，今时今日的齐国，举一盟会，诸侯们尚且推三阻四不肯来，既不能号令中原诸侯，又如何抗击南方强敌？

他踟蹰不知如何作答，管仲代他答道："蔡君之事，寡君已知，大夫之愿，寡君也知。"

这种模棱两可的回答与没回答没甚分别，换成大白话，就是"我知道了"，知道以后是管或不管，也在两可之间。

齐国没给出确切答案，蔡大夫也不敢强求，在这天子不问天下事的混乱年代，诸侯各扫门前雪，别家灭国绝祀，能挤出两颗真实的泪珠，就算有情有义了。天下欲乱，我辈奈何？纵便改朝换代，总少不了吃香喝辣的。

宴飨散后，与宴宾客皆散了，小白却待着没动，心绪糟糕至极，一为盟会失败，二为不能助力蔡国，他生了许久闷气，没头没脑地说：“还有多久？”

一样没走的管仲听得懂他的疑问，说道：“可久，也可不久。所求大，久也；所求不大，不久也。”

小白懂得，行庄、岳之道，寻常行步便能走通；行周道，需要付出坚韧的耐心，艰苦的努力，以及可能的巨大牺牲。他长长地叹了口气：“乘车之会败矣，若何？”

“无奈，只能兵车以合之。”管仲刚劲有力地道，“胜一而服百，则天下畏之。”

这次试水之旅，走得不畅，齐国没有能让诸侯服膺。有时为达成目的，不得不采用非常手段，要成就大国事业，靠彬彬礼仪、翩翩风度，压根儿行不通。小白无情绪地一笑：“善！兵车以合之。”

七

齐桓公五年（公元前681年）的北杏会盟，因为他国诸侯的缺场，成了齐国的独角戏，在实力决定国家地位的时代，友好的面孔换不来和睦的邦交，更不会让诸侯国甘心从命。

由于蔡大夫在盟会上请求帮助，齐国固然不愿与楚国正面冲突，也不忍舍盟好于不顾，于是遣使赴楚，为蔡侯求情，能否成事再说，但姿态得摆出来。

楚王见齐国为蔡侯当说客，特意将蔡侯召来，当着齐使的面挖苦道：“君之脸面何其大，齐君也来为君求情。而今天下汹汹，皆道不穀不义亏德，留君不归，致君失国，君以为如何？”

蔡侯吓得腿肚子抽筋，连忙说他实不知齐国为他求情一事，他在楚国待得甚是安逸，楚王待他恩厚，他自愿留楚，旁的什么人，不该管闲事。

楚王耀武扬威地对齐使眨眼睛：“听见了？岂不穀是为？蔡君甘愿留楚。”

他借机又数落蔡侯不知餍足，吃了许久楚谷，又惦记着齐粟，指桑骂槐了好一会儿，最后警告道："转告齐君小白，蛮夷之邦，不劳中原上国关顾。君处北海，我处南方，各守其土，异日若治兵中原，齐楚相遇，不縠不避。"

横得天也要低头的楚国，认定了中原诸侯俱为窝囊废，齐国自也不例外，今为蔡开口，大约是想出风头博伪名，动起真格来，一准变成软脚虾。

齐国会盟诸侯冷场，为蔡侯求情又遭楚驳面，连番的挫败，倒为列国供奉了佐酒笑谈，天下纷传：齐国行变国之政，有强国之志，如何越变越回去了！别说复归襄公僖公时，反而日渐显出三流小国的颓废作态。

对齐国的困顿遭遇，鲁侯最为称心如意，但有朝会，必要与卿大夫们说道齐国是非，正事可以不忙说，齐国的悲伤故事不可不说。

每到这时，施父总要讲论大道理："臣早言之，变国之政不可行，礼秩有定，制度有则，岂能更改？齐违周礼，不法先王之法，败也。"

鲁侯从前极厌施父的"早言之"，现在却觉悦耳动听，直听得眉眼生辉，心腹抹蜜。

对传统秩序有着天然维护心的鲁国卿大夫，原来对齐国简其俗、从其礼的治国方略，多有不满，因其粗陋之政，养出粗鄙浪荡的齐国人，现在齐国竟还要变国，是嫌浪得不够吗？遂愈加深恶痛绝。

鲁君子皆笑齐国自作孽，唯有两个人不与众同，不仅未有奚落心，还生出不安。

一人是公子友，人问他如何看待齐之变政，他沉默不言，仿若陷入冥思，问的人几要忘记，他才自言自语道："不可小觑。"

一人是曹沫，卿大夫每每非齐，他总要泼冷水："齐是大国，岂可轻视，二三子日日以取笑齐国为乐，何不思如何兴鲁！"

鲁侯看不得曹沫为齐张目，忍不住要挑刺找不是，反问道："二三子若不能兴鲁，子以为小白便能兴齐？"

"臣不知小白，然臣知管夷吾能兴齐。"曹沫冷峻地说。

鲁侯不肯置信。

周历六月夏，天气渐暖，是冬小麦成熟的日子，山野风光更加妩媚。鲁侯与近臣商量，欲出城去吟赏景致，蹚着泗水随走随玩，一直去到棠邑（今山东鱼台西北）——隐公在那里凿过一座大池塘，里边养着各种鱼。鲁侯打算在棠邑钓上一个月的鱼。

鲁侯的出行计划还没来得及实施，一片记录紧急军情的简书，飞入他手中，烫得他皮焦肉烂。

在这红飞翠舞的绮丽季节，齐国率师循泰山南来，征讨位于汶水流域的遂国，出师理由是：北杏会盟，遂国不与，无礼于齐。

遂国是商人后裔，早就成为鲁国的附庸国，地理位置很像被齐国灭掉的谭国，卡在鲁国边境内部，除部分内政管理具独立性，仿佛鲁国乡邑。

北杏会盟，不去的诸侯何其多，单单挑出一个遂国问罪，摆明是齐国故意找碴儿，盲眼人也能看得出来。要征讨遂国，必进入鲁境，实与侵鲁也没区别。

齐国之意不在遂，而在鲁。

遂国是个巴掌小国，顶不住齐国的攻势。遂国的飞书才传去曲阜城，鲁侯连要不要救援都还没想好，齐军已在遂国宫室里放马，把遂子私库拔了，看得上眼的好物装函，统统献给国君。

最让鲁侯怒火中烧的是，齐军竟敢抢割汶阳田的冬小麦，据闻是一粒麦子没给鲁国留下，可能齐军战士都是干农活的好把式，割起麦子来又快又精准，凡挥镰之处，那田土光得像秃瓢儿。汶水流域的鲁国边鄙戍兵要为国抢麦子，却被齐军捆成蚕蛹，让他们个挨个地坐在田边，眼睁睁地看着齐军在麦田里游刃有余。

遭遇紧急外事，国中立刻派出行人交涉。行人赶往城头换了旗帜的遂国，小白没工夫见他，听说正忙着数麦子，见他的齐国代表方是管仲，行人严厉指责道："遂人何罪，齐何以伐之？"

管仲平和地说："凡我侯伯，当救患、分灾、讨罪。北杏之会，为平宋乱，遂人不与盟，是不行侯伯事，枉为天子封臣，非礼也。"

不与盟，便是不够格做诸侯，这罪名着实吓人，听来似乎牵强，却找不到反驳理由。行人心里别扭得很，可偏就问不下去，只好暂时丢开，另起一事问道：

"何以抢掠我汶阳之麦！"

管仲微微笑道："何言劫掠也？伐遂之战，为天子讨不庭之臣，收取汶阳之麦，以供宗庙，祀周公、太公之灵，是鲁与齐同祀，亦鲁与齐同伐。”

行人像被镰刀割了喉咙，只流血，发不出声，这是何等无耻的说辞！侵其国、夺其食，还言之凿凿与尔同祀，仿佛这兵临国境的侵略，是受邀而来。

行人说不过管仲，只有返国复命，将原话一字不差地复述给鲁侯。话仿佛不温不火，却字字都带刀，鲁侯气得脏腑要炸了，恨得每根汗毛都在瑟瑟发抖，又不能单乘奔赴，与管仲、小白决一生死，只得匆匆召来群下商讨对策。

施父头一个说道：“臣早言之……”

又来了！

鲁侯拍着大腿臭骂道：“早言早言，若当真能早预事，怎不知齐师侵我，早做准备？今国有难，倒啰嗦出一通不曾有的先见之明，只当寡人平日忍你，是为你好空言？这等屁也不如的废话，期以后少言不言！”

鲁侯的怒火肆意奔放，烧得施父心胆俱裂，眼泪差点都烧出来，想他好歹是两朝老臣，鲁侯当众辱骂，太不留情面。

国君动怒，群下栗栗危惧，性命攸关时，总会想起救命绳索，竟都去看曹沫。

为众期待，曹沫不得不说话：“齐侵我，为让鲁服齐。我与齐，自两公子夺位之争以来，构怨日深，经长勺之战、郎之战，势若仇雠。北杏会盟，我又不至，齐深恨我不膺从，借伐遂，实探我之心，服则行成罢兵，不服则兵戈相见。”

说这么多，不外乎是齐国侵鲁有所求，鲁侯催问道：“子以为我鲁国当不当服齐？”

曹沫不正面回答这个问题，分析道：“君若欲服齐，即与齐行成，重定盟好，从此从齐奔走；若不欲服齐，即日坚壁清野，守城避战。齐出师之名是为遂无礼，本无由伐我，今因遂人之败、汶阳之麦，激我出战，我若愤而治兵，入齐之陷阱也。齐师远征，深入异国，急于决战，我避其锋芒，待其师老，自然就会退兵。”

鲁侯在心里比较这两种选择，服齐让他心有不甘，为摆脱齐国控制，鲁国几乎挣脱半条命，好不容易恢复自由身，怎能走回头路？若不服齐，照曹沫所议，是避让不与之战，是不是也太怯懦了？周公之国怕太公之国，怕成缩头乌龟，过于丢人现眼。

“为何不与齐战？长勺能一战胜齐，今齐又侵我，我也可再胜之。”鲁侯恨恨地说道。

曹沫语气沉重地说道：“今日之齐师，恐不同于长勺之齐师。闻管夷吾在齐行十五士乡之政，大变齐师。我师熟悉过去之齐师，而今对手已变，至今无人知其真貌，不知敌情，胜之难也。”

由于一贯的、被旧思维顽固化的对齐国变国之政的轻蔑，鲁侯对曹沫的诤谏怀疑重重，卿大夫们也觉得曹沫危言耸听，夸大敌人，贬低自己，仗没打，主动当了逃兵，于是纷纷责备曹沫言过其实。唯有公子友轻飘飘地说了一句：“曹子也有道理。”却被淹没在指责声中。

鲁侯看着曹沫频频摇头：“子昔日最不惧齐，如今竟惧齐如鼠。”

尖锐的批评扎得心口一阵剧痛，曹沫忽地挺起脊梁，有话要脱口而出，又硬生生吞下去。

鲁侯的目光转向群下，声音拖得又长又慵懒：“往昔有赖曹子，胜齐败宋，连战连捷，二三子皆贺寡人得虎臣也。今曹子惧齐不肯战，寡人只好另谋虎臣退敌。”

“臣！”曹沫忍不住了，大声道，“并不惧齐！臣不欲与齐战，是为国谋万全，若我君决意与齐一战，臣又岂能当事而避难！”

曹沫其实明白鲁侯故意激他，可他是责任在前，明知注定失败，也要承担下来，并不顾后果地将这个责任融入生命。

“子有不避难之志，何愁不能胜敌！”鲁侯露出饶有兴味的笑容。

为应对迫在眉睫的敌情，最好繁缛礼节的鲁国一切从简，火速完成大蒐礼，鲁军旋即出国都北上汶水。此时齐军还待在遂国，吃着鲁国的麦子，赏着鲁国的美景，也许想做文质彬彬的鲁国人。鲁军疾行不歇，奔到汶水北岸时，齐军正严阵以待。

夏日熏风如痴如狂，吹来满脸辛辣味。汶水被风吹得焦躁不安，层层波澜为此际午后的日照燃烧，粼粼之光似万千跃水而出的金鲤鱼。放眼汶水两岸，成片铺开的长亩田排列得整整齐齐，仿佛一块块切割方正的氍毹（一种织有花纹图案的毛毯）。空气里似还游荡着已被收割一空的冬小麦的香甜味。

眼前景致旖旎，而战争即将来临。

两军列阵相对，从鲁军这一方望过去，三军阵的齐军鸦雀无声，仿佛三块千年磐石，只听得头顶高扬的旌旗哗啦啦抖动，似一川涌动不休的激流。

齐军一方驱出一辆戎车，行到两军中间地带，高喊道请曹沫出阵一叙，与曹沫同车的鲁侯莫名地盯他一眼。曹沫像是知道要见谁，不感诧异，说了一声“去去即回”，他便换乘一车，自充御者，驱车奔到对方车前。

“经年未见，沫一向安好？”一个声音暖洋洋地笑道。

曹沫拜手道：“夷吾见礼，恕沫介而不能拜。”

管仲微笑的面孔从戎车的阴影里慢慢显出来，他悠然一叹：“生恐沫不来会旧友，便在汶水之畔苦等许久。”

“本不欲来，奈何举朝上下，皆催曹沫，不得已而来。”

管仲静默顷时，又复一叹：“鲁之有沫，何其幸哉，然不知如何用哉！”

曹沫略带酸楚地说道：“倘或知用，不会有今日之战。”

管仲道：“昔我离鲁，沫为我送行，别时曾言：他日齐鲁交兵，待若何？”他住了声，仿佛在等着曹沫回答。

“我言：不避不让、不降不服，夷吾为齐，我为鲁，各尽其责。”这旧日话别的豪言，似在曹沫心底藏了许久、温故了许久，今天拿出来依然新鲜如昨。

管仲轻暖一笑，霎时烈风吹得车后旗旒飞天，轮毂哐啷啷转起来，驷马也刨蹄烦躁，他昂声道：“那今日在此汶水之畔，你我各尽其责。”

“各尽其责！”

曹沫一扬六辔，戎车转头奔走，管仲也奔回阵营，两人没回头看对方一眼。

第一轮战鼓敲响了，以催拔山川的撼天之力惊醒天下，生死交锋即将开始。

静如山岳的齐国三军，终于松动了一方块垒，首先出战的是左军，也就是国子之军，相应地，鲁军以下军对阵。

两军踏步向前，鲁军听的军令是下军战鼓，而齐军并不似从前以中军战鼓统一指挥全军，而是左军出战，则由左军击鼓号令进退攻守，这便是国子之鼓，倘若右军出战，则击高子之鼓。

方一交手，鲁军便感觉齐军与长勺之战不同，整个军阵紧致得仿佛浑然一体。齐军单兵作战能力强过鲁军，若论布阵后的集体战斗力，两军不分伯仲，或许鲁军稍胜一筹。齐国战士太爱表现自己，总也忍不住要溢出军阵，争取个人立功机会，然而密集军阵若出现阵列不齐，哪怕只是一辆战车偏离轨道，也可能引发致命后果。

干时之战的齐军，以单兵之力横扫已溃败的鲁军；到了长勺之战，同样是英勇卓绝的齐国单兵，却没能挽回齐军的败亡。

但这一次，齐军却似脱胎换骨，单乘不脱轨，单兵不出列，单个步兵的位、一排步兵的伍、一个小方阵的两，以及方阵队形的行，有效组合，疏密有间，区位不乱，彼此紧拢起来，各有功能却密不可分，仿佛一面绷紧的鼙鼓，无论从哪一边敲击，鼓也不裂，而声音传导于整个鼓面。

最令鲁军惊诧的是，齐军没有采用习惯上的七十五人兵车制，而是五十人兵车制。如此改革，表面上每一战车可指挥的士兵人数减少了，却使战车方阵显得更紧凑，战场应变更加灵活机动。

齐军每一战车方阵的五十战士，甚至相邻数辆战车的战士，都来自同一乡里，从小厮混玩耍，有血亲关系的自不必说，无血亲关系的，也熟悉得像亲兄弟，遭遇危急情况，无须出声呼喝，一个眼神交流，彼此便能领会意图。一纵五个步兵为伍，执五兵作战，排第一位的戈手率先啄击，第二位的戟手配合钩杀，第三位的殳手着力捶打，第四位的矛手辅助戳刺，最后一位的弓矢手与对手拉开了纵深距离，可以飞箭直击要害。长兵短兵配合默契，既能发动连续不断的攻击，又能相互保护互为支撑。

焕然一新的齐军，像是在熔炉里经过一番淬炼，锻出了钢筋铁骨，无论鲁军如何拼尽全力，也伤不动那铁骨一分一毫。

齐军整齐得仿佛是一个完美的人，找不出一点儿瑕疵，与这样无懈可击的对手作战，战场上搏命相争的每一瞬，都在消耗自己的有生力量。

士气越战越低落的鲁军下军，被钢鞭一样有力的齐军左军，抽成了两截、三截、五截……阵列散乱的鲁军，不像单兵能力杰出的齐国战士，有一人单挑一支军队的勇气，有死也要拉一群人垫背的决心。

鲁国战士没有这样的疯癫血性——君子舍生取义，君子也不做无谓牺牲——阵形被冲散后，溃逃便成了首要选择，当年干时战败的阴影又浮上心头，都怕被齐军俘走，撒丫子狂奔乱逃，竟有心慌跑错方向的，一头撞到齐国中军前守阵的一排藩盾上，果然成了俘虏。

观战的鲁侯不服输，没道理以前战胜过齐国，今天就赢不了。他执意要把全军压上决战，左右劝说撤退为优，他犟着不肯动，恶狠狠地发誓道：“今日不胜齐，寡人不归国！”

曹沫大呼道：“君欲鲁之战士今日皆为白骨乎？”

鲁侯被吼得一个哆嗦，臣居然敢训斥君，曹沫胆子未免太大！鲁侯虽恼怒，可也亏得曹沫这犯上之举，如一击雷霆，惊碎了围困他的固执高墙。

曹沫说得对，齐国军队不一样了。齐国许久以来不问外事，不兴刀兵，不惜得罪盟友宋国，也不肯出师伐鲁，其实是闷在国内打磨爪牙，如今利爪尖齿得成，到了亮出来的时候，便寻上鲁国练手。

鲁侯再不想输给齐国，也不能因意气用事，把鲁国战士的性命都搭进去。国君下令，鲁军急速撤离战场，齐军象征性地追了一里路，便没再跟下去。

奔回国都的路上，鲁侯问曹沫：“就让齐师留在我境内？”

曹沫没回答，他紧锁着眉头，眉心拧出一个深深的旋涡，仿佛藏着无限心事，只没人能懂。

八

晚秋时节，天地飘零，万物萧疏，城市、乡野都被渐转渐凉的秋风剥去丰沛血肉，一日复一日地消瘦凋敝。

入秋以来，鲁侯也瘦了不少，皆因国事不顺，以至食之无味、寝之难眠。

因伐遂而进入鲁境的齐国军队，自灭遂之后，就没有离开过鲁国。一如曹沫所料，鲁国的主动出击，给了他们进攻鲁国的口实，齐国以“鲁无故伐我”为出师之名，进一步深入鲁国境内。明明一开始齐国才是侵略方，鲁国北上汶水作战，属于自卫反击，被齐国一番颠倒黑白，反变成了齐国受辱，不得已雪耻。

齐国军队便循泗水西岸南下，如钢刀一般插入鲁国腹心，所过边鄙、乡邑，无一能挡此虎狼之师，如今齐国兵锋已到棠邑——正是战事肇开前，鲁侯打算去钓鱼的棠邑。

齐军的攻击路线，对曲阜城几乎形成了半包围态势，外间纷传：齐国今番要灭了鲁国，攻进曲阜城见什么抢什么，鲁侯、鲁君子、鲁国人都要关起来做奴隶，再把周公庙的椽子拆了，拿去太公庙充当马厩的槽枥。

曲阜的君子们都慌了，性急的已在摩拳擦掌地寻找投诚之路，倒不怕被人唾弃为鲁奸；矫饰君子风范的做出泰山崩于前而不惊的从容姿态，对如何转圜国之危难却闭口不谈；也有忠肝义胆之人，直斥国之将亡，君子当杀身救国，不当效愚夫愚妇，空垂泪也。

然宏论好言，实事难为，人人可大而言之我辈当救国，人人却未必有救国的本事。

长勺之战前夕，正是鲁深惧齐时，举国上下束手无策，危机关头，有个曹沫挺身而出，今又逢危难，曹沫还在，却也无能为力了。

汶水战败，鲁侯无颜以对群下，他想把这难堪事当作没发生，下头却不依不饶，不便数落君主，都去数落曹沫，说曹沫不中用了，说曹沫能力欠佳，说曹沫临战失算，还有说得扯远话题的：曹沫出身低微，本就不该居高位，国君一意孤行重用他，侥幸胜了两场胜仗，便自以为能，如今可现了原样。

最后这种批评，便是以施父为代表。

纷乱非议尽管让曹沫烦恼，听听也就忘了，但最让他寒心的是，鲁侯不知如何向卿大夫们交代，竟把战败责任推到他身上，但到底良心有愧，不便加刑罚，只勒令他闭门思过。

“君不知如何用曹沫，反成了曹沫的错。”曹沫怨愤地说。

国有难时，君子们无良策救国，推他出来挡箭；国难不易平，又拿他来顶缸。胜利了，是君子们的功劳；失败了，是别人的责任。

曹沫既悲又怒，果真“闭门思过”，任凭外边折腾得天塌地陷，齐军恍惚就要攻进曲阜城，他也不出门不过问。

鲁侯理亏，也不敢去找曹沫咨问国政。眼看形势如飞瀑落深潭，唯急遽下降，不见上升余地，慌得心也碎、魂也飘的鲁侯，仿佛垂死之人灵光乍现，突然想起那被他遗忘在天涯海角的亲生母亲。

齐襄公诸儿遇弑身亡后，公子曼仍不回鲁国，却也没有住在齐国，而是长居于齐莒之间，如同没有归属国的漂泊羁旅人。她不回鲁是众所周知的原因，不居齐，或有襄公的缘故。襄公在时，齐国人都称羡公子曼是齐国最自由最无所畏忌的女人，但她所想所欲，国君皆偿她所愿，对公子曼一切合理或无理的要求，襄公的答复总是两个字："随她。"襄公不在了，她在齐国失了依傍，身份也怪异：说是鲁国君夫人，早与死了的鲁桓公一刀两断；说是齐国女公子，既已嫁人为妻，何以恢复为公子之身；说是襄公的……本是伦理丑事，又怎可宣出来明示天下？

齐国人对公子曼有羡慕，却不喜欢她，鲁国人恨她入骨，列国人拿她当桃色谈资，她那分裂的身份，使她不属于任何一国。

襄公刚死时，鲁侯给公子曼去了一封信，统共三片简牍，写满了他的幸灾乐祸，他不仅在欢呼襄公的死，更要气这令他失去依靠、使他蒙羞的生母。

公子曼没有回复他。

失了襄公，公子曼在齐国成了无根之木。鲁侯也没有请生母回国，偶尔心血来潮，遣人给公子曼送点孝敬小礼，表示"寡人还记得你"。他觉着公子曼留在外边挺好，免得回国了闲得慌，天天对自己指手画脚，这国君之位坐得也不自在。

值此社稷倾覆之际，鲁侯终于想起公子曼了，管用不管用不好说，反正死马当活马医，也要试一试，毕竟是亲娘，儿子的国要亡了，她总不能袖手旁观。

国中迅即遣使传乘，昼夜奔赴，跑得马腿也快累断了，一日一夜抵达莒国边境，把鲁侯的求救之书转呈给了公子曼。

公子曼没有露面，着了个体体面面的侍女回话说："公子已知。"

回应太含糊其词，使者着急得很："下臣来时，我君再三叮咛，无论可与不可，请小君务必给准信！"

侍女恬淡地笑道："此地无鲁小君，唯齐公子也。要寻鲁小君，子怕是来错地方了。"

使者呆愣住了，当日公子曼负气出走，与鲁桓公决裂，婚姻关系仿佛终止，可亲儿子是鲁国国君，鲁桓公也没休了她，说句让鲁国人戳心窝子的真话，是公子曼甩了亲夫，无论她在哪里，与谁发生情感纠葛，仍是鲁小君。

公子曼不喜鲁小君之称，必以齐公子自称。是不愿意帮助鲁国吗？使者灰心丧气，却不能逼迫公子曼为鲁奔走，洒了两行凄惶之泪，伤心地返回鲁国。

使者离开不久，公子曼将一样物什装函，那丝绳系了十字死扣，交给亲随，令他立即出发，无论风霜苦寒，也当倍日并行，将此物尽快送出去。公子曼的亲随携物忙投急趁，一头冲入了鲁境，但不是曲阜城，反是被齐军占领的棠邑，小白正在此钓鱼为乐。

鲁国棠邑大池阔大如湖泊，水中鱼儿甚多。若遇细雨天，无数鱼儿浮淰而上，将水面刺出亿万朵微细的花骨朵，恰是一番别致景致。

公子曼使者来之前，小白与管仲、高傒正比试钓鱼。半日下来，高傒钓得最多，管仲次之，小白最少——他是太易分心，风吹响些，鸟鸣一声，便要扭头张望，这一动，咬钩的鱼儿也给惊跑了。

小白瞧一眼自己的鱼筌，又瞧一眼管仲、高傒的鱼筌，不高兴地说：“把你们的鱼丢下水，重新比过！”

管仲笑道：“不带这样耍赖，说好了一局定胜负，哪里有重比之理。”

小白蛮横地说道：“君令臣重比，臣就得重比，二子焉能不从！”

高傒笑叹一声，将鱼竿一放，提起鱼筌要送鱼下水。管仲拦了他一下：“别忙。”他提起自己的鱼筌，将筌中之鱼倒入小白的鱼筌。

“高子垂纶之术厉害，臣也赢不了，莫如耍个心机，与我君并力，且看能不能赢过高子。”

君臣同耍诈，小白也不反对。当下数起鱼来，管仲的鱼加上小白的鱼，比起高傒的鱼，堪堪多出两尾，分明是胜之不武，小白却乐得拍手叫好，嚷着高傒愿赌服输。

高傒脾性温良，也不争执，淡淡一笑：“我君与夷吾合力决胜，臣输得心服口服。”

小白叹道：“高子这不争之心，举朝无人能及。”他似觉得话说满了，亡羊补牢似的对管仲解释道，“没说你要争。”

“臣，要争。”管仲毫无避讳之念，说得铮铮有力。

高傒仿佛随意地问道：“子之争，为争国事乎？”

管仲沉静一笑，却不言了。

说话间，下头递上来一函，称是公子曼馈赠，祈请国君亲手开启。小白微愕："公子曼？"

那函四四方方，捧在手里不沉，因外边系着死扣，须拿手剑割开。启了盖，里边卧着两片玉玦，每片玉玦两边皆有孔，孔中系着红丝线，将这两片玉玦连缀起来，丝线两端却没结扣，各垂一边。

小白一时茫然，看向管仲与高傒。管仲轻笑道："公子曼为鲁说情来了。"他把手伸进那函内，拈起丝线两端，说道，"三片玉璜成一环，这环缺了一片，两端不系，显是等待补完缺失一环。"

"这是说齐鲁本一环，不可缺损？"高傒问。

"有这意思。"管仲轻轻拿住一片玉璜，"再一层，环者，还也，公子曼期我君还也。"

小白蹙眉叹了一声："寡人这女儿，多年不闻声息，寡人曾遣人请她来临淄长住，她也不肯，今日倒冒出头来当说客。"

管仲感喟道："纵算久别不见，到底是亲子，不能不管。"他将那玉玦放下，说道："臣倒以为，不如卖与她人情。这困鲁之谋，总有尽头，长拖不决，非我本意，正好借着公子曼说情，与鲁行成。"

小白也明白，伐鲁岂是如坊间盛传，要灭鲁宗祀，近谋是为服鲁，远谋是为胜一而服百，齐国有重整天下的大抱负，断不能为一鲁而拼尽全国之力，即便要为中原领袖，也不会肆行吞并他国。

"好，便卖与她人情。"小白干脆地说。

公子曼的玉璜交到小白手中的第三日，齐国行人与鲁国行人便在曲阜郊野见面了，双方商定于本年年末，于柯（今山东阳谷东北）举行齐鲁会盟。

齐行人强调道："寡君期期与鲁行成，欲为乘车之会也。"

乘车之会为不加刀兵的和平盟会，双方以诚信为要，纵有纷争，也不诉诸武力，这请求彰显了齐侯修好于鲁的诚意。

鲁侯接受了乘车之会，其实也由不得他。可是齐鲁达成行成意愿，齐军却没离开鲁境，被占领的乡邑土地上仍奔跑着齐国的战车，轮毂辘辘地碾过鲁国的宽窄路面，棠邑里的鱼儿每日被齐国人钓起来，鲁侯很担心到他能去棠邑垂钓那一日，大池里还有没有鱼。

他更担心柯之会的齐国用意，两国行成修好，为何择在齐国境内？择一两国交界之地有何不可？对未来的不良揣测，总让他想起先君鲁桓公，去齐时是一个血肉灵动的人，回鲁时是一具冰凉沉默的棺木。

每一回想，鲁侯不寒而栗。

当生命被垂挂在悬高之处，求生的本能会让人不遗余力地寻找可托付的人，鲁侯想到的第一个托己者，是曹沫。

鲁侯遣人去宣闭门思过的曹沫，还在气头上的曹沫拒绝了国君的召唤，说正在思过中，至今未曾想明白“过”在何处，不敢见君。

臣对君怄气，搁在从前，鲁侯只怕要暴跳到泰山上去，但值此性命朝不保夕的非常时期，他变得没脾气起来，再遣人去请曹沫，吩咐用温婉哀伤的语气转告：“非子之过，乃寡人之过也。”

曹沫长久不语，鲁侯的认错，让他已膨起来的气软塌下去，变成了一脉苦水，倾倒不出来，只能自己难受。他闷了大半日，终于入宫面君。

鲁侯一见曹沫，国君的尊严、威风、庄重全不要了，捉着他的手，一行泪一声叹息，仿佛曹沫是救他性命的唯一一根结实的稻草。

“我君担心什么？”曹沫问得很严肃。

“重蹈先君覆辙。”鲁侯提起前事，寒战连连。

“齐君欲为伯主，断不会妄杀诸侯。”

“齐师不退出我国。”

对这个担忧，曹沫也拿不准主意了。齐军深入鲁国腹心，历久而不去，仿佛要扎根鲁地，从此将那泗水西岸的半个鲁国，变成齐国的飞地。在接下来的两国行成中，齐国必然会提出谈判条件，如果齐国的要求是将占据的鲁国乡邑归为齐国所有，鲁国该如何应答？

齐国是战胜方，行成时谈条件的权力在他们手上，鲁国只有根据条件修正的义务。曹沫思忖再三，说道：“臣随我君与会，相机行事吧。”

鲁侯要的就是这个承诺，虽然其他卿大夫在外事活动中，比曹沫言辞精美华丽，也比曹沫仪态温雅斯文，但他们比不过曹沫的唯一一点，是为君为国的誓死捍卫之心。

这年寒风骤起时，鲁侯率众前往齐国柯邑。从曲阜前往柯邑，前途多为一马平川的辽阔原野，路上经过泗水、汶水一带的齐军占领区，见得乡邑壁垒上探出来的齐国战士的一片衣角，风带着浓重的齐国乡音飘过耳际，鲁侯又恼又愧，把眼睛闭上了。

方至齐国边境，则有齐君特使郊迎，将鲁侯一行人一路护送进入柯邑，安顿在一所四四方方的院落里，宽敞明亮也干净整洁，指头在窗台上抹一下，纤尘无有。

鲁侯战战兢兢地待在临时住所，尽管周围的齐国侍从说话动听，脸嘴也动人，仍疑神疑鬼是陷阱，竟一夜没睡好，早起双眼通红，让人错认他捂着被子哭过。

早膳过后，有使者来迎请鲁侯，温声称道“寡君已恭候多时”，将鲁侯领去与小白相见。

那盟会之地是柯邑的官寮，正堂不大，三楹而已，小白却以为极合适，齐鲁会盟，兄弟之盟，挪去空阔的大殿，说话都带着回声，气氛太正式，在这样的小房间里团团围坐，很像一家人聚会。

小白站在门前台阶上，笑容像春水荡漾，渲染了他身边的世界，无论是他背后的厅堂、两旁的脸孔，还是头顶那爿天，都生动轩昂，仿佛有光，小白笑眯眯地问道：“君昨夜可曾安枕？”

开口的寒暄就直击鲁侯痛处，鲁侯不由得怀疑，是不是有暗探趴在屋顶，从瓦缝里观察了他一晚上。

小白一抬手，握住了鲁侯的手腕。小白的手又湿又冷，仿佛盘曲的蛇，缠上了便挣脱不得，鲁侯跟着他往门里走，觉着自个儿像一只被牵走的绵羊。视线被小白的笑容占满了，鲁侯偶一恍神，还以为看见诸儿在笑。

过往鲁侯每每看见诸儿的笑容，又怕又恨，暗自赌咒过无数次，终要彻底摆脱这折磨人心的笑容。可人生酷爱重演悲剧，兜兜转转，又落入这相似笑容的网罟里。

小白拉住鲁侯共坐主位，鲁侯连称不敢当，但又挣不开小白的手，被迫与小白并肩落座，待宾主坐定，小白才放开了手。

“鲁君是哪年生人？”小白没头没脑地问道。

鲁侯以为小白明知故问，这难道是秘密吗？但也只能老实回答道：“桓王十四年。”

小白露出惊讶神色：“未想鲁君与寡人同年。”

鲁侯毫无喜悦地笑了一声，同年的两位君主，二十来岁，人生最好的年华，自己老气横秋，小白却是青春玉颜，仿佛映射出齐鲁两国的国家命运；背着周礼传统裹足不前的鲁国，敢行变国之政而朝气蓬勃的齐国。

小白幽幽一叹道："齐鲁兄弟之国，昔日周公治鲁，太公治齐，两公相处甚善，天子有言：世世子孙无相害也。"

鲁侯不明白小白发这通感慨的用意，齐国军队都在鲁国境内放马奔车了，还无相害？他鼓着勇气道："既无相害，何以相侵？"

小白依然是温软的笑脸，没有受到鲁侯带着挑衅味言辞的影响，反倒是漫无边际地说起齐鲁风光别异，是齐更毓秀，还是鲁更繁丽。

鲁侯按捺着忐忑心情，听着小白从比较风光，慢慢又转到齐鲁关系：两国先公素来交好，兼之疆土毗邻，本该同心同德。鲁侯终于捉住开口机会，插空说道："今寡人赴齐，为齐鲁行成，齐君以为齐鲁当如何？"

"寡人无他愿，为修先君之好。"小白含笑道。

仿佛被冷水泼了一身，鲁侯冻得连骨头都凉了，小白称言修先君之好，岂不是让齐鲁关系复归齐襄公时，鲁国毫无尊严可言，鲁侯更似诸儿的一条狗。如果一切走到老路上，鲁国这些年苦心孤诣地反抗齐国，竟成了不幽默的笑话。

底下曹沫忽然仄身一拜，提声道："敢辱齐君！今齐鲁修好，齐侵我鲁国之地，待若何？"

两君会面，下臣贸然发声，本来无礼，小白却不见忤色，缓缓看向曹沫："曹沫……正是子，败寡人于长勺，智略出众，非常人也。"

见小白不正面回答质问，却岔开话题说起前事，曹沫哪容敷衍，又一拜，说道："寡君不顾雾露风霜，只身赴齐，是为齐鲁修好，足见诚意。两国盟好，各秉信义，我今信而与齐成，若齐君不返鲁侵地，信义安在？"

小白悠然笑着，那笑容里的意味让人琢磨不透，倏忽，笑意渐敛，容色微凛，正声道："曹子以为寡人欲灭鲁宗祀否？"

曹沫一愣，本有所言，却按下不语。

小白略带怅惘地叹道："所误深也。自公子纠构难齐鲁，两国再无宁日，频生战事，盟好不存，寡人几无他愿，唯重修齐鲁为兄弟之国。"

曹沫严肃地说道："齐君欲重修齐鲁为兄弟之国，亦寡君之愿也。既为兄弟，当不侵不犯、不欺不辱，齐不退鲁侵地，鲁不敢为兄弟！"

小白一时不说话，陡地笑出声：“不愧是曹沫！坚强不屈，不可以强取也。”他也敛颜正色，郑重道，“鲁君与曹子可宽心，齐不侵鲁地，欲与鲁同行周道。”

“行周道何为？”这次问话的是鲁侯。

小白清声道：“踧踧周道，鞫为茂草。寡人心甚忧之，欲与鲁君芟荑茂草，俾周道坦坦，不知鲁君其有意乎？”

这话一入耳底，鲁侯懂了。曹沫说得没错，齐国有称霸之志，做霸主必要号令诸侯，便从服鲁开始。奈何齐鲁生隙太久，鲁并不愿再唯齐马首是瞻，只得先抡拳头，揍得越狠越不留情，服鲁越有底气。

“真不侵鲁？”鲁侯不放心地问。

“不侵。”小白答得很利索。

被人摁头在铡刀下面，还能得保宗祀土地，鲁侯已不敢再讨要更多好处，吞吞吐吐道：“也……可。”

小白畅然笑道：“周公血裔，果然识大体！”

齐鲁柯之盟，重修两国盟好，鲁国甘愿襄齐，齐国允诺从鲁国撤军。以后的数十年间，齐鲁兵争平息，鲁国膺从于齐国霸业，无役不从，无盟不与，直至齐桓公没世，鲁国没有背叛过一次齐国。

鲁侯离开柯邑，小白亲自郊送，执着鲁侯的手说了许多体己话。鲁侯又被那湿润的手捏住，像被包裹在一块融化的冰里，浸得自己的掌心也汗涔涔，他便想，强悍坚刚的霸主，内里原来也是细腻温致的。

小白目送鲁侯一行人离去，原野苍茫，平坦如心机全无的胸臆，凛风毫无遮拦地一吹到底，地平线沉在一层青雾之下，宛如没入汪洋的一片船板，离开的人要攀上那船板，却总也挨不着边，尽管走出去很远，却总被送行的人看见。

小白忽然毫无征兆地转过脸，对管仲认真地道了两个字：“多谢。”

没有管仲，没有变国之政，没有脱胎换骨的齐国军队，便不能服鲁，更无法走出这号令诸侯的第一步。管仲明白小白的真诚，但还是直言道：“我君谢早了。”

小白故意一问：“何时不早？”

“首变国乡，再变国野，终变天下，臣方敢受君之谢。”管仲振振道。

小白沉默，十五士农乡的设置是变国乡，接下来就该变国野。管仲的构想是在齐国乡野施行五鄙制：五家为一轨，轨有长；六轨一邑，邑有司；十邑一率，率有长；十率为乡，乡有良人；三乡为属，属有大夫。武政听属，文政听乡，即是将混乱的齐国鄙野进行行政化整合，加强国家基层管理能力。

按理说，国乡能执行完成三国制，鄙野的五鄙制同样是改革基层管理，应该也能执行，但鄙野的情况比国乡复杂得多。国乡隶属国都，理论上受国君操控，要从上而下地重整秩序，易于入手，而鄙野与卿大夫关系盘根错节，卿大夫的封地多位于鄙野，放贷业务也多分布于鄙野，变国之政变国乡，卿大夫有损失，勉强还可忍受，若变鄙野，必定会动到卿大夫的财囊。

小白久久不回应，管仲也不催促。原上风大，吹得脸发麻，拢不起一个表情，小白似愁非愁地说："周道迟迟，前途险阻重重，行不通可奈何？"

"通或不通，争一争才知。"管仲冷静地说道。

小白忽忆起那日在棠邑的一番对话，他赞高傒不争，管仲明言自己要争，他听得心念萌动，问道："如何争？"

管仲昂然道："我君有多大争心，臣便可为我君争来多大伟业。"

小白心中一震，他看向管仲的眼睛，那眸莹澈生光，神采奕奕，他从中读到了自信、豪迈、坚韧，与勇往直前的魄力、矢志靡他的斗志。

小白没有立刻答复管仲，心里却拿定了主意。

差不多一旬之后，小白回到临淄。时至年底，恰是周历十二月的腊日节，举国上下皆要行五祀之礼，即祀门、祀户、祀中霤、祀灶、祀行，小白率卿大夫于太公庙行腊祭，祀后依礼宴飨群臣。

飨礼进行到酬酢这一环节时，原是臣酢君酒，君答谢之，再酬以礼品，是为酬币。按着爵秩顺序，先敬国君酒的是高傒与国牧。或是国政得平，小白心甚欢喜，盛赞国、高：识大体、知大局，为国之栋梁，今得服鲁，二子功不可没。

国君往死里夸国、高，下头大夫们的脸色像曝晒半年的橘子皮，干瘪而丑陋，国、高临阵倒戈，踩着众大夫的脸面加入国君阵营，自此恩宠日隆，举国无匹，照今日飨礼的情形看，怕是已和国君结成生死同盟了。

因为宠待，小白赏给国、高的酬币特别丰厚，宣唱酬币的傧相，足足唱了一个时辰，才将国君的赏赐念完，那一份份价值不菲的礼物，仿佛燃着一簇簇火，渲红了大夫们的眼睛。

接在国、高后面的是管仲，人人都在猜，国君还能送出什么花样来，总也超不过国、高去，对国、高这样的世卿家族，嫉妒也无处着落。

小白言笑晏晏地说道："若无管子，便无今日之齐国，无汶阳之胜，无柯之盟会，无齐鲁修好……"

国君又开始新一轮的谄谀臣下了——大夫们作如斯念想。

小白的夸赞仿佛滑行在冰面的一粒珍珠，没有止境地滚下去："太上师臣，其次友臣。得一良臣，若得尊长，日闻良言，诲而从之，教而改之，战战兢兢，不敢差错。"

他捧着一爵酒站了起来，琅琅道："于管子之功，寡人别无报答，唯父事之。"

管仲呆住，只一刹，猛地回过神来，慌得拜伏下去，惶然道："臣有何德行功业，岂敢使我君父事之！"

小白径直走到他身前，缓然道："不知贤，害国也；知而不用，害国也；用而不任，害国也；任而不信，害国也。小白得子，用而不能专，专而不能宠，非害国何为！"他弯腰扶住管仲的手臂，动情地说道，"仲父请起。"

管仲抬起脸，眼底有宛如泪光的翳影，一闪，又湮灭了。

这时卿大夫们都反应过来，国君要父事管仲？依循春秋的习惯，男子称为父者，要么是名字后的附加美称，要么是年岁高迈，为人尊崇，无论哪种情况，也得此人到了可为"父"的年纪，断不可对一黄口童子称"父"，也不能对同辈或晚辈称"父"。

从年龄上来说，管仲只比小白年长七八岁，从身份地位上来说，管仲又非姜姓，勉强排辈分也排不到他，然而国君竟要以父相称，以父尊之，这是把管仲抬到与国君比肩之位，也抬到国、高前面。有姜齐传统在先，卿位争不过国、高，一声"仲父"，却可使管仲成为齐国政坛第一人。

众大夫顿起鹬蚌相争的险恶之心，目光娑娑着，闪闪烁烁地窥探国、高。高傒依然是云淡风轻的平和模样，国牧弹了一下眉峰，也没流露出特别神色。

国、高再次默认了管仲的越级上位，第一次为卿，第二次行变国之政，第三次尊为仲父，将来也许还有第四次、第五次。国君在飨礼上，当众尊管仲为仲父，明眼人看得出，这是国君在加重管仲的权力，他要给予管仲侔于君权的力量，目的何在？酝酿又一次变革？

管仲执国政以来，齐国每天都似在变，这变化让大夫们常常看不懂。如今，成了“仲父”的管仲，将把那已开始的变国之政，驱使向何方？

大变将至，人人身陷其中，看得清暴风雨来向的，只是少数。

第七章
王者之心

一

齐桓公六年（公元前680年），光彩照人的初夏时节，仿佛青春无敌的战士，距跃跳上临淄这辆华贵宽大的君王戎车，将城市里的阴霾、濡湿、暗沉、闷郁，一刀刀剔掉。

从幽凉空阔的殿内走出来，扑面的暖风像一团躲之不迭的火焰，烧得骨髓也沸腾了。管仲起初待在房间里与国君叙话，只觉凉意袭体，现在倒觉得热了。

管仲沿着殿前阼阶走下去，刚好看见国牧走上来，两边行到同一级台阶，互相站定，恭恭敬敬地行了一礼。

照面才打，已感受到国牧的风尘仆仆，眉眼里似还隐着金戈气。从战场归来的人，总有些藏不住的糙气，说话的声音也带着烈风味。

几个月前，国牧奉君命，率齐师联兵陈、曹，征讨宋国，出师理由是：宋国背叛北杏会盟。春秋征战讲究师出有名，举一兵出一士，皆要有正义理由，但齐以背盟伐宋，稍显牵强。

齐国主导的北杏会盟，宣称为平宋乱，宋国虽不领情，到底派了个大夫去列席，至多是不给齐国面子，本就不服，何来背叛一说？

可若细心推究，讨宋之战或许另有玄机。齐国出师之前，做了一件郑重又稀罕的事——请王命。

天子失位以来，诸侯相争多年，彼此打破头、抓破脸、踹破裆时有发生，没有哪国去向天子讨商量，诸侯要的就是天子不管，天子原来有过不忿，后来也就习惯了。所以当齐国来请王命，周天子极其不适应，惴惴不安地问齐使，何以来问他。

齐使回答说："礼乐征伐自天子出，今齐为天子讨伐不听从天子者，岂可不请王命！"

周天子差点儿哭出来。

齐国请王命的举动，像一记不经意的重拳，将诸侯不尊王的现实壁垒，击出一个大洞，从悠远过去而来的风徐徐吹入，已经很久未曾经过，拂在面上，却以为新鲜，也觉不惯。

请得王命的齐国，又请王臣为主帅，携诸侯之师，为天子讨宋，本来牵强的出师理由，忽然变得正气凛然。戆得一根筋的宋国，听说齐国请天子命率师而来，与齐战，便是与天子作对，得罪天子也没什么，可得罪作为周礼象征的天子道义，却会将自己变成众矢之的，于是仗没打，便遣使行成。

齐国因尊天子，兵不血刃而下宋国，列国闻悉，既惊又疑：天子原来是有用的，不仅是借口、是符号，还能作为号令天下的光辉旗帜。

列国都将目光望向临淄城，世人皆知齐君要做霸主，但这霸主似乎不同于郑庄公，也不同于齐国先君，到底是何种模样？或许是全新的，以前不曾有，而后代可以效法？

讨宋之征，小白不亲往，派国牧率齐师出征，数月埋身草野，纵不战，也是疲惫乏力。今日国牧归国复命，殿前遇见管仲，彼此不及寒暄，管仲看出国牧脸色很差，服宋的胜利没让他容光焕发，知道他心情不佳，但不是针对自己。

管仲走到台阶下，面前是开阔的中庭，回头望去，国牧已跨进了殿门，依礼君前当趋步，国牧的步子迈得过大了。

想必国牧已经知道了。

想必没人不知道吧，临淄城现在传得沸沸扬扬，都道国子出征在外，家里的门没关好，墙也太矮，家人眼更瞎，亲妹被个没来历的野氓睡了。

那野氓穷得踵决肘见，几要乞食街巷，刮一身皮肉，也刮不出一滴油，不知耍了什么障眼法，或是在淄水里下了巫诅，竟把国子亲妹勾搭上手。

男女私会野合，在齐国屡见不鲜，民风彪悍的齐国人，并不太在意男女苟且，乱伦都能宽纵待之，男人女人琴瑟和鸣而已，值得什么大惊小怪。

但这事的瞩目效应，却不仅在床帏里的隐私，更在两个身份霄壤的男女竟能搅和到一块儿去。一个是世卿之家的闺中千金，一个是潦倒穷巷的下等野氓，八竿子打不着的两个人偏就四目传情，正正对上眼。

里巷传说那野氓与国牧亲妹的相好，早在国牧出征之前。之所以私情被撞破，端赖国牧妻子眼尖心明，一早觅到蛛丝马迹，也极有耐心，守株待兔多日，待那野氓潜入国牧妹妹卧房，率一众家臣捉奸当场。

国牧妹妹为护情郎，和嫂子吵得不可开交，戳着嫂子的眉心喷唾沫：“有这磨牙的闲情，劳烦先管好自己男人，何苦管到我头上来？我愿意与他好，干尔底事？我便是与他私奔，也是心甘情愿！”

本为整顿家风，反遭小姑子倒打一耙，国牧妻子比拼嘴仗，赢不过小姑，便拿出掌家主母的架势，不与小姑争唇舌，命令家臣将那野氓枷起来，把小姑子关在屋里，两个各羁一边，永别想见面。

国牧妹妹被强行押在房里，半步不允出来，一面乒乒乓乓拍门，一面哭天抹泪，骂嫂子只会欺负软弱女子：“你男人在外边养的那谁还有那谁，再有庄岳之间女闾的相好，临淄道路皆知，你却屁也不敢放一个，倒来寻我的不是！”

下头家臣、侍女、仆役听国牧妹妹耍横，把亲兄的风月事一件件翻出来，憋着不敢笑，偷瞄一眼国牧妻子，那张脸又红又青，活似冬至驱傩时方相士蒙的鬼面。

对那野氓，国牧妻子本想打死了事，又怕当真结果了性命，国牧妹妹寻死觅活，倒让她踌躇起来。有家臣出主意说：“这贱人私闯世卿私宅，将他扭送司寇处论，断他一个盗窃之罪，从此死活与主母无关。想女弟不过是一时糊涂，见不到那贱人，也就断了念想。”

国牧妻子以为此策四角俱全，即令家臣将野氓捆得粽子似的，径直扭送司寇官寮，因是国子家报案，刑官们不敢怠慢，由最精通刑律的司寇副贰宾胥无接案。

家臣连比画带说："此贱人乃大恶巨盗，擅闯国子宫偷窃，今交与有司，请子重处不贷！"

宾胥无认真地听完，点点头，便说原告已讼，且听被告之讼。

家臣慌忙道："盗窃是事实，我等皆为人证。他一大凶贱人，能说什么好话？子无须听，免得污耳朵。"

宾胥无严肃地说："断狱之事，须听两造（原告、被告）之讼，纵便奸恶之徒，罪名昭彰，也要给其申辩之权，无论狱只听一造之理。"

因见那野氓的嘴给堵上了，宾胥无令左右将他嘴里的碎布扯出来。这一扯，便似开闸泄洪水，那野氓猛擤一下鼻子，开始了他滔滔不绝的雄论。

先是反驳家臣说他盗窃：请问盗了何物、窃了何宝？又于哪个时间在哪间屋行窃？物证安在？

再驳擅闯国子宫：请有眼睛的去国子宫看看，墙何高，门何紧，连狗窦也无一个，请问我如何越高墙而闯私宅？若墙内无人接应，岂能过重门穿回廊而入内室！

最后，面不改色地说起他与国牧妹妹的私情："周礼有言：中春之月，令会男女，奔者不禁。周礼尚且不禁男女相会，国子家凭什么禁断我们相亲爱，莫不是国子私家大过天子家去？今诬陷我盗窃，我断断不服，必往天子尊前坐狱！"

野氓说得头头是道，逻辑严密，言辞清晰，又无惧色，不像罪犯，倒像天子坐狱时为诸侯辩讼的大士。

国子家臣的脸都白了，每想辩白，都被野氓那澎湃的言语力量压下去，只能蚊蚋似的哼出两声"胡言乱语""无耻之徒"。

宾胥无面无表情地听完被告的讼辩，唇边不经心地漾出一丝玩味的笑，慢条斯理地说道："我还正疑惑你盗了何物，原来盗的是人。"

堂上堂下顿时一片哄笑，家臣窘得无地自容，那野氓却似自豪得很，胸脯挺得老高，眼睛里还放出光来。

宾胥无却渐渐敛住神色："此狱说是盗也可，说不是盗也可，总在两可之间，既是两可，也有两论。然司寇断凶事恶事、险事艰事，不断家事，凡家事，请自断。"

宾胥无一句话，将野氓与国牧妹妹的私情定为家事，司寇不管：你国子家帷帐里的腌臜事儿，拿来公门正经八百地论处，辱了国法，也辱了国子自家。

在司寇那里处置不了野氓，反因这一闹，徒使这桃色事件传得临淄街谈巷议，也使国牧妻子骑虎难下，要想暗夜里对野氓斩草除根，也不敢动手。临淄城里无数双眼睛都盯着国子宫，那野氓但凡有个三长两短，国人皆扣在国氏头上，即便不干国氏的事，也有嘴说不清。

杀一野氓，于世卿之家易如反掌；杀一名闻临淄的野氓，却会有损国牧名声。国牧好面子，无事之时，尚要造作出不为外物挂碍的君子风仪，这有事之时，他更不能轻举妄动。

所以国牧不高兴，又不能任性宣泄出来，生生把那口恶气憋屈下去，即便顺利完成国君交代的任务，也不觉兴奋。

小白也知道了国牧妹妹的情事。他对管仲说，想与国牧说道说道，这能是多要命的大事，一个个如临大敌，仿佛宗庙隳颓，不就是未婚男女私相授受，索性成全了。

管仲请国君不要过问卿大夫家事。正如宾胥无之论，家事自断之，司寇不管，国君也应不管。那重门高墙之后，多的是不见光的暗门阴沟，国君管得过来吗。

出得宫来，扶轼登车，驭车的雍廪问道："子往何处？"

管仲想了一下，今日无要紧公事，搁在手边的事可缓缓思之，便说道："回去。"

轩车离开宫门，拐去通向庄道之途。雍廪驭车很稳，手不抖，车不颤，仿佛全副身心都倾注于六辔驷马，身外的纷扰被隔离在另一个世界。过去襄公出行，常唤雍廪驭车，还骂众御士挽辔如捞鱼，恁是握不住，无一个如雍廪逞心。

前边再行一箭之地，便将进入庄道，在那庄道起头处，有一座粉刷一新的四方院落，临淄人现在称之为"贤才馆"。

今年正旦，在颁朔的同时，国君下达了一道君令，宣于大乡大夫、小乡里君知晓："于子之乡，有好学不倦、聪明过人、孝于父母、友爱兄弟者，有则以告。有而不告，谓之蔽贤。"

当场谛听君令的卿大夫立即领悟，这是国君不问出身，广招贤才，国君不满足于仅从卿大夫家族里选拔人才，他要把择才范围放眼全国，也许还有全天下。

从乡里选上来的人才，一律送至这“贤才馆”，由国君简拔的大夫考核，经过第二轮筛选，剩余人才与国君面见，合适者先试用一年，即是第三轮筛选，如此三番，是为“三选”。

三选施行半年以来，乡里确实选了人送来临淄，细推背景，总与卿大夫家族有着千丝万缕的联系，不是这家妻兄的表侄，就是那家妹夫的堂弟，能力且不论，出身倒都不低。卿大夫们把国家抡才大事，照样儿当成内部交换资源的权力寻租。

小白为此在朝会上大发雷霆，也不给卿大夫们留存颜面，将托关系的大夫挨个儿点名，讥诮说：“有劳二三子一贯惦记亲戚之谊，请领走你们的侄儿外弟。既如此怜爱后生晚辈，留在家里为子养老，何必来讨寡人的食禄！”

托关系的被堵了门道，“贤才馆”里人才渐少。各乡里还在观望，择才到底按照国君的标准，还是按照卿大夫的标准。两套标准撕裂了基层乡官的行为，旧观念更缚住了他们的手脚。到底考较一个人不唯出身，还是超出了大多数人的惯常思维。

变一政极难，要革除根深蒂固的旧观念，换来全新局面就更难了，管仲念及于此，眉头锁紧了。长街的风缭乱不堪，仿若随手撕碎的丝帛，这一缕从街角蹿出，那一缕自墙垣上跌落，将洒在街面的阳光吹得摇摆起来，仿佛漾在申池里的千百只透明船桨。

贤才馆门墙外蹲着一溜闲汉，因天热，俱敞着怀，手便在肚皮上搓得惬意自如，还有把鞋袜脱了的，不屈不挠地揉脚丫。里头不时探出半颗脑袋来，骂了一声“滚远些”，回答他的是嘘声。

临淄闲人甚多，有没落卿大夫小宗，有游手好闲的国人，还有来国都找活路却一无所获的野人。他们平日无事可做，酷爱蹲踞门前，除了不敢在司寇官寮前逗留，害怕被司刑官逮拿下狱，连宫门口也择吉日蹲一蹲。临淄各公门私门也习惯了，权作齐国一景，有善心的卿大夫家族，逢着好日子，还给蹲门的闲人派发礼物，有酒有食，有衣有被，只当是施舍积德。因为蹲门有好处拿，闲人们更蹲得持久而热烈。

轩车款款行至门墙外，闲汉们不看车里人，听着銮铃的声儿，也知道来的是卿大夫，有谄媚的赶紧跳起来望车而拜，散淡的毫不动心——就算来的是天子，一样揉我脚丫。

闲汉里有个脸白的青年人，也脱了鞋子，翘着两只光足，抱着一只千疮百孔的牛角哼小曲儿，见到卿大夫轩车过路，像遭甩了一马鞭，忽地打个激灵，纵跳而起，患了疯病似的，不顾一切地冲到了道中央。

驭车的雍廪见有人拦路，喝道："闪开！"

青年人挥舞那只牛角，高喊道："管子留步，听我一言！"那轩车踏踏向前，他却像砥柱石似的横路不让，兀自吊歪嘴角、圆瞠双目，那通身的狠劲儿，仿佛是除非从他身上碾过去，不然此路不通。

雍廪闷闷一哼，一拉六辔，驷马几乎人立，八只蹄儿凌空而起，自那青年人身前一寸之处落下来。饶是雍廪驭车技艺高超，车舆仍往左侧偏出去，轮毂擦着地划出两道深痕。

顷刻间众皆哗然，好些个闲汉吓得失声惊呼，脚都忘记揉了。

雍廪即便素常无喜无怒，此刻也动了肝火，厉声道："大胆！"

青年人满不在乎地说道："不大胆，如何能见贵人？想那高门华屋，我这样的小人进得去吗？"

有多嘴的闲人讪牙道："你不是进去过吗？"

青年人回脸剜他一眼："要你饶舌！"

道遇横人，管仲受惊不小，敢当道拦阻执政，险酿惨祸，逮送司寇，亦可定他死罪，这人冒着被撞死的风险，所求必大。这时雍廪看向管仲，虽不言，但管仲懂他的意思，他在请示把这不知好歹的小子处理了。

管仲微一摇头，扶着车轼俯身向前，上下打量那青年人一眼，三十岁不到，清清秀秀，生得一张讨喜的脸，眉目疏朗，姿格特异，这般的模样，配着一身褴褛之衣，像一枚削得发亮的青竹筒插在一只八花九裂的筒子里，颇感滑稽。

青年身虽穷寒，神态却傲岸高标，约莫是觉得自个儿不俗，哪怕失陷粪壤，也会发光，你没看出，是你眼瞎，非他之责。

管仲沉声道："尔拦车何为？"

"欲与子论政！"青年说得意气风发。

管仲笑了一下，闲汉们吹起口哨，抬起脚丫子噗噗顿地，笑成一窝不采蜜的懒蜜蜂。

青年啐了闲汉们一口，高傲地仰起脸，理直气壮地说："子何以发笑，嫌我是野氓之身，不配论政？子也出身乡野，无齐先君简拔子于幽隐，子何有今日执齐政！虞书曰：明明扬侧陋。圣王于仄陋明察真才，不问出身，子于仄陋不能识我，当悲之，非乐之。"

管仲默然，忽而笑道："好厉害一张口！"他看着青年，问道，"尔欲论政，所论何政？"

青年侃侃道："子行变国之政，兴齐国伯业，置十五士乡，弛关市之征，券精熟之工，征有能之才，皆为强国之谋。然为何无本业之变？守国者，守谷而已，一农之不耕，民有为之饥者，善为国者，地多垦则民归附；今子重工商，何以不重农本？工商可聚财，农本却可生财也。"

这一番慷慨论说，管仲听完竟自无声，他默默注视着那张轻盈自信的脸孔，问道："你唤作什么？"

"宁戚！"青年喊出自己的名字。

管仲想起他来了，这不就是与国牧妹妹私相授受的野氓吗！胆儿果然够肥，口才也够爽利，他不露声色地说："尔还有何高论？"

"有！"宁戚激声道，"守谷者，当先辨地利。子可知天下之土，平野有五，坟衍有三，山地有十九。如平野之五土：渎田、赤垆之土，五谷无不宜；黄唐之土，宜黍秫；斥埴之土，宜大菽与麦；黑埴之土，宜种稻麦。倘不知地利，不通土性，则耕作不得法，终日劳苦，难获丰年！"

管仲见他住口，追问道："还有吗？"

宁戚露出一抹诡笑："有！多不胜数！子若想听，我可以说下去。"

管仲道："请言！"

宁戚往周围看了看，为难地说道："当道论政，子在车上，我在车下，也是奇怪……"

"那寻一僻静之所，再论如何？"

宁戚片时不言，摩挲着牛角，幽幽地叹息一声："浩浩乎白水。"

管仲怔愣。宁戚仍无他言，依旧吟出一句"浩浩乎白水"，脸上现出惆怅往复的神情，把那牛角抱在怀里，去门墙下提起鞋子，也不着履，光着脚丫子慢慢走远了。

奇了，话说半截，居然自顾自走了，管仲莫名其妙，思量不得法，也不知该问谁，倒是闲汉们七嘴八舌，都道宁戚行为怪诞，天不拘地不管，要不怎敢与国子女弟钻被窝。

宁戚无缘无故地扬长而去，被晾在原地的管仲哑然失笑，他终不能在这里傻挨，只好唤雍廪驱车离开。

这一路上，管仲都在琢磨那句“浩浩乎白水”，却是百思不得其解，有时也觉得可能是恶作剧，但犯险拦车的宁戚，总不至于拿性命做代价去开一个如此之大的玩笑。

那到底是何意？随口一说？别有深意？还是，其实是对当政者的戏谑？

待进了家门，思绪仍沉浸在自我遐想里，直到孩子们的声音将他唤回现实世界。他抬起头来，看见后院的青枫树下，召御寇在教管友角抵，管忆跳上跳下地吆喝，管璧抱着半岁的管鸣，站在旁边看稀奇。

召御寇今年有八岁了，个儿生得比其他孩子高，年岁小，性子却成熟，抽空向雍廪学过三招两式，倒也有模有样，雍廪不擅夸人，也赞他天赋出众。

角抵之术本不易学，需要力量与速度的完妥结合，讲究快中有稳、重中有轻。管友一是年幼，二是着实不是这块料，所以召御寇教得辛苦，管友学得也辛苦。

召御寇让管友扳自己的手臂，管友不懂施力，无论如何也扳不动，急红了脸，要起赖皮来，张口便咬。召御寇吃痛，下意识地一抖手臂，管友不及反应，被他荡了出去，噌噌一退，一跤跌倒，屁股撞得辣痛。管友是忍不住的矜贵脾气，哇的一声号哭起来。

管璧慌得去搀管友，见他哭得凶，心疼又恼恨，朝召御寇骂道：“没亲父的野孩子，下手这样不知轻重，真没教养！”

骂人的话是锋利的刀，砍到了召御寇的隐痛，泪水已在眼里打转，生忍着不流出来。

管仲闻言怒甚，大步迈向前，呵斥道：“说的什么混账话！召忽在时，与吾家同住，便似血亲一般，与你也有兄弟之亲。他今不在，可怜留得独子，你不说照顾呵护，反出恶语，其心甚丑！”

管璧没提防遭兄长训斥，先是一惊，后是一恼，想要还嘴，又觉吵不赢，气性却也大，一手抱着管鸣，一手牵着管友，哼了一声，扭头竟走了。

管璧这负气一走，让管仲的怒火没处烧，不由得哭笑不得。再见召御寇，却是恹恹无神，仿佛遭风霜侵袭的禾苗，蔫得抬不起头。管忆踮起脚，举起手摸摸他的脸，稚声稚气地安慰道："大兄是坏人，我替你打他，我每次打他，他都哭呢。"

召御寇脸红了，小声地嘟囔道："不许打人。"

"你说不打，我就不打了。"管忆乖巧地说。

管仲本想宽慰召御寇，看得眼前这动人的小儿女风光，便觉没必要了。

他由得两个小孩儿一处耍玩，先去向母亲问安，这才走进居卧。姜婧歪在床上养神，见他来了，点了半个头，显是气力不足。

姜婧伤风好些日子了，浑身乏力，胃口也不好。管仲走到榻边，握着她的手，细看她气色："似是比昨日好一些。"

姜婧扑哧一声笑："瞎比较！昨日你不在家，怎知我好不好？"

管仲莞尔，轻轻揽住她，在亲近的妻子面前，心里积攒的疑难无须掩饰，不由自主地叹了口气。

"有心事？"姜婧柔声问道。

管仲心不在焉地说道："病弱之身，养病要紧，非汝须知。"

姜婧嗔道："管子敢瞧不起病弱女人？岂不闻：毋老老，毋贱贱，毋少少，毋弱弱。我今虽病弱，未必不能解子之愁。"

管仲一笑，自嘲道："婧之质问，竟让我无言以对。"他略略思索，将宁戚的事简略一述，最要紧是那句"浩浩乎白水"，到底是戏言，抑或是寓意？

姜婧问："宁戚是卫国人？"

管仲答道："是。"

宁戚是卫国宁氏小宗。那宁氏，是响当当的卿大夫家族，与国、高一样，世执卫政，但宁戚竟穷饿街陌，不见身份荣光，说来与齐国也有关系。当年齐襄公帮助卫朔复国，卫朔重坐君位，立即肆行报复，凡支持卫君黔牟者，皆受到不同程度的打击。因宁氏在黔牟与卫朔夺位一事上，没有坚定地站队卫朔，致使卫朔不乐，他又不敢得罪宁氏大宗，便曲线救国，把气撒在宁戚这支小宗身上，褫夺爵秩，驱逐出国。

宁戚遭驱出卫国时，年纪尚幼，与父母辗转迁来齐国，一家人失了贵族身份，又无上流荫庇，渐沦为野人。父母亡故后，他浪迹在齐国乡间，给君子家养过牛放过羊，赚来不够糊口的稍食，为生计所困，常常饥一顿饱一顿。自小的艰苦生活，让他养成了无利不求的悭吝小性儿，骨子里偏又清高自大。人家讥讽他穷酸野氓，没有女人肯嫁他，他就不服，寻常女人还瞧不上眼，非得去掀卿大夫女儿的裙裾，仗着脸蛋精致，又能说会道，把国牧妹妹拿下了。

姜婧听见宁戚是卫国人，心里已十拿九稳，点头道："昔年我兄长往卫国行商，曾听卫人吟《白水》一诗，回来说与我知。"

她略一停，轻轻吟道："浩浩白水，儵儵之鱼。君来召我，我将安居？吾家未定，焉归何处？这宁戚在临淄闹出偌大风波，道路皆知，他与国子女弟求眷属而不能，今为你吟《白水》，无非求安家矣。"

管仲恍然，无奈笑道："宁戚这奸猾野氓，不给利好便不做事，他哪里是在求我，分明是让我求他！"

姜婧静婉一笑："利之所在，虽千仞之山，无所不至，虽深渊之下，无所不入。君子耻于趋利，然无利而空谈道义，或能励真君子，而惊散好利之才也。夷吾为国举才，当不拘小缺，但能做事，好利便给他利。"

管仲起身深深一拜："多谢婧之良言。"

"不谢，管子以为病弱女人可解愁否？"姜婧故意问道。

管仲笑着道歉道："男子囿于成见，质疑女子见地，心胸狭隘。我这番错了，望婧原谅。"他又给姜婧行了一礼，笑融融地将妻子亲热地拥在怀里。

五日后，宁戚正在街角晒太阳捉虱子，忽有人来寻他，称道："执政要见你，劳烦你动一下脚趾。"他懒洋洋地问道："去哪里？"

"好地方。"来人说话讳莫如深。

宁戚拿起牛角挠挠背，也不拒绝，大摇大摆地跟那人走了。所去之处是岳道的一座私宅，两进之第，不甚大，但前后院遍植花木，因此浓荫满地，馥郁绕廊，却是夏日乘凉避暑的佳地。管仲站在内院正堂门前，照面第一眼，目光便被宁戚的光足吸引住了。宁戚知他有疑惑，说道：

"只得一双屦，穿多了，烂了破了，日后没的穿。"

管仲似笑非笑地叹了口气，也没多说什么，做了一个"请"的手势。

宁戚也不谦让，晃着两只赤足走了进去。里头为日光映照，有个人坐在光明里，如同一尊灿金的神像。

是国君小白。

宁戚呆住了，牛角差点持握不住。他忽觉得似乎忘记一件要紧事，听到管仲提醒的咳嗽声，终于想到是给国君行礼，赶紧手忙脚乱地稽首拜下，牛角也滚去了一边。

小白板着脸道："好大胆子！"他拍着几案，冷声道，"私通世卿之妹，不知羞耻；中道拦阻执政，罔顾国法。宁戚你知罪吗？"

宁戚颤了一霎，犟声道："宁戚……无罪！"

"尔何以无罪？"

宁戚振振有词地说道："宁戚与世卿之妹情投意合，男未婚，女未嫁，礼所不禁，谈何羞耻？倒是国子家横加干涉，致琴瑟难鸣。中道拦阻执政，乃为国举政，舍死不顾，也因我君有求才之令，宁戚自负微才，愿为我君效力，一片赤心，国法不论。"

小白本强做撑持，到底忍俊不禁："这张利口却是做行人的料。"

"宁戚不愿为行人！"

小白更乐了："厚颜小人！寡人说了让你任行人吗，你倒先回绝了，真无耻之徒！"

被国君责骂，宁戚像讨了好彩头，自在得嘿嘿笑。

小白被撩拨起好奇心，饶有兴味地问道："你不愿为行人，愿司何事？"

宁戚思考了一会儿，高声道："愿为大司田！"

小白谇骂道："果是无耻，一介野人，求得微末之秩，已是僭位，安敢贪望高位！"

宁戚满怀自信地说："身是野人，但能力超过寻常大夫，这齐国上下，无论国野，没人比宁戚更能胜任大司田。"

生平未见过这般脸皮厚而不自知的狂人，小白又笑又啐："放屁！举朝大夫有能者多矣，你凭什么说自己胜任大司田？"

宁戚一吊嘴角，发狠似的说道："我君该知道，齐国滨海之国，地多盐卤，难以耕作。然唯宁戚，能使齐国大足！"

小白竟生出诡谲的猎奇心，笑道："你怎么使齐国大足？"

宁戚举起三个指头，咬着牙用力吐出字音：“其一，齐境内之田，深耕之细耨之。一畦田之垄下种谷，垄上栽桑，垄外凿池养鱼鳖，一田而得三利；再，春耕夏耘，要紧在水，请置水官，以冬无事之时，水官阅具备水之器，民于闲事备水，则春耕无患。”

“其二，国境外之田，也可充分利用。自旧纪往东去莱国，千里之地俱是膏腴良田，莱人不擅耕耘，可惜良田荒废，我君何不赁莱田种之？春来助力播耕，秋来与莱人四六分粟，如此，齐出人力，莱出地利，一年可多得万钟粟。”

“其三，井田之礼，籍谷不论田差，上田亩产十釜，赋收十区，下田亩产五釜，亦赋收十区，上田之民勤耕无用，下田之民以为赋收过重，俱不乐也。何不相地而衰征？以田之差等，为赋收之准，则上田勤力而国得丰谷，下田轻赋收而民少负担，更可以上田之丰谷补下田之歉收。”

宁戚一口气说完，梗着脖子不动弹，像是水田里戆头傻目的白鹅。

小白盯着他看了半晌，不屑地说：“耍嘴皮子的能耐，乡里妇孺也会，尔这里絮叨半日，焉知非空言！”

宁戚深恨被质疑，激动地说道：“我君不信，可试让宁戚司田一年，若不能使齐国大足，宁戚一头撞死！”

小白啪的一声重重一击几案，畅声道：“豪气！要的便是这向死谋事之志！”他忖量着，说道，“无功无劳，为大司田太过，你也得先把真本事拿出来看看。寡人暂将旧纪之田交给你，若不能大足，自己提头来见！”

“若是丰足呢？”宁戚眨巴眼睛，神色隐含着一丝挑衅。

小白又笑起来：“奸诈小人，吟诵‘浩浩白水’，故作姿态，无非想娶国子女弟。穷至日日徒跣，也敢去攀世卿高门，也是厚颜而有勇。罢了，寡人今日与你盟定，你若能达成大足，国子女弟归你所有，寡人还为你主婚！若你做不到，便是欺君之罪，别说国子女弟，性命也得交出来。”

他直视宁戚，挑战地问道：“敢不敢？”

宁戚没犹豫，骄傲地昂起头颅，声如洪钟：“有何不敢！”

二

齐桓公六年（公元前680年），齐国请天子命率诸侯师服宋，前一年又服鲁，连续两年，重正邦交，将离心诸侯收归麾下，遂在本年年末于鄄地（今山东鄄城北）再盟诸侯。

与盟之国有宋、卫、郑，盟主齐国仍请王命，天子于是遣王臣列席。不同于诸侯不在场的北杏会盟，齐国第二次举会，所邀诸侯，无一不来。诸侯中，宋公还是那位国君，卫朔也如故，唯有郑伯换了人。

郑国内讧不断，国君像原上野草，死了一茬，新的一茬又生出来。这位郑伯流落在外十四年，尝过的辛酸比盐还多，经过一番艰苦卓绝的夺位之争，终于复国成功。一坐上国君之位，他便大开杀戒。当初反对他的，杀掉；没有及时反水的，杀掉；反水了却不是从一而终的，也杀掉。

小白是第一次见到这位郑伯——郑庄公诸多儿子之一，据说他与郑庄公有七八分像，可小白没在他身上看出当年中原霸主的矫矫不群，却是满脸拒人于千里之外的杀气和饱经人世艰辛的暮气。小白好心地劝了一句：

“和为上。”

郑伯身上的迟暮气延缓了他的反应，倒是随从与会的太子捷回答道：“和与不和，且看和己还是和他人，和己为上，和他人，强己而从人，难也。”

小白皱了一下眉头，没话说了。

通身肃杀的郑伯，与阴戾吊诡的太子捷，成了小白心里的刺。背人时，他对管仲议论道：“郑难服。”

“不服郑，不得中原。”管仲慎重地说。

郑国地处中原腹心，位于四方交通枢纽中心，齐国要重整天下秩序，不能不服郑国，掌握这片中原膏腴之土，便是掌握了天下的中枢神经，握一子而定全局。

鄄之会持续时间跨过了年，从年末到年初，按照史录习惯，史官记成两次会盟，一次书盟，一次书复盟。

齐国自桓公继位，行变国之政，不数年国力蒸蒸向上，尊王室而盟诸侯。内争太久的中原列国，不管愿或不愿，都在目睹一位全新而强大的领袖出现。以是史官在录史事时，末尾评了一笔：“齐始霸也。”

鄄之会后，回到临淄的小白，没多久宣布君令，即日施行五鄙之制，变国之政终于从国乡推向了鄙野，全面改革拉开帷幕。

卿大夫们这次表现出异乎寻常地沉默，没有交通勾连，没有申诉叫屈，更没有逼宫胁君，仿佛冬眠荒岗的蛰虫，入睡时间太长，忘记醒过来。

小白在宣布施行五鄙制时，已做好了充分准备，等着卿大夫们来寻衅闹事，至多再经历一次被威胁，未想迎接他的竟是死一般的岑寂。

太平静，反倒奇怪了，但要说这平静下隐藏了何种大阴谋，却又察觉不出。

为确保五鄙制顺利完成，国中特派卿大夫下到乡野，越是位高权重者，越不能推诿执行变国之政，不允塞责，不允告假，有非告假不可的，须当面与国君说明理由。国、高自是首担责任。不知真假的小道消息说国牧有过告假的念头，后来不知怎的，或许是国君态度太强硬，或许是他想通了门道，终是没了下文。

卿大夫们各有乡野分区，如国、高负责泰山沿线，管仲与鲍叔牙则分去淄水以东，核心区域是骈与东阳。骈邑是伯氏封地，东阳是隰氏封地。这两邑在行政级别上是乡，作为卿大夫封地的邑，原本只有一城之地，至多再包括城外郊野有限的农田山林，但因西周以来基层管理的缺失，与封地相连的诸多鄙野，于卿大夫也许没有名义上的归附，却有事实属从关系。如那伯氏封地，周边有小乡十余，乡以下的小邑近三百，居于这些大小乡邑的野人，名义上是齐国民庶，事实上却为伯氏掌控。

伯氏原是齐国称贷大家，放贷放得如鱼得水，天若有手，也欠着伯氏三分息。伯氏富得可以买下临淄城，却还不知足，如今又做起了开矿生意。皆因当初小白与伯舆在穆陵关下交换利益，将骈邑周边的山林开采权交给伯氏，孰料那距骈邑三十里的山中原来有金矿。在贵重金属殊难开采的春秋时期，伯氏靠着一座真正的金山，几能睥睨天下。

按照分封规矩，诸侯陪臣封地赚取的任一获利，三分有二归私库，三分有一归国库。伯舆坐拥莫大财利，倒还虔敬，每年都将若干黄金贡给国中。不过，外间也在秘传，伯舆贡给国君的黄金，连他私库里的零头也不到，但国中既不能派人来查账，也不能钻进金矿去数金子。卿大夫的封地就是一座藩篱坚固的王国，卿大夫是这王国里的绝对主宰，国君的权力进不来。

管、鲍来骈邑推行五鄙制，伯舆表现得热忱亲切，两边才见面，寒暄未落音，伯舆便盛赞变国之政。三国制施行后，齐师焕然一新，使齐国伯业有成，而今又行五鄙制，必会更不同凡响，却不知我骈邑该如何应对，这骈之地将来纳入哪一属?

管仲告诉他："陪臣封地不纳入五鄙。封建有制，爵秩已定，变国之政不变卿大夫世禄，改变者仅为除封地之外的鄙野。"

伯舆笑成一朵金丝菊："不变卿大夫世禄，有心了。不过为国谋远利，纵使变了，我辈也当鼎力支持。"

管、鲍在骈邑三个月，主要事务是会计鄙野的国会所需统计。伯舆没有横加干预，管、鲍请他帮忙提供某邑人数田土数，他都尽心照办，不见隐瞒，顺从得像管、鲍属僚。

鲍叔牙很不喜欢伯舆，对他防备心极重，无论那张脸摆出如何温善的笑容，鲍叔牙都觉得当中蕴藏着见不得人的阴谋。

管仲也觉事有蹊跷："太顺手，倒假了，便似提早做好安排，拿张皮出来哄人，皮下如何，却不得知。"

"那如何知道皮下？"

"先等等。"管仲沉凝着神色说道。骈邑这池水，看似清可见底，若探身下去，或许深不可测，水中藏匿着何种光景，是一摊滞重不通的死水，抑或满池贪吃脏污的肥鱼，短短时日，难以廓清。

因骈邑一带的鄙野统计已皆掌握，管、鲍于是暂且离开，往东阳而去。那东阳为隰氏封地，隰朋先期半月抵达，他倒不仅是来推行五鄙的，主要是为券工而来。

由隰朋提出的先行券再做工的兴工之策，执行几年，国乡鄙野女工都渐纳入此项公贷惠利，有国家资金做后盾，无生计忧患的女工积极性日益提高，齐国的丝帛成品翻了几番。精工织物行销列国，最远卖到了燕山以北，获利甚丰，传闻周天子也喜齐国轻纨。

而兴女工，在隰朋的计划里只是兴工的第一步。女事的成功，证明了此项政策的可行性，如今可将此惠政扩大化，凡皮干、筋角、械器，但合于国用，可尽券之。

知道管、鲍来东阳，隰朋赶来迎候他们，见面没半个字空话，直言公事。说起券工之政，国乡设有工商之乡，施行较易，至于鄙野，他想在东阳试行，正好也借着五鄙推行之机，将鄙野工人纳入国家统一管理。

“很好，你尽力做，余事不必考虑。”管仲鼓励道。

管、鲍在东阳还遇到一个熟人，就是过去繇乡的大夫隰归。他在两年前，为大宗隰辰任为东阳宰，自此长留东阳，代家主镇守封地。

不同于伯舆的热情好客，隰归显得不冷不热：“既说是卿大夫封地不纳入五鄙，那便不干我事。周边乡邑是怎生情况、人众几何、田土几何、少壮几何、孤寡几何，不知道不好说。非要让我帮衬一二，倒也可以，但查错了问差了，万望见谅。”

来东阳时正是夏初，恰是农忙时节，冬小麦已成熟了，一束束麦穗迎着烈烈阳光挺胸昂头，还在生长期的高粱、大豆也是长势喜人。夏风习习，吹来田间阵阵谷香，那香味里仿佛浸了绝品清酒，渐醉了人心。

管、鲍在隰朋陪同下，只带了少数亲随，往乡野农田巡行。站在田垄上，眺看着一畦畦长亩田像摊开的竹简，一片片紧合贴密，那简上是穿梭不休的人影，以耒耜为笔，以粪肥为墨，尽情书写劳动的艰辛，与丰收的期颐。

眼前景象，让人想起在旧纪大刀阔斧开展耕作革新的宁戚。小白给了他便宜之权，可指挥乡官，宁戚得了令箭，岂能不充任斧钺？当地乡官被他折腾得叫苦不迭——宁戚逼着他们下田，翻土播种、开沟挖渠、芟草制粪，都要亲尝。有自恃身份的乡官不肯，宁戚便嘲笑他们：“我且能踩两脚泥，你们比我还矜贵？”

有不堪“侮辱”的乡大夫偷偷奔来临淄告状，小白破天荒地亲见，听乡大夫一把鼻涕一把泪地痛诉了大半日，然后照脸吐了那乡大夫一口唾沫，指着鼻子骂道：“尔若能使齐国大足，寡人斩了宁戚为二三子出气，尔若不能，寡人斩了二三子为宁戚铲除隐患！”

乡大夫灰溜溜地打道回府，告黑状不成，国君对宁戚的袒护却不胫而走，宁戚从此在旧纪横着走，招呼一声，应者成百盈千。行事是跋扈了些，但他确实是农耕的能手，把成片的蔫了吧唧没人经理的荒田，整饬为可生五谷的肥沃良田，至少在农事上，他所显露的卓越才干，让一众厌他的乡官也没话说。

隰朋对宁戚很感兴趣。宁戚在临淄惹出风波时，隰朋在国乡券工，后来宁戚被国君派往旧纪，赴任匆匆，两人没来得及见面。隰朋与管、鲍说，宁戚甚奇，有机会，他想认识这位奇人。

鲍叔牙对宁戚评价道："能干，可惜品行太差。"

管仲喟然叹息："鲍叔还是鲍叔，刚直君子，闻一恶而终生不忘。"

其实不只鲍叔牙，临淄卿大夫对宁戚多无好感，刚刚听说小白任宁戚司田事，颇有头面的人物去小白面前抗议：宁戚名声太糟糕，就不论他的卑贱出身，单单他与国子女弟的风流事，闹得满城风雨，国人皆恶之，我齐国是无人了吗？偏要任命一个卫国的龌龊小人！

小白回答道："以人之小恶，亡人之大美，此人主之所以失天下之士的原因。"

国君的大度回应堵上了非议的嘴，这回应很像管仲昔年容忍小白荒唐行径时，说过的一段话："若大意得，不以小缺为伤。"

真正良善的君臣关系，严苛的等级只是形式，君臣的相辅相助才是关键，所以小白尊管仲为仲父，不只是管仲能宽待他，更是因为管仲能教他向好向强。君臣互动的耳濡目染，小白学会了管仲的胸襟——你若能容下各形各色的人，才能包容整个天下。

这些积年掌故，隰朋也曾耳闻。国君效管仲而容天下，倒也不奇，但让他，也让很多人迷惑不解的是，刚直不阿的鲍叔牙，眼睛里容不下一丝苟且，居然能忍管仲，且唯能忍管仲。

隰朋对管仲过去的事所知不多。管仲对自己的过去绝口不提，旁人要捕风捉影地瞎编派，他也不管。不过齐国人多少知道些往事的边角料——管仲在他最凄惨的时候，遇见了鲍叔牙，是鲍叔牙把他带出了生活的谷底，从此人生急速转向。

是鲍叔牙发现了管仲，没有鲍叔牙的先见之明，管仲也许还是齐国乡间求饱食而不能的野氓。故管仲举事有功，小白必赏鲍叔牙，数次晓谕群下："使齐国得仲父者，鲍叔也。"

许多人对管、鲍友谊心生羡慕，卿大夫之间也有往来密切的"朋友"，但多为酒友、食友、色友，所谓友谊只是富贵生活的额外调剂。但管、鲍不一样，两人的性格爱好截然不同：鲍叔牙好静，管仲好动；鲍叔牙沉闷，管仲有趣；鲍叔牙严苛，管仲宽容。偏偏这样看似睽违千里的两个陌路人，却能结为知己。

知己，并不在于一起玩什么、乐什么、分享什么，也许在于：我把我的理想放在你面前，你能当成自己的理想，并且一往无前地坚持下去。

“可效法，难遭遇。”隰朋心里这么想。

隰朋走了一会儿神，抬眼间，远远见得田正领着乡里妇人，来给田间劳作的农夫们送饭。女人多了，嘴也多，声音也脆，黄鹂鸟似的叽叽喳喳，似将那因辛苦劳动而搅热的空气，减去了五六分热度，幽幽凉意似田间杂草，渐渐生长。

暂歇劳作的农夫吃着自家婆娘亲手蒸的糙饭，虽然硌牙，心里却甜美，话便多起来，这个问隔壁家的女人肚子显怀了，几时生，“这胎瞅着肚儿圆圆，怕不是个闺女”；那个忍不住调戏新婚妻子，屁股上悄掐一把，被臊红了脸的新妇扇他个大耳刮，惹来哄笑。

田正毕恭毕敬地走到管、鲍面前，小心地问二子可曾用膳：“乡里穷苦，唯有豆羹藿饭，不入贵人胃口，怕委屈了二子。要不，请往乡里公寮暂歇，在下为二子备办薄馔？”

管仲不在意地说道：“豆羹藿饭甚好，本不饿，被你这么一说，反倒开胃了。”他转头对鲍叔牙道，“鲍叔能食豆羹藿饭否？”

“为何不能？”鲍叔牙反问道。

管仲笑道：“不得已，要从乡人口里抢食，匀少许给我们便可。”

田正愣着，他没想到管、鲍愿与乡人同食。卿大夫巡行农田的不少，不过都是在田坎边看个热闹，至若与农人同劳动同食物，却是万万不能的，日常吃的肉切得不细碎，还嫌塞牙，怎能让乡野糙食伤了高贵的胃，那是人吃的吗，君子家养的狗都不会闻一下！

“觉得我们放不下身份，吃不得豆羹藿饭？”鲍叔牙不悦道。

田正打个哆嗦，赔笑着说自己想岔了，控背弓腰地往回跑，他这里才抬足，那边就见隰归领着一众乡官遥遥走来。

管仲若有若无地说：“耳目无处不在。”

隰归明言对会计国会所需统计鄙野不在行，做出百事不过问的姿态，实则管仲他们每到一处，他都会恰如其分地偶遇，见缝插针地露面。

乡人们正一面吃饭，一面热火朝天地闲扯，忽听田正慌里慌张地跑过来说："有剩饭吗？不不，不是，把没动过的饭匀出来，贵人要与农同食。"

"贵人是谁？"有乡人打听道，指着管、鲍等人，"这拨人一早就来了，杵了半日不走，他们是贵人？"

田正把他的手打开，训道："指指指，贵人是你能指的？这是临淄来的贵人，你再指，仔细断了你的手！"

指人的乡人惶怕地把手缩在背后，不仅不敢指，也不敢打听。仍有胆大的忍不住，粗声大气地问道："临淄来的贵人？难道是大夫？哪个是大夫？还是俱为大夫？"

田正一巴掌拍在他头上："闭嘴！就数你嗓门大，你这蠢贱野人只知大夫，人家是执政，执政懂吗？齐国最具权势者，除了国君，便是他！"

有个女声脆亮地问道："执政是哪个？"

田正望过去，是个容色整丽的女人，鬓发梳得一丝不乱，一身衣裙虽是粗布，却浆洗得干干净净，瞧得出性子极泼辣能干。田正还没来得及说话，那女人旁边正吃饭的男人，慌得把手里的饭盂一搁，攥住女人的一只胳膊，惊恐地说道："你又想做什么，安分些！"

女人一抬手，用力拨开了他："废物！懒与你言！"

她突然站起来，望着管、鲍等人的方向，大声喊道："执政！哪个是执政？我有冤讼，求执政为我做主！"

这声突如其来的呼喊，惊到了所有人。本行在田坎边的隰归，深一脚浅一脚地走得艰苦，忽闻讼冤声，险些一跤跌下去，他喘了一口气，一面不顾泥泞地狂奔，一面喝道："愣着作甚，把这无故生事的贱人拿下！"

刚被惊得脑子发木的田正这才反应过来，骂那男人道："鹿四，你女人疯了，还不把她带回去，当真要作死吗？"

那叫鹿四的男人吓白了脸，抖得如筛糠一般，一手去揽女人的肩，一手无处安放，往自己脑门上摩挲，带着哭腔哀求道："别闹了，跟我家去，好赖为儿女想想。"

女人啐他一口："我闹什么，我受了委屈，偏要伸张，凭什么不让我说话！"她又喊道，"既为民主，该为民着想，不然枉为执政！请问这偌大的齐国，给不给民氓活路！"

倏忽间，隰归等乡官已赶到跟前，旋即令左右将那女人反扭起来。数个牛高马大的男人，仿佛伸向四面八方的枷锁链条，一条缠住女人的胸腹，一条缚住女人的手臂，一条绕住女人的脖颈，将女人禁锢在铁铸的牢笼里。

女人尖厉着嗓子呼叫得声嘶力竭，拼了全力格挡挣扎，奈何前头冲不过，后面也撞不开，竟是无路可走，余光扫到鹿四，看他畏缩着脖子，虚着一双流汗的眼睛，两只手奓着发抖，口里喃喃着碎言碎语，却听不清到底念了什么。

她又气又恨、又羞又冤，哭着骂道："你也是男人，生得堂堂丈夫之躯，自家女人受辱，你竟坐观不动，甘心忍耻！我若是你，倒不如一死！"

鹿四几乎要哭出来，身上抖得更厉害了，围观乡人看不过去，纷纷说道：她不就喊两嗓子，什么也没说，何必对弱女子下狠手。

正闹到激烈时，便在注意力关照不到之处，恍惚有一团厚重云朵悄然欺近，将午后的赤焰阳光遮挡了刹那，那押住女人的一众"锁链"，忽觉肩背负了外力，轻似分花拂柳，重似剔骨挖肉，脚下直打磨旋，而手已放开了那女人。

兀自疑惑之际，扭头张望，只见到一张没生气的脸，仿佛子夜在乡野游荡的厉鬼，专吃人心肝，慑得三魂跑了两魂。

雍廪像门墙似的站在女人身前。有听闻雍廪名头的，纵算只有支离片段，裤裆已有了热意，没一个敢上前与他硬碰硬。

隰归知道事有不好，究竟不能放手，匆忙说道："这女人患了疯病，素爱风言风语……"

"我没疯！"女人打断道，"我要说实话，你们却不让我开口，倒是诬赖我疯！"

隰归不与女人争执，质问她男人道："鹿四，你女人疯没疯，你说？"

鹿四怕得很，头也不敢抬起来，一忽儿左脚踩着右脚，一忽儿右脚踩着左脚。

女人痛责道："你但凡是个男人，就给我站出来实言以告，你女人疯不疯，你也不敢讲？"她见鹿四怯怯懦懦，恁是不敢发一言，唾骂道，"孬种！妇人也不如，我今日便是死，也要把实话亮出来，你便窝囊下去吧！"

隰归生恐那女人说实话，制止道："疯女人风言风语，闭嘴！"

"让她开口！"忽有人一声断喝，出声的却是鲍叔牙。

隰归行了个虚礼，半笑半愁地说：“鲍子见谅，这是个疯女人，平日胡言乱语，说的尽是混账话，二子乃贵人，听不得污言。”

鲍叔牙冷笑道：“你一再禁断她开口，莫不是怕她说出真话来，戳中你隐痛？”

隰归微一颤，觍颜道：“鲍子说差了，哪有真话，俱是疯话，信不得也听不得。”

眼见这隰归是块死硬骨头，鲍叔牙正待发作，却听管仲慢腾腾地说道：“真话也罢，疯话也罢，听听何妨。若是真话，斟酌议之；若是疯话，权且一乐。”他微微眯起眼睛，含着浅浅的笑盯着隰归：“隰宰以为如何？”

隰归被那目光镇住，不自禁地打个寒战，还想找话掩过去。管仲看也不看他，径直对那女人道：“你想开口，尽管开口便是。”

女人不错眼地打量管仲：“你是执政？”

“我是。”

女人理了理挣扎中被扯乱的衣服，又抿了抿头发，口齿清晰地说道：“我叫谷柳儿，东阳鄙野人，家传的织衽本事，不瞒执政说，也是远近无匹！两年前乡里知会我们，说是国君惠政，征召女工织衽，可先给公贷，与民券契，待丝成匹，再一律按市价征收，那公贷也可用成布偿还，抛去公贷，算下来还能赚利。我起初觉着这是好事，我们穷乡野氓，家家欠私贷，每年还息，逼得卖儿鬻女，求糊口也难！若能先券后工，岂不是大利好？我因不放心，托人出外打听，闻说国乡女工已施行先券后工，还闻说国君亲口许诺国、野一致，给国乡多少公贷，也给鄙野多少公贷，同样，丝成匹后，征收之价也一致。”

说到此处，她酸涩地叹了口气：“可惜，上面许诺得越动听，轮到我们头上，便成了哄人的鬼话！”

她收摄心神，说道：“头一回公贷下放，我因提前打听过，心里有个比较。怎知拿到手里不到国乡女工的一半，丝成匹后，征收之价也不到一半，一半又一半减下去，我们鄙野女工劳作四倍于国乡女工，所得却不及国乡女工四分之一。我原道是本乡如此，特特去邻近乡里问了一遭，孰知有的鄙野比本乡还低！获利微薄不能庚本，尚要还公贷，乡里宣令，公贷竟不免息！一年算下来，贷息比本贷多出三倍不止。我们不愿再做工，可乡里却逼我们复工，宣称一年借公贷，年年借公贷，终身不能去。这惠政生生成了杀人恶政！但要问问执政，国君能给国乡女工惠利，为何不能给鄙野女工惠利，偏要将我们逼上绝路，是野人比国人生得下贱？说什么国、野一致，哄人玩罢了，若这齐国不把我们当人，莫若放我们走，天下总能找得到一方土求活气。”

她说得难受，眼睛也泛红了，强制地忍了下去。周围女人为她的话触动，软弱的低声啜泣，刚强的出声附议，几个够胆气的随从呼道：“所言属实，我们可以做证！”

管仲在谷柳儿控诉未完时，已全然明白，这是控制乡野的卿大夫家族，对变国之政的暗中阻击，明面上不言不动，私下里阴险出手。

减损的公贷，增加的贷息，少付的布价，自然落入私囊，而残剥民力的恶名，却让国君背了，也让变国之政蒙上阴影。怪不得刚刚宣布施行五鄙之政，卿大夫们一片沉默，原来早就做好准备，国君之令下到乡邑，再由乡邑下到民，国家的任何指令发出来，经过乡这一级的选择性过滤，都会发生合符卿大夫私利的扭曲变形。国与民之间，横隔着一堵高墙，上情不得下达，下情不得上通。若照此发展下去，将来五鄙制即使完成，齐国鄙野变的也只是形式，内里仍是卿大夫家族说了算。

管仲此刻对谷柳儿充满了感激，若不是她以身犯险，勇敢地撕开了肮脏内幕，国中还不知被隐瞒到何时，挨到全部真相显出来的那一天，只怕已是积重难返，民怨累积，不要说执行变国之政，保国祚也难。

谷柳儿的话落了音，管仲还没发话，隰归已急眼了。这等阴私事，卿大夫家族心照不宣地保守秘密，竟遭一个贱女人暴露出来，他跳脚吼道：“疯女人，满口的浑话，执政岂能信你！带走！带走！”

他疾声命令，左右无人动弹，有雍廪铁塔般耸然屹立，无人敢朝谷柳儿迈半步。

隰归见没人肯动，急得丧失理智，身份也不顾了，自己攘臂揎拳，要去捉谷柳儿。忍了许久的鲍叔牙终于火了，责令道：“拿下！”

跟随鲍叔牙的鲍氏私属冲上来，两个壮汉撑开手臂用力一夹，隰归连挣扎的力气也没使出来，便遭反剪手臂，本想呼救喊冤，嘴也被堵上了。

管仲懒管隰归，先瞅了一眼田正，吓得他发抖收不住。管仲把目光挪开，慢慢看向女人们，温和地说道：“有与谷柳儿同遭遇者，都可来我这里讼冤。”

女人们犹豫着不敢说，谷柳儿说道：“执政真愿为我们做主？别是当面哄人，背后使绊子害人性命。前次我为券工不公，去乡里讼冤。乡里当面允诺会彻查，过后又来家中威逼，迫我不开口，不然给我家私贷加息，还要将我一双儿女卖于戎人。我那窝囊男人怕事，不允我再往上告。”

管仲勉励道：“尔等宽心，我既为执政，民有不公、不忿、不平之事，我自当处分，绝不会行背后害人的下作之举。倘有偏私，国君也不容我。”他偏过头去瞧鹿四，那男人仍是魂不守舍的萎靡模样，与果敢坚韧的谷柳儿比较，判若天壤，因责备道：“你枉为男儿身，担不起丈夫一称，但有你妻子三分胆气，也不辜负生于这天地间。”

鹿四唯唯诺诺地哼一声，看一眼管仲，看一眼谷柳儿，颓丧地把头垂了下去。

管仲又望向诸乡人，朗声说道：“我今奉国君之令，来此体察民情，凡有讼冤者，皆可来告。我会禀明国君，为民做主。众乡人也请放宽心，讼冤可明告，也可隐告。”

他便与鲍叔牙商量，寻一处安静所在，接待乡人讼冤，不论大冤小冤，来而不拒。至于那隰归，他吩咐道：“看好了，谨防他自杀。”

谷柳儿听管仲要寻接待讼冤的安静所在，自告奋勇邀请管、鲍去她家，她说自己是首告者，反正已豁出去了，不怕担更大责任，愿意与乡人共进退。

“勇略超过男子，真奇女子。”管仲赞赏道。

当夜，管仲一行人果然待在谷柳儿家中。一座逼仄小院，家中并无值钱家什，却拾掇得一尘不染。本来管、鲍说来这里是为听讼，余事不必麻烦，谷柳儿却不依从，她说：既来家里坐，便是客人，不招待你们，是我不周到。她也甚是能干，与交好的邻人妻合计，两家一起勤力，忙了两个时辰，将一众客人的晚饭做出来了，尽管肉腥少有，有赖谷柳儿妙手烹饪，也自清爽可口。

谷柳儿的一双儿女，儿子五岁，女儿三岁，乡野小孩胡打海摔惯了，不娇气不耍泼。管仲看得感慨万千，对鲍叔牙悄声道，管友能有乡野小孩一半耐得苦，他就放心了。

小女儿不知道害怕雍廪，非要他抱，还要骑大马。雍廪没奈何，又不能扮凶唬孩子，只得将小女儿扛在肩上，学野马奔了一奔，后来是谷柳儿叱了一声没规矩，将小女儿强行拽下来，他才得解脱。

谷柳儿将堂屋辟出来，给管、鲍用作临时公署。她打发鹿四与儿女们早早睡下，嫌他们在场碍事，她却守着灶台，也不到堂屋来看稀奇，只叮咛说饿了渴了招呼一声。

夜幕降临，乡人讼冤者陆续来到，有结伴而来的，有单独露面的，自然观望犹疑的也不少，门外时不时有人影一晃，递进一颗脑袋，又迟迟疑疑地缩了回去。

管、鲍不厌其烦，要紧、不要紧的事都认真聆听。隰朋坐在一边录笔，他做事很仔细，精神却有些颓唐，话更少，连公事也不谈了。管仲几次看他，想说什么，唇角方一翕动，复又忍下。

忙至子夜过后，夜深得似要应着物极必反的理，翻过另一面往天明奔去。许久没有乡人再来，鲍叔牙取来隰朋所录讼词细看，管仲突对隰朋道："不干你事，不必搁在心上。"

隰朋怔愣，他未料到，心事竟被管仲一语中的，先券后工是他的举政，国、野一致也是他向小白提出来的，初心是为国谋利、为民除患的惠政，执行时却变得面目全非，他如今还欲在东阳试行兴工扩大化，可又偏偏在东阳，发生了这等欺上瞒下的污烂事。细论起来，实不是他的责任，他却觉得自己是始作俑者。正因他建策，才给了卿大夫家族盘剥民力的机会，越做斯念，越是积郁难释，也越是钻进牛角尖。

隰朋低着头不言，手里的毛笔歪倒在腕部，笔尖扫在简牍上，掠出一笔飞白。

管仲伸手搭在他肩上，温和地说道："举一良策难，践此良策更难，前道多阻，今日有小磨折，明日或有大蹉跌，不要气馁，但有恒心，事必能成。"

隰朋怔怔地看着管仲，听他亲切地说："放手去做，我会陪你。"这声勉励，真像慈爱的父亲，隰朋再也忍不住，压在心底的委屈、自责、悲愤，与这一刻的感动、温暖，统统涌上来，冲得双眼一片冰凉。他扯起衣袖用力揩掉眼泪，哽咽着点了一下头。

在许多人眼里少年老成的隰朋，是不世出的天才，智略超群，心境沉稳，可他毕竟是韶龄年华，少历风霜，未经创痛，忽遭重击，惊觉血肉丰满的理想嵌入骨骼嶙峋的现实，原来会发生南辕北辙的荒唐结果，那一瞬，他的信仰基石几乎崩塌。

鲍叔牙见隰朋伤怀，放下讼词，起身递给他一方手巾，轻笑道："朋也哭鼻子？何所惧，管子过去凄惨不堪，比你难多了苦多了，他也没哭。你既随从他为政，当效他心胸。"

"偏掰扯我作甚？"管仲佯怪道。

鲍叔牙啧了一声："怎是掰扯，明明是夸誉。"

听两位知己讪牙，隰朋终于破涕为笑，拿手巾擦干眼泪，用心地说道："鲍子说得是，当效管子心胸。"

天明时，一夜没合眼的管、鲍召来谷柳儿，说带她一家人去临淄，一则她是重要证人，须向国君面告冤情；二则为她一家着想，留下来怕有不测。

谷柳儿虽以为管、鲍说得在理，但乡人安土重迁，这一踏出去，只怕以后再难回来了。她犹豫不决，始终下不了决心，终是管仲说道："不为别人，单为一双儿女着想，也不当置他们于险境。"

舐犊之情让谷柳儿的犹豫垮台了，她一掸衣裙，仿佛掸走了所有软弱，果断道："罢了，走便走。"

三

管、鲍在乡野推行五鄙制，无意中查出惊天阴谋，当机立断暂停手头事务，立即返回临淄，一路日夜兼程，不敢稍停，至临淄时已近天黑，却不耽搁，夤夜面见国君。

小白获知下头的污浊勾当，勃然大怒。卿大夫们当面不争不议、不诉不告，原来背后玩这手阴招。国中要革新出一个清明世界，底下却维持一池臭水沟，骗取国家财利，私养了一群烂鱼臭虾。

知道管、鲍在东阳查出大案，还带回来个重要人证，沉寂许久的卿大夫们终于骚动起来，私下里通款曲、探口风、问消息：是继续装死静观其变，还是积极行动出手扳转？还没商量出妥善之策，忽然接到君令：三日后举朝会，临淄诸大夫必须与会，不准告假，即便病了残了垂死了，也当舁舆来见。

不仅在国都的卿大夫必须到场，在外司事的高傒、国牧也被召回来，总之，缺一不可，人人皆得露脸，还不准滥竽充数，须对任何国策画个符点个头，因为在君令后跟着一句要紧话：“请二三子畅所欲言。”

这句话似期许，也似威胁，简单几个字，隐藏着剑拔弩张的紧张感，然而无论如何猜测，有个事实却清晰地显露出来：国君与反变国之政的卿大夫，终于迎来面对面的交锋。

朝会当日，黎明时分下了一场暴雨，密如夯土集束棒的雨水捶打在临淄城的百千街陌，把这繁华城市重伤得千疮百孔。雨肆虐，风更大，顷刻便是昏天黑地，更有阵阵惊雷擦着暗沉天幕爆破出来，恍若决战时敲响的中军战鼓，剧烈声响震彻天地。

卿大夫们冒着大雨赶往齐宫，走这一路，雨竟不见小，在宫门口下车，拧一把湿重的朝服，滴下的水，够淹没一瓮鱼，看见一样披风雨而来的同僚，彼此面目模糊地行礼问好，为风雨雷干扰，声音也听不真切。

举会之处是在外朝正殿，诸侯之宫，与天子之宫相侔，分外朝、治朝、燕朝。国有大事，如庆典、献俘、祭祀，会于外朝；君臣日见，商榷国事，会于治朝；亲密近臣与君密谈，会于燕朝。

今日朝会择在外朝，可见国君将此次朝会归于国之大事，与祭祀征伐同等重要。

落汤鸡似的卿大夫们接踵而来，按着爵秩官次规定的朝位，挨个儿落席，不敢越次。

为君令所迫，也有观望事态的心态，临淄卿大夫尽数与会，一面揉搓湿衣服，悄声抱怨雨天与会，失仪甚也；一面闪烁目光，隔得近的交流两句耳语。多数人对朝会心存疑虑，睃眼睛去偷窥管仲，却似望见一汪静水，没在他脸上看出任何端倪。

忽听门外传来清亮的唱喝声，卿大夫们才一回头，国君已款步进入，出人意料的是后面竟跟着一个陌生的女人，模样倒还标致，只一身的荆钗布裙，铅华不饰，粉黛不施，却不知从哪个乡旮旯爬出来的破落户。

小白在君座坐下，与群下互相参礼。那女人便立在君座左侧，平生第一次置身大场面，满目皆是贵人，哪一个不是捏人性命的狠角色，湿答答的衣角似也能杀人，因此怯意掩不住，局促得不知如何是好，往后缩了两步，像要躲着那伤人的贵气远些。

卿大夫们躲躲闪闪地打量那女人，小白看得一清二楚，冷淡地笑了一声：“认得她吗？”

下边不答，有的转着眼珠，有的摸着膝盖，仿佛是没听见。

小白冷笑：“二三子眼明心亮，何必装瞽瞍聋妪？想是这女人还未进临淄，二三子的耳目已先将行踪上告，今日相见，倒伪装不知，素日欺上瞒下惯了，以为寡人好诓骗，竟敢当面欺君。整日精于筹谋，无所不思，这天下皆要被尔等算计进去，试问齐国，何处没有尔之耳目、何处没有尔之爪牙、何处没有尔之私利！”

朝会刚开始，便是一通连珠炮似的责骂，仿佛被雷轰了，卿大夫们被震得喘不过气。这一波冲击未完，小白又轰山似的骂开来：

“国家举惠政，也敢当面承应，背后违逆！上欺君父，下凌细民，贪国之财，中饱私囊，真天不容地不忍之蠹虫！已是富贵之身，仍求利不止，求则求也，偏要竭力搜刮民力，如此贪心，纵是天也被你刮下来！”

他越说越怒，举手一指，斥道：“隰辰！尔安敢欺上瞒下，罔顾君恩，篡改惠政，贪墨国财！尔知罪否！”

隰辰头皮也麻了，颤颤巍巍爬出朝位，礼行得摇摇晃晃，磕磕巴巴道：“我君……明鉴，不能听疯女人三五碎语构陷，仓促……仓促断定臣，臣有罪。”

“狡辩！那你倒给寡人解释一二，一女若疯，碎语构陷，难道一乡之人皆是疯子！”小白扬起手，将侧边的一卷简牍砸下来，恰恰砸在隰辰头上，疼得他眼前发黑，昏着一双眼去看滚在膝前的简牍，恍惚是乡人讼词，心脏陡地急跳，视线更浑浊了。

“为民行惠政，为国举良策，如何碍着二三子？竟一再阻扰一再妨害！”小白痛心疾首地说，捏着拳头一声重似一声地捶打几案，“寡人欲强国富民，有错吗？二三子为那点锱铢之私，置国于危垒，弃民于沟壑，我齐国就该为贫弱之国，寡人就该为仰食之君，方逞二三子之愿！”

国君痛心叱责，底下的人像被大石盖在井底，出不得声。唯有发昏的隰辰，无力地擦着脸上的一行行汗水。

“臣不敢苟同我君之议！”一个声音从朝位间发出来，在压抑的沉默中，显得格外响亮。

小白循声看过去，出声的是崔夭，很好，就趁着今日，新仇旧怨一起宣泄，也一起了结，他猛地招手：“出来说！”

崔夭起身走出朝位，稳稳立定，而后拜了下去，说道：“我君称二三君子为锱铢之私，置国民于危险境地，臣却以为，我君行变国之政，擅改旧制，才是置国民于危险境地。强国富民之途多矣，然绝不是变国！”

到底把罪名栽到变国之政上来了，看来崔夭是豁出去了，非要来一场面对面的生死决斗。擂台不得不打，输赢不能不争，谁被踹下擂台，谁就完全输了。小白狠狠地攥紧拳头，沉着地说道：

“行变国之政以来，国不强否？民不富否？我齐国未曾得利好否？而乃置十五士乡，师旅治整；先券后工，民得其利；关市不征，兴商阜财；服鲁平宋，外事无忧；尊王敬礼，天下膺齐。崔子认为，这是如何置国于危垒，弃民于沟壑？”

崔夭淡漠地说道：“我君宣讲之功，臣不以为然，反有疑惑，请我君开释。这变国之政，是真为强国富民，还是为满足我君称霸之狭志，讨得邻国三声谄媚，赢得佞臣两声恭维，赚来天子一声虚誉。”

竟把变国之政贬低为君主求虚荣，小白怒不可遏：“混账！这是何等无耻之言，不识国之大体，以己之私心断他人之公义，才是真真气量狭小！好一个腹藏污垢的蠢货！”

崔夭举头一昂，高扬起声音道：“君子受议不受辱，我君于朝会公然侮辱大夫，为君之礼何在！请我君收回诋毁之言，臣宁死不受欺凌！”

有了崔夭打头阵，擦了半日汗的隰辰反应过来，跟着哼道：“不，不受欺凌。”

小白被激得弹立而起。鲍叔牙忽地喝道：“放肆！朝会之论，各抒己见，君有驳论，臣当自省，崔子安敢逼君，是无臣礼也！”

崔夭横了鲍叔牙一眼，咬着两排牙，磨刀似的磨出声音来：“臣何能也，怎敢逼君？倒是君一再逼臣！想我齐国，太公之裔，天子姻亲，世为大国，如今是野氓充重臣，贱人为大夫，致公族屏息、宗亲避事、世卿不出，一干宵小之徒，以媚上之态、谄谀之姿，为君恩幸，仗着国君之势，欺凌君子，逼迫良善，太公在上，当为二三君子一悲！”

他说得字字泣血，像是痛得不能自已，竟自放声大哭。他这一放嗓，蓄势待发的卿大夫们也哭起来，你哭一嗓子“太公何在”，我号一嗓子“先君无辜”，温柔些的也呜咽哀叹，殿内响起一片擤鼻涕、弹泪花的嘈杂哭声。

也有不哭者，比如国、高。高傒一言不发，脸上神情也淡得像雨水洗刷过的墙面。国牧听得满耳哀音，无奈打圆场道：“朝会议事也，说得通也罢，说不通也罢，流于言辞者，何必放悲声？”

劝和的话捅了马蜂窝，崔夭抬起泪水涔涔的脸，嘲讽道：“国子不悲，我等不敢管，而国子何必管二三君子悲不悲？二三君子卑微之流，得与尊者同列朝位，已是仰承恩荫，后生惶恐，从不敢争位次，今日不过为我齐国前途一哭，干碍尊者何事？”

跟着哭成泪人的隰辰，沙哑着声音说道：“齐有三分，国、高二分，人家什么身份，凭什么与我们同悲！”

曹氏宗子曹螯也夹枪带棒地插空喊话：“不给我们活路，连我们哭也不准吗？”

国牧本为劝和，不想大夫们不但不领情，反而借题发挥，他脸上下不来，虎着脸，把头偏过去了。

瞧见卿大夫们故作悲情，小白气得血往上冲，额上青筋也暴出来，两手死死地按着几案，眼见便要烧起暴怒烈火。

刚刚默不作声的管仲遽然起立，先向小白行了一礼，款款转向崔夭，拜手参礼，朗然道：“崔子何悲也，为国掬泪，也是赤心。”

他看着崔夭，目光清清泠泠：“适才崔子言，今齐国野氓充重臣，贱人为大夫。请问崔子，谁是野氓，谁又是贱人？”

正哭得死活不顾的崔夭，被管仲这突然一问，像手上捧着的碗打翻在地，碗里的渣滓全倒出来。他抹一把眼泪，擤着鼻子说：“管子竟来问夭，岂非明知故问！”

管仲平静地说道：“崔子为国思虑，夷吾感佩。不过崔子以为治齐国者，必公族也，必宗亲也，必世卿也，夷吾不苟同。我齐国，太公之国，想太公屠牛于朝歌市，卖浆于孟津渡，是何家公族？何家宗亲？何家世卿？倘文王亦与崔子同谋，渭水不肯请太公，焉能兴周？也无齐也。”

仿佛被一把掐住脖子，崔夭哭不出来了。哽哽咽咽的卿大夫们，也觉脸上讪讪的，装作拧湿漉漉的衣袖，把眼泪擦了去。

管仲复一拜：“崔子以为，强国富民之途多矣，然绝不是变国。夷吾敢问，为何不能变国？”

崔夭直着脖子，一板一眼地说道：“先王治国，自有常法，百世不更也。我周室天下，文王开基，周公创制，封建诸侯，以藩屏周，天子守中国，诸侯守封疆，礼秩有定，班次有序，君子治国，小人服命，国人为战士，野人充厮役。今行变国之政，是变周制也，管子执意变国，是以为文王错了吗，周公错了吗？”

管仲不紧不慢道：“崔子差矣，先王治国，从无守旧不变之理。汤之《盘铭》曰：‘苟日新，日日新，又日新。’是成汤错了吗？诗曰：‘周虽旧邦，其命维新。’是文王、武王错了吗？周书有言：‘宅天命，作新民。’是成王、周公错了吗？至若我太公，治齐伊始，简其礼、从其俗，变繁政而就俗礼，是太公错了吗？”

轻描淡写的数句驳斥，仿若一记记重拳，打得崔夭无还手之力，他张着口，声音在嗓子眼打旋，可却发不出来。

管仲的目光越过崔夭，向卿大夫看去：“今我君行变国之政，是为强国之志、富民之愿。二三君子生长富贵，少识民生，不知国都之外，贫弱几何、孤寡几何、病困几何，不知求饱食之难、寻暖衣之艰。君子以为饿死一人为寻常事，饿死一乡微诧耳，饿死一国又如何？哪一日国中只有大夫，而无民氓，又如何区分君子小人、国人野人？”

他突地一转，目光看向谷柳儿，向她微微点了一下头。谷柳儿听了半日朝堂争论，大半没听懂，心里又怕又焦，一门心思是立刻逃回家去，再不要见到一个贵人，直到管仲向她示意，她虽不情愿，也硬着头皮，往前哆哆嗦嗦挪了一步。

“崔，崔子……”她结结巴巴地呼出这个生疏的尊称，到底要说什么，其实想不起来。

崔夭厌恶地骂道：“贱女人，你是什么下等身份，也敢与我开言！”

谷柳儿被这声侮辱刺痛了，她想既被推上了风口浪尖，左右不过一死，在死之前与王八贵人干过一架，一辈子也轰轰烈烈过，便大胆地说道：“崔……我管你什么子，你饿过肚子吗？”她也不待崔夭回答，自顾说道，“你们自然没饿过，吃饱饭穿暖衣，看门的狗也吃得脑满肠肥，哪里知鄙野乡人的穷苦——饿得啃野草吃生土，尚被逼还贷息，年年追贷的堵门威胁，往死里搜罗刨掘，灶里的灰也给刮下来。闻听国君施惠政，让我们吃饱饭，你们偏就不依，牙缝里的一毫利，也要抠走，逼死了我们，于尔何益！”

崔夭扬起手，恶狠狠地吼道：“贱人！君子肉食者，小人劳力者，无君子恩养，小人怎能活下去……”

“放屁！”谷柳儿打断道，“没有我们，谁来养君子！没有我们织纴，君子穿不得锦衣美服；没有我们耕作，君子吃不得肴馔飨酒；没有我们营造，君子住不得华栋璧屋。你身上披的、嘴里吃的、榻上铺的、厩里养的，哪一样出自你之手？没了君子，小人凭本事求活路；没了小人，君子只有饿死冻死！”

未想这乡野女人牙尖嘴利，句句刀子似的伤人，崔夭紫涨着脸，一口口喘着粗气，一个扭头，对小白喊道：“我君纵容乡野贱人，侮辱大夫，要逼臣于死地吗？”

小白早不生气了，看戏似的露出笑容来：“崔子好大气量，与女人拌嘴，吵不赢，便向寡人求告。三岁黄口与人争持，也求父母相帮，崔子稚也。”

下头有卿大夫憋不住，笑出声来，又怕得罪崔夭，慌得把笑意掐死在嘴角。崔夭耳尖，听得见嘲笑，那脸如变色似的，一会儿红，一会儿白，一会儿青，抬头望见君位上的小白，宛如永远打不倒的一尊神，再想到自己堂堂大夫，被一个下贱女人当众羞辱，一时激愤难制，满腔怨气地说道：

“我君昔年为一忖里乙，与举朝大夫作对，今日为乡野贱人，欲将举朝大夫逼上死路，臣不服，宁死不服！”

不提忖里乙还好，提起忖里乙，过往的不堪记忆瞬息涌出，小白那压下去的火腾地冒起来，切齿道：“好！好得很！要追溯既往，那就追溯清楚，是寡人逼二三子，还是二三子在逼寡人，是寡人不给二三子活路，还是二三子不给寡人活路！”

此际殿外风雨交加，小白的怒吼声仿佛雷鸣，震得空阔的大殿颤抖起来，回声绕着柱子嗡嗡撞击。胆小的大夫已骇得瑟缩，这番真要不掺假地哭出来了。

崔夭被吼得魂丢了大半，他知道自己是彻底惹怒了小白，不只有怒，还有恨，这时的小白即便把他推出去车裂，也是理所当然。

冷汗从背心层层渗出，将死的恐惧扼住了他。他忽然闪出一念，这样向死而争，争不赢国君，只会害了全宗。

久不出声的高傒仄身过来，严厉地喝止道："崔子疯矣，怎敢质问君父！无臣礼之人不准与会，滚出去！"

崔夭连打两个寒战，手脚并用地爬起来，口里喃喃道："臣不服，不服……"言辞还在坚持冥顽不化的立场，行动却敏捷快速，转头往外快步走去，一面走一面仰头，脊梁骨也要被他仰折弯，那架势仿佛是惨胜还朝的将军，与有荣焉。

强硬反对派领袖崔夭的"逃跑"，宣告了与国君朝议争锋的失败，余下的大夫没人敢跳出来死争，隰辰又开始抹汗了。

赶走崔夭的高傒不再旁观事变，稳稳走出朝位，对国君恭谨行过礼，面朝卿大夫们徐声道："适才有言，齐有三分，国、高二分，此言过也。高氏一宗，世为齐臣，怎能与君分国？不知傒是否有悖礼之举，致二三君子误解，傒不才，忝列卿位，二三君子中有能担国任者，傒愿让贤。"

纵使高傒没点名，说出"齐有三分，国、高二分"的隰辰，也尴尬得满面通红，汗流得更多了，擦也擦不尽。

高傒漫洒目光，仿佛在逐一数与会大夫，语气低沉地说道："今我君行变国之政，其心为强国富民也。二三君子纵有疑惑不解之处，与君较议可矣，何以逼君？所谓敬恪恭俭，臣之德也。二三君子扪心自问，可曾身具四德，可曾尽到为臣之责，可曾为兴我齐国举过良策，可曾——"他一顿，抬手指了一下谷柳儿，"为乡野贫民谋过生计！"

他转身面朝小白："臣为正卿，良策少举，善谋少断，嘉行少与，尸位也。今国有弊事，臣先不能早查事端，后不能裨补缺漏，我君授臣以国政，臣不胜任，有负君恩，望我君责惩！"他说得泫然欲泣，重重地拜了下去。

高傒向国君自认履职有亏，他带了头，卿大夫们坐不住了：公认万事以齐国为先的高傒自责尸位素餐，你若无动于衷，莫不是自诩比高傒还尽忠？

卿大夫们先后起身离位，排在高傒身后，挨个儿地稽首谢罪，甘愿或不甘愿的都哼哼一声“臣也尸位”。

小白动容一叹，起身走到高傒面前，用一双手扶起他，温情地说道：“子何故自责？举朝大夫，若皆似子一般忠悃，寡人何忧！”

他望向卿大夫们，那一颗颗伏低的头颅，像拗不断的硬木头，于是他语气冷冽地问道：“还有谁有异议？”

无人回应，像被埋在深坑里，土块太厚，压实了。

小白轻蔑地扫射他们一眼，以胜利者的傲慢口气说道：“那便散了吧。”

仿佛丢了魂似的，卿大夫们趺趺撞撞地走出宫外，忽然发现外面的世界早就雨收风止，更惊喜的是，一道色泽鲜丽的彩虹自天边飞至，一脚跨在城东，一脚跨在城西，亿万道阳光如千乘战车上迸射的飞箭，射入城市的角角落落，将隐匿的阴暗射落干净。

雨后是个大好的晴天。

四

一场朝会争锋，以国君一派大获全胜告终，落败的卿大夫痛定思痛，慢慢反省出自己的愚蠢与冲动。举朝会的是国君，勒令卿大夫们必须与会的是国君，要求畅所欲言的是国君，最后赢得论战胜利的还是国君。国君挖了一个坑，引着卿大夫们往里跳，心越急，摔得越狠，摔得也越明显。

在朝会上跳蹦得最厉害的崔夭，被国君记得刻骨铭心，不仅记住今日今时的所作所为，还回忆起旧账来。昔日为拥戴公子纠，齐鲁盟书上有他的名字；后来逼杀忖里乙，呈给国君的请命书里，也有他的名字。

“也是有始有终。”小白嘲讽道。

这句嘲讽被完整地送给了崔夭，附加上一段旧事追述，以免崔夭脑筋转不过弯，领会不了国君言简意赅的讽喻本事。

向崔夭传话的寺人学着小白的语气，一个字不落地转述完毕，最后说道：国君有令，请崔子闭门思过，思多久，再说吧。

“我有何过？”崔夭抗议道，“是国君倡议畅所欲言，我不过遵从君命，诚实以告罢了。再说，朝会论事，言者无罪，为何让我思过！”

寺人轻盈盈地笑道：“崔子之诚实以告，便是犯上辱君，本是死罪，有幸国君宽待之。崔子若不服，要不再与国君论一次？”

崔夭心里咯噔一响，不吱声了。

崔夭落了马，隰辰也脱不了干系，况且他还担着欺君残下的罪名，他自是不认的，奈何证据确凿，小白又认定了他是首恶，不认也不行，便把责任都推到隰归身上，说是隰归自作主张，一向不服管，胆大妄为，至于他自己，一律不知情，如有告发他背后操纵的，统统是诬赖。

因小白不准口头申辩，隰辰的辩词写在简牍上，落笔颇有力道，法度严谨，可知年少时在国学没混日子，字里行间尚沾着几滴化开的辛酸老泪。小白阅过，转手就遣人拿给隰归，并带去一句话：国君令你详阅之。

隰归早被押来临淄，吃了颇久的牢饭，每日望眼欲穿，期盼着宗主救他逃离苦海，但当他拿到隰辰的辩词，才恍然惊醒，宗主不仅不拯救垂死之人，还要将他打入万劫不复之地。

“放他亲母的屁！怎的全是我之罪，他倒落得一身干净！”隰归骂将起来，“人之将死，其言也狠。”为宗主卖命许多年，到生死关头，却被一脚踹开，你既不仁，我也不义。

隰归把心横下来，叫嚷道：“我要上告国君，隰辰欺上瞒下，贪墨国财，残剥民力，交通大夫，政以贿成，我要告发！”

隰归不服罪，与隰辰互相攀咬。隰辰听说隰归敢反告宗主，这还了得，再次上书力陈冤屈，一时间两边都咬死对方有罪，而自个儿是受冤枉、蒙屈辱的那个人，泣请国君裁定真伪。

小白为此去问宾胥无，像这种双方互咬的情况，该如何处论。宾胥无说道：“唯坐狱。”

卿大夫诉讼争持不下，难断是非，便由原告被告共坐公堂，双方辩论，谁有理有据，谁赢得官司。按照周礼的一般规定，从天子以至于诸侯陪臣，都有坐狱之权，但君子身份显贵，是谓命夫命妇不亲坐，以是诸侯或卿大夫若有讼事，遣下臣代为申辩。

坐狱拼的是口才，以言辞为交锋利器，故而卿大夫遇有坐狱，常选择能言善辩的家臣，笨嘴拙舌的往往退避三舍。

小白想想那唇枪舌剑的坐狱现场，顿觉无限乐趣，喜呵呵地说道："就让他二人坐狱，且去告知隰辰，寡人静候其亲辩之。"

"隰子为大夫，依礼不亲坐。"宾胥无提醒道。

小白才不管什么周礼，他就要看隰辰打嘴仗，横声道："大奸之人，哪得依礼，命他亲坐！"

隰辰与隰归的坐狱，定于两日后在司寇寮进行。小白以为刑礼乃国之大事，君子不可不知，此案又关涉变国之政，因此卿大夫凡是不生病、不思过的，可去观瞻坐狱，自我警示，以儆效尤。

应国君的要求，坐狱这日，不敢不来的卿大夫们一大早涌向司寇寮，官寺门口车水马龙，一辆华车才停，一辆宝车又至。衣袂镶金的君子川流不息，彼此揖让、称礼、问候、邀约，不像来坐狱，倒像是来赴宴，直忙得司刑官们脚不点地。

因人太多，堂上坐不下，只好把坐狱之地挪到中庭，观狱者的席位置于四周，合围为圆环，中央空出来给坐狱者，而北面则留给国君。君位堪堪在一棵大槐树底下，蓬蓬树冠撑开若遮阳华盖，洒下一地幽凉浓荫，日头若烈，也不惧热。

小白姗姗来迟，放眼望去，黑压压一片人头，卿大夫们来得齐整，于是他脸上漾出满意的笑。群下参礼拜君时，他看见排在前头的管仲，便招呼道："仲父过来与寡人同坐。"

管仲诚惶诚恐地说道："臣焉敢与我君同坐，僭礼也。"

小白微责道："今日非朝会，寡人欲与仲父亲近，有何不能同坐，更无僭礼。"他见管仲不动，伸手将其拽起来。管仲不好与君强作争持，由着小白扯着他走去君位，但也不敢当真与小白并肩而坐，将席位往左下挪去半步之距，形成差肩之位。

国君已至，主持坐狱的宾胥无对小白躬身一拜，款步走至场中，琅琅宣布道："两造入座！"

宣令落音，隰辰与隰归分别走入中央空地，先参礼国君，再一个坐于东，一个坐于西。宾胥无对二人行礼，说道："两造既坐，各为申辩，请勿相辱、勿相诋、勿相欺，有辞者胜。"

按尊卑定申辩先后，是隰辰先辩，他颤颤悠悠地举起手来行肃拜礼。自从知道国君令他亲坐，他日渐憔悴，满面焦容，竟像老了十岁，想想半截身体已入土的老叟，还要当众耍嘴皮子争胜负，怎不让他心伤？

“国君，二三君子，”隰辰带着鼻音说道，“隰归污我欺上瞒下，贪墨国财，残剥民力，交通大夫，政以贿成，我不知他为何罔顾事实，恶意构陷？自问并不曾亏待隰归，隰氏分宗多矣，唯对隰归优渥宠用，前举为繇乡大夫，后任为东阳之宰，也是众所亲睹。我视隰归为心腹之亲，也曾有心立他为后，望他振我宗亲、光我隰氏，未想他以怨报德，妄加罪名，竟要置我于死地。”

他吸了一下鼻子，像要吸走伤心事，一双含泪的眼睛盯着隰归：“尔急于求后否？使我落拓，尔方好上位。尔欲为宗子，何不明告之，使手段逼死尊者，心何毒辣！而乃国君明智，二三君子多知，岂能被你诓骗！”

越说越伤切，两行老泪滚出来，拿手背揩了，也没揩干，留着两颗浊泪贴着生皱的嘴角，像早膳剩下的饭颗粒，饿了还可舔一舔，那副可怜巴巴的沧桑模样，惹得观狱的卿大夫们心有戚戚。

这番如泣如诉的悲言听在耳里，隰归着实想一口唾沫吐到隰辰脸上，他原道隰辰理亏，一朝坐狱，三两下便自动认输，不料老儿狠毒，上来不辩指控，反而横生眉目，把自己主动告发变成是求后不得心生怨恚。

他冷哼一声：“吾子真好利口，栽污之能，向来出众。前诬我在东阳残民出于擅断，今又诬我求后不得欲行不轨，我为隰氏小宗，吾子堂下爪牙也，我之所行，皆为子驱使，我有何能，敢与子争位？”

隰辰抖着手，反驳道：“你为隰氏小宗不假，为堂下爪牙也不假，然你之所行，不尽为我驱使，若我能驱使你，怎有今日坐狱！”

卿大夫们都小声地笑起来，小白也禁不住展颜，平日看着口齿迟拙的隰辰，到要命关头，倒逼出能耐来了。

隰归点头恨道：“吾子既相逼甚紧，那勿怪我还以厚礼！正是，我告吾子欺上瞒下，贪墨国财，残剥民力，政以贿成，交通大夫。欺上瞒下者，国君举惠政，先券后工，吾子令我宰东阳，不以惠政下民，务必做到君不知民不晓，我道欺君死罪也，吾子言，他家大夫皆如此，我家怕甚；贪墨国财者，国中发来公贷，收成布之赀泉，私增之贷息，过我之手，入子私府；残剥民力者，吾子放贷之息，高于别家数倍，每逢还息日，催逼威胁，民不堪也，吾子却道，便是逼死一国人，也不可少我一分息；政以贿成者，国君令乡里举贤才，而吾子视此为生财之机，举凡行贿者，不论有才无才，皆荐于国中；交通大夫者……”

他停了一会儿，眨眨眼睛：“庄岳之间女闾有女伎名唤简华儿，吾子与曹子素常与此女同会，自称与简华儿商榷国事。问吾子：女伎也，何为商榷国事？吾子答：男有道，女也有道，以男道行女道，非大国事否？咦！吾子今日着之亵衣，似是简华儿前回所着……”

话音未完，观狱的卿大夫哄堂大笑，一面笑一面也去瞄曹鳌。遭隰归当众揭露私生活，曹鳌羞得无地自容，装作遮阳光，举手去盖脸，却把冠带扯乱了。

隰辰煞白了脸，抖着嘴唇，半晌说不出话，那颗“剩饭”落下去，吃不着了。

“乱，乱言，言……”他瑟瑟缩缩地说，忽然，身子一歪，偏倒下去。

卿大夫们刚还笑得前仰后合，突见隰辰厥倒，惊得笑声戛然而止。离隰辰最近的宾胥无一步跳过去，举手把住隰归的脉搏，转身对小白说道：“并无大碍！”

人是没赴黄泉，可这病病歪歪的半死之身，不能再坐狱。小白发了令，隰氏家臣上前，将隰辰抬了下去。坐狱中止了，卿大夫们却仍在议论，说得多的，是隰辰、曹子的风流事：三人同榻，何等香艳，何等不同俗流！

无论卿大夫如何热火朝天地戏说风月事，小白却是一丝笑意没有，脸上像结了冰，越来越冷，良久，他长长嘘了一口气，呼道：“二三子！”

卿大夫们正说到兴头上，少有人听见国君的呼声。小白变了脸色，忽地站了起来，他这一站，卿大夫们才意识到国君愠怒，慌得急忙住声。

小白环顾群下，冷冷道：“二三子以为可笑吗？”

没人敢回答，头都低下去了。

小白看着这些矜贵得鞋底也要嵌玉的卿大夫，听了触目惊心的坐狱，却只限于大谈风月，竟没几人认识到严重性，于是他沉痛地说道：“二三子家门之内若何，寡人不问。然欺上瞒下，贪墨国财，残剥民力，政以贿成，交通大夫，是为社鼠之患，寡人不以为乐，反以为悲！”

他迈开步子，走到庭中，昂声道：“若齐国大夫，尽是社鼠，蛀食栋梁，巢穴基柱，国将亡矣！”

卿大夫们惶恐至极，纷纷离位拜倒，发出参差不齐的认罪声。

“寡人期二三子于家门内欢娱之外，尚能留有余力为公。这齐国非寡人一人之国，这齐民非寡人一人之民，国之兴，二三子同受其福，国之亡，二三子同受其难。君子立身，倘不为国效力，枉为人也。”

小白掷地有声的劝诫，如振聋发聩的钟鼓，在广阔中庭久久回荡，久久沉淀。

隰氏大小宗的坐狱，因为隰辰中途犯病，似乎没有辩出输赢，但从已出口的言辞上判断，隰归比隰辰更有理，宾胥无提请小白裁定。

小白也较为踌躇，他把管仲召来。管仲不先建言，却问国君怎么想。

小白认为隰辰有罪，隰归也跑不了，一个是操纵者，一个是执行者，坏事一块儿干了，好处自然也一块儿拿了，若要论处大辟（即死刑），得一起上刑场。

管仲说道：“隰子为大夫，又是公族之家，若无弑君叛国之大罪，不能处死。”

“大夫之家，纵有万般不是，也得受着。”小白无奈道。

宾胥无道：“隰归非国中大夫，依刑，当大辟。”

小白的眉毛拧得都要断了，抱屈道：“太不公也，主使无事，帮胁者反受大辟，他日再有讼事，岂不是给枉法者开了先例？不管身犯何罪，只因出身尊荣，一概免刑，暴人不制，邪乱不止，何以治国！”

宾胥无提议道：“我君若不想隰归死，可处罚赀。”

交罚金赎命，却是个办法，小白却仍觉得不公，他倒不是顾惜隰归的性命，而是觉得便宜了隰辰，却听管仲说道：“我君所言极是，暴人不制，邪乱不止，何以治国？故臣以为，两隰同犯，皆有罪，皆当罚赀。”

小白眼睛一亮：“仲父高见，皆有罪，皆当罚赀。”说完他又断然地摇摇头，“不不，隰辰罚赀要更重，不仅退还贪墨国财，还当倍息偿之！”

他阴森森地笑道：“称贷之家，往日以倍息残剥我齐民，今日敢贪公贷，寡人的贷息可不低，剥皮来还寡人吧。”

两隰之案的处论结果，不久公布于众，皆处以罚赀，隰归是罚黄金一镒、犀甲十副、布帛五十纯，已够他毁家交付。隰辰就更重了，国君看在他是有头脸的大夫的分上，无别处罚，只须把贪污的公贷还回来即可，但公贷既是贷，便有利息，按着齐国称贷之家的惯例，取的是每月利滚利的高息，隰辰贪了两年的公贷，利息滚了一圈又一圈，膨胀成挨着天的大雪球。期限也规定了，依旧是君父的体恤之心：不必着急于三五日，但在明年正旦之前还完，切记，一分息不能少。

抱病不起的隰辰，在病床前拜受了君令，仔细地听宣令的仆人一个字一个字地迸出还贷数目，还巴巴地问了一声："到底多少？是不是太多了？"

"不多，国君待老臣优渥，不会让隰子流落乡野。"仆人面无表情地说。

隰辰老泪纵横，病又重了五六分。

崔夭闭门思过，每日在高墙内踱步数土疙瘩。隰辰身犯重罪，处以天价罚金，濒于破产。反对变国之政的卿大夫家族，轰然倒下去两家，余者是有心异议，无力反抗。国君一手牢牢拉拢国、高这样的世卿之家，一手狠狠摁下反对变国的卿大夫，并大力扶植近臣，凡是落魄小宗、乡野小人、离国羁客，常为他重用，受他器重，过去强势到可逼君的齐国卿大夫世家，渐渐沉默下去。

变国之政经过惊涛骇浪的政治考验，终于驶向一片宽平海域，前方光明似锦，天海一线，风浪也许会再来，但在新的危险降临之前，变国执行人已做好了准备。

不平静的一年已告尾声，十二月蹒跚爬上旧年的老车，临淄国人迎来了家家祭祖的腊日节，在节日燎牲的香气里，一场盛大婚礼惊奇了国人。婚礼的主婚者是国君，成礼者一方是国牧女弟，另一方是去年还在临淄城徒跣蹲门、今年却已是国君重臣的宁戚。

小白曾允诺，若宁戚能使旧纪大足，他便给宁戚主婚。

宁戚做到了。

一年多在旧纪辛勤耕作，垦耘荒田，培育良田，今年秋晚收获，产量高过齐国任一农产区。宁戚在上呈国君的丰收报喜书里，除了提到农事，还在末尾添上郑重的一笔："浩浩乎白水。"

小白一见这句话，便啐骂道："无耻之徒，牟利小人！"

嘴上骂归骂，心里却是欢喜无限，想起当年巡行鲁国汶阳田，感慨安得农耕能手，帮助齐国丰足，管仲那时说只要有心，一定会觅到奇才，宁戚不就是这样的奇才吗？仿佛上天听到自己的殷殷心声，垂恩眷顾齐国。

宁戚实现了丰足之誓，小白也要践行承诺，他将国牧召来，正式为宁戚保媒。国牧对宁戚厌恶至极，就凭这穷酸气能熏死一国人的厚颜小人，实实做不得国氏女婿，但架不住国君威逼利诱，家里还有个不嫁宁戚便要寻死觅活的亲妹，以及与亲妹水火不容的发妻，他日日夹在中间受气。亲妹骂他："从门缝里看人，生得一双不见真人的狗眼，请管好你那无事生非的疯女人！"发妻叱他："管教亲妹不力，你也不是个东西，宅里偷腥宅外养婊子，让人家戳我脊梁骨看笑话！"

"嫁吧嫁吧，从此省心。"国牧甩着手说道。亲妹与发妻斗鸡似的，闹得家宅不宁，嫁出去也好，求清净。

说是求省心，仿佛赶紧打发走，但到底是亲妹，况且赫赫国氏办喜事岂能含糊，又有国君主婚，婚礼又热闹又富贵，排面铺得阔气，那送亲的队伍从庄道头拉到庄道尾，其中一半是运嫁妆的大车，车舆里堆得如山高的箱笥筥筐，压得轮毂涩涩转动。临淄国人涌出来看热闹，都赞国子大手笔，不悭吝，嫁亲妹舍得！

卿大夫们都来贺喜，倒不是为宁戚，全是看国君与国牧的面子。他们自要备礼相贺，正被讨债的隰辰也送了礼，国牧却具怜悯心，体谅隰辰最近财政周转困难，秉承礼尚往来的君子作风，还了份厚礼给他。

贺礼是直接送给国牧，他却一样不留，统统转给宁戚两口子，唯有一人送的礼，因送来时特特嘱托一份贺宁戚夫妇，一份贺国子，他便留下了。

那送礼的是公子曼。

公子曼于两个月前来到临淄，是小白将她请回家。两年多前齐鲁盟好，小白就曾向她发出邀请：女兄是齐鲁修好功臣，数年间流离在外，无别依傍，寡人之心不安，恳请归家，小白愿为女兄养老。

鲁侯也向公子曼遣使达情，称想念母亲：请母亲归鲁，使儿子得以奉孝尊前。

被齐鲁遗忘了许多年的公子曼，忽然成了炙手可热的红人，她却迟迟不给双方答复，仿佛甘愿漂泊在外。直到这年夏天，小白又派人去请，她才说："我想归齐。"

公子曼回来了，临淄人瞠起一双洞察幽微的眼睛，关注着这个每根汗毛都在煽动是非的女人。人人都说，她凭一己之力搅乱齐鲁邦交，又以非常手腕平息齐鲁交争。

浑身仿佛挂满故事的公子曼，却没让临淄人获取多少稀罕谈资，自回临淄后，一直深居简出，很少露面，国君要见她，也是登门拜访。小白为她在临淄安的家，不在庄、岳之道，也不挨着齐宫，反而远隔临淄豪富之家，独居在南城稷门。

宁戚婚礼的翌日，公子曼遣侍女悄悄去请人赴宴，受邀者是管仲、鲍叔牙。两人都没声张，悄悄接受邀请，悄悄登门与宴。

两人是同车而行，才在门首下车，公子曼已迎了出来，倚着门嫣然笑道："二子许久不见。"

笑着的公子曼仍是美的，可她也老了，经历太多，漂泊太久，伤心或许也太多，青春姣好停留不住，走得比常人要着急一点。

看着眼前的迟暮美人，便似夕阳落山、日光永坠，让人生出凄凉之感，鲍叔牙原来对她还有些许怨怼，现在也消失殆尽。

公子曼引着他们走进内堂，彼此坐定，她像打量长大了的孩子一般，盯着他们出了一会儿神，迷迷糊糊地问道："刚去鲁国那会儿，你们多大？"

"十七。"管仲回答道，"我与鲍叔同岁。"

公子曼流露出惊诧神色："一晃十八年了，唉，恍若昨日，过得这样快，你们如今已为人夫、为人父，可怜忽竟不在了。"

提起召忽，公子曼难过地流下眼泪，又念起召忽从前的种种好，这样的善人，为何会死，若是召忽还活着，今日有他在，更热闹些。

为故人悲伤的公子曼，让管仲想起小白前番的闲话：不可在公子曼面前提襄公，每提必哭。那次小白来见她，不留神说了一句先君如何，她伤心得泪如雨下，哭起来便收不住，唬得小白再不敢吐半个字。

她是真老了吧，总会不自禁地回忆往事，回忆故人，固执地认定过去比现在好，故人比今人有情。人生仍在往前走，她却以为自己可以倒回去。

公子曼的伤切慢慢收了，自己也觉得失礼，抱歉道："念及故人，见笑了。"她接过侍女递来的手巾，一面擦脸，一面叹气，"这偌大的临淄，也只能寻你们说说话，知道你们如今是国之重臣，忙着呢，我也不敢打扰。"

无论是对故人的追忆，还是对今人的期许，皆因为太寂寞了。管仲与鲍叔牙暗暗交换目光，说道：“公子想找人说话，夷吾与鲍叔自是乐意，但我们是男人，不懂女人繁复心思，怕领会错了公子之意，反惹公子生气。”

公子曼破颜一乐：“扯！我瞧你哄婧便甚是拿手，还说不懂女人心思。”

“我真真不懂，常遭她埋怨。”管仲笑道，“公子在临淄长住，纵使国君关怀，也有照顾不到之时，独处甚是无趣，夷吾擅自为公子出主意，不如寻个女人陪公子说话如何？”

公子曼蹙眉道：“哪个女人？蠢笨痴傻的女人，我可不喜欢。”

“自不会是蠢笨痴傻，必定伶俐可人，保管公子满意。”

公子曼瞧着他似笑非笑地点头，呸了一声：“你这滑头，又在我面前捣鬼！实话说吧，是有棘手难事，要我出手帮忙？”

管仲欠身肃拜：“公子睿智，夷吾出言遮掩，欺哄公子，大过也。不瞒公子，是有难事，祈请公子出手襄助。”

他便将谷柳儿的事简略说了，因谷柳儿首告，牵出惊天内幕，隰氏服罪，隰氏有怨，其他同样残剥鄙野的卿大夫，为谷柳儿这一告，蝇营之事进行不下去，自然也不会放过她一家人。她一家人不能归乡里，在临淄又没安稳的落脚处，若没有妥善保护，也许一个不留意，全家遇难。

公子曼听得来气，谴责道：“这帮废物，欺负女人倒有能耐，举策谋国无一个上心！”

管仲谆诚说道：“国君虽可护她，然留她在宫里，未免不成体统，我等思前想后，要说既能佑她平安，又能合宜合度，唯有公子。贸然提及，请公子体察！”

公子曼默然少顷，低声道：“原来是为这事。”她抿嘴一笑，“也不是什么难事，能多几个人说话，我也乐意，你便送她过来，我瞧哪个混账东西敢动她！”

公子曼即便老了，还是过去的公子曼，果敢坚毅，敏锐明断，甚至冷酷决绝都还在她血液里流淌，美人老了，而美人从不曾怯懦。

五

风波不断的齐桓公七年（公元前679年）没入时间背后，新的一年踏上历史征程。开春不久，便有小国诸侯来朝，说是诸侯也不准确，凡诸侯，皆须天子册封，这个诸侯未得王命，只能勉强算作是某封地领主。

来朝的“诸侯”是郳地封建主，名唤郳犂来。郳与邾国同出一宗，很早之前，邾国君主有个受宠的小儿子肥，爱而不能立为继任者，便将肥封在郳地（今山东滕州东），给了他最大最优厚的待遇，除了名义上不为诸侯，所享礼秩实与小封建国君无差，于是肥这一支血脉便在郳地开枝散叶，繁衍生息，渐成规模。

郳犂来是肥的曾孙。郳地与邾国一样，向为鲁国附庸，却又因地理区位关系，与接壤的宋国时有瓜葛，有时眉来眼去，有时迭起冲突。

去年夏天，郳宋边境因争水田，双方农人爆发械斗，互有死伤，凡事都较真的宋国人回家数尸体，发觉本国人多死了两个。这可了不得了，宋国登时炸了锅，指甲屑一般大的伪政权，也敢欺负宋国人，成汤后裔再不济，也不能被染了蛮夷气的微末小邦凌辱！

宋国本想抡拳头砸过去，突然闪念，去年初鄄之会时，与会诸侯共举齐国为盟主，约定凡我同盟，当救患、分灾、平难，别个诸侯国也许把盟誓当成是转背即忘的废话，认死理的宋国人却坚守不弃，当即知会齐国，请师盟主讨郳。

小白接到宋国申告，愕然不知作何反应。列国边境争水田、掳人口之事多不胜数，倘若一发生民间纠纷，便以国家力量出面解决，一年得打多少仗？

他把这事当成趣闻说给管仲听：仲父你觉得宋人是不是一根筋？天下戏言宋聋，果真聋乎！耳目不聪，智略短缺，殷商亡国，亡在聋也。

管仲不觉得有趣，他说道：“鄄之会，共举我君为盟主，既为盟主，盟友有求，当尽力相帮，而非嬉戏取笑。”

小白不敢笑了。

“至善者，不以施与微善为小，伯主之业，起于拯救小邦。我君欲整顿天下，请自宋郳小争始。”管仲审慎地说道。

小白思量久时，诚恳地道歉道：“寡人有差，幸有仲父匡正，期日后勤攻寡人之缺。”

齐国同意了宋国的请师要求，又向郳的宗主国邾国发出邀约，遂三国会师，共同伐郳。那小郳是万万预想不到，与宋国打一场群架，竟惹到了齐国，凭郳的军事实力，怎能禁得住三国军队打击？只怕才交锋，就土崩瓦解、国已不国了。

郳犁来是聪明人，知道蚍蜉撼大树，是自寻死路，一兵不交，一戈不击，迅疾与三国行成，还对宋国信誓旦旦地承诺：今后再不会有边境衅事，若有，寡人先灭了他们。

齐国为宋国出头管教小邦国，事情平得容易，换作任一中等诸侯国，都可反掌而成，但这件事的意义并不在平息争端。

自周平王东迁，王室衰微，天下崩乱，诸侯交争不休，大国欺负小国，小国欺负更小国，更小国傍上大国为靠山，借着大国东风，在国际侵土战争中分一杯羹，天下局势始终处于混乱交锋的失序状态。

齐国主导的鄄之会，向天下列国传达了齐国要称霸的意向。与会诸侯看在齐国强大，推其为盟主，会散了，人走了，时间过去了，盟主也只是个动听的尊号。盟主求霸也，求能号令诸侯为其任意驱使的名义，服者不得荫庇，不服者更要遭殃。

因为对霸主的固定性认知，所以齐国这番应许宋国之请，稀罕得天也惊掉下巴，涓埃之事也愿管，齐国是太闲，还是真的要为诸侯提供保护？

没人见过这种霸主，过去不曾有，现在突然出现，像在黑夜里行道，前边亮起一道光，往那光亮处奔去，意外发现新的世界。

许多年后，天下人慢慢回味从前，细捋出齐桓公为后代诸侯相与立下的许多规矩，盟会、征伐、行成、贡纳、政争、商交等，宏大囊括天下，微细深入个人，也包括对天子的态度。以至后来新的霸主出现，依齐桓公故事，成了霸主行事时的择选标准。

宋国得齐国出头，面子赚够了，“里子”也充实了，对盟主甚是满意，也更愿尊奉了。而看懂风往哪边吹的郳犁来，尽管遭到三国讨伐，不抱屈不申辩，立刻拜倒在霸主大纛下，前年才被围殴，次年就朝聘齐国。

郳犁来不是正式诸侯，但齐国并不放低级别待他。小白设宴待客，享他以九献礼，由于唯诸侯才有九献，小白是拿他当诸侯看。他原也想不到会有这等规格，感动得很，与小白酬酢时，直流眼泪。

“未想齐君这般厚待，犂来受之有愧……”郳犂来哽咽得话也说不出了。

小白温言细语地说：“郳子诚心来朝，寡人倘薄待之，岂不辜负郳子一片心？”

郳犂来叹气：“往年朝鲁，也只待以上卿之礼。齐，大国也，齐君，伯主也，视一小郳，如视天子封国，其宽博之襟怀，使人耸动。”

小白含笑道：“平王播迁，七姓从王，曹姓居其一，郳不为曹耶？寡人厚遇郳子，代天子优待勤王功臣也。”

郳犂来更感慨了，小小一个郳，人都道是芝麻邾国分出来的微末小邦，邾国染有不讲究的戎夷气，郳就更荒蛮了，仿佛邾与郳，是从蛮夷巢穴里孵出来的怪胎，唯齐君记得曹姓之邾是曾经帮助周天子东迁的功臣。小白的细心温暖，让郳犂来久久难忘。

郳犂来返国时，小白赠送了丰厚的礼物，并邀请他再来做客，郳犂来为之震动，一再许诺愿为齐国牛马奔走。朝齐的郳犂来满意离开，齐国优待小国的善行，随之遍传天下，一时间泗水流域、汝颍流域，更远至汉水、淮水，若干素常被大国呼来喝去的小国，闻说齐国不薄小诸侯，也萌动朝聘之愿。

小诸侯国的希望仿佛到来了，身处风暴，弱小者在寻找依靠，过去寻不得，现在却触手可及，那海滨的东方大国，是否可以成为小国的荫庇？尽管许多诸侯还在观望，但也隐约感到天下局势正在发生改变。

夏天接近尾声时，齐国再度联合诸侯，出师征讨。这次的讨伐对象是郑国，征讨理由是：去年郑国趁着宋国出兵伐郳，偷袭宋国，是背弃同盟。

这是两年间，齐国为宋国第二次举兵。

齐、宋、卫联军陈兵郑国边境，战事肇开前，外交先行，联军向郑国提出要求：行成抑或交战，请择其一而定。

乘人之危攻城略地，是春秋列国兵争的潜规则，天子也管不着，郑庄公强硬到与周天子叫板，也不能干涉诸侯兵争。齐国是管闲事管上瘾了吗？莫不是要将天下都纳入齐国的轨道，按规矩行事，不准内讧？

郑国在战与和之间犹豫，一次抗三国，压力太大，选择低头服顺，又觉得不甘心。

犹豫让郑伯迟迟无法做决定，拖沓越久，拖不来转机，却拖来了更大的危机。

三国联军屯兵郑国边境半个多月，炎热夏季被时间一步步拖走，幽凉秋天却一步步临近。初秋的一日，临近方城隘口的郑国边鄙，在早食时分，饭还没拨进口里，便被一支突然出现的军队，吓得食欲丧失。

郑国边鄙起初还在迷惑来者何人，直到听到满耳的南方乡音，黏糊糊的听不懂，仿佛沾满了江汉湿地的水汽，才惊觉来的是楚国人。

楚国从江汉之滨往北吃上来，吃了几十年，沿途小国极少幸免，终于吃出了方城隘口。桐柏山与伏牛山，一山横东，一山横西，两山余脉在南阳盆地北沿触尾，双尾间夹成一条狭长通道，便是方城隘口。这隘口是南方进出中原的要紧通道，通道关闭，中原无忧，通道打开，失去南方屏障的中原，将一整个腹心裸出来，危险直刺要害。

齐桓公八年（公元前678年），楚国第一次冲出方城隘口，从此，楚国北上中原争霸成了常态，徜徉隘口前的郑国，首当其冲。

郑伯这下慌了，东边有三国联军压境，南边又有楚国掠地，郑国成了肉夹馍，哪头都不好惹，哪头都要命。齐国一方指责郑国偷袭同盟，背弃盟誓，倒还有几分正义性；楚国一方就相当不要脸了，讨伐理由是：郑伯复国，没有及时知会楚国。唯有楚国能想出如此无耻、如此创新的理由，别家君主复国，晚了两个月通知你，便要出兵威慑。

计不知所出的郑伯亟召群臣，对当下形势说不到两句，便骂太子捷：“皆是尔多事，非去侵宋不可，招来齐国伐我，现又有楚国侵我，两头受敌，郑国怕是要灭亡了。”

太子捷不在乎地说：“伐我也，侵我也，皆为服我，君父择一从之，不必焦虑。”

郑伯不乐听这投降主义言辞，嫌其姿态太卑怯，板着脸说：“我郑国乃宣王之后、桓公之国，世为天子卿士，先君庄公也曾为伯主，如今只能择一而从之？”

太子捷懒懒散散地说：“郑国之势，早不如庄公时，不择大国，大国也要逼我择之。”

郑伯躁急道：“尔定要郑国择一而从，择谁，齐还是楚？择齐，楚不容我；择楚，齐要责我！”

“唯强是从。”太子捷的回答轻佻得不像在论国事。

这不是让郑国邦交贯彻骑墙作风吗？哪一国强，便倒向哪国，细审太子捷的策略，似有几分道理，但郑庄公后人做墙头草，传于列国，名声不太好听。

郑伯弟弟叔詹反对道：“不妥，齐楚势力相当，未知孰强。齐为诸夏，楚为蛮夷，郑不从诸夏，反从蛮夷，失宜也。”

太子捷道：“唯强是从，不论齐楚，论强耳。今齐楚同伐我，实为同求我，求不得，则争也。我反可坐观其斗，若两败俱伤，两皆不从，若一胜一负，从胜者。”

妄图将大国玩弄于股掌之间，想法过于儿戏，叔詹连连摇头：“纵便两国相斗，郑受其难，只恐未及分胜负，郑已亡国也。”

两人争论不下，郑伯难以决断，问其他卿大夫，有从太子捷的，有从叔詹的，皆无定论，郑伯左右为难，硬憋了许久，憋出模棱之策：“再想想。”

郑伯的再想想，把郑国服从哪个大国的问题往后推移，长久的犹豫使齐楚两国将兵锋进一步深入郑国腹心。齐国往西推进至洧水流域的鄢陵，楚国往东推进至颍水之畔的栎邑，两大国隔着两条河，遥遥相望，仿佛随时要蹚河决战，又仿佛永远只是互相眺看。

天下形势陡然变得紧张起来，列国都在揣测，齐楚会爆发战争吗？蜗居南方太多年的楚国，中原诸侯从没与其面对面交手过，齐国能不能抵挡住楚国北上的步伐，没人能给出确定无疑的答案。

双方对峙不动，仿佛两双明锐的眼睛，彼此紧紧注视，决战似乎一触即发，气氛越发恐怖、沉重。邻近的许国被这压抑氛围笼罩，有财力的贵人，已打算举家逃到宋国去。

郑伯想得头疼，更等得难受，甚至希望齐楚索性打一仗，就以郑国领土为战场，也好过这种不战不和的窒息态势。

双方僵持了一个月，楚国突然主动撤离，仿佛蟒蛇爬出巢穴寻觅食物，找到了，确认了，却因为另一个觅食者守得太好，只得归巢以待时机。洪水般涌出方城隘口的楚国军队，又匆匆消失于隘口之后，守食的齐国也没有追出去。

战争未曾开始，便结束了，出乎意料，但认真推究，也是情理之中。楚不愿与齐正面冲撞，齐其实也不愿与楚决战，双方都没做好准备。齐国的变国之政尚未完成，强国方进行到一半；楚国还在酝酿国家势能，不具备与中原大国生死搏战的必胜实力。

齐楚选择了不战，也给了郑国选择，离开的楚国不必考虑，留下的齐国成了唯一的选择。

郑伯即遣行人往见三国联军，称道愿意行成，也愿意服齐。

既愿行成，不得不盟誓，齐国于是提议，约定本年底诸侯会盟。

齐桓公八年（公元前678年）十二月，由齐国主盟，齐、鲁、宋、陈、卫、郑、许、滑、腾等国同盟于幽。这是齐国自举北杏之会以来，诸侯最多的一次会盟。

会盟的诸细务，如迎送、馆舍、食宿、坛墠、出游等，全为齐国操持，列国盟会使团只要人到了就是，住宿帷帐、车马粮秣，全不用自带，齐国给安排得妥妥当当。诸侯们早闻齐国待客大方至于豪奢，这回是见着真章了。

人来多了，嘴也多，纵是地位尊崇的诸侯，也按捺不住要说是非，说得最多的稀罕事，是周天子册封曲沃伯为晋侯。

周平王二十六年（公元前745年），当时的晋侯将他叔叔成师封在曲沃，从此，曲沃这一系，与翼城的晋侯展开了不屈不挠的夺位之争。双方各拉帮手，互有拥趸，连周天子也深陷其中，帮曲沃伯施过阴谋，也帮晋侯行过阳谋。

经过六十八年的反复斗争，三代曲沃伯苦心经营，将受册命的晋侯踢出局，取而代之为新的晋侯，为了凸显曲沃政权的天然合法性，曲沃祖庙跃升至翼城唐叔虞太庙之先，成为晋国新的太庙。

小白闻听晋国易帜，倒生出让新晋侯与盟的念想。此次幽之会，黄河以北的诸侯，只来了一个卫国，卫国君依然是熟悉得生厌的卫朔，听他喊舅父喊了二十多年，耳也生茧了，小白很想看见新鲜面孔。天下诸侯何其多，像僻处北国的燕伯、远隔太行的晋侯、屯守渭川的秦伯，小白都有意一见，甚至如果楚王肯愿，见见也无妨。

管仲把他的痴狂愿景拦下来了。齐国霸业刚开始，摊子铺太大，掌控不住，仅凝聚中原诸侯就不易。齐国今日若号令诸侯，未必人人肯从，中原尚且不曾完全服膺，怎敢望到太行河西去？

小白是急性子，催问真正凝聚中原诸侯需要多久，十年之内能不能达成，或者再短些，五年？

“先服郑吧。”管仲只是如此回答，没有给出确切时间。

小白本想说郑已服，可这话说出来，莫名底气不足。本次会盟，再次见到暮气的郑伯与阴戾的太子捷，依然令他不舒服。尤其太子捷，总感觉他戴着虚假面具与会，面具下到底如何，是不是比面具还要假？

早在幽之会前，即有郑国耳目把太子捷“唯强是从”的投机策略传给小白，从此便梗在心里，仿佛一颗丑陋的瘤子，不割污眼睛，割了伤身体。

齐国是盟主，与会诸侯是客人，举宴款待的礼数不能缺，即是小白为东道主，请诸侯赴宴。盟主齐国举宴，别家诸侯袖手旁观，充个外场看客，倒有个陈国热心帮衬，其实齐国尽有安排，也无须旁人做什么，难得的是陈国有心，让小白生出好感。

随从陈侯与盟的还有太子御寇与公子完。那陈侯对太子极不满，人前埋怨，人后叱骂，像这儿子不是亲生的，而是不知从哪处旮旯捡回来的不明身份者。

幸有个公子完，常隔在中间打圆场，为太子御寇说好话，劝陈侯心平气和。说来公子完是陈侯兄弟辈，偏与侄儿辈的太子御寇交好。陈侯对同辈的公子完，不能像对晚辈的太子一般不分场合地谯让，因此，公子完的规劝，勉强可为太子挡一阵子骤雨狂风。

在宴上，趁着欢愉之机，小白将草拟的盟书展示给诸侯看。盟誓内容大多为常规条款，无非为救难赈灾、睦邻同德，看也不用看，歃血时跟着一块儿念就是，不过其中有一条，却引起了诸侯们的密切关注：齐国提议同盟诸侯国门关不征。

郑国太子捷率先质疑道：“门关不征何意？洞开国门，任由人进来？”

担任相礼的管仲回答道：“门关不征，非任人进出国门。同盟诸侯国间，设关重重，不利通行。如从齐至郑，国境之间，俱是关卡，且每关必征，一日之内，朝出此关籍一分，夕过彼关又籍一分。故寡君期望，各国不要紧的门关不征或少征，与民方便。”

“鄙邑门关皆要紧，皆不可不征。”太子捷强横地说。

卫朔也赶紧表态道：“卫国从不设不要紧门关，大河上下，津关三五处而已，所籍之赀不入寡人泉府，皆用来修缮渡河舟楫，余处也无门关。”

下头诸侯随之附和。你说本国没有不要紧门关，国小民弱，营造几废，无财力设关；我说本国连要紧门关也没有，天下人来鄙邑像回自家后院似的，哪里还用得着特意盟誓不征。

陈国太子御寇低低道：“齐国关市不征久矣，利好也多……”话还没说完，陈侯瞠目骂道：“有你甚事，多嘴！”吓得太子御寇吞了一下唾沫，再不敢出声了。

一派纷议不绝的嘈杂声里，只有个许男说道：“门关不征，于民为便，于诸侯也有利。”可惜与珥金拖紫的诸侯相比，他身份稍微，席位落在后面，没人搭理他。

小白忽地提声道：“许君有何高论，可近前一说！”

这声清亮的呼喝，像一瓢冷水泼进油锅里，炸出刺耳的动静来，诸侯们措手不及，许男自己也吓了一跳，他犹疑了一小会儿，才慢吞吞地起身，朝主人席位迈出去几步，小心地停在与卫朔平列之处，行礼道：

“齐君明鉴，寡人在许时，早听闻齐国关市不征，不数年间，天下商贾荟萃于齐，俾财阜大涨，国府充盈。鄙邑行商最好往齐坐贾，皆言临淄富侈，坐于一城，尽得天下奇货。若天下列国都能效齐，少籍门关，则天下行商往来无碍，天下奇货流通无滞，天下民庶获利无限。”

他是头回在重要场合发言，周围还是轻易便能掐灭许国的强国诸侯，声音不自控地发抖，竟也不敢看小白，说完这番话，汗粒已跳上鬓角。

小白默默地凝他一眼，举手拊掌道：“许君果然高论！”

那几记响亮的巴掌，仿佛甩在诸侯们的脸上，力度太大，脸疼得忍不住，连累心也颤抖起来。

小白慢慢环顾诸侯：“我齐国关市不征，天下商贾欣悦而至，本国获利，列国也获利。”

诸侯不吭声，闪动的目光里各含心事。门关税是列国最重要的财利收入，设的关越多，收的税越重，诸侯的私府越充实。生财的途径有很多，收税是最简单最快捷也最暴利的一种。齐国要列国少征门关，是断了诸侯的财路，除了许国这种在天下没有话语权的小国，没有哪国诸侯肯舍弃唾手可得的获利途径。

见无人回应，小白的脸色渐渐变了，还是管仲平和地说道：“寡君期许而已，非必如此不可，愿者与盟，不愿者舍此而盟。”

既说是愿者与盟，诸侯们肯定是选择不愿，就让许国跟在齐国屁股后面不征门关好了。有人渴望发财，拦不住；有人不渴望发财，也拦不住。

诸侯不从齐国门关不征，也提醒了小白，要使诸侯服膺，非朝夕能定，齐国的求霸之路依然漫长而又艰辛。

幽之会，各怀私利的诸侯没有达成不征门关的一致意愿，盟誓依然进行，也异口同声宣读“若有违背，明神殛之”的赌咒，可会盟解散后，真正遵守誓言者有几个，明神也不好说。

诸侯们相继离去，小白都要亲送。许男在宴会上力挺不征门关，小白待他亲善，馈赠过于大国，送行也与别不同，送其他诸侯是象征性地做出送别的姿态，送许男则是送出去五六里地。

送别陈侯时，即便陈侯顶着一张不高兴的脸，小白还是特意拖着公子完的手，私语许久，旁边陈侯的脸都要拧成一团，小白也懒得管。

小白喜欢公子完温文尔雅、明达有礼，也喜欢他生得仪表不凡，与前者相比，后者更为重要。小白这以貌取人的缺点，他自己也知道不妥当，自责过、道歉过、反省过，偏就改不了，但凡是漂亮的、精致的、亮丽的、明媚的，给他的第一印象就是良善和可亲近。

容貌与风度俱为一流的公子完，像合着小白的喜好生出来一般，小白对美的人或物，总有占为己有的不见光念头，再三地邀请公子完得空来齐，彼此私下会面。

公子完岂敢越过陈侯私面别国国君，推让道：“齐君盛情，外臣岂敢不遵，赴齐可矣，然只为公面，私面不可。”

小白不遗憾，更赞公子完识大体：“公面抑或私面，寡人能再见公子，亦足矣。”

依依不舍地惜别公子完，小白越想越惋惜，公子完这般完美的风流人物，竟落在陈侯那油腻丑男手里，真暴殄天物，免不了要对管仲发牢骚：“可惜，如此人物，不能留在齐国。”

管仲笑了一笑：“我君爱公子完，欲其留齐，此事不难，短则三四年，长则五六年，公子完将长住齐。”

小白讶异：“仲父何有此言？”

“陈君厌恨太子，舐犊之情荡然。太子，君之贰也，君父不亲，贰岂能长久？太子与公子完相亲爱，若太子罹难，公子完弗能脱也。”

小白一阵欣喜，又一阵闷郁：“若当真公子完奔齐，便是陈君对亲子下手之日，过于狠毒。”

“完若留齐，未知前景。”管仲用低得沉入唇齿间的声音说。小白没听见，纵便听真切了，也只当这是一句随心评说，他不会想到，或者管仲也想不到，这将会成为一句谶语。

六

齐国主导的幽之会，盟会之初，知会了周天子，盟会完毕，仍要上告周天子。

待过了新年，小白遣仲孙湫赴王城觐见天子。这仲孙湫是齐庄公一系，辈分上与小白是兄弟，二十郎当岁，年纪不大，却持重沉稳，最为小白称誉的品质是，从不论黄数黑。

到了王城才知，周天子去年末病倒了。恰逢诸侯们在幽地折冲樽俎之时，某日黄昏，天被蒙了面，晚照透不出来，视线看不清，可能周天子在某个瞬间走神了，在宫门口狠狠摔了一跤，这意外的跌倒，像是把人气摔没了，森凉的鬼气便乘虚而入。

病得奄奄一息的周天子没法亲见齐使，只能由太子阆代天子面见。太子阆正是过去的王孙阆，齐国在幽盟会诸侯，天下无人不知，他也知道，在仲孙湫说起幽之会的诸侯盟誓时，他不耐烦地打断说人尽知晓，不必多言，之后又突兀地问道：

“听闻齐君晓谕诸侯，列国不征门关，有这事吗？”

仲孙湫谨慎地说：“寡君深忧天下累关重籍，民多不便，故期许列国少征或不征非紧要门关，使天下人通行少窒碍也。”

“未料诸侯浮议纷错，齐君之宏愿成了空。”太子阆歪起嘴角，脸上挂着虚浮的笑容，神情很怪，说不清是唏嘘怜悯，还是幸灾乐祸。

仲孙湫不言，只是得体地笑一笑。

太子阆不冷不热地说："这天下，乃周室天下，齐君竟比天子还殷勤天下。齐君之心，大也，深也，不可度也。"

话不仅刺耳，还骇人，饶是仲孙湫素性沉稳，也觉阴寒袭体。难怪高傒不喜太子阆，前次来王城相处一段时日，回去告诉小白，太子阆猜忌心过重，器局狭隘。连最能容人的高傒，也对太子阆无好感，可见太子阆为人实在欠妥。

齐国竭尽全力尊王，征讨请王命，盟会请王命。自王室簸荡，天下诸侯久不奉王命，唯齐国把尊王的旗帜重新打出来，太子阆对齐国横生猜疑，未免小人之心。不尊王者不被指责，尊王者反受怀疑，何等荒谬讽刺。

见过仲孙湫，太子阆去向天子复命。病入膏肓的周天子，已被挪至路寝。天子以至诸侯的寝殿，分路寝与燕寝，平时起居在燕寝，斋戒与疾病则居于路寝。将死之人皆要待在路寝，说好听点是养病，不好听点是等死，因为按照周礼，若死在燕寝或者别处，为死不得其正，史官也要书一笔。

路寝门前的陛阶上，正有两个扣着鬼面具的巫在跳大神，一男巫一女觋，因都着一样的长袍，绾一样的发冠，又遮了面，其实分不清性别。两人之间杵着两只大鼎，里边烧着牺牲、玉帛、粢盛，烟雾腾升袅绕，弥漫殿前回廊，从窗棂门缝钻进寝卧，乍见仿佛路寝走了水。

太子阆正要进路寝，门内忽走出来两人，烟气太大，一瞬迷了眼睛，略站了一会儿，才认出来，是王子颓与王子成父。

原来是这两个叔父，一个受宠于先王，一个得幸于成周人，排面比天子还讲究。太子阆在心底冷笑，面上装着冷若冰霜的礼貌，彼此见礼。

双方几乎没有寒暄，大约王子们知道太子阆不待见他们，说多了话，显得虚伪。太子阆也知道王子们对他有成见，更不愿意与威风大过天子的人多费唇舌，便如齐君小白，在诸侯间一呼百应，他恨的就是小白的权势，天子尚且不能号令诸侯，你凭什么！

想起小白，忽生出一念，人本已跨进门，回过头来呼唤王子成父："叔父与齐国执政熟络，尚有来往否？"

问得突然也奇怪，王子成父莫名其妙，想不到如何回答才好，结结巴巴地说："也……不算熟。"

太子阆笑得极圆润好看："不过随口闲言，叔父不要多心。"

王子成父还没给出反应，他却像是急火攻心，须臾等不得，转头就走了，心里又揣着恨意冷笑起来。王子成父与齐国执政管仲是故交，十个王臣，九个艳羡，今日今时的齐国风光无限，人人都想与齐国攀上关系，在霸主的残羹里讨口吃食。当日小白与王室联姻，王子成父送亲不说，还请王命，将天子乐工带去齐国，在婚礼上演奏周乐，谄媚齐国的功夫真做到家了。

天子养疾的内寝，依然烟气缭绕，屋里气味很厚，有药的苦味、烟的焦味、病人的体味，仿佛一床压着一床的棉被，从天顶盖下来，将空气挤压贴在地面，只余薄薄一层。垂死的周天子仰靠在两个宫女的臂弯里，像榨干水分的果子只剩果核，瘦得不成人形，鬼气森森的脸上，见不到丝毫王者威仪，或许，那威仪并没有存在过。

太子阆走到床榻边，将齐国来使上告天子的事大致说了。

“唉……”周天子滞滞叹了口气，哆哆嗦嗦地说，“难，难得齐，齐举会，想到天子……”

太子阆吊诡地笑了一声。

即使病得离死路不远，周天子仍有天子的明睿，一阵咳嗽，把声音咳出来：“不，不要生妄心。”

太子阆不说话，突然地，像压在心底的想法被激烈的情绪冲了出来：“怎是妄心，王父怕齐国不成？我周室天下，难道由齐国说了算，天子盟诸侯尚不能，齐国凭什么能服诸侯！”

激动得丧了理智的太子阆，让周天子倍感无力，断断续续道：“齐国……尊王，诸侯无有……”

太子阆冷淡地说：“尊王？借着天子名义，为自己称霸行方便吧。”

周天子虚弱地说：“真尊也罢，假尊也罢，你能驾驭吗？”天子的声音忽然变得清晰连续，似乎是回光返照。

天子的劝诫很耳熟，太子阆回忆起，先王也说过同样的话。那时齐国霸业刚刚崭露头角，现在的天子也发出相似喟叹，而这时的齐国已成了气候，难道每代周天子都得经历相同的命运？掌控不了封建诸侯，反被封建诸侯利用，不要说真正为自己抗争一回，便是抗争的念头也不能有，继位了是恭默不闻的天子，崩殂了是无人记得的先王。

他不服气地说道：“焉知我不能驾驭！”

周天子苦苦地叹道："何必呢，天下失序已久，你以为今日之王室还是镐京王室吗，诸侯尊王，实属难得……善待齐国，善待……善待姬姓宗亲，周之子孙和睦相处，方保得周之天下无忧。"

后面半截话大有深意，太子阆愣住，周天子却缓缓闭上眼睛，除了辛苦地喘气，再不言了，可能说多了话疲累，也可能在继续等死。

太子阆也不说了，他慢慢退了出去，从气味厚重压抑的内寝，退到烟雾燎升的寝门，又继续退到路寝之外的空旷世界。这一次次退后，仿佛在甩开身上一层又一层的枷锁，沉重的没有了，束缚的没有了，窒息的都没有了，那才是解脱，才是自由。

这夜，残喘多日的周天子咽下最后一口气，等来了属于他的终极结局——成为死在洛邑的第四位王，王臣们合议不多时，定了他"僖"王的谥号。

太子阆在天子灵前继位，新天子登临后发布的头道王令，与历任天子一样，是遣王使将天子崩的讣告发往天下列国。这是惯例，也像是无实效的具文，因为诸侯们会知道天子崩，诸侯们也没把天子崩当成大事，谁家不死人，天子也是人，岂有不死之理，那就请孤独而沉默地死去吧。

仲孙湫使京师，事已完毕，正准备返国，不巧遇着天子崩，这时节离开，倒像是故意避丧，本就对齐国不满的新天子，还不知无端滋生多少仇怨。他寻思着齐国必定会遣使奔丧，干脆留下来主动充任吊丧使者，另遣副使赶往齐国报丧，顺便回国将赗仪带来。

副使与告丧王臣一道出发，倍日并行地赶到临淄，方一进城便惊闻一件变故，原来是国君下令把郑国叔詹逮了。

齐郑在幽之会定为同盟之好，会盟誓言依稀在耳，郑国转背就与楚国勾搭上手，风闻双方私下互派使者，彼此大约是许了什么见不得人的好处。小白得知后大为光火，责成郑国给出解释，郑伯不敢不回应，遂遣叔詹赴齐平事，小白却不见人，也不撵走，反把叔詹扣下来了。

目前叔詹已被扣押了一月，郑国方面提出抗议："叔詹无罪，何以被执？"齐国的回答是："郑不朝齐，朝楚也。叔詹为郑之重臣，内政邦交皆有谏言之责，对此难辞其咎。"

小白这时并不在国都，而是去了临淄南面的天齐渊，说是天气朗明，携亲近臣下郊外踏青。

天齐渊源出临淄南的牛山，实为平地涌出之泉，后世地理志记载：“五泉并出，南北三百步，广十步。”其水北流注入淄水，也为淄水支脉。齐之所以名“齐”，正因为天齐渊，战国时在此建起一座天齐祠，以祭天之主。

此时为春夏之交，恰是锦绣时节，遍野流红滴翠，佳木葱茏，奇花烂漫，眼底风光看不尽，兼有清泉爽激，熏风若醉，真可弥日欢愉，不问归途。

小白这趟出行，对外的理由除了是与近臣同游，还有就是慰鲍傅之心。去年年末幽之会时，鲍叔牙妻子病故。为这丧妻的痛事，鲍叔牙没随从与会。小白深为遗憾，连连说：“鲍傅不能亲临盟会，寡人之心不惬。”中年丧偶，为人生至哀，鲍叔牙好些日子缓不过气来，人也颓唐得很，小白给他准了假，他却是不肯因私废公的勤快人，在家没待几日，又奔去官寮做事。小白誉他尽公不顾私，也疼他遭遇不幸，瞧他日日强忍悲伤，行事仍然一板一眼，似要把难受都压在心底，担忧他憋出病来，才有了这出游的想法。

鲍叔牙不好乐，并不想出游，他宁愿闷在家里触物生情。因五鄙制在齐国乡野初步完成，小白便说有些变国之政的细枝末节，不方便在城里说，我们上外边说去，鲍叔牙才同意了。

小白携鲍叔牙外出，鲍叔牙所去之处，不能没有管仲，再加上宁戚与隰朋，说是国君与近臣郊游散心，更像是变国智囊团密谈。

刚一来到天齐渊，最好玩的宁戚提议泛一小舟，君臣同摇棹。小白不允，他幼时落过水，从此怕水，倚在水边钓鱼赏景无妨，泛舟于水中央嬉戏绝不能忍受。

国君怕水，偏要来有水的地方游玩。望着那一碧泉水，水自石中出，石为水所绕，有悬泉瀑布，飞漱不绝，砉然作响，仿若笙箫，让人想要往那泉水幽隐处探赜奥妙，不料国君不许，殊为可惜。既泛不得舟，只好君臣人手一根钓竿，坐于水畔钓鱼。

小白其实坐不住，钓鱼纯粹是为好玩，宁戚比他还坐不住，两人生挨了半日，一样磨皮擦痒，一样左顾右盼，半条鱼也没钓上来。小白笑起来：“总算有人比寡人还忍不得。”

宁戚把钓竿搁下，也不钓了，辩解道：“臣不擅此道，故而忍不得。”

“子擅长何事？”小白揶揄道。

宁戚自负地说道：“臣擅长之事多矣，如耕作事，我君也知，臣能使齐国丰足，他人不能。再如诸般游戏，斗鸡、走犬、弹丸、投壶，臣无一不精，齐国少遇敌手也。”

少有人公开标榜自己为玩中行家，小白也好玩，然而身负为君的责任，也要适当掩饰，哪里似宁戚这样，竭力展露自己的好玩本性，大约君子守性持礼，于宁戚不适用，他懒得为君子，做小人自得其乐。

小白又笑又骂：“无耻之徒！满口胡言！国之重臣，整日斗鸡、走犬、弹丸、投壶，玩岁愒时，丰足不能。”

宁戚一挑眉毛：“斗鸡走犬而已，不碍国事。臣纵便镇日游戏，也仍可使齐国丰足。”

小白故意瞪眼睛：“又耍嘴皮子，使旧纪丰足，未必能使齐国丰足，子自负过甚。”

“臣要不要嘴皮子，我君一试便知。”宁戚说得志气昂扬，忽而忧伤地叹息道，“可惜，我君不肯用臣。”

小白正要叱他如何不用，忽想起宁戚说的不是用不用，而是如何用。从一开始，宁戚就心心念念想做大司田，这个愿望满足不了，便一直耿耿于怀。

小白骂道：“果是无耻之徒，诸大夫尽忠君事，国家依功定秩，从无人敢向寡人要高位，唯有你厚颜求秩，不知羞耻。”

宁戚言之凿凿道：“诸大夫虚伪，臣实诚。我君明晓人事，须知凡人既要为官，有谁甘心永沦低位，终其一生只为下大夫耳。有人明言不争位，不过为其无能做掩盖，况我君能超擢管子为执政，怎么就升不得臣！”

小白还未回话，旁边的鲍叔牙却像钓鱼钓来一只鬼，惊得被口水呛了，抖着手咳起来。小白觑一眼鲍叔牙，突然抓起钓竿，仿佛要打宁戚，又恨恨放下，啐道：“尔安敢与仲父比？尔之能只在耕作，仲父之能强过尔之百倍，把这浑话吞回去！”

宁戚耸了耸鼻子，也没羞愧之色：“我君要齐国丰足，又舍不得分出囊中爵，欲使一国丰穰，无掌一国耕田之权，行事多有掣肘。难道他日臣巡行农事，事事请君命？”

小白笑道：“你这歪理，寡人竟驳不倒，这么看来，倒不得不任尔为大司田。”见宁戚立刻便要雀跃谢恩，他不待宁戚说话，问道，“赁东莱良田为我齐国所用，这事还做不做？”

“只要君任臣为大司田，臣立刻着手！”宁戚爽利地说。

小白又啐他：“敢与寡人行券契之约，无臣礼甚也。”他这边骂宁戚无礼，那边侧身去唤隰朋。

隰朋与小白隔着一段距离，众人里数他钓鱼最认真，身后鱼篓里已卧着五六条红尾巴的鲂鱼，现正有条大鱼咬钩，拖得浮漂往下沉压，冷不丁听见国君召唤，大鱼也不要了，丢下鱼竿走过来。

小白因说道：“朋前次说东莱有染草，是什么来着？”

“紫草，生于东莱劳山，莱人有秘传染术。”隰朋说话永远是简练风格，无一字废言。

紫草是东莱特有的染料类植物，凭着莱人的精湛染术，染织出的紫色布帛，鲜艳华丽，贵气无双，为好奢贵的君子们追捧，但因产量太少，一年也染不出几纯，故而价格昂贵，万金难购一端。有次隰朋提过这事，小白便生出一念，能不能学到莱人染术，配合齐国女工的织衽技艺，异日齐国丝织业的财利将翻几番，隰朋却说，他其实与国君同谋，但莱人将染术藏得死，轻易不传外人，强取不妥当，巧取也无良策。

小白思谋道：“染术不易得，此为莱人之利，人守利如守命，唯用重利交换之。”他一顿，看一眼全神贯注钓鱼的管仲，说道，“仲父建言，莱人有染术而无耕术，我有耕术而少染术，以我耕术换其染术，彼我皆受利。”

隰朋极为钦佩管仲的睿智，只是不喜谄媚，因此没有别的话，唯一个字：“善！”

小白微微笑道：“戚擅耕作，朋擅织衽，若齐要辟莱田，当二子同往，可好？”

宁戚瞥了一眼隰朋，隰朋也凝一眼宁戚。隰朋是与谁搭档做事都无所谓，回答说：“但凭我君安排。”宁戚却要琢磨一番，皱着眉头想入了神，小白见宁戚久不作答，责道：“想这样久，为国做事，也要挑肥拣瘦不成？”

宁戚哧哧笑道：“臣一介小人，浑身毛病，与君子同列，怕君子忍不了臣，彼此多有抵触，岂不耽误国事？”

小白失笑：“难得，宁戚竟也知道自己浑身毛病。”他点点头，宽慰道，“你放心，论度量心胸，举朝大夫少有媲于朋者，他不会与你计较。至若你那毛病，贪利而已，只是小缺点，或有国之急难，你必不辞让。寡人若不信你，怎敢将大司田之责交于你。”

宁戚拜了下去，泪水流了满脸，他是真的被感动了。他自负才高，却也清楚自己有不为君子喜乐的性格，难得遇到一位能包容自己全部缺点的君主，全心地信任自己，认为自己能做出不同凡响的大事业，问这茫茫天下，恐怕再没第二个小白。

小白伸出手，拍拍他的肩膀，温和地说道：“寡人幼时，悖乱顽劣，人人皆道小白难成大事也，仲父却道，若大意得，不以小缺为伤。他不以寡人为不智，反以寡人可为君。二三子皆当效仲父胸怀，容天下人、容天下事，不求完人，求可同行之人。”

隰朋与宁戚都恳恳应诺，倒是被小白一再提及的管仲，纹丝不动，仿佛沉浸在与鱼神交的超然境界里，人间万事不挂碍。

小白示意宁戚起身，又对隰朋说：“隰子欲立你为后，你意下如何？”

隰辰请命国君，立隰朋为孺子，待他百年后，隰朋则为隰氏大宗子。隰朋知道后很为难，他出身卑末小宗，向来不为大宗青睐，突然大宗要把宗子位传给他，像穷汉子摸到一座金山，太不真实，也太过逾本分。

“臣，小宗子，不敢僭越为大宗。”他老老实实地说。

小白一笑：“宗子立后，未必以大宗为限，只在宗子意愿，算不得僭越。”他见隰朋面有难色，便说道，“不为自己，也为隰氏想想。”

国君的这句话说得隰朋心里轻轻一颤。隰氏经前次重创，落魄得如日薄西山，仅仅因为偿还国君的债，宅门之内几成荒庙。在这家族殒没的悲惨时刻，隰辰择隰朋为后，无疑是极聪明的策略，隰氏为国君嫌弃，隰朋却为国君宠任，为了保住隰氏，隰辰越过自己的诸多儿子，坚持立隰朋。小白明白他的意图，并不反对，毕竟扶持亲信为卿大夫宗子，对自己也是好事。

“臣，再思之。”隰朋暂时只能如此回答。

小白不催逼，握住钓竿，也不钓鱼，看着浮漂逐水沉浮，意味深长地说：“隰子也善，所贷一朝散尽。称贷之家若能效隰子善举，寡人之国，无受息之氓也。”

赞美的话更像嘲弄，隰辰散尽所贷，不是行善事，而是为了还债。隰辰受罚偿还国君之贷，数目巨大，还贷时日又仓促，短期内压根凑不齐，急得隰辰几乎要举家自杀谢罪，忽有个机灵鬼给隰辰出主意：何不将隰氏所有之贷转给国君，既还清了国君之贷，还把债务矛盾转嫁给了国君？

隰辰以为这招智慧又狠毒，虽然舍去手中所贷，心疼得滴血，但转贷给国君，以后就让国君去逼野氓们还债，其实是把国君拖上船，齐国卿大夫皆称贷，国君何能置身事外？

小白一收到隰辰转来的贷，哪能不知道他的险恶机心，当即要召来隰辰，将券契统统砸到他脸上，逼令他卖田、卖宅、卖妻子、卖儿女，也得把欠贷还上！

管仲却不以为是坏事，他说道："齐国称贷之恶积重难返，变国之政变国乡变鄙野，唯独难变称贷，我君正可以此为契机。"

小白不甚懂："怎么为契机？"

"齐国从无大夫之家散所贷，隰子今将贷券转出，何不顺其意而从其心，为齐国树起这个典范。"管仲说得不温不火。

小白先一愣，忽然大笑。

半个月后，在家卧病的隰辰，听闻了一件骇人视听的大事，有人——应该是国君的人，将隰氏券契带去隰氏封地东阳，召集远近野氓，当着大家伙的面，将券契拢作一堆，宣称奉了国君与隰子之命，体恤乡人艰难，贷息过重，今将灭其券、免其贷，从此再不称贷，说完这话，点起火来，如山的券契被烧了个干净。

乡人欢呼如雷，围着火堆又唱又跳，有不解恨的，还往火里扔柴枝，说要加快燃烧。没了债务负担，众人感恩国君待细民优渥，也赞隰子深明大义，还商量着人人出赀，购得厚礼，赶去临淄送给隰子。

知悉券契被付之一炬，隰辰震惊得舌挢不下。他将所贷转给国君，原指望国君与卿大夫们同谋，走上称贷之路，从此回不了头，榨干脑仁也想不到国君居然能不求利而散贷。

翌日，更想不到的事发生了，宫中传来一道温情脉脉的君令，称：隰子散贷，忧恤寡人民氓，诗曰"恺悌君子，民之父母"，隰子不愧为民之父母，当表其家，垩白其门而高其闾，树为称贷模范。

隰辰莫名其妙成了称贷模范，乡野盛称他为齐国大善人，还要给他在泰山脚下立野庙，当成一尊野神祭拜。临淄国人每过隰氏宫门前，都要拜手行礼，道一声："隰子万年。"隰辰却是有苦说不出，有好事的大夫来问真相："隰子原来这样大方吗？"他只好干笑。

隰辰被强行树为称贷模范，仿佛是甩出去的响亮耳光，打在称贷的卿大夫家族脸上，不知高墙内的无数张晦暗面孔，会闪现出哪一番模样。

变国之政深入齐国鄙野，终于触及称贷。之前为了避免与卿大夫激烈冲突，无论举何政都会小心地绕开称贷，那仿佛横在水中的一块顽石，水流至此，分道而行，但激流奔涌，其势如洪，总有阻碍在前，水道不通，会造成泥沙拥堵，要一泻千里，只有将顽石搬开。

每一场深彻变革，都会遭遇最艰难的关口。攻克了，前途坦荡；攻不下，复返旧路。

所以小白才会发出这通感慨，假设称贷之家都能主动散贷，能省却多少麻烦。

原本沉迷钓鱼的管仲，突然地扭过头来说："非常之举，难为常例也。"

众人说了这许久话，管仲始终没动静，仿佛耳聋，他这一出声，小白才醒过神来，他其实什么都听进去了，不禁笑道："仲父具一心多用的本事，天下皆为你算计，而天下不知。"

管仲也笑起来，他看了看空空如也的鱼篓，把钓竿丢开了，钓这许久鱼，貌似专注于垂纶，实则心一直不定，周围的任何声响都被他捕捉，还不如心情抑郁的鲍叔牙，闭目伤怀之时，也能钓上来三条鲤鱼。

"臣实实不能一心多用，若能，也不至无鱼上钩。"他坦白道。

小白也是粲然一笑，想起难解称贷事，又是一叹："仲父言隰氏散贷乃非常之举，如何不是呢！齐国称贷之家多不胜数，已历数年，财利丰厚，孰愿舍之？然不去称贷，民富难也。"

管仲道："称贷要紧在贷息，各称贷之家，有一家抬高，则家家比附而高。若能先定息，可稍减受息民氓之苦。"

这是与称贷之家达成利益妥协，在还没有力量完全消灭称贷之前，先承认称贷合法化，但得在国家统一管理下进行，其放贷数量、利息标准皆有一定之规制。

小白沉思："除了定息，尚有他法否？"

"官山海。"

小白颊边微一动，他没作声，听管仲说道："官山海是为置公币，然此法比定息难上数倍，设若方十里之乡，需计量壤广若干，壤狭若干，丰谷若干，歉谷若干，凡交易于市之物若干，等等。公币之数有衡准，过少不足称物，过多物贱不庚本，当审慎会之。俟后国中交易，如买卖、称贷、征籍，一概准于公币，民有借贷者，以公币偿之，可使称贷渐弭。”

公币者，国家发行的统一货币，时至春秋，仍存在物物交换的原始贸易状态，除了黄金这类存量很少的贵金属，民间交易支付没有定准。所以称贷之家定的利息并无货币标尺，之如月息三分，本月借一百釜粟，下月还一百三十釜粟，没有粟，用其他等量物偿还，有牲口、布帛、首饰、宅第，甚至是人，也因为缺乏标尺，常常出现等量失衡，欠一百釜粟，利息滚了一转，最后还的竟是一斤黄金。这种形若坐地乱喊价的放贷方式，致许多欠贷小民家破人亡。

如果国家能发行通用货币，使原来混乱的称贷纳入正常的货币体系，一方面强制性规制贷息的最高限度，一方面用国家货币衡准称贷之家自定的尺度，再一方面民又以国家货币还贷，确实可以在一定程度上减少高利贷对齐国乡人的盘剥。

置公币比定贷息困难，朝夕之间殊难完成，首要还得比国会……想到此处，小白突似被点通了灵犀，自为君第三年正式执行变国之政，先是三国制，再是五鄙制，每举一政，皆要比国会，其实是在一步步摸清齐国的国家民生脉络，这不是在为置公币、弭称贷做准备，又是什么？

他看着管仲，那张静穆的脸上有不易捉摸的笑，他忽然就彻底领悟了，管仲在构建十五士乡时，就已经设计好了未来十年乃至二十年的国家决策，便如对弈，常人至多想到十子之外，管仲却想到了终局。

小白大笑起来，因太过激动，钓竿也被他碰去水里，他拍着手大呼道：“仲父深谋远虑，寡人何幸，齐国何幸，能得此天才之臣！”

其余人都很懵懂，管仲建言置公币而已，怎么就惹出国君的狂笑？不晓事理的，还道管仲说了逗趣话。

别人不理解小白笑从何来，管仲却能会意，俯身一拜：“臣何幸，得遇天才之君！”

君臣正互相恭维，宁戚煞风景地插话道：“既说到称贷之家，我君知伯子的秘事否？”

听到有人提伯舆，像被扎了耳朵，小白满心不快活，闷声道：“他能有甚秘事，想是贷息比别家高三分。”

宁戚使劲地摇头：“不是不是。臣过去踞临淄各门，好与闲人数论四方逸事，当中真真假假，臣凭着过人的辨识力，总能析出来。”说起过去潦倒时的蹲门经历，宁戚没有一丁点儿羞态，倒像在讲述旧日伟业，语气带着不自觉的得意。

“约是四年前，臣遇见一人。据他所言，他曾在骈邑为伯子家充过厮役，某日失手打跌了庖厨的一面俎，竟遭打了五十笞，赶出来永不再用。他在伯子宫虽只待了两个多月，偏生是个眼明心亮的伶俐人，旁人只闷头听主家吩咐，双眼不管闲事，他却瞧得真、看得细。他在伯氏宫时，恰逢着伯氏每年会计所称之贷，由伯子主司，率一众亲信，关在内室里昼夜衡准，他因机灵能干，有次被遣去送过晚食，刚一进去，听得里头嚷道：‘弄错了，这是今年崔氏贷券，怎混在曹氏贷券里！’又见伯子面有焦色，直骂道：‘各家利归各家有，弄错一家，我辈亡无日也！’他觉着事有古怪，可惜很快被撵出来，那内室又闭了门，再不能听一言半语，退下来细细琢磨，想不通当中有何玄机，崔氏、曹氏也是称贷之家，怎的有贷券留在伯氏，难道几家混着放贷？”

小白听得稀里糊涂：“这是什么讲究，莫非三家同放贷？”

“那人呢？”管仲突地一问。

宁戚一巴掌拍在腿上：“到底是执政，问到要害处了。”他把嗓门压低了，做出神神秘秘的样子，“那人说过这闲话不几日，便失足淹死在淄水里。”他打了个夸张的寒战。

管仲淡漠地笑了一声：“不死权当是闲扯，死了反倒属实了。”

小白慢慢转过味来：“仲父以为此事有何蹊跷？”

“不好说。”管仲谨慎地说道，“只听此言难定罪名，但也不可置若罔闻。”

伯舆为人圆滑世故，常年待在封地，很少在临淄露面，行事又小心，数次卿大夫与国君内争，他都没参与，国中推行五鄙制，他也没有反对，显得温顺又忠心，这公义当先的伟岸姿态，与平日无利不争的贪饕模样，判若两人。

要说他有大过，似也挑不出岔子，至多是当年在穆陵关下胁迫过小白，但这些年里，他对小白进尽忠悃，从无出格举动，似乎安心做个闷声发财的土皇帝，然而宁戚讲述的这一段逸事，却将一池静水荡起了波澜，水下的世界，也许并不清澈。

小白正待要与管仲剖析疑点，有御士急急忙忙过来，说京师来使，急着见国君。

“嗯？有急事？”小白问。

“是丧告。”

小白心中微颤，京师来的丧告，唯有天子崩，他站起来，说道：“回临淄吧。”

回去路上，管仲对小白说，扣押叔詹过久，不如把他放了。

小白任性地说：“郑国背信，寡人执其臣，是对其申饬。”

“一国不服，执一臣无用。郑人善变，贪婪少信，专擅诈术，齐有利从齐，楚有利从楚，难一心也。”

对付好捡便宜吃两头的郑国，小白很是头疼，怨恚道：“郑人，小人也，如何才能服之？”

“唯我更强。”

要让携贰两端的诸侯服膺，齐国只有更强大。在这纷纭乱世，道义建立在实力之上，天子式微，因为天子不强，小国受欺，因为小国不强。你若强大，天下唯你是从，你说的每句话都成了弱者的规则。

重整天下秩序，往往是从锤炼一个强者开始。

第八章

一时风云

一

齐桓公十年（公元前676年），初夏时节，天不甚热，竟还残留着春末的料峭意。晌午时分，迎着藕丝般的凉风，鲁国使团进入了临淄城，充上介的是曹沫，他此趟来齐不为朝聘，而为通告戎情。

今年春天，鲁国突遭戎人侵袭。多年来，鲁与戎少有激烈冲突，几代先君曾会戎平争端，双方约定华夏有华夏的礼仪，戎狄有戎狄的习俗，你不侵我，我不犯你，彼此维系互不干扰的相处默契。鲁国人已习惯了边境有戎，偶尔在国境边上遭到戎人劫掠，但大多数时候，鲁国与戎人相安无事，也会通商互换有无，曲阜城里还常见到着华夏人装束的戎人操一口纯正雅言，与鲁君子论说先代故事。

鲁与齐相邻，一条委蛇绵长的济水，水东是齐鲁，水西是戎。戎的族类也多，有北戎、济西戎、己氏戎等。戎人在华夏腹心待久了，染了华夏风，便要认祖归宗，自称原也是华夏人，先祖可追溯到上古哪位圣王，曾经远僻荒绝，如今重归故里耳。

这一次戎难，仿佛是惊蛰时跳出草丛的虫豸，因蛰伏太久，潜隐太长，陡一出现，令人不暇应对。短短时日，鲁国西境边鄙全线告急，一份又一份告战简书飞到鲁侯手里，早饭时尚丢了三个边邑，晚饭时已累积为十个。

那戎人军队不同于诸夏军队，多步兵而少车兵。车兵作战受限于战场环境，须择平旷之地，步兵却没有局限，机动性较强，峡谷高山、荒原河川、沙海湖沼，有路的地方，步兵就能开进去，没路的地方，步兵也能辟出通道。因此诸夏与戎战，在作战机动性上很是吃亏。

与戎和平太久，忽被侵伐，鲁侯竟蒙了，召来群下问应对之策，君子们七嘴八舌，各说各理，各争各议。施父这次没有说“早言之”，创新出另外一番大道理：“戎何以侵鲁？必是鲁有不得不被戎侵的淫行，国有秽政，君有贪举，朝有佞臣，民有携贰，祭有腥臊，礼有暴虐，故而天降戎难，为国君警示也。”

鲁侯听着他指桑骂槐的糟心道理，脸也气白了——他人欺凌我，我不反击，倒要先反省，这投降主义言辞，装裱得精美又无耻。

卿大夫们嘴多，主张也多，有说向邻国求救，独力难应敌，也有说再等等看，也许戎只是劫掠一阵，稍后就退走了，争了许久，没争出个统一意见。曹沫当时愤而起立，大声疾呼道：“君子坐而空言，于危急何补！戎侵我，国难也。丈夫当持戈奋战，死而后已，效乡野愚夫愚妇较论口舌，戎已至城下也！”

听了半日浑话、瞎话、鬼话，终于听到人话，鲁侯把手里的笏摔下去，还就故意摔在施父面前，喷火似的吼道：“善！当持戈奋战，死而后已！”

便由鲁侯亲率师，又任曹沫将上军，出击反攻戎人。鲁军开拔至鲁国西境，与戎人连续三战，首战稍有失利，二战三战扭转了战局。鲁军追着溃败的戎兵，一路撵过了济水西岸，有济水阻断归途，成百的戎兵被鲁军俘虏，还缴获甲杖无数。

打败戎人，鲁侯喜不自胜，扬言要大赏曹沫：“是为子之功，不差于长勺。”曹沫的喜悦很淡，他以为戎人与鲁和睦许久，突然侵鲁，只怕背后有蹊跷，他思虑再三，上请鲁侯，欲将戎情告知齐国。

“为何要告齐？”鲁侯困惑道。

“天下诸侯，唯齐具公心，别国各顾私利。”

鲁侯沉默移时，问道：“子也美齐政？”

曹沫坚决地摇头：“不，齐举变国之政，臣多不赞同，然不碍齐为伯主，也担得起伯主之责。”

政见不同，观点不一，理念不合，不妨碍对事实的辩证认知，这是曹沫的胸襟，真正的君子怀抱。

曹沫来到临淄城，迎候的齐大夫将鲁国一行人安顿在馆舍，说国君正与群臣举会，稍后再见曹子。

曹沫不乱打听，没有对齐君举的什么会、何时能见外臣刨根问底，他只管安静等待，反倒是那馆舍里侍奉客人的徒人管不住嘴，给曹沫等人送膳食时，噘着嘴喋喋不休：“鲁客恐要久等，寡君与君子们举会，正是争得面赤时，一时半会儿议不定。”

曹沫仍然不问，同行的众介好奇道：“争什么？”

“定息呗。”徒人翻着眼皮说，忽又像意识到自己多嘴，做了个掩耳盗铃的怪异表情，皱着眉笑了一下，匆匆退下去了。

定息是定称贷利息，远隔泰山的鲁国也听说了，齐国要把称贷之家画在一道圈里，从此称贷额度、贷息分度都得有上限，这是要把过分暴利的称贷强行按低头。去年夏秋之际，齐国召开过一次定息会议，当定息的建议抛出来，卿大夫们像被剁了手，疼得要与人拼命，争的争，嚷的嚷，吵的吵，还有大哭的，说国君不给活路，不如举家仰毒去见太公。

底下闹得乌烟瘴气，看着这些素日里端持风仪的君子，眉毛乱了一根也要抹胶的君子，却为了囊里的三五分利，擗踊号啕，鼻涕眼泪揉得满脸，悲痛得像死了亲娘。小白是又恼恨又嫌弃，只得把隰辰抬出来：“如此称贷模范，二三子何以不效之？隰子善行，举国称赞，民得大利。二三子之心只有私家，无国也。”

“我君欲臣等散贷否？”下头撕心裂肺地叩问道。

小白恨恨说道：“愿散固然好，不愿散，则定息也，又不曾褫尔爵、夺尔妻子，何故伤痛欲绝！哪一日国丧，二三子能垂泣乎！”

因为争议太大，第一次定息会议没有达成一致，小白让卿大夫们归家熟思，是私家重要，还是国家重要。卿大夫们确实熟思了，国君要他们做道德模范，人格是高尚了，可兜里却瘪了，君子怎可受穷？一箪食、一瓢饮的清高操行，让赚不了钱的穷人去拥有，我辈宁愿为万千人唾骂，也要躺在黄金打造的棺椁里死去。

不断有人去向小白直言抗议，或曲言申诉。高傒也劝小白："君为细民谋福祉，自是为君之责，然二三君子多以称贷为营生，逼迫太紧，恐动摇国本。"难得的是，小白和和气气地说："寡人操切也，实不该强逼君子，高子放心，寡人也会熟思。"

国君与卿大夫们经过近一年的熟思，于本年举行第二次定息会议，不同于第一次举会仿佛带着临时性，这次举会则备受关注。临淄国人纷议不断，见面不说别的，先说一声："可知有哪个君子与会？"

确然，此次与会君子多于前次，如极少在临淄露面的伯舆。闭门思过的崔夭也受邀参加，尽管会毕，他又要被送回家继续自省。称贷模范隰辰更不必说，因国君予其恩渥，给他升了席位。

曹沫等人在馆舍耐心等候，本以为今日必是见不到小白了，未想日昳时，突有个寺人来说："国君要召见贵使，请贵使入宫。"

小白得了空闲，必是定息会议结束了。曹沫道了声"即去"，别的话也没有多说，旁边众介多嘴问了一声："闻说齐要定息，今日举会商榷，可曾定之？"

寺人微怔，半遮半露地说："定也。"

众介待要问个详情，寺人却不答了。曹沫责怪众介多嘴饶舌："为国出使，言行只涉公事，与出使无关的别国内政，不准一再打听。"

曹沫登车前往齐宫，至宫门双阙前下车，足方落地，有人自宫里迎了出来，却是管仲，听他笑吟吟地道："又是许久不见，沫安好否？"

曹沫行礼道："齐之执政亲迎，曹沫有幸。"

管仲还了一礼，说道："沫率鲁师败戎，大追于济西，寡君闻知，盛赞沫之勇略，更喜鲁之无恙。"

"败戎是矣，喜则未必。"曹沫忧心忡忡地说。

管仲约略明白曹沫的忧虑，也知他的来意，不再多言，领了曹沫入宫。小白此时在治朝正殿，或是刚与卿大夫们唇枪舌剑地较试过，耗力又耗神，神色有些疲乏。

"曹子使齐，必有不得不来之理，与曹子言事，寡人不曲意也。"小白坦诚地说道。

齐君既如此直接，曹沫也不拐弯抹角："齐君不曲意，外臣当直言。数月前鄗邑有戎难，寡君率师退之，俘得戎虏无算，戎虏中多为济水之戎，也有燕北山戎……”

听到燕北山戎，小白微惊了一下，并不打岔出声，听曹沫继续说道：“戎种多杂，诸戎往往有混居者，这燕北山戎混在戎师中，起初也道寻常，不想审问下来，方知非寻常也。”他深吸一口气，声音严峻起来，“原来此次戎人侵我，背后主使者，竟是燕北山戎！”

小白低喃道：“原来……”

曹沫说：“那山戎在北国荒绝之地，捭阖无敌，胁迫诸落为之驱使，早有南下之意，昔年侵齐，为诸夏击退，其心不服，蓄势多年，待要重来。戎虏中有个不肯降的凶残之徒，言辞甚为嚣张，大言曰戎王勾连太行白狄，欲举大事，将除燕、扫邢、戕卫、吞齐、并鲁、蔑郑、残宋……”他放缓了语速，重重地咬字道，“灭周。”

小白一震，扶住凭几半立而起，神色越来越凝重。

“若山戎果真勾结白狄，东西并下，一翻太行，一过大河，诸夏危也。临难而应变，事或废；难未至而预变，事可立。故寡君使外臣见齐君，望齐鲁协作，备此戎难。”

小白懂得曹沫的担心与期许，在变乱到来之前，诸侯们通力合作，防患于未然，将戎难消弭在肇端中。但今日一盘散沙的中原诸侯，纷争日久，各怀私利，若有一日戎狄来袭，那种理想中的一国有难、多国驰援的互助状态，会不会出现，尚是未知。齐国也很愿领导诸侯，共击外敌，保卫诸夏，诸侯又愿不愿听从齐国召唤呢？

然而齐要为伯主，就必须有负担天下的责任心，不能因为事情难做，就弃而不顾。小白不做犹豫之态，许诺道：“鲁君之愿，曹子之心，寡人尽知，齐愿与鲁协作，备此戎难。”

曹沫深深一拜：“齐君高义，天下诸侯唯有齐君愿担此责、能担此责！”

待曹沫走后，小白对管仲说道：“听曹沫告戎情，不禁忧心，哪一日戎难发生，诸夏待若何应对？”

管仲凝声道：“要紧不在戎难哪日发生，也不在诸夏如何应对，而是在齐如何应对。”

无论戎难何时爆发，对诸夏最要紧的，是有没有强力领袖率众抗敌，原本这领袖应由周天子担当，可周天子既无实力，也无号召诸侯的权威，能不在关键时刻节外生枝，就算帮了大忙。那么，能充领袖者，目前诸侯里最有实力，也最具担当的，只剩下齐了。

齐也有意为首领，可一是诸侯并不全心服顺，二是内部尚有重重隐忧，变国之政也未完成。想想为解决称贷痼疾，连举两次定息之会，最后以妥协求和平，欲行善政却掣肘太多，只希望戎难晚作，再给齐国多一点准备时间。

辞别了国君，管仲出得宫来，原想要不要去见鲍叔牙，思量须臾，还是先归家。车马穿过夏日飕风奔到了庄道与岳道的交叉路口。一年多前，小白将邻近庄岳之间的一座大第赐给管仲，东西墙又往外扩去数步，真个是墙垣耸峙、飞檐摩天，前庭华栋璧裆，后苑花树蓊翳，仿若一座奢丽的小行宫，这一切有赖于小白超逾礼秩地宠待管仲，公开宣称欲使仲父富拟世卿。卿大夫之家，很多经营百年，宗族合居，受君命得自置家臣，仿佛自成一国，便唤作某某宫，临淄人因此称管仲私第为管氏宫。

一家人搬入新宅，管母住了方一日，直呼不习惯，她倒还乐意住回清邑的老屋子里。

这时节管母不在家，她携管友、管忆去见召忽妻儿。实际上，她经常拜访召忽妻儿，有时携媳妇孙儿同往，有时独往，两三日便要留宿一次。管仲知道她是故意不回来，新家太大太华丽，眼前的一窗一门、一案一榻，都让她手足无措，她不喜欢，又不能强求管仲搬走，只有选择逃离。

姜婧没随母亲同去，原来是管鸣病了，她得留下来照看孩子。管仲听说幼子患病，忙问有无大碍，姜婧说是小伤风，刚吃了药，现已睡下了。

管仲去里卧瞧了瞧管鸣，悄悄走出来，随口道："璧也从母亲同往？"

姜婧没言声，陪管仲在外间坐下，在案上竹笾里拈起一颗梅子，也不吃，搁在手心掂了掂。管仲总觉得她欲言又止，便问道："有事？"

姜婧微睨着他："你是真看不出来？"

管仲不明就里，愕然道："我看出什么？"

姜婧嗔责道："看出你亲妹……"话要出口，却又顿住，换了个说法，"璧去鲍氏宫了。"

"去鲍氏宫作甚？"管仲疑道。他虽忙于国事，不常沾家，也知道些家事，闻说管璧有时会去鲍氏宫，似是去看鲍叔牙的儿子，怜他丧母无人照料。管仲偶也会生出些许诧异心，鲍氏孺子难道还缺人看护不成？可此刻又闻管璧在鲍氏宫，忽然似大梦初觉，五分的原来如此，也有五分的难以置信。他一把抓住姜婧的手腕，眼也瞠圆了："当真？"

姜婧被他抓得生疼，哎哟地喊了一声，管仲才意识到自己使力重了，赶紧放开来。姜婧揉着手腕，责道："那还有假？你亲妹的心思，你这做兄长的，现在才知，也太迟钝了。"

管仲听到"心思"两字，犹如被冷水涤面，陈年的宿醉终于清醒了。当年管璧出嫁，大喜的日子总带着颓丧气，母亲说小孩儿家家，心思多，他那时想不明白管璧有何心思，还道是新妇归人，舍离不下亲人，至今回想，他是太迟钝了。也许从鲍叔牙踏入管家大门那一刻起，管璧心里就埋下了一粒种子，她将这种子隐瞒了二十多年，从前母亲看出来了，遏制了种子发芽，现在妻子看出来了，因为种子已冲出土壤，再没有任何力量可以阻挡。

管仲不知该喜还是该愁："她还有这心思，怎不早言？"

"起先身份悬隔，后来各有嫁娶，怎么言？"姜婧怜悯地说道，"你是鲍叔挚友，璧又是你亲妹，两人也极相配，你不如向鲍叔点破，成全璧这多年的心愿？"

管仲垂头思虑，轻言道："我想想吧。"

一旬之后，完结使命的曹沫离开齐国，管仲、鲍叔牙为他送行，先是为公送别使臣，后来便成了朋友相送。

曹沫几度想问管仲关于齐国官山海的事，又觉得是自己多嘴，担心管仲误会自己是包打听，话到口边，又强行咬断了。

其实也非曹沫包打听，定息会议的第二天，临淄城的犄角旮旯都在谈论官山海，懂的少不了指点江山评说功过，不懂的也撒开嗓门乱说一气。

官山海是将齐国的海盐、山矿实行国有专卖，但不同于后代的国家专利垄断，而是将生产领域划归民营，流通领域划归国家，即是私人拥有食盐、山矿的生产开发权，国家收取一定的实物税，进行统购统销，平价购进，高价转卖国外，从中获取利润，归结起来，就是民产——公买——公卖。

官山海在原料生产阶段，需要过硬的生产设备、足量的人工成本，尤其是开采山矿，寻常人根本无力负担，只能交给有雄厚财力的卿大夫家族，凭此山海之利，君子们已可百年无忧贫。所以原来对定息有很大抵触的卿大夫们，在官山海中分到了补偿利益，同意了对利息设限。

自也有财力薄弱的小家讨不着好处，不仅不能分到山海利益，又要被限制贷息，肚里闹起情绪。但大家把利益的大头攥在手里，与国君达成了协议，小家的闹腾溅不出几朵水花来，只能咽下苦水。

自始至终，变国之政以妥协得空间、以妥协求生存，仿佛是不彻底，仿佛是与旧势力共谋，但在当时的历史环境下，这样的妥协尽管有一丝丝无奈，却是形势驱使的必然。

渐渐地，管、鲍送出了五六里地，曹沬觉着自己再忸怩闷声，只怕就没机会了，他沉下心来，说道："听闻齐行官山海之政，可是真事？"

管仲像是早知他会发问，平静地说道："不错，是真事。"

曹沬默然，郁郁地叹息道："夷吾执意以轻重之术治国，是践行忖里先生遗志？"

管仲淡淡一笑："犹记昔年沬与忖里先生辩说轻重，至今难忘，实则轻重之术也罢，其他诸术也罢，若能于国有利，何不用之？"

"我认夷吾为朋友，然夷吾治国之术，我不苟同。"曹沬严肃地说，"轻重之术唯利是求，与天壤争，与民争，君子固然求利，但不应该只让自己富足。"

管仲道："君子耻于谈利，然无利，如何养民？如何强国？坐而空论治国大义，不握一分利，无用也。沬认为行轻重与民争，不然，是争于天财，分利于民。"

曹沬说服不了管仲，他扭头去看鲍叔牙："鲍叔也赞同轻重之术？"

鲍叔牙诚实地说："我对轻重之术所知不精，唯皮毛之见，不过，我信夷吾。"

曹沬哑然，忽地笑起来："管鲍之交，不可间也。"他似愁非愁地长叹一声，"夷吾有夷吾之术，我有我之义，君子行道不同，各为其谋，终不失朋友之谊。"

曹沬便是这样胸怀坦荡的真君子，永远不会因为与朋友有观念不同，便反目成仇，要么强逼他人苟同自己，要么生出忌恨，从此诋毁不休。

他举手对管、鲍肃拜，神情端重地道："临别之际，沬有碎语相告，妥与不妥，期二子斟酌。沬与二子识于微时，见过天下民氓饥寒苦事，吃过肉食者鄙陋不识，今你我皆为肉食者，切切莫为鄙也。”

这警醒像暗夜响鼓，令人悚然惊惧，仿佛在极度奢靡的繁华世界里，岿然立住的肃穆身影，触目者都当憬悟。管仲登时一凛，庄敬地说道：“沫之诤言，夷吾铭记。”

送别到此为止，远去的车马抖开了长长的旌旗，宛如一声呼向天际的誓言，无论走多远，依然清晰得像眼前绽出的繁花。

曹沫还是原来那个爱憎分明的曹沫，富贵、贫贱、安乐、悲苦都不曾改变他。世上多的是见异思迁、逐浪从众之流，终有一日，活成自己曾经最鄙薄的那一类人；世上也有很多曹沫，用一生的时间坚持内心，外界的喧嚣纷扰，对他们从无影响。

“与曹沫相比，吾辈好惭愧。”鲍叔牙在回去的路上，回想曹沫风姿，忍不住发出一声感叹。

管仲随从叹道：“沫是真君子，可敬也，但也难效仿。”

他俩是同车，只因管仲说有事私谈，鲍叔牙不问缘由，主动提出他来驾车，也不要骖乘，则由家臣驭着另一辆车跟在后头。

虽说是管仲要与鲍叔牙独处，他其实看得出，鲍叔牙也有话对他说。两人默默地行了一段路，几乎要看见临淄城的坚挺城垣，鲍叔牙终于开口了，脸却先堆上红：“你妹子……”他吞咽了一下，很难把后面的话轻易宣出口。

“你愿意吗？不愿也无妨。”管仲接口道。

话才出来片语，管仲已像通盘了解，鲍叔牙微愕，也知瞒不住管仲，稳住心情道：“有劳她常来见齐，细加照拂，如同己出……惹来些污耳朵的闲言，我也罢了，只恐毁了她。”

管仲能理解鲍叔牙的顾虑，管璧成日往鲍氏宫跑，外头风言风语传得街巷尽知，说他俩有私情，鲍叔牙最不喜被人背后数说风月闲话，偏他那妹妹矢志不渝，也许还乐意被嚼舌根，正好遂了她的心愿。

“外间闲言不必理会，更不用为了闲言，委屈自己顺从别人。”管仲宽解道。

鲍叔牙很久无言，深深地透了一口气：“罢了，我娶她。”

管仲凝他一眼：“想好了？”

“想好了。”

管仲看着鲍叔牙，那眉毛折成八字，褶皱深得能填进一川大河，神情沉重若在搬泰山，便扑哧一声笑道："鲍叔有大喜，何以愁眉不展？这是娶新妇，还是举国政难行？"

遭这番调侃，鲍叔牙也自笑，恰路面有洼坑，握辔不稳，轩车哐当一颠。管仲紧紧抓住车轼，佯怪道："鲍叔驭车之术欠妥也。"

鲍叔牙正经八百地说："御者当专心，夷吾非要嬉笑，扰动御者心神，再饶舌，且颠你下车。"

管仲忍笑道："鲍叔至理，只前途迢迢，若同行不言，岂不无趣？"

两人对视一眼，都笑起来，而乃车马奔驰不停，道路越来越宽平畅通，前方崇墉百雉的临淄城，仿佛撑起苍天的巨人，安然张开宽厚怀抱，迎接着四方来客。

二

齐桓公十年（公元前676年）召开的第二次定息会议，明确了贷息要在国家规定的范围内上下浮动，称贷之家得到官山海的补偿利益，不再与国君对抗。这场触及卿大夫核心利益的改革，出乎意料地平静而温和，就连号称齐国称贷之首的伯舆，也没有任何异议。

借着定息会议成功的东风，变国之政乘风破浪，开始大力推行相地而衰征。商周以来的土地税往往一刀切，不论农田之良莠，秋后之丰歉，再加上深如沟壑的国、野之别，国人高田籍三分，野人下田也籍三分，甚至更多。况且那时多为劳役地租，土地广大，服役更重，所以当初在国乡辟出十五士农乡，正是出于平均军赋的考虑。故而今日推行的相地而衰征，与昨日已完成的平均军赋实为一脉相承，把全国土地分为陆、阜、陵、墐、井、田、畴，按照土地的肥饶多寡高下而征税，可以极大地提高农人的生产积极性。

自齐桓公三年（公元前683年），启动国乡改革，七八年里，变国之政的触须，已深入齐国的方方面面，上至楚楚君子，下至贫窭野人，都卷入了变国浪潮里。齐国建立起了国家基层管理体系，尽管这样的基层体系，仍然显得粗放，封建因子无处不在，妥协成分很多，但与商周的原始行政管理模式相比，已是超越时代的领先者。

变国之政震荡了齐国，也引来列国的关注。诸侯们在高墙合围的旧日宫殿里沉酣，半醉半醒之间，偶尔问一嘴：齐国要走到哪里去？齐君小白除了做霸主的野心，还想干什么？总不能取代周天子，自立为齐天子吧！

不过像蚕蛹般封闭在洛邑的周天子，威风荡然，权势荡然，脸面也荡然，即使有一日被取代了，也在情在理。

平王东迁以来，洛邑王城垂拱过五个周天子，四位惶惶度日，生时无诸侯朝聘，死时无诸侯吊丧，是何等凄凉。

能在乱世中苟活，周天子们有个妙诀，就是别把自己当成天子，不认为自己是天下之主，从此少却多少烦恼，冷眼旁观诸侯们斗得你死我活，于我何干！

至今在位的第五个周天子，却不那么想，他是真的把自己当成天子了。

登临天子之位两年时间，他以威风凛凛的王者权势，今日抢了彼大夫园圃，明日夺了此大夫田土，后日取了此王臣私第，再后日褫了彼王臣爵秩。被横夺产业的大夫王臣，都与一个人有丝丝连连的瓜葛，这人便是王子颓。

王子颓得幸于先王，确切地说，是先先王，这对如今的天子来说，是生在积灰的王袍上的旧刺。年代久远，刺也脆了，当然可以不拔，但拔了，每要回想那领王袍，记忆里只有灰，没有刺。

天子是睚眦必报的性子，热衷算旧账，哪怕这旧账发生在遥远的还没有他的年代，他也要拿出来算一算，当年欠账者的后人安在，子孙安在。

天子也认死理：凡是与我意见不同的，不合眼缘的，便是我的敌人；凡是与敌人作对的，便是我的朋友，我该重用他、结交他、依靠他。

他即位后，重用的第一个人是周公忌父。

周公忌父与王子颓的师父蔿国有旧怨，两个当年内争，周僖王支持蔿国，周公忌父出奔虢国，多年不回京师。天子将周公忌父召了回来，仿佛一记重拳，不是伤在蔿国身上，而是击在王子颓心窝里。

把人召回来仅仅是开始，不久天子又册命周公忌父为太宰，册命文书用的是周代传统官方言语，佶屈聱牙，不易读懂，当中有一句是："令汝更乃先公司宰事。"先公是周公旦，曾任太宰。天子特意将周公忌父提升到周公旦的地位，凸显了他对周公忌父的倚重，大约也有些不可说的借喻意味，有了太宰周公旦的替身，天子便自动变身为周成王。

对周公忌父担任天子执政，下头非议甚多。早先天子未册太宰时，执政人选里呼声最高的是王子成父，无论是能力，还是名望，少有人出其右，不想天子扔出一个周公忌父。这周公忌父虽挂着周公的爵位，与他先祖周公旦差离天壤，与天子倒是有共同点，一样好记人过，心眼狭得过不去一根毛发。

册命周公为太宰，于王室是大事，依例当通告天下列国，诸侯懒怠管天子内务，天子愿宠任哪个王臣，随他喜好，就是把成周大街上卖布的小伙儿超擢为执政，只要天子不觉丢人，诸侯们乐见其成。

册命通告传到齐国，小白只有两个字评价："儿戏！"

小白知道周天子不喜欢齐国，他更不喜欢周天子，天下诸侯皆不尊崇天子，唯齐国对天子礼敬有加，天子反要横挑鼻子竖挑眼。那次周僖王崩殂，身在京师的仲孙湫，主动承担了齐国吊丧使者之命，天子对此也有微词，当面讥刺齐国行事以并省为要，遣一使而兼双责，仲孙湫本是好意，倒落了个居心不良的谴责。想这齐国原要尊王，尊成了略尴尬的局面，惹来诸侯奚落：小白的热脸贴上天子的冷腚，殷勤献错了地方。

小白有一阵也想不通，为霸主可矣，何必尊天子，这么个心胸狭窄的傻天子，又坏又迂，尊他作甚？他去与管仲抱怨："郑庄公尚能一箭射天子，我怎么就要受窝囊气！"管仲心平气和地说道："尊王者，非仅尊天子也。"

小白遽然省悟了。

尊王哪里是对一个人，只是那个被称为"天子"的人恰巧披了一件华彩外衣，就是那领外衣上，有被不肖子孙丢弃的往日荣光，有曾经规整完善的天下秩序，有璀璨如满天星斗的美好理想。这一切，属于最初的、真正的周。

小白对周天子的态度释然了，相应地，尊王既不是局限于个体，也没必要对天子的悖常行为采取愚忠立场。天子继位时间不长，昏聩之举却十有八九，小白常为之不屑，像最近这次册命周公忌父为太宰，他斥为"儿戏"，是在朝会上的宣言，卿大夫们大多赞同国君。

恰这时发生了件不大不小的事，原来是公子曼要去莒国。她在临淄待腻烦了，熟面孔太多，认识她的人也太多，就算足不出户，也有闲人在门前窥伺。甚有无聊好事的卿大夫，打发家里女眷登门拜访，纵算见不到人，也要往门缝里硬塞一眼；公子曼可曾老否，公子曼可有走后门的男客，也能作为半年谈资。

小白挽留了几次，可公子曼执意要走，他也不好强人所难，忆起先君襄公说过：谁也拦不住公子曼，寡人尚不能逼她，何况他人？

公子曼既要走，小白少不得要为她饯行，公子曼却不愿去齐宫。她让小白来她私第，是否饯行不打紧，姊弟凑一块儿叙话更有意思。

小白允诺了，来也不是他一个人，他把长女公子南、长子公子无亏也带来了，还有无亏的生母卫姬。算起来，卫姬是小白的外甥女，生母是卫宣姜，父亲是宣姜的第二任丈夫公子顽。

卫姬继承了生母的美貌，容色既是一流，举止更软糯，酷爱撒娇，好发嗲，偏偏小白就吃这套，她越嗲，小白越喜欢，有时她向小白提出非分要求，小白以为不妥，嗲一嗲，小白心头一酥，没有不应许的。

母亲是糯米团子，生出的儿子却没一点儿怯性，公子无亏年纪才五六岁，已隐隐露出好武尚功的苗头。闻说他三岁时，卫姬送给他一只兔子，养了几日嫌麻烦，竟用一只手生生掐死，底下人议论他小小年纪血腥残忍，说不定是哪只造孽过多的厉鬼投错了胎。小白却很爱他，时常带在身边，倒让群下无端揣测，国君莫不是有意立无亏为太子。

长女公子南的生母身份低微，是小白为公子时的侍女。依着公子南的出身，与其他生母显赫的女公子不能比，只因她是小白的第一个孩子，初为人父的忐忑与惊喜，总是难以忘怀，故而她为小白重视。公子曼喜爱公子南，说她长得像自己，模样相似，言行相似，说话的声音也相似。

为款待国君，公子曼在内堂设下一宴，捧酒的侍女是谷柳儿，为着过去的缘故，小白不免多看了她两眼，旁边的卫姬立刻“咳咳咳”，像痨病犯了。

小白知道卫姬是犯起醋劲儿，他不惯她这毛病，连连问谷柳儿：你在公子这里待得如何，儿女如何，丈夫如何？

谷柳儿一一作答：公子待我和善，蒙公子照拂，儿女也长得好……说到丈夫，她露出为难神色，掩饰地笑笑，匆匆说道：“也好。”

小白起了疑，又不好直言询问，可要他忍下去，他又岂是闻见稀奇却不管不顾之人，便寻个理由打发谷柳儿去庖厨取好酒，急吼吼地问公子曼，谷柳儿丈夫出事了？

公子曼拖了公子南与公子无亏陪她坐，正给两个孩子舀羹汤，听小白问起这污糟事，一耸眉毛，哼道："混账男人，不提也罢。"

说是不提，只是宣泄情绪，终究还是说了出来。那谷柳儿的丈夫鹿四，附着谷柳儿的裙带，得以拜在公子曼门下，做了贵人家臣，过上了好日子。可这鹿四一介乡里小民，没见过世面，又缺乏谷柳儿的刚锋，乍来到繁华之都，兜里有了两个子儿，心便野了，整日价混迹在各风月场，东家喝酒，西家博局，爽乐得亲爹也不识。前阵子与女闾的某个最骚气的倡优勾搭上手，睡在她榻上舍不得起身，从此不知归家之路。

原来是如此的不堪光景，想谷柳儿这样有容貌有胆气的奇女子，竟配上一个登不上台面的男人，小白为她很不值，思忖道："要让他回头也容易，断了他囊中之财，看他还怎么逍遥求乐。"

公子曼闷郁叹道："我也这么说，可谷柳儿狠不下心。那混账男人每回向她讨要泉布，耍横撒泼，脸皮也不要，她顾念到底是儿女生父，总不至坐看他饿死。"

小白摇摇头："狠不下心，只有自己吃苦。"

无亏喝汤洒在手上，公子曼耐心地给他擦手，语气决绝地说："这趟我去莒国，谷柳儿随我走，让那混账男人留下来，是得狠心了，不然耳濡目染，养坏了一双儿女！"

"这便对了。"小白满意地说。为此事触动，他不禁嗟叹道："天下男子既娶了女子，便当爱之怜之，不当弃之嫌之，为薄情之徒。"

卫姬捂嘴笑道："我君这样怜爱女子吗？妾怎么不知。"

小白拧住她的脸，故作薄怒道："寡人不怜爱你吗？自你嫁于寡人，何曾薄待过你？竟敢装眼盲！"

"好疼嘛，我错了还不成。"卫姬嗲着声音道。

两人公开调情，公子曼看不下去，一个宠溺一个发嗲，腻歪得激起鸡皮疙瘩，幸而谷柳儿捧了新酒进来，小白也知收敛，才放开了卫姬。

公子曼趁着谷柳儿斟新酒的空当，说道："今日借此私宴，我有不情之请，望我君察纳。"

"女兄请言。"

公子曼看着公子南，温柔一笑："南之品貌，俱是无双，我甚是喜欢，故而生出一念，想将她许给鲁君，为鲁之小君，我君以为如何？"

小白着实想不到，公子曼原来有意将公子南嫁给鲁侯，他不觉此事不当，只说道："南年岁过小。"

公子曼不介意："也不急在一时，待她成年，再行大礼。"

小白沉吟，齐鲁世代联姻，齐国女公子常嫁鲁国国君为妻，仿佛成了不成文的惯例。只那鲁侯多年不立小君，风闻是在外头养了一房妾室，儿子也生了，奈何那女人出身太卑贱，倘若强行僭礼册为小君，鲁国君子们只怕要把周公庙哭塌陷。鲁侯越不过周礼，也过不了内心，索性将小君位空悬，仿佛是用这非常举动，向守旧的君子们无声地抗议。公子南若嫁给鲁侯，意味着空悬多年的鲁国小君位有了人选，对公子南许是好事，对鲁侯，天知道是好事还是委屈事。

小白不忙给许诺，蔼然道："寡人记下了，自不会让女兄之请落空。"

在公子曼听来，已是承诺了，她盈盈笑道："多谢。"

私宴过半，公子曼招呼说无算爵，饮醉了就在此留宿，亲弟住在女姊家里，也无甚要紧。小白却称不敢叨扰女兄休息，再者还有事要处分，不能不走。公子曼挽留不得，只好送他们离开。

这边小白与公子曼告辞，那边卫姬噘起嘴巴，不高兴地嘀咕道："着急回去，必是去见郑国那小蹄子。"

小白耳尖，扭脸谯让道："寡人便是去见她，又有何不妥？"他不喜欢女人争风吃醋，凡她们有所求，他都可以酌情恩许，但不能强求，更不准钩心斗角。小白从不避讳自己爱美人，好调弄风月，生就是个怜香惜玉的多情种，见者皆爱，个个都是心尖宝贝，个个都要宠，他爱卫姬，也爱郑姬，在他看来，不爱美人，是对美人最大的唐突。

像那郑姬，嫁来齐国比卫姬晚，也是个标致人儿，故也受宠，近来又怀了身孕，小白更疼爱她了。因小白的正室王姬脾性寡淡，从不争宠，早前卫姬几是专宠，郑姬嫁来之后，分了她的宠，原来小白得闲天天陪她，现在有一半的空暇都在与郑姬蜜里调油，每一念及，她便似呷了百年老陈醋，骨头也酸透了。

卫姬遭小白面斥，娇嗔地哼了一声，倒也不多嘴了，只那眼睛里烧出两团妒火。

她越是作，小白越不搭理她，专心与公子曼说话。方走至门口，还未登车，那守在门外的国君御士里走出一人，朝小白恭敬一拜，小白一愣，瞧见来人，却是一喜。

“仲父何时来的？”

管仲笑道：“刚来，本要进去寻我君，不想我君已出来了。”

小白知道，管仲不会无缘无故面君，便问道：“有事？”

管仲答道：“有。”

小白略一思量，展了展手臂，微笑道：“寡人坐了半日，很想疏一疏筋骨，与仲父走一走。”他转过脸，对卫姬道，“你带公子们回去。”

卫姬还被那妒火烧得血液沸腾，没好气地说：“来时，是我君携妾而来，走时，怎让妾独个回去？妾不要一个人走。”

小白被呛得梗了一下，仿佛是要发火，未料他和善地一笑，慢悠悠地说：“愿回则回，不愿回……回卫国也可。”

话撂下了，他头也不回地走开，撇下唬白了脸的卫姬。三分害怕，三分懊恼，三分造作，迫着她哭出声音，小白也没看她一眼。

小白要与管仲同行密谈，国君御士不敢靠拢，距离十步之外，不远不近地跟随。那辆国君路车也遥遥在后，车衡上的八个銮铃丁零丁零摇曳不休，如响在风里的清脆玉珂，提醒着往来路人：国君当道，切切提前避让。

时为午后，微倾的阳光如削刀，一刀刀削得长街白亮而平滑，风落在街面，很快溜走了，道路两旁的高大乔木将阳光过滤，降低了空气里的热度，君臣两人缓缓行走在浓荫里。小白一面盯着地上的斑驳光影，一面问：“仲父仓促面君，事急否？”

管仲说道：“事略急，王室发生了内乱。”

听说王室内乱，小白并不惊诧，自天子即位，荒忽失常，干下的混账事擢发难数，不闹出乱子反而怪了。早有明智之人预言：天子不行周道，多行不轨，今日不翻车，明日也得脱轨。

“与王子颓有关？”小白又问。

“是，王子颓勾连诸大夫，同攻天子。”

周天子褊狭地认为，只要是他讨厌的人，便当逼上绝路，逼入坟墓，而乃挫骨扬灰，毁尸灭迹，才叫痛快。可他却没仔细推敲过，把人逼迫太紧，有可能销声匿迹，也有可能触底反弹。王子颓选择了后者，联合被天子夺了产业、褫了爵秩的大夫，彼此同仇敌忾，宁愿背负叛逆罪名，也要与天子决一生死。

对天子的窘急际遇，小白不觉同情，可也不能不关注，说道："仲父以为，王室内乱，我齐国该如何做，要不要助力天子？"

管仲慎重道："内乱刚起，王子颓未必能成事，天子也无所求，且静观事变。"

小白与管仲的思虑无差，不大想管天子家务事：一则如管仲所言，内乱刚起，也许只是一场有惊无险的内部风波，天子自己便能处理妥善；二则一旦助力天子平息事变，便是强力插手王室内务，天子素来对齐国有戒心，只怕也不愿齐国的手探入王城肺腑。退而言之，王室有事，先有诸侯卿士斡旋，其他诸侯即便有心勤王，天子不宣令求助，于礼也是僭越。

齐国如今为新霸，但毕竟不是天子册命的伯主，纯粹是凭实力。过去郑庄公小霸诸侯，可他是天子卿士，得到过天子册命，既能在天子面前说上话，又能号令诸侯，插手王室事务是名正言顺，齐国却没这资格。

想到这里，小白应道："就依仲父，静观事变。"

管仲微一点首："天子内事暂不过问，然有个人，我君要不要管？"

"是谁？"

"王子成父。"

王子颓为天子凌辱，选择了反抗，王子成父也被天子嫉恨，可他既不愿与王子颓一道反叛，也不肯奴颜卑恭哀请天子宽恕，就算降低身段去求告，天子也未必领情。

王子颓要王子成父随他同叛天子，天子要王子成父伏低为奴，王子成父不与任一边共谋，于是两头不讨好，两边都指斥他有二心，肚里有异样打算。这场叔侄内争，将来无论谁获胜谁上台，王子成父都没好下场，于是就在王子颓伐天子前夕，他逃出京师。

小白听毕王子成父遭遇，不免喟然惋叹，因问道："他现在何处？"

"正在曹鲁之间，或是有奔鲁之意。"

小白用力地皱了一下眉头："奔鲁？"他曾与王子成父打过交道，甚喜王子成父为人，赞赏他风度高标，与那帮老朽的王臣不同，身上有鲜明的活人气。这么个才能卓异的君子，窝在发霉的王城被发疯的天子糟践，已够委屈了，而今竟要奔去鲁国避祸，成日被满嘴虚礼的伪君子围绕，再不凡的人才，最后也得变作废料。

“怎能让鲁国摘了去！”小白不甘地抱怨道，恼得无以发泄，瞧一眼地上摇摆的树影，一脚踩上去。

管仲为小白的孩子气一乐：“我君如有心收留王子成父，实也未晚。他有意奔鲁，却未至鲁也，趁他不及赴鲁，先拉到我齐国来。”

小白果断道：“寡人非得将王子抢过来，断不能便宜了鲁国！”

小白决意将王子成父接来齐国的当日，即派使者奔赴鲁国边境，这一路马不解鞍，人不歇脚，奔得几欲飞起来，终在大野泽追上王子成父。

大野泽位于齐、鲁、曹三国边境，是齐鲁间最大的湖泊，济水在东流入海之前，先在大野泽里濯一濯足，整饬干净了，再以崭新的姿态上路。

齐使刚与王子成父碰头，鲁使也到了，两边都说是奉了国君之命请王子就国，国君扫榻以待，待王子为上宾。

王子成父左右为难，初心是奔鲁，承蒙鲁侯愿意收留自己，半道又杀出个齐国，也抬出国君来邀约，话说得比鲁使还婉转动人，实实是盛情难却。

他这里踌躇难定，齐鲁使者倒先争起来，鲁使指责齐国非礼也：“王子有意来鲁，寡君方遣使迎候，干齐国何事？”齐使讥笑鲁国自作多情：“王子走到鲁边境，便一定是去鲁国吗？我今也在鲁鄙，也是赴鲁？诸侯行人往来列国，横行他国腹地者比比皆是，如宋行人来齐国朝聘，途经鲁境，难道是朝鲁，非也，借道罢了。”

鲁使没有齐使嘴快，口舌之仗输得一败涂地，但他占着理，无论齐使如何狡辩，到底王子成父本意是奔鲁，不然，鲁使吃饱了撑的，跑来这大野泽吹风作甚。

无理的齐使却使出了一招撒手锏，恭顺而温情地对王子成父说：“为迎王子，鄙邑执政已静候于齐鄙，期与王子一叙朋友旧谊。”

管仲居然亲来接自己，王子成父惊喜交加。那壁厢鲁使嚷道：“必是骗人的鬼话，齐国执政怎会赴边境接人，尔怎不编造说齐君也来了！”

齐使不慌不忙地说：“执政在不在齐鄙，王子去见见便知。至于寡君，知悉王子在曹鲁之间，甚喜得与君子会，将郊迎王子三舍。”

一舍三十里，三舍近百里，主人对极尊贵的客人，最隆重的礼遇也才是郊迎一舍，小白竟要郊迎三舍，足见他待王子成父，超乎贵客之上。

能见到旧友，又得获非比寻常的隆遇，王子成父心动了，想他在京师，明是地位显赫的王叔，奈何受着天子日积月累的打压，没爽快活过一天，今日避祸出奔，本是凄凄惨惨一条丧家之犬，岂料别在他国，竟有人记挂自己，给予自己至厚的恩待。

他充满歉意地对鲁使说："多谢鲁君好意，只我与齐执政为故交，多年不见，甚是想念，今日得幸得见，不免心有戚戚，待我先与故友会面，再来拜谒鲁君，可好？"

话是说得两边不得罪，但傻子也明白，王子成父只要跟着齐使走，就不可能再来拜谒鲁侯，即使来了，大概身份也变成了齐君的重臣。

鲁使不想放人，架不住王子成父的心已飞到了齐国，只能眼巴巴地看着王子成父被齐使带走，心情颓丧得想跳大野泽。

齐国这一手不留情面的半道截和，如同从鲁侯的衣兜里强抢私财。为这无礼行径，鲁侯闷闷不乐很多日子，痛心地承认了一个残酷事实：齐鲁关系重又回到齐襄公时，膏腴美味先供给齐国享用，鲁国唯有捡点儿残渣填肚子。

王子成父随齐使来到齐国边境的须句，齐使没说谎，管仲果然等在那里。朋友重逢，百感交集，王子成父叹息良多，感喟道："夷吾为齐执政，位高而势重，为一落魄羁旅客，纡尊相侯，子成怎当得起！"

管仲着意道："当得起，王子与夷吾相识弥久，为朋友之情，也该厚遇，此为一；寡君甚爱王子，认为王子身具无匹之才，愿倾国相待，此为二。"

王子成父叹惋道："齐君之心，夷吾之情，子成感动。然我孑然一身，无以回报，愧也。"

管仲温煦地笑道："寡君厚待王子，出于爱君子之心，非求回报，但求王子不弃齐国，永为上宾，足也。"

王子成父感念一叹，铮铮道："不弃，怎敢弃！子成斧钺之人，蒙齐容纳，幸以获生，此生但有余力，当尽心报效之。"

齐国收留了王子成父，以这个事件为契机，未来的很多年，一众为国不理、为君不容的公子大夫，纷纷奔来齐国，齐国成为政治避难所。曾有过一阵子，临淄城挤满了来自天下列国的破落君子。受齐国保护的落难者，有的给予齐国最丰厚的回报，有的也给予齐国残忍一击。

三

王城被攻破了。

攻城战只持续了一日有余，王城便像被剥了皮的烂柿子，果肉一瓣瓣蜕下去，露出里边更烂的果核。

作为胜利一方的王子颓乘着金路车冲进了周王宫，硕大的轮毂从外朝中庭轰隆滚过，像盛夏惊雷荡过山巅，携着天倾地覆的气势，整座王宫都在颤抖。

那金路原为天子五路之一，所谓金路，即车辆的衡末、辀首、轭首、軨柱等构件之末，皆为金制，根据周礼，金路是天子会宴诸侯时所乘。王子颓乘金路是僭礼了，论处若重，当大辟，可他是故意，要不是嫌玉路不够绚丽夺人，他非得乘上这最高等级的路车，在周王宫纵情地跑马奔车。

这个冬天的太阳，虽然清冷，依然明亮若汉水宝石，千万颗华彩的宝石镶在金路车上，更显富丽堂皇。

秋天的时候，王子颓与诸大夫图谋反叛，各率私属攻打王城，却没能击破王城看似坚固的堡垒，但王子颓不气馁，聪明地想到了借外力。

首先联合的是苏子，当年周桓王将苏国的田土赐给郑庄公，苏君极为恼恨，时隔多年，国君也换代了，怨愤还在。再有便是卫朔，往昔周庄王支持黔牟，搅起卫国内乱，致他失国八年，周庄王早已成了白骨，可周王室还是那个朽气冲天的周王室，天子之位会延续，恨也会延续，且越积攒越深厚。

天子记仇，王子颓便找了更记仇的小人对付他，以其人之道还治其人之身。天子梦寐也不曾想到，原来天下睚眦必报之人，比他的猜疑心还多。

于是王子颓一声号令，苏国、卫国以及卫的附庸国南燕，联合出兵围攻王城。

可能从黄河吹来的寒风削弱了王城的防备，这座天子之城脆弱得像纸糊的假房子，弹个崩儿就垮塌，于是王城是属于王子颓的了。

冲入王宫的王子颓，头一件事是搜寻天子，他打算逮住天子后，左右开弓甩其百十来个巴掌，人或会指责他不当无礼于天子，他则会义正词严地反驳道：我这是叔父教训侄儿！

可搜遍了周王宫的边边角角，问遍了宫里的宰夫膳夫、庖人酒人、掌舍掌次，也没扯出天子的半片脚指甲。

周天子做不得天子死社稷的壮烈之举，大概是出于留得青山在的智谋，王子颓进城，他则逃奔而出，天子便如此这般地失国了。

“孬种！”王子颓朝着天子的王位，吐了一口浓痰。

当王子颓在周王宫耀武扬威地奔车时，出逃的周天子跑到了距京师数十里之外，面前的洛水蜿蜒往东，仿佛一条冬眠的长蛇，似乎随时可能醒过来噬人。

周天子跑不动了。

正是夕阳西下时，紫红晚霞映得洛水波光粼粼，天边有墨金云团，一朵接着一朵绽出来，晚风甚冷，将一钩朦胧多情的下弦月吹上了天幕。此情此景，无限好的黄昏，无限美的江山，无限广的天下，仿佛没有天子的容身之处，天子忽然想哭。

天子逃得急，来不及知会太多人，只带上少数亲信，还有王后，与不到半岁的太子郑。

太子是吃奶的孩子，饿了要吃，吃了要尿，尿了又要睡，哪里管什么性命攸关逃命要紧，一路跑一路嗷嗷哭，于是天子的逃亡始终伴随着孩子撕心裂肺的哭声。

天子被哭得心里紧，也不好揍孩子，便去埋怨王后：你是太子亲母，太子饥啼不已，你怎能忍视不顾？且喂他一口，又能怎样？

王后以为天子疯魔了，天子之家与诸侯之家，乃至卿大夫之家，子息诞生，当择“宽裕慈惠、温良恭敬、慎而寡言”的已婚女子充任师母、慈母与保母，即是喂养孩子教辅孩子皆有专人，哪里用得着生母亲自哺乳。

虽则出逃仓促，不及带上诸母，但王后是什么身份，即便原来在陈国为女公子时，也是极矜贵一人，怎能野地里解开衣服奶孩子，成何体统！

王后本不愿，可架不住天子碎碎念，耳膜也给他念薄脆了，太子郑又哭得要断气，像是再不喝一口奶，便要成为先太子，她只好硬着头皮褫了这一身尊荣。

便由三个宫女拉起一长幅宽布，团团转一圈，将王后围在中间，当作遮羞的临时帷幕，王后抱起太子郑坐于中央，想到贵为王后，竟然在野外奶孩子，她委屈得直掉眼泪。一时太子郑哭，她也哭，太子郑不哭了，她还在哭。

王后戚戚哀哀的哭声，像刀子似的扎进天子心里，冰凉的血汩汩地冒出来，极悲极疼，慢慢也麻木了。

正是这样的麻木吧，每一代天子都会从起初的勇敢抗争，生出我即是天的错觉，一步步顿挫跌宕，一步步沉沦失陷，走到最终的麻木。

也许这就是天子的结局、周的结局，也是所有曾经辉煌过、伟大过的王朝的结局。

天子召集随同逃跑的王臣，就在这洛水边召开郊野朝会，商讨下一步该怎么办。王臣们大多赞同宣令诸侯勤王，天子悲哀地问："可以找哪个诸侯？"

"何不求助齐国？"召伯廖提议道。

天子抽了一下嘴角，心里梗得慌。他对齐国有戒心久矣，小白也知道天子不善齐，尊王的口号喊得响亮，却从来不亲自朝王，像是与周天子见一面，会折损阳寿。前番王子成父奔齐，惊闻小白郊迎三舍，奉王子成父为上宾，恩许他永为齐国贵客，天子因此恼恨难休，认定小白是故意硌硬他。可知他原来的猜疑都是正确的，齐国的尊王是假面具，与天子背道而行才是真心声。

平时对齐国百般挑剔，遇难时去求齐国伸手，天子拉不下脸，可不求齐国，又能找谁？天下诸侯多的是卫朔这种险佞小人，连天子的旧怨也记，眼里何尝有过尊长！

天子哀叹着问道："二三君子皆以为当求齐？"

王臣们交头接耳，像没听见天子提问，唯周公忌父呼道："何必舍近求远，现正有可勤王之君，我王为何不请他出手！"

"哪一个？"

"郑伯！"周公忌父朗朗道，"郑伯世为天子卿士，焉得不救！"

召伯廖摇头道："郑人多诈而少信义，公忘记郑庄公与桓王故事否？"

"那也比齐君小白好，齐明为尊王，实为霸诸侯也。"周公忌父不愧是天子亲选的执政，君臣一般肚肠，天子不喜欢齐国，他也没好感。

召伯廖蹙眉："周公对齐成见过大，天下诸侯久不尊王，齐能尊王，实属难得，为何不善待齐国？得此强援，王室少忧。"

周公忌父古古怪怪地笑了一声，学着召伯廖的语气说："召伯对齐国夸誉过大，天下诸侯尊王者亦不少，召伯独美齐国，倒要请教，这当中有何不闻于人之秘密？"

话里的讥讽意味浓得熏人，召伯廖变了脸色："周公此言甚无道理，好似我得了齐国好处，故独美齐国，依此推论，周公独美郑国，又是为何？"

两个重臣生了隙，天子忙打圆场道："皆是为公思谋良策，言者无罪，闻者容之，忌父和召伯廖何必置气。"

素常吹毛求疵的天子劝人大度能容，不免讽刺，但天子既发了话，二人心里纵有千言怨毒诅咒，面上也不便争论，静等天子决断。

天子看着二人，肠胃酸胀得厉害，一阵阵难受搅得他想吐出来。周公忌父是周公后人，召伯廖是召公后人，可到底不是分陕的周公、召公，没有第一代周公、召公卓越的政治才能。自然，天子也不是周成王。周公、召公尚有后人，成王也有后人，后人不如先祖，俱不能力挽狂澜，成王、周公、召公在上，当掬泪一哭吧。

天子咳了一声，带着一丝喑哑说道："齐也可，郑也可，但能救难，何所不为，今事急矣，先问近者，再谋远者。"

先问近者便是同意了周公忌父的主张，向郑国求助。周公忌父甚为得意，张致着对召伯廖露出特别的笑容。

事不宜迟，天子立遣王使赶往郑国，向郑伯发出勤王之请。知道天子有难，郑伯并不推诿避责，虽然太子捷说："天子求郑，也会求齐，不如先看看齐如何做。"

郑伯也诈诡，但投机意识没有太子严重，他还有身为天子卿士的责任感，天子求救，不能不过问，旋即派人将天子接来郑国，并允诺必会平息王室内乱。

郑使在伊洛交会处接到了天子。在野外游荡数日的天子，狼狈如破衣烂衫的饥寒乞儿，见到郑使，仿佛灾后重逢骨肉亲人，眼泪奔羊似的在脸上纵横驰骋，莫名说了一句令人浮想联翩的倾诉："叔父比之舅父，恩亲更近。"

周封建天下，诸侯多为天子亲戚，因而天子称呼同姓诸侯为叔父，异姓诸侯为舅父，郑国是姬姓，天子当呼为叔父，那么，天子口里的舅父是谁呢？

其实不言而明，异姓诸侯中最为周天子疑忌的，除了齐国，也没别国了。可叹齐国尊王许久，凡举大事则请命于天子，仍然得不到天子信任。

郑伯接纳了失国的天子，随之积极斡旋天子与王子颓的内争。能否在短期内达成和平，尚不好说，但天子在郑驻跸一事，须告知天下列国，少不得也会传到齐国耳里。

小白知晓天子逃到了郑国，虽在意料之中，也觉失望，天子不信齐国，身遇大难，想不到要请求齐国帮助，猜疑心太重，蒙蔽了双眼，那就随他吧。

“天子辱在诸侯，齐国是全不过问，还是有所致意？”他问管仲道。

管仲答道：“可遣使慰劳。”

天子对齐国纵是不友善，但礼数得尽到，小白以为可，仍然派出仲孙湫，备上厚币，赴郑慰劳天子，至于天子是良心发现而感佩流泣，还是依旧阴阳怪气地找碴儿，小白懒怠揣度，更不想与天子一般见识。

一晃便至周历四五月，天子在郑国已滞留数月，郑伯斡旋王室内争始终未果。天子深恨王子颓忤逆尊上，王子颓深恶天子逼人太甚，郑伯为和王室开出的任何条件，两边都予以否决，彼此只欲生啖其肉，不是你死，便是我亡，没有第三条路。

和平谈判宣告破产，战争才是唯一的解决手段。

远在东海的齐君小白，听说郑伯和王室失败，淡淡地哦了一声，也不细问。这时已入夏，酷热渐至，许是为了避暑，小白正出巡在外，循着泰山西麓南下。

国君卤簿出临淄后，走走停停，先在旧日的谭国停留了半个多月。齐国灭掉谭国，在此置乡，变成齐国基层组织的谭国毕竟曾经是诸侯国，其地比齐国最大的国乡还要广阔，齐人因此称为谭邦。

前年第二次定息会议后，齐国正式施行官山海之政，首要的便是铸造公币，就在谭地设置铸币工官，面向全国招募有炼铜技术的工人，国、野出身不论，统统麇集于此，精心锻出齐国的统一货币，日后齐国再铸公币，都要依此为标准范式。

小白巡游至谭地时，首批公币已出炉了，负责铸币的工官将第一枚合格的公币装匣，外头缠了红丝绳，系了好看的活扣，殷勤献给国君，敬请国君留作纪念。

那公币铸成刀形，一面铸着一行字："谭邦之法化。"这法化是齐国公币的通称，谭邦是生产地，随着齐国经济领域货币化程度的扩大，后来又出现了建邦之法化、节墨之法化、安阳之法化等。

小白得到第一枚法化，高兴得脸上如鲜花盛开，见人就展示，也只能用眼睛瞅一瞅，一根指头都不准碰，他决定把这枚法化压在枕头下，枕着钱睡觉，梦里全是香甜的铜臭。

离开谭地，前进不到半日行程，他们便望见华不注山。此山不高，自平地耸起，仿佛平滑水面忽涌出一朵孤单的浪花，后代地理志形容为："单椒秀泽，不连丘陵以自高；虎牙桀立，孤峰特拔以刺天。青崖翠发，望同点黛。"

小白好玩，有山岂能不登顶？遂力邀同行诸臣登山。他是兴致高亢，精力也旺盛，一马当先冲到最前面，随行人员中唯有王子成父能及上他，其余人等在后头追得腿断。

登临华不注山，往北眺望，隐约能窥到济水蜿蜒悠长的身影，小白突发奇想，向管仲打听历代先王封禅事。

管仲微愕，但他不打听国君发问的目的，恳切道："臣所知不多，唯知封禅者，封泰山。史曾有载，圣王七十二家封禅，然历时久远，多为传闻，不足为信。"

小白思索有时，又问："孰人能封泰山？"

"受命者得封禅。"

小白不说话了。

从华不注山下来，小白似乎沉浸在有关封禅的想象里，本是闲不住嘴的饶舌之人，竟然很长一段时间不出一语，好像神思飞入了另一个世界，徒留得一具发不出声音的躯壳。

走到清邑，小白的话才渐渐多了起来，回忆那年与管、鲍来清邑私访，见过的穷苦乡人，吃过的硌牙粗粮，睡过的坚硬床榻，都让他难以忘怀，也自那次特别的经历起，他坚定了执行变国之政的决心。

至今推行五鄙制已有五年时间，齐国鄙野逐渐纳入国家基层管理体系。居于鄙野的野人，他们的国家归属感比起以往强多了，尽管仍不能与国人一样作为战士建军功，但国民待遇在逐渐靠近国人，征税应役与国人无差，先劵后工的酬报，也与国人一致，如有才干特拔者，还可由乡里举荐国中，经过一番考察试用，也能晋升为君子。用野人们自己的话来说：我们也算半个国人了，往上挣一挣，没准能挣到个下大夫。

清邑是鄙野，因为新的行政区划，合并了邻近的两个小邑，居民将近三百家，按着五鄙规制，三百家为一率，率有率长。由于合并的乡邑里，清邑最大，人口也多，是以为率长官寮所在。

国君莅临乡邑，是天大的事，率长引着大小乡官迎候，忐忑问候国君安好。本地穷陋，恐要委屈了国君与诸君子。还好清邑原有国家猎场，前代齐国君主常来此狩猎，在这里依山建起一座小行宫，小是真小，堪堪一座四合院，方正得像藏玉的漆匣，屋后茂树荫蔚，穿出这一大片丛林，雄浑泰山像猛兽似的跳在身前。

天近晚了，苍茫暮色徐徐降落人间。连日赶路，也是辛苦，小白很早就安寝了，称道养足精神，明日旧地重游才有力气。管仲与鲍叔牙同屋，两人长夜枯坐，别无乐趣，幸有那好媚上的率长，送来一副棋盘，两匣棋子，权供君子们聊以自乐。

鲍叔牙是棋中国手，在临淄卿大夫中少有匹敌。管仲却是个臭棋篓子，只要下棋，必输无疑，过去与姜婧手谈，博十局输九局，现在连未成年的管友也能赢他。

这晚的对弈，鲍叔牙始终占据上风。第一局时管仲勉强还能撑持，顶着鲍叔牙的狂轰滥炸，刚补了东墙，西墙又岌岌可危，好不容易发动一次试探性进攻，才出手，就被鲍叔牙轻易阻截下来。第二局更是输得惨不忍睹，方至中盘便告急，棋盘上呈现鲍叔牙压倒性的大胜态势，没下完管仲便推棋叹息不可敌也。

至第三局，管仲频繁悔棋，常是已落子，又拈起来说还当再熟思，待他熟思完妥，二次落子，鲍叔牙正要封堵，他却格开鲍叔牙的手，忙道："适才不算，思得不够熟，我要再思。"又把那一子拿起来。

如此三番五次，拿了又思，思了又拿，这局棋没法下了，鲍叔牙笑骂道："管夷吾，你这赖皮，君子对弈，落棋无悔，尔举棋不定，悔而又悔，甚无信也。"

管仲做出苦闷的神情："没奈何，赢不了鲍叔，只得耍赖。"他把棋子丢开，说道，"罢了，我认输，再不敢与鲍叔对弈。"

鲍叔牙收捡着棋子，疑惑地说道："也怪了，夷吾事事洞察先机，唯独对弈一事，屡屡覆败，好似这对弈的夷吾与不对弈的夷吾，不是一人。"

管仲自嘲地一笑："对弈讲究全心以思，鲍叔心思纯而坚定，而我心思杂而不定，思虑太多，落一棋则生出百千杂念，焉得不输？"

鲍叔牙叹息："治国者，思大务，又思细务，事事皆虑，面面皆顾，倘或定了心思，恐有思想不周之处，只是这样苛求周全，太累。"

管仲默然良久，伸手握住一枚棋子，贴着掌心攥紧了，怅惘地说："变一政何难，况要举国变政，一事差离，百事尽废，是谓'惴惴小心，如临深渊，战战兢兢，如履薄冰'。鲍叔可知，夷吾临渊履冰，不敢须臾懈怠，太累太累。"

这是管仲执政以来，第一次对人倾诉内心的不安。在外人看来，齐国执政一向从容不迫，仿佛那艰难的变国之政，于他是反掌之易，只须按部就班一步步推进，自然能水到渠成，纵便天下难事纷纭，他也有坚钢不催的强大力量一一解难。

可少有人去探问他的真实内心，原来他也会惶恐、会害怕、会忧虑。也许在他思想的最深处，永远横陈着忖里乙的死亡伤痕，他很少谈起忖里乙，仿佛这位曾唤醒他的精神世界的恩师，被他遗忘了。但其实他记得，那是如此刻骨铭心的惨痛教训，不要重蹈忖里乙的覆辙，不要成为第二个忖里乙，也不要让忖里乙临死前的期许落了空。

一个心里会害怕的管仲，才是真正的、丰满的人，鲍叔牙想他能理解，他谆诚地说道："愿与夷吾分担，无论是何等难事苦事。"

管仲粲然一笑："多谢鲍叔，唯鲍叔能知夷吾。"他微一敛神色，坚定地说道："落棋无悔，变国无悔，生而为人，无悔。"

夜极深了，风在窗下吟唱乡间小曲儿，月光很轻薄，没能盖过庭燎之光，两人很晚都没睡，有一搭没一搭地闲话，渐渐地困意上浮，迷迷糊糊睡着了，迷迷糊糊又像还醒着。

时间不慌不忙地流逝，原先轻软的风变得紧张急促，总以为有人从窗前疾步跑过去，有喑哑的雷声自天际渐渐逼近，因隔得远，恍若沉睡巨兽的烈鼾，或许暴雨将至。

噼啪！噼啪！脆响的声音滑进浅梦里，像斧斤劈裂了竹子，一截断了，一截开了，一截倒了，无数截从泰山上滚落，洪流般前赴后继，一浪高过一浪，浪潮摔在一堆还残余炙热火星的灰烬里，水分瞬息蒸发，腾地烧出一团明亮的火来。

火越烧越大，越升越高，恍惚不知是火烧得猛，还是烟飞得快，天也烧塌了，地也烧陷了，那火仍不知餍足，势必将一切毁灭，连时间也不能幸免于难。

原来不是暴雨，不是狂风，不是劈竹子，是失火了。

是失火了！

管仲悚然惊醒，冷汗像埋伏许久的宿敌，一颗颗从皮下跳出来，不用他把梦与现实对应，外头已是沸反盈天，四处都在狂呼怒吼："走水了！"

从来就不是梦，只是现实照进了梦里。

大火从屋后的丛林烧起来，像成百盈千身怀利刃的凶残之徒，跳上行宫的房顶，落在四方回廊，摸到熟睡之人的床头。

这火焰在人睡得最沉的时候，静悄悄地生长，浓稠夜色遮掩了火的声息，待人反应过来，那火已长大得扑灭不迭。今夜偏是烈风大作，火借了风势，胡乱地燎烧，这边扑入国君行在，那边则扑入附近的民居，一路攻城拔寨，斩将搴旗，所过之处，人也罢，牲畜也罢，房舍也罢，俱为灰飞。

睡死了的小白是被人摇醒的，惊惶不及整饬形容，光着脚丫子就奔出门，却见四下里火光冲天，烟雾腾升，仿佛处处是火，此际正置身于一只铜液沸腾的炼炉里，逃无所逃。

他傻愣在原地，骤起灾变，意识像还半沉在梦里，一点头绪也凝不起来，猛地有人喊他，他扭过头去，看见管仲从满是黑烟的房里跑出来。

"快走！"

这声呼喝，犹如当头棒喝，小白彻底清醒了。他这才看见，公子无亏站在他面前，与他一样光着脚，但手里操着一面凭几，俨然是跑出门时随手捡起，身处突变，却像警惕的小豹子，少见惧色。

"你做什么？"小白问。

"我保护君父。"无亏用他以为是最勇敢的声音说，小脸上一团稚嫩的胆气，握紧了凭几，仿佛那是一把长矛。

小白居然笑起来，一瞬的温馨，忘记了危险在侧。

四辆戎车哐当哐当奔到了身边，其中一辆车上御者是王子成父，一辆则是雍廪驾驭。管仲大声道："带国君走，避开风势！"

话才落尘，雍廪一个探身，单手将小白拽上了车，这只手才放下国君，那只手已拎起公子无亏的衣领，父子刚登车，他已扬起六辔，这一拽一提一扬，都在交睫之间，动作快得目力不逮。

"仲父不走？"小白呼道。

"臣稍后便至。"管仲毫无波澜地回答，他向王子成父匆匆肃拜，"有劳了！"

王子成父一点头，也不多言，与另两车的国君御士，跟从在雍廪之后，驾车冲出了烟火喧腾的行在。

管仲回过头来，鲍叔牙正在他身后。两人对视一眼，无须言辞，鲍叔牙已知道管仲要做什么，他询问道："我也留下来？"

管仲果断地否决道："不，去保护国君，这火来得蹊跷。"

鲍叔牙本想争持，又觉得管仲谋定的事必有道理，再说这样拖拖拉拉地推来挡去，恐贻误大事。他扬起手，行了半个礼，慨然道："保重！"旋即跳上一辆戎车，率一队御士，追赶小白而去。

管仲与余下御士也奔出了行宫，刚一踏出门，正殿的房梁便烧垮下来，听得身后轰的一声，一大片焦灰腾起来，灰不曾落下，燃起更迅猛的火。

才奔出去不到百步，却见率长领着一群乡官跑过来，皆是灰头土脸，眉目也看不清，有的连鞋袜也跑掉了。两边照面，管仲问他做什么，率长咳得喷出烟，说道："来救，救火……"

管仲顿时动怒，叱道："救什么火，救人！"

率长打个哆嗦，原来想着不辞危险，赶来为国君救难，火倒不一定能扑灭，但这一片赤胆忠心终会被国君看见，不料马屁拍错了地方，一朵小火苗没踩灭，自己屁股上倒烧起一朵。

管仲命令众御士与乡官，立即疏散清邑乡人，什么家资牲畜、坛坛罐罐一概抛下，人命最重要。跑得动的少壮青年，跟着御士们往逆风处逃，跑不动的老弱妇孺，可以乘戎车，非常之时，也顾不得礼秩。

众人分散开去，一家挨着一家唤人，被烈火惊醒的乡人，只要还剩半条命，托儿带仔，扶老携幼，哭的哭喊的喊，他娘找他儿，他爹觅他女，却不忘记脚下奔跑如风。也有固执不肯走的，非要抱着传家的破陶碗，誓与老宅共存亡，遭力大的御士飞起一脚踹出门。不幸有几家挨着起火的山林太近，燃火的焦木砸在房顶上，迅速烧进内室，房梁、屋柱、门窗为火所噬，里边的人逃不出来，外头人也冲不进去，眼睁睁看着一屋老少被活活烧死。

那山林之火不肯罢休，只是肆意地烧下去，火光映得夜幕明灿如太阳初升，夺目的光明下，是望不到头的焦黑世界。

风更凶猛了，如同一头狂暴的狮子，在火焰锻造的天地横冲直撞，俄而雷声惊起，俄而天际滑过一道闪电，俄而云层翻卷如浪，俄而微湿的浮尘旋转飞舞。

被大火骚扰太久的天发怒了，将满腔积郁宣泄而下，于是暴雨如注，亿万密集的雨点，如战士振臂挥出的锋利戈矛，一束束刺向熊熊烈焰。

杀戮了一夜的大火，屠尽了遇到的一切活口，遭到自然力量的严酷镇压，也曾妄图反抗，终归顶不住压力，缓缓熄灭了，还有未死的少数败兵藏在草木灰烬里残喘，却是强弩之末，成不了气候。

管仲带领逃出生天的清邑乡人，在东北面的祝柯与赶来迎接的鲍叔牙相会。鲍叔牙见到他的第一句话是："下不为例。"

管仲明白他担心自己安危，可不想说假话，诚笃地说："若有下次，不得不再为之。"

鲍叔牙稍一蹙额，正声道："若有下次，不可推开鲍叔。"

"好，不推开鲍叔。"管仲笑着说。

因小白在祝柯，管仲吩咐御士们将乡人就地安置，他则随鲍叔牙面见国君。鲍叔牙将他拉到一边，形容严峻地说："你说得对，这火来得蹊跷，不是天灾，是人为。"

管仲吃惊道："是何人所为？"

"戎难。"鲍叔牙沉下了声音。

之所以知道是有人蓄意放火，全赖放火者的一时冲动。本来突遇火灾，大多数人揣测是溽暑天热，兼之夜风狂烈，可能有哪个乡人躲在林中烤野兔，不慎火星子被风吹去树上，惹来这场大火。若那放火者也做斯念，这场火灾的真实起因或许就无声无息地湮灭了，可那放火者见到放火得手，不禁得了意，使了性，火烧得头脑发晕，竟要行下更大的险事来。

这险事就是刺杀小白，一把火没能把他烧死在床上，那便伏在半道上行刺他。

冲出失火行在的小白，方行半里地，道路两旁数条鬼影飞起，举臂挥舞，掌中射出灼亮的闪电，原来是一捆捆带火的弓箭。

多承雍廪反应敏捷，纵马跳腾疾驰，那薪火擦着车衡落出去，人没出事，垂在马腹的樊缨却烧焦乌了。国君遇刺，众皆哗然，后头紧跟的王子成父是何等人物，眼见情急，当机立断，驱车冲向刺客，一干魍魉之徒哪里是他的对手，过手一招不到，便擒了两个活口，余人有的被御士斩杀，有的如鸟兽散。

把这两个活口捆结实了，押到国君面前，由小白亲审，方知他们皆为济水戎，一共十五人，潜伏在清邑山林已有三日，就等今夜小白下榻，趁着夜黑风狂，放起火来。小白侥幸逃出火场，他们不甘心，因此伏于当道。

再问背后主使是谁、为何要害齐君，两人支吾一阵，被威胁要拔舌头，才怯怯回答说是燕北山戎。这几年里，山戎频繁与中原戎人交通，号召戎人联合起来，与诸夏一较高低。前回戎人侵鲁国，也是山戎。至于为何谋害齐君，因为戎王认为诸夏中齐国最强，也最具领袖气象，除掉了齐君，诸夏无强敌，剩下的这群天天内讧的废物诸侯，不是戎人的对手。

小白这时在祝柯的乡官寮，好好的一次出巡，又是火灾，又是遇刺，心情一跌再跌，也睡不好，总怀疑身下的床会烧起来。

管仲面君时，小白正在吃饭，胃口并不好，喝羹汤似在喝木渣子，咽得异常艰难，乜了一眼管仲，他忽然怒火暴起，将手里的玉柶砰地一顿，生生顿成两半，喝道："管夷吾，你想死，寡人可以成全你！"

管仲不回应，似乎被国君的暴怒慑住了。小白死瞪着他，像那目光里有刀，每刀都捅进管仲的心脏。半晌的沉默，管仲缓缓地说："我君挂虑臣之生死，臣很感动。"

管仲一语中的，小白的怒火熄灭了，一声长叹，道："仲父再不可行险，小白不能没有仲父，齐国不能没有仲父。"

小白的真情倾诉，让管仲动容，他也真挚地说道："为齐执政，救民于水火，是臣之职分。若临险而避，是辜负我君深恩，臣不配当重任。”

小白款步走到管仲身前，动情地说：“人道齐执政侈，争位争权，然寡人知道，仲父是真君子，是烈丈夫，国有难民有危，仲父必会逆流而上。”

他伸出双手，捂住管仲的手紧紧一握，君臣间的千言表白万语倾诉，尽在这一握之中。

良久，小白忡忡道：“戎难近也。”

管仲道：“躲不过，不必躲。”

“仲父以为如何应对？”

“敌不犯我，我不犯敌；敌若犯我，我必击之！”管仲斩钉截铁地说，字字如有金声，振聋发聩，不可侵犯。

四

齐桓公十二年（公元前674年）国君出巡，突遭戎人侵袭，一场弥天大火烧得齐国鄙邑瓦砾遍地，一爿山也给烧秃了，惊变传入国中，临淄城沸腾了。

自鲁桓公六年（公元前706年）山戎长驱侵齐，三十多年时间，齐国没有遭受过大的戎难，至多齐国行商路人经过边境时，被小股的戎人匪盗劫掠。因抢劫事多发生在边境之外，只要不跨出国门，那些灾变距离齐国人的生活似乎很遥远，仅仅只是齐人随便提一嘴的外邦逸事。

可谁能想到，那仿佛隔离于现实生活之外的戎难，被一场蓄意的大火，烧进了齐国境内，好安逸不问外事的齐国人惊觉，危险已来到了家门口。

临淄国人群情激愤：有慷慨陈说时政，分析戎难之起源发生，探析解决戎难之道；有写血书请战，愿率一师，赴北国荒寒之地，直捣山戎老巢；有叹惋于华夏无领袖，致使戎人逼国，华夏人受欺。

甚有极端者，深恨戎人烧灭我国家，惊吓我国君，又无能力去境外挑战，便把一腔怨气撒在戎商身上。

齐国执行关市不征的惠商政策，临淄城遍地商贾，诸夏行商与诸戎行商济济一堂，如那庄岳之间，有列国摊铺，也有诸戎之肆。

在齐国坐贾的戎商里，乐无荒是最有名的。临淄人皆知，他是执政好友，与国君也有交情，临淄卿大夫都要卖他薄面，因此生意做得如日中天。临淄街巷曾窃议乐无荒的财富，仅他在庄岳之间的酒肆，每年上缴给国府的总布，就够国君养活后宫的女人们。话说得夸张了，但乐无荒富拟公侯，却非虚誉。既富得堆山积海，又得国君特允，乐无荒在岳道置了一座大宅，与齐国君子们做起邻居来，平日往来多为驷马高车的贵人，俱为齐国朝堂上数一数二的风云人物，乃至临淄国人饶舌，称乐无荒为不封爵的戎大夫。

过去戎难尚远，诸夏与戎的对立没有迫在眉睫，临淄人常常忘记乐无荒是戎人，瞧他通身华夏人装束，又爱吟哦风雅颂，恍惚错觉他其实是诸夏某国人。突然间戎难爆发，一度丧失的记忆瞬息回潮，戎难远否？不远也，就在国内，临淄城里，正有个有钱的老戎，他潜伏齐国这么多年，难说不是山戎的奸细。

于是有一日，不知哪个极端反戎者，泼了乐无荒家大门前一地的猪下水。再一日，墙垣外丢进来一只开膛破肚的死狗，臭不可闻，家徒追出去，却没找到肇事者。又一日，乐无荒的小妾出门，被人从背后淋了一头一脸的污水，一路惨哭着逃回家，从此连内宅门也不敢踏出半步。再后一日，一群腆肚抠脚的闲汉，同时朝他家门口吐痰，宅里人持械跳出，闲汉们立即四散逃离。

再三再四中暗箭、遭暗拳，外门不静，内宅不宁，出趟门也小心谨慎，生怕哪条深巷忽然扔出来一把刀子，乐无荒深感困扰。原来带给他最大快乐、最多友情的齐国，如今却成了磨折身心的炼炉，他是天不拘地不管的自在性子，戎俗也罢，华夏之礼也罢，都勒不住他的自由灵魂，既然齐国不尊重他，他也不想继续待在齐国受煎熬，天下如此大，哪里容不下一个戎商。

既是要走，不得不与友人告别，要说他在齐国最留恋的，也就是这朋友之谊。他曾经视为知己的朋友，三尺白骨埋在齐国薄土之下，这一别后，将来想在朋友坟前奠一爵酒、寄一阕相思，却不知还有没有机会。

他来齐时从从容容，走时也当坦坦荡荡，决不偷偷摸摸、仿佛穿窬小贼，他自认一生磊落，没做过亏心事，绝不为自己没犯过的错误背负欠债。

这日，家里一应事务皆收拾停当，行装打包了，车马备好了，不愿走的家徒也给了遣散费，乐无荒便打算去见管仲一面，向他郑重地辞行。管仲也许会挽留，也许会责备他，但他决心已定，来日方长，将来也许后会有期，也许，再不会见了吧。

刚到管仲家门首，恰恰好，这边轮毂才止住转动，那边听见銮铃逐风轻吟，渐行渐近，一辆华盖轩车稳稳驶来，车上君子不是管仲又是谁。

两下见面，乐无荒本来腹稿打了十七八遍，可与管仲面对面，竟像嗓子眼糊了泥，说不出话来。

乐无荒嗫嚅难言，管仲仿佛没看见他的为难，笑道："乐兄许久不登门，还道乐兄忙于好乐，把老友忘了。"

乐无荒忙道："夷吾如今是齐之执政，日日操劳国事，不敢随便叨扰。"

"乐兄怎也局促起来？你便是有意叨扰，夷吾又怎会推脱不见？"管仲粲然一乐，见乐无荒仍杵着不动，那两只手没处放，一只抚着腰带来回捋，一只搁在背后挠痒痒，他却不动声色，邀请道：

"既然来了，进去叙叙话吧，正巧前日婧还提起，如何这许久不见乐兄，还埋怨我不请乐兄来家里做客。"

乐无荒要笑不笑，木愣愣地跟着管仲进门，那姜婧见乐无荒，欢喜得很，一迭声地说：乐兄太久没来家里，皆怪夷吾，镇日牵挂那忙不完的公事国事，也不请朋友来家里一叙，再睽违下去，交情也变淡了。

听姜婧谯让管仲，乐无荒赶紧自责道："不怪他，是我……有闲事。"

朋友难得聚会，姜婧吩咐庖厨备肴馔相待，她亲为侍奉，为管仲与乐无荒斟酒。乐无荒原有心事，迟迟不能开言，两爵热酒下肚，稍稍冲开了郁积在心里的块垒，话没说，先自惆怅地叹息一声。

管仲恳挚地说道："乐兄是我夫妻大媒，没有乐兄，我不能结识婧，娶不得这样一位贤妻。"他举起一爵酒，一饮而尽。

乐无荒道了一声"能为媒妁是我荣幸"，也跟着饮尽一爵。

姜婧为管仲斟满酒，他又举起来："自识乐兄以来，多得裨益，种种恩惠，赘言不述，多谢乐兄！"

两人再次一饮而尽。

第三爵酒捧起，管仲切切道："这一爵，夷吾向乐兄赔罪。"

乐无荒莫名诧异："夷吾何罪之有？"

管仲的面色越发凝重，语气沉痛地说道："夷吾为齐执政，不能权衡多端，平息危机，国有外难，徒使私人受苦，致乐兄在齐不安，非罪而何！"

乐无荒呆住了，原来管仲从一开始就知道他的来意，也清清楚楚地明白他的委屈，管仲那一双剔透慧眼，早就看穿了乐无荒的重重心事。

“不，不干夷吾事。”他结巴道。

“干夷吾事。”管仲坚持道，“身为一国执政，原有礼遇四方客之责。凡来我国行商游学者，皆为齐国客人，我当遵礼待之，奉情留之，怎可使贵客惶恐而生去意？今日走一人，明日则走百人千人，他日谁还敢来齐国？这撵客之悖行，非大邦所为，传之天下，为有识者谴责，齐有悖行，是我失职。”

乐无荒呆愣着，滞滞道：“可，可，我是戎人……”

“戎人有好有坏，正如华夏人有善有恶。齐国攘戎，是攘敌华夏之戎，非亲华夏之戎，若不分良莠，一体芟荑，田不生谷，野无美粟，着实愚蠢。”

管仲凝视着乐无荒，满脸歉意地说道：“乐兄是何等人，我知道，国君也知道，乐兄亲我齐国，与我君臣皆为朋友，今竟被齐国逼走，是我齐国对不起乐兄，非乐兄之错，乃齐国有错。”

他将那爵酒同样饮尽，而后俯身一拜。

乐无荒本意为辞行，没料到会遭遇这种情形，倒慌了手脚，又是拽起管仲，口里直呼“当不得”，又是急忙忙地解释自己没有怪任何人，即便离开齐国，也不是为谁所逼。

姜婧因插话道：“乐兄要走，定是我们待友不善，好端端在齐长住，忽要离开，他日想念乐兄，或是见不到了……”话说得牵动柔肠，簌簌落下泪来。

自己不过要走，却惹得管仲道歉、姜婧悲泣，乐无荒又难受又愧疚，眼也疼起来，忍住那快要崩决的伤感情绪，哽着声音道：“我纵使离齐，也没说永远不回，何以作死别之态！”

“那就别忙走，再留一阵，倘有不如意，尽管来见我们。”姜婧期期地说，“自我兄长罹难，我当乐兄如亲兄一般，乐兄若离去，我在这临淄城，便没母家亲人了。”

乐无荒深知姜婧的不易，失家又失国，当年要不是他慷慨相助，她出嫁时该是何等凄凉孤单，再念及那至今下落不明的申庶其，或许早成了荒冢枯骨，心便像泡在一池醋水里，软塌塌地立不起一个坚挺的决心，霎时忧伤长叹，应诺道："好，我再留一阵。"

乐无荒离开时，管仲夫妇送他出门，姜婧不厌其烦地叮嘱他务必常来做客，她也会带孩子们去拜访乐无荒。话说得啰唣，掩不住那内心的焦虑，仿佛那喋喋的言辞，是留人的绳索，话越多，绳索越长，故人走得再远，也可以牵回来。

乐无荒在门首登车，轮毂哐当哐当地转了几十圈，回过头去，管仲夫妇仍在原地目送。他像看见什么极伤心的场景，不忍再看，把脸狠狠转回来，而眼泪却忍不住，一颗颗分明地滚在颊边，抹一把，又流出来。他想自己是老了，太容易触动心怀，念旧的伤感情绪像鬓角灰白的头发一样，越生越多，有时想起召忽，想起申庶其，想起忖里乙，便会泪流不止。他希冀他们都活着，再一起狂歌醉酒，畅叙深情，哪怕不常见面，只要知道他们在天下的某个地方安静地生活，时而温故他们的音声，也是极幸福的。

他当初选择留在齐国，大半的缘由是为了朋友，死了的不再见的朋友，活着的总能相遇的朋友，假如他就此离开，可能十年、可能八年，他甚至不确定自己还在不在人世，这些活着的、让他牵肠挂肚的朋友，也许就再也见不到了，一念至斯，心似刀绞，那要离开齐国的想法渐渐淡了。

因为友情难舍，走一路伤心一路，驾车的御者见家主哭得像个被抢了糖的小儿，也不敢问。前道忽有一人像夜耗子似的蹿出来，险些人车相撞，御者慌得勒马转头，堪堪避开这一劫，急声骂道："眼瞎了你！"

正悲悲戚戚的乐无荒，抬头看向莽撞路人，伤泣太久，眼睛哭肿了，视线朦朦胧胧，恍惚觉得那人有点眼熟，尖嘴猴腮，缩头缩脑，眼神飘来飘去，是……那个叫鹿四的东阳野人？

可乐无荒心思不在认人上，他只想赶快回家，把打包的行装解散了，备好的车马卸载了，然后告诉所有人，他不走了，有要反戎商的偏激狂徒，尽管来吧，他见一个揍一个。

"走。"乐无荒带着哭腔说。御者对着那疑似鹿四的人狠啐了一口，策马扬辔，驱车踏踏往前奔去，车后扬起一层飞尘，呛得那人咳嗽起来。

车马走远了，那个鹿四才小声地回击道："呸！贱戎！"

他缩了一下脖子，仍然像夜耗子似的蹿进一条深巷。这时黄昏日落，瑰色夕照在西面天幕缓缓沉下，再有不到一个时辰，就该宵禁了，他却没有归家的意思。

他其实已没有家了，谷柳儿随公子曼去了莒国，他不肯走，临淄的花花世界太让他着迷，宁愿抛妻弃子，也要像铆钉似的，锈死在庄岳之间的市门上。

谷柳儿临走给他留了些泉布，让他省着点花，万不得已就来莒国。她在离别的最后一刻，仍然希望他可以回心转意。

但男人那撒出去的心，是难收的覆水，夫妻恩情、舐犊眷眷，都拽不回远奔千里的灵魂。谷柳儿带着儿女走了，鹿四不觉留恋，反觉前所未有地自由，终于没人管束他了，他想在外面厮混多久就多久，想在女闾留宿多长就多长。

然而在临淄城这座巨大而势利的销金窟里逍遥，囊中钱财的多少决定了你快活的等级，鹿四这等财力微薄的小民，在风月场混得十天半月，很快就囊匣如洗。原来看他腰包尚鼓，对他极尽温存的女闾倡优立即将他扫地出门。女人搂不住了，酒也喝不得了，一概乐子都玩不成了，他身无长物，也无一技之长可谋生计，过了几天好日子，觉得自个儿身份尊贵，也算半个君子，拉不下脸去做苦力赚稍食，与懒惰的临淄闲汉选择了同样的生活——蹲门。

蹲门作为临淄一景，真真历史悠久，源远流长，据传太公时，闲人们就在那时的国都营丘蹲踞，国都迁来临淄，蹲门闲人一样迁蹲。外地人来临淄，必要观瞻蹲门景致，好奇的还去打听：你们一年能蹲多久？每日换不换地方？且说这蹲门之时，闲汉们也不是终日假寐冥想，一面扯淡吹牛，说什么老子只是心性散淡，酷爱自由，不然凭老子的才能，挣个亚大夫不在话下；一面又捕捉四方消息，什么这家大夫在西城置了处小宅，养了个骚里骚气的小妾，那家君子昨日与妻子吵嘴，被悍妻一招“龙爪手”，抓得脸破相了。

鹿四蹲门日久，结交了比他还懒还不思进取的闲汉，当中与他最投缘的一人名唤雍门五，因父辈住在临淄雍门外，举家以雍门为氏，排行第五，故称雍门五。

雍门五与鹿四遭际很相似，一样好逸恶劳，一样无谋生本事，一样在女闾有个翻脸不认人的相好。两人比肩蹲门，日日梦想着天降横财，可恨横财一直不肯光顾，只有门里偶然扔出来两张糁饼，让饿得青面獠牙的闲汉们为争口吃食，不惜以命相搏。

雍、鹿二人一起挨饿，一起抢饼，一起被君子家的恶狗追咬，结成了深厚的白日梦友情，相约异日富贵，当同去女闾往那相好的脸上扔黄金。可能是精诚所至、金石为开，梦寐以求的横财真的来了。

雍门五在临淄蹲门时间比鹿四长，消息也比他灵通广大，尤其对卿大夫的被窝秘事门儿清。便有一日他告诉鹿四，在南城临近稷门之处，有座一进的小私第，房主应是曹子，长期没人住，只管空着落灰，像是曹子钱太多，烧得心里发毛，置座空宅玩一玩。不过据雍门五的明睿双目观察，曹子空宅的事并不简单。

那宅第并不是永远无人烟，隔段时间总有人进去一趟，将一具沉甸甸的大匮抬进去，雍门五的形容是：好生压手，怕不是装着黄金。那“黄金”进了私第，用没用不知道，但隔三岔五又有人进出私第，仿佛热闹了一阵子，之后私第再次无人问津，依然寂寞地落灰。

雍门五由此推测，那必是曹子藏私财之所，为何在曹氏宫外另置一宅？保不准是不想被家门宗亲知晓。旋而他生出一念：何不趁着私第无人，摸进门里，搜一搜，刮一刮，兴许能找到好宝贝，这不就是天降横财吗？

鹿四起先听说是去做贼，吓得背脊骨打战，死活也不肯。他这样打雷也冒虚汗的懦夫，过去怕官怕君子，现在怕没钱怕饿肚子，哪怕是座空宅，也不敢迈进去半条腿。雍门五嘲笑他胆小如鼠，说了许多脏话诅咒他，奚落他怯懦不中用，永不得富贵，那女闾的朱红大门，到死也别想摸一摸门限。鹿四登时被激得跳脚，拍起胸脯吼叫道：“我什么都不怕，你敢做的事，我也敢！”

话出了口，反悔也来不及，鹿四被雍门五带上了贼船，尽管心里百般挣扎，还是硬着头皮与雍门五联合成盗窃同盟。两人在上手之前，在私第周围踩点了好几日，始终没见有人在屋里，便商量今夜宵禁之后，悄悄翻墙进屋，把能搜到的宝贝都搜走，在那私第待到天亮宵禁解除，再摸出来，神不知鬼不觉。

因是夜晚动手，白日无事，鹿四便满城游荡，心里又怕又慌，神思飘在云霄上，落不回躯壳里，于是才有了刚刚那场未遂的事故。眼见天色将晚，他匆匆忙忙赶往南城，与久候的雍门五接头，雍门五见面就骂他：“磨磨蹭蹭，现在才来，我还以为你脚底抹油了！”

“没，没。”鹿四虚弱地说。

雍门五狠瞪他一眼，扯住他跑进私第侧墙的小巷道，两个藏在巷内的一排树冠擎天的槐树后，等着夜幕一寸寸落下。一忽儿外边通衢大道上有人敲着木柝经过，敲击声清亮又空灵；又一忽儿，是巡城御士雄浑的脚步声，伴随着整齐的呼喊："夜至禁足！"

这是秋天的晚上，月亮白净得像生嫩的笋尖，洒下的光华不足以挑破这深重的夜，周遭万籁俱寂，除了时强时弱的风声，仿佛紧张的呼吸声。

雍门五拉了一把发抖的鹿四，两人从树后溜出来，面前私第的墙不算高，但也超逾成年男子身长。先是鹿四当垫脚石，雍门五踩着他的背，攀上墙垣，转头再把鹿四拉上来。两个逾墙跃下，鹿四落地不稳，摔了一跤，忍不住哎哟一声，雍门五狠剜他一眼，低声咒道："废物！"

私第内阒无人声，夜正深沉，洗练的月华为这沉默的房舍抹了薄薄一层清霜，树影在地上缓缓移动，中庭、回廊、屋柱、房檐都似挂着纱幕，仿佛随便哪个角落里都藏着血流满面的鬼魅，让人脊背发凉。

两人像游弋的蛇，蹑手蹑脚爬到北面正堂。那门并未上锁，推了一推，吱扭开了，一溜月光趁机潜入，照见屋里隐绰的家什，立的衣箱、蹲的案儿、铺的茵席，都像被浓酸腐蚀的鬼面，正因看不清，倍增恐惧。

"要拿什么？"鹿四害怕地问。

"有什么拿什么。"

两人借着月光满屋子寻找，若说这是曹子的藏宝库，宝贝在哪里呢？鹿四哆哆嗦嗦，刚想要不要拿走那面凭几，寂静的夜突起了声响，先听得哐的一声，似是开门，再是连续的扑扑声，是鞋底在踩踏地面，有人来了？

鹿四吓得魂飞魄散，脊梁生寒，裤裆却热，饶是雍门五自认胆大，也是满脸惊恐。而脚步声越来越近，来人显然要进屋，立时将与两个贼狭路相逢。夺门而逃太过冒险，雍门五拽了拽鹿四，两人情急之际，无别出路，跌跌撞撞地闪进里屋，做出近似掩耳盗铃之举，胆战心惊地祈祷来人千万只在外屋，切勿进来。

才把脚藏好，人就进屋了，来的不止一个，约莫四个人，共同抬起一具大匮，两人在前，两人在后，前边两人中有个粗哑嗓子疑问道："门怎开？"

"有人来过？"另一个细嗓子问。

粗哑嗓子犹豫着："并未曾有人来过……或是前回走时，没关严实？"

细嗓子带着讥刺的口吻说："还是谨慎些为好，这般粗心大意，漏了秘事，遭外头不三不四之人知悉，几家人性命堪忧。”

“会漏什么密事，我主可一向严守秘密，除非你主说出去。”粗哑嗓子的语气很不高兴。

细嗓子怒道：“我主说出去？来来，我们且说道说道，你主曹子、崔子、隰子，再有那家大人，谁家没得大利好？你们矫饰君子风仪，偏我主独担风险，好深的谋算！如今倒还疑心我主泄密，真要宣于口，还有这分金的好事？”

粗哑嗓子被指责得讪讪的：“气性这样大，不过担心，白嘱托一二，何必呢？”

“有什么必要嘱托，皆为同舟盟友，船翻了，人人遇难。”细嗓子沉重地说。

说话间，屋里点起灯火，那具大匮被搁在屋角，面上盖了一张帷布，瞧上去，仿佛是装衣裳衾被的箱柜。

粗哑嗓子啧啧道：“我瞧这金似比往年越发少了。”

细嗓子叹气：“而今国中行官山海之政，山海之利一律公私平半，哪里再有这独占之利？知足吧。”

“我可听说了，法化先行，黄金后行，日后市买市卖所用通施，皆由国中衡准，叫什么公币。”粗哑嗓子语带忧虑。

细嗓子哼道：“你们怕什么，诸君子之金又不是用在国境内……”

声音越来越低，像被夜风揉碎了，唯零星字音隐隐约约，仿佛一霎爆一霎灭的灯花。不久后，火光熄了，人声、脚步声像一脉浑浊的水，慢慢淌向门外，屋里再次静得可怕，仿佛死气沉沉的千年古坟。

两个贼侧耳听了许久，待不闻任何声息，这才瑟缩着摸出来。鹿四怕得很，哭兮兮地说要赶快离开，雍门五用力拍了一下他的脑袋，训道：“没听他们说吗，有黄金！”

鹿四吞了一口唾沫，怯怯道：“黄金……在哪里？”

雍门五轻蔑地笑了一声，大步走到屋角处，一扬手，把盖匮的帷布猛地扯开，那具黑漆木匮像张没牙的大口，唇角闪着诡异的暗光。

木匮外加了管籥，雍门五捞起一面凭几，示意鹿四也拿一面俎案，与他一同使力。两人你一下我一下地撞击管籥，直撞得木屑纷飞，几只案脚生被撞断，那激切的撞击声，仿佛饿疯了的野兽在撕咬硬骨头，在静夜中格外清晰。

咔咔的两声，守门的管籥禁不住无休止的攻击，终于疲沓松脱。雍门五大喜，顺手丢开凭几，急不可耐地打开木匮，这一启盖，便似将一颗极亮的星辰拖出来，耀眼芒角射得双目睁不开。雍门五估计得没错，这是满满一匮黄金，大块的可比男人拳头，小块的也似婴孩手掌，一块一块挨得紧紧的，细小的缝隙间填满了圆润如指头的小珠子，是琥珀还是珍珠，已然不重要了。

雍门五激动地喊道："黄金！黄金！"脑子里一片电闪雷鸣，蹦出的第一个念头，是把一匮黄金全部带走，于是鼓起双臂，拼了老命拖拽那木匮，却是纹丝不动。既拖不动，那就拿吧，便将那张盖匮的帷布摊开，疯了似的把黄金往上边扔，一块、五块、十块、十五块……越堆越高，越高越堆，也不管这张帷布能不能包住，什么也不顾了，心里全是黄金，全是拥有黄金后的富贵生活，侈靡的、伪善的、腐朽的君子生活，可以把女闾买下来，所有倡优都是自己的小妾，轮番与她们睡觉，多么美满，多么感动，多么无耻而可爱的金钱世界！

鹿四被雍门五的癫狂模样唬住了，他也想要黄金，又怕这钻进金眼里的雍门五动起邪念——这当口如果全天下与他争夺黄金，他也会毁灭全天下。那就等雍门五拿够，剩下的归自己所有，只是，还有剩下的吗？

沉浸在黄金梦想中的贼，警惕心被金光吸走了，浑然不知离开的人又折返回来，屋外又响起那粗哑嗓子的声音：

"什么要紧物件，非得重回来寻觅？"

依旧是细嗓子说道："明早我就出城，可不想再回来，禁不禁足，唬别人罢了，不然夜未央，你我何以能畅行至此……咦？"

这一声惊呼发出，数个人影像被风吹起的枝丫，不由分说荡了进来。仿佛是撞见了索命的鬼，鹿四竟自惨叫，扔黄金的雍门五身上一颤，手忙脚乱地拈起帷布的四个角，他想把帷布合拢起来，可黄金太沉太多，这头提起，那头耷拉，这边兜住，那边滑落。

"什么人！"粗哑嗓子凶道。

什么也想不到，什么也虑不周，被巨大恐惧笼罩的鹿四，疯魔一般往外挣奔，与扑过来的粗哑嗓子狠狠一撞，绝境逃生迸发的惊人力量，竟将粗哑嗓子撞得打个磨旋。这一撞，顿挫了拦截者，鹿四踉跄着奔出门，飞逝的余光看见，细嗓子像套马索似的，扑向了仍在捡黄金的雍门五。

“抓住他！”粗哑嗓子在身后狂呼。

刚才抬木匮的另外两个人正守在大门内侧，突闻惊变，俱为惶然，刹那间还没闹明白发生了什么，鹿四已跑到了面前。

一人从腰间拔出一物，仿佛自幽暗井口闪出阴森亮光，是半臂长的直刃剑，顺手就刺向鹿四，也亏得这一刺，那扞格的力量将鹿四往外猛推，他像被斩断的原木般滚出了大门外。

生死关头，鹿四顾不上检查自己伤到没有，一个扛挺，爬起来就跑，一面跑一面扯着声音高喊：“杀，杀人了！”

他在空旷无人的长街发力奔跑，追击的脚步声近得像后枕骨那里的毛发，总也甩不掉，每跑一步，骨骼便像垮下去一根，腹部越来越疼，他用手捂住了，掌心黏稠温热，是血还是汗，也不敢看。

视线模糊了，路也看不清了，他颠踬着拐进一条不知方向的小巷，好像有扇门，管他是谁家，砰砰敲门，用最后的力气叫道：“救命！救命！”

追击更近了，他却再没力气逃跑，脑子里一幕幕景象飞快掠过去，有谷柳儿，有一双儿女，他想他错了，如果再给他一次选择机会，他会陪谷柳儿去莒国，会努力做一个好丈夫、好父亲。临淄的花红柳绿、池酒林胾，全可丢掉，只要留得一条鲜活的命，有了命，就拥有了一切可能。

鹿四放弃了求生挣扎，他缩在门前，战战栗栗地抬起手来，这次看清了，是血，那要取他性命的杀戮者的脸也越来越近，越来越清晰。

身后却被大力一推，像断了根的垂杨似的，往前栽倒，是那扇小门开了，里边站出一人，巍巍然如泰山压顶，震得死亡退避三舍。

陡然之间，原来迫在眉睫的追击声就地一个转弯，撒丫子往巷口狂奔，且越奔越远，是半夜见到鬼给吓跑了？

鹿四抬起头，看见一张熟悉的脸，他本想喊这意外出现的救命者，却喊成了另一个人的名字：“谷柳儿……”

那张熟悉的脸像结着霜，喜怒哀乐不见，他看看鹿四，又看看奔逃无影的追杀者，一声不响地将鹿四扛进了门里。

一个多时辰后，一群御士冲进那座小私第，里里外外搜了个底儿朝天，然而，既没有一匮黄金，也没有卿大夫家臣，连雍门五也消失了，仿佛曾经发生在这座私第的骇人事件，是一场不真实的梦。

再半个时辰，曙光撕开了夜幕，宵禁解除，有寺人前往曹氏宫，将还安枕于寝卧的曹鳌叫起床，称道国君宣召，有事问曹子。

睡眼惺忪的曹鳌被带到了国君面前，小白开言便问："听说昨夜曹子家失窃了，可有此事？"

曹鳌摇头摇得像拨浪鼓："没有没有，臣昨夜一直在家，并无半个贼。"

"寡人所指，是曹子的稷门私第，不是曹氏宫。"

曹鳌露出困惑的表情，眼角唇边的皱褶也盛开着一派天真："是吗？臣着实不知，要不，待臣先去打听打听，再来禀明我君。"

小白笑了一声："行啊，你去打听，怕你昏聩，寡人给你指条路。昨夜两贼摸进曹子稷门私第偷黄金，为人发觉，一贼仓皇逃脱，一贼竟然不见，那黄金也不见，子以为蹊跷不蹊跷？或是贼携黄金遁地了？"

曹鳌暗暗抖了一下，不自然地笑道："既如此说，那便是失窃了，只不知为何提到黄金，臣之南城私第并无黄金。"

小白逼视他，目光如炬："真没有？"

曹鳌避开国君的目光，像壮胆似的喊了一声："没有！"

小白不冷不热地一笑："应诺何其爽利，足见曹子心不邪、志不偏。你去打听吧，切记打听清楚，来回禀寡人。"

国君的话里刺太多，字字都扎人，还拔不出，曹鳌唯唯应着，带着满身的尖刺，刺猬一样滚出了宫。

突起的风波仿佛就这样过去了，小白不再追问曹氏失窃事，曹鳌到底有没有打听清楚，他也不催迫，似乎忘记了。那座私第再无人去过，因长久无人烟，渐渐传出诡秘事来，人道那是鬼宅，轻易去不得，进去的非死即残。不信？里边曾经死过两个贼。

一个贼遭利刃重伤，一身的血都流干了；另一个贼死得不明不白：有说被勒死，脖子也勒断了；有说五马分尸，胳膊腿脚、心肝脾肺埋在临淄每座城门下；有说是千刀万剐，切下来的肉洗净，卖给了庄岳之间的酒肆，制成了酱香肉脯，专为外地行商佐酒。

故事越传越玄乎可怕，真相淹没在众说纷纭中，时间拖长了，过去到底怎么样，也成了口耳相传的一面之词。

五

冬日凛风如轻车霆激，自泰山之巅奔向临淄城，最寒冷的季节来到了。寒时不耕作，青壮年放下农具，就该拿起武器了。

夏天的时候，国君出巡乡里，遭戎人突袭。从熊熊烈焰逃出性命的小白，回国都后，对卿大夫们说了这么一段话：“敌不犯我，我不犯敌；敌若犯我，我必击之！”

齐国决意起兵讨戎，因早前与鲁国有过口头约定，于是遣使知会了鲁国：愿否践行前盟，齐鲁协作，共解戎难？

鲁侯便把齐之邀约遍告群下。三分有二认为不可轻举妄动，前年才平息戎难，好不容易换来和平，至今戎人并不曾侵我，贸然举兵，能不能解戎难不好说，万一将来招惹戎人报复，得不偿失；三分有一却是拿不定主意，干脆就沉默了。

满耳畏葸怕事之论，曹沫气极，怒声道：“二三君子何怯也？当初是我鲁国先告戎情于齐，与齐约定，齐鲁协作，同备戎难。今齐欲讨戎，我竟缩头不出，周公之国，怎能行无信之举！”

施父咳着说道：“当初与齐约定备戎难，是曹子一己之意。齐鲁既无血誓在口，又无盟书在府，说不上无信。”

话无耻无脸，也合着世俗的情理，曹沫被噎了一下，正要驳回去，从来藏在人堆里不露声色的公子友忽然道：“臣以为，齐、鲁、曹、卫，数个濒济之国，多年来为济水戎盗侵扰，出行多有不便，若能一战而肃清边患，也是好事。”

鲁侯瞥了一眼公子友，怪不得内外皆言，季友不发声则已，一发声则切中要害。他不忙给决断，看向公子庆，问道：“庆以为呢？”

公子庆原是爆炭性子，以往每举朝会，总是第一个跳出来直抒胸臆，建言一次比一次偏激，归结起来，便是天下有事，打一仗就解决了，结果每回都被鲁侯骂得狗血淋头。其实鲁侯也一样偏激，讨厌公子庆动辄惊悚情态，凡其提议，一概否决，有时公子庆才开言，便径直略过去，让他不必说了。遭拒多了，公子庆的盛气被抹平了，渐变成蔫巴巴的颓丧人，大事小事都不愿开口，怕再讨骂。

鲁侯破天荒咨问国事，公子庆一点也不兴奋，没精打采道：“肃清边患，嗯，也是好事。”

鲁侯嫌他鹦鹉学舌：“那是友之言，你无建言？”

公子庆语气怪怪的：“臣是蠢人，纵有建言，我君怎肯采纳。”

奔出一百里，都能感受到公子庆话里的怨气，鲁侯很想又骂他，念及骂人恐要耽搁正事，强忍下去，对群下言道：“友曰肃清边患，深契寡人之愿，倘能平戎，何所不为？寡人已有决断，与齐并师，同讨戎难！”

“我君明达大义，臣深服之！”曹沫率然唱道。

鲁国同意了齐国的并师讨戎之请，双方各遣主将，在齐鲁边境盟誓，鲁国方面是曹沫，齐国方面是王子成父。曹沫见到王子成父，先是惊诧，后来叹息良久，说道：“齐为伯主，不亦宜乎！人才但有可用，则委以重任，不问出身，不拘来历。”

齐国拉开排攘戎人序幕，但对国内的反戎商极端行为，却予以坚决制止。国中发出指令，凡来齐行商或居住的戎人，只要与诸夏为善，齐国皆待之为客，还特意点了乐无荒的名，称他是国君之友，对齐国有功，齐人胆敢伤他毫毛，便是伤国君。

戎人乐无荒被国君尊为朋友，没人再敢去他门前泼猪下水，往墙里扔死狗了，家人出门也再没受骚扰，从此临淄人对乐无荒怕得很，暗暗议论说：这老戎比华夏人君子在齐国还有面子。

周历十二月，寒风剪碎了空气中不多的温暖分子，齐鲁联军向济水诸戎发起全面进攻，两军循着济水，齐国从西往东扫荡，鲁国从东往西攻伐。

纵是流血战争，也是恩威并施，每战之前，先晓谕戎人：“愿与诸夏友善相处者，则互为盟誓；仍要与诸夏为敌者，则刀兵相见。”毗邻曹国的己氏戎，眼风看得最准，头一个倒向诸夏怀抱，先与鲁国盟，又与齐国盟，那戎君还拍胸脯承诺，明年要朝见齐君，往年侵鲁袭齐，全是山戎背后撺掇其他戎人，不干他事。

较为顽固的是北戎与济西戎，北戎毗齐，济西戎近鲁，则是齐鲁各负其责。

戎人聚落分布，堡垒铺陈，少车兵而多步兵，又擅长打游击，往往以小股部队骚扰诸夏军队。形势好，劫得一次算一次；形势不好，撒腿往山林深处一钻，诸夏战车挪不进，只能任其来去自如。

按着一般人的应对思维，戎人既散，那诸夏也散开算了，你打游击，我也打游击，把军队全线铺开。可王子成父偏不如此部署，他没有把兵力撒出去，也不与戎人打游击，而是一个聚落接着一个聚落地蚕食，一个堡垒接着一个堡垒攻克，戎人逃往战车开不进的深林湖沼，能追则追，不能追则收回来。

从齐桓公十二年（公元前674年）十二月，至十三年（公元前673年）三月，三个多月时间内，王子成父率齐师，沿着济水东岸逐一拔掉戎人盘踞地，仿佛良医拔牙，一颗接着一颗，不慌不忙，不紧不慢。拔每颗牙都极其干净，牙神经也给掏空了，堡垒摧毁，藩篱焚烧，粮秣运走，沟壑填平，他的目的是使戎人归无所归，退无可退，哪一日纵算齐国撤军，逃走的戎人复返旧地，一切都得从头来过，如此便虚耗其力、折损其利。

至于俘获的妇孺老弱，部下建议送回齐国去煮盐挖矿，永为奴隶，王子成父却将他们放了，他的理由是："诸夏与戎夷不同者，一秉礼爱人，一无礼欺人，我若行此欺人之举，与戎夷有何差别？此一也。夺其父母妻子，致其仇怨日深，非平战，而是引战。此二也。是谓至善者不战，其次不得已而战之。"

三月下旬，一直在后方观战的小白渡过济水，来到交兵前线，此时东线战场捷报频传，北戎遭到摧枯拉朽的打击，原来想凭着打游击拖垮齐师，不料齐师对北戎反其道而行之，近乎于在敌人的地盘对敌人实行坚壁清野，归无所归的戎人，家不得回，屋不得住，再者被王子成父放回的妻儿，成日哭天抢地，闹得心慌，穿山钻林还得带上他们，竟成了甩不掉的累赘，想拉起一支有效对抗的军队，也不能了。而西线战场的曹沫，与济西戎打了两场硬仗，一仗大破戎人步兵阵，一仗擒获戎人大良，尤为卓绝的战果是，在这大良身上，搜到了山戎君主写给济西戎君主的书信，曹沫阅后，以为要紧，抄录一份，遣人送给小白。

收到曹沫递转书信的同时，小白也获悉了周天子复位的讯息——做了一年多野天子的周天子，终于重返王城、重登王位。喜不自胜的周天子即遣王使背负书告，遍传天下列国，要让离心离德的诸侯们知道：天子没被打倒，天子又回来了。

帮助周天子复位的诸侯是郑伯与虢公，同为姬姓，同被天子亲切地称为叔父，也同在天子心中烙下了叔父强于舅父的印记。

对勾连王子颓反叛的诸侯，天子私心很想一个个扔进鼎镬里煮熟，可他除了能杀一个王子颓，其余诸侯，一根毛也碰不了。

砍下王子颓脑袋的天子，并不满足，心里仍有很大的空缺，那里可以容纳所有不服顺的诸侯，挤一挤，唯余的空隙，是留给王子成父的。

天子听说王子成父正在帮助齐国肃清边患，率领齐国精锐之士，在济水战场纵横捭阖、所向披靡，齐人赞他骁勇善战，更赞国君慧眼识才，也会补充一句：天子眼瞎了。

“齐国小白倒会支使人。”天子阴阳怪气地说。

所以，天子在将复位书告宣传列国时，独独在告齐国书上多了一行字：“王问叔父成。”问什么？如何问？仿佛讳言，话说了一半给截断了，显得吞吞吐吐。

小白看见这行字，愕然又好笑，天子不满于齐国收留王子成父，又不好明说，便话里藏锋地探探口风。这就是周天子，幼稚又愚蠢，自负又自私，也可怜又卑怯，小白纵算有尊王之心，对孬种天子仍然心存轻鄙。

依然像上次天子蒙尘一般，齐国遣使携礼慰劳，还肖天子做派，小白亲写一书呈天子，也在末尾附加一行字：“臣成问王。”问的什么，王可自行揣测。

天子阅书后会不会倍增烦恼，小白无心忖度，他的注意力全都在曹沫抄录的书信上——这封山戎君主写给济西戎君主的书信，说了这么一件事：山戎请济西戎联合中原诸戎，北上共击燕国，待灭了燕国，逾河南下，再图齐鲁。

管仲分析说：“山戎纵不得济水诸戎助力，灭燕之心亦不会去，我君当知会燕君，早备戎难。”

小白以为可行，突然想起一事，问道：“寡人记得，仲父妻兄不幸失陷山戎，是有……多少年？”

“至今十八年了。”

小白哀惋不已：“仍然生死未卜吗？莫若趁这次告戎情于燕国，劳请燕君打听。”

管仲怅然道：“或已早不在人世了，若是未死，为何迟迟不回来？血脉亲人尚在，他怎舍得远别不见？”

小白倒不认为申庶其必死，十八年里，音信全无，生不知，死更不晓，或许没有音信，反是最好的消息。他乐观地说道：“仲父勿要武断生死，不定哪一日，便传来申庶其行踪，也未可知。”

管仲不像小白这样盲目乐观。多年以来，他也曾寻找过、探听过，却始终没有觅到下落，失踪的申庶其像一滴水掉入汪洋大海，一点涟漪也不见。可他不想拂逆小白好意，便笑了一笑：“多承我君吉言，但愿如此吧。”

齐国告燕国戎情书，由小白亲书，装函送往燕国都蓟城。从齐国前去燕国，沿途要过三条河，第一条是济水，第二条是黄河，第三条还是黄河，只因那时黄河流经河北東鹿分流为二,一流北走，一流东走，两流之间有一片少有人住的空白地，是为河间地。

春秋的黄河甚少管束，河堤无筑坝，河道无分渠，一到汛期，下游之地常常为泛滥的河水淹没，四野茫茫，俱为泽国。因此齐国自济水以北，燕国自黄河以南，中间是千里黄泛区，人迹罕至，偶有浮食游民，也多为强寇凶匪，有诸夏逃刑之徒，也有戎人贼盗之辈。

河间地多亡命盗匪，除非军队开拔，少有行人走这条路。实际从齐至燕还有一条路，即循济水西去，在曹邑（今河南滑县境）渡过黄河，横穿卫国腹心，再横穿邢国腹心，一路沿着太行山北上，可抵达燕国。这条路比起走河间地，虽然绕了远道，但全程行走在诸侯国境内，相对较为安全。

齐国赴燕使者走的便是这条远路，包抄迂回，跋山涉水，待到达燕国都，耗去了半个多月时间。接到齐君亲书，燕伯对小白的好意深表感谢。几十年间，燕国深受戎患困扰，向周天子求告过，向列国请援过，不是置若罔闻，就是拒之门外，唯齐国顾惜燕国，记得燕国也是诸夏。

“齐君善言，寡人纳之，燕若免戎难，齐之功也。”燕伯感激涕零地对齐使说。

因为齐国的提醒，燕国警惕起来，即日起在边境修筑城防、开凿壕沟、增加戍兵，除此外，还下达了一道严厉的君令：禁断燕戎互市交易，若有违令交易者，一经察觉，举家逮拿。

这后面的君令，把一个人人尽知的秘密炸了出来，刚一曝光，又被炸起的土块埋了下去。

燕国与山戎尽管有纷争宿怨，但只要无战事冲突，双方民间经常开市互换有无，山戎好燕人的舆服饰物，燕人喜山戎的冬葱戎剑，两边各取所需。对此，燕国上层要么假装不知道，要么也把自家私库里的奇宝拿去市场上，换得三五柄山戎曲刃剑。

然而燕国因避戎难而关闭互市，把双方持续多年的私下交易放到了台面上，再一口锅盖下来，从此不准见天日。

越境互市的燕人被赶回了国境内，戎人也只好缩回去，貌似燕国单方面的挑衅，带来边境局势的紧张变化，消息迅速传到了山戎王城。

这山戎王城坐落于燕山以南，濡水（今滦河）以西，鲍丘水（今潮白河古道）以北，即今日河北玉田县，后世称为无终城。山戎原居于燕山以北的西辽河一带，因气候变迁，春秋前期顺滦河逐渐南下燕山，进入温暖潮湿的辽西走廊，在山前平原建起城邑聚落。

在山戎南迁辽西走廊之前，这里分布着众多方国，如滦河东岸的孤竹、滦河西岸的令支、大小凌河流域的貊人。走廊往北，在多平川丘陵的努鲁尔虎山东西两侧，尚有屠何人。

山戎南移后，不可避免地与辽西诸方发生冲突，于是今日拳打孤竹，明日脚踹令支，将一众方国揍怕了、揍软了，揍成了附庸国，山戎遂成为辽西的王者。

成了王，则当有王的气派。周天子是王，有王城托身；山戎是王，也要建王城。

建城之前，先掳了几个华夏神巫，占卜问宅，势要择一处风水宝地，保佑山戎国祚亿万年。遂在滦河下游，以燕山为屏障，兴起了轰轰烈烈的营造事业。出于与周天子比肩的念头，山戎王城仿照洛邑王城兴建，有耸峙城垣，也有恢宏王宫，王宫一样分为三朝三门。山戎上层有时也附庸风雅地束发右衽，吟哦诗曰史曰。

也仿佛是故意，山戎王城与燕国国都的直线距离才一百多里，两城间隔着鲍丘水与沽水，彼此遥遥相望，弓箭多飞几手，能飞进燕伯的饭碗里。山戎以逼近燕国都兴建王城的嚣张行为，使燕国受到的心理震慑，不弱于任何一次武力侵犯。

燕国禁止边境互市，公开透明的来往不行，偷偷摸摸的交往也不行，这一斩草除根似的举措让戎王大为光火。

戎王再反华夏，也不会与物质生活过不去。他也好华夏货，最爱燕国的角梳、齐国的轻纨、郑国的蒲席、楚国的珍珠，中原各国奇货都可以从燕人商贾手中买到，倘价格不合心，还可以横抢。他自己也从私库搜罗出用不着的冗赘物，遣了妥善人去市场卖货，指望在戎燕交易中赚一笔财利。

但燕国竟把市场封了，安敢如此！

戎王把王城的大良少良都召来，跳脚怒斥了半日，仿佛那关市的是他们。有个大良唤作荣如，被他骂得最凶残最久。

这位荣如，若论辈分，是戎王的叔父，在山戎国地位显赫。身任大良，相当于诸夏的卿，卿有家族，大良也有部族，正为荣如地位高，权力大，有理国之责，如今山戎有邦交蹉跌，才遭戎王无情谩骂。

被戎王当众骂得灰头土脸，荣如心里恼得很，顶嘴说："燕国关市，我王怎能怪臣等！明明事起于我王交通济水诸戎，欲越境而攻齐，岂料齐国毫发未损，倒害得济水诸戎惨遭屠戮。那齐君警示燕君，我王有灭燕之志，这才有了关市之令。"

戎王骂人，纯粹是为了宣泄情绪，底下人受着就算了，不料荣如居然反驳，他更怒了，恶声道："你的意思，祸根在我这里？我不该交通他戎攻齐，不该有灭燕之志？就该充龟缩之懦夫，等待华夏人戮我？济水诸戎惨遭屠戮，那是他们废物，也要怪我？我若不与华夏人对抗，焉有此赫赫王城，你又焉能在此无事饶舌！"

铁鞭子似的怒骂，噼啪地甩下来，直打得荣如头也抬不起，涨红着脸，喉头耸动着，想说什么话，又咽下去。

"事起于齐君跋扈、燕君无礼，大良也是着急，话说得差谬了些，本心不是怪王。"说话打圆场的是孤竹君，他是来山戎王城做客的，顺道听一听戎王训诫臣下。

这孤竹国原是殷商方国，该国出过享誉历史的道德名人——不食周粟的伯夷、叔齐兄弟。西周代商后，孤竹一度为西周封建，曾经朝见周天子，献奇宝为贡物。岁久日长，周已日暮崦嵫，本就与周生疏的孤竹，与周王室渐行渐远，不朝聘、不尊王、不纳贡，直到山戎南来，孤竹不敌山戎刀兵，才拜服在山戎麾下。几代孤竹君伺候几代戎王甚是精心，又是无役不从，又是出谋划策，戎王有感于孤竹君忠诚，给予他不同于辽西诸方国的礼遇。

孤竹君劝和，戎王要礼让他两分面子，气就不撒向荣如了，但燕国闭市的事不能不说，却是满腔的怨怼，买不到燕货固然抱憾，闭市行为对山戎的蔑视与伤害，更让人愤恨。

戎王越说越恼火，仿佛要立刻率大军杀往燕国，破国灭祀，方解心头之恨。孤竹君安慰道："华夏人多诡谲，素无信义，我王不值得为此等卑劣之徒动气。"

"燕人安敢凌辱我！这口气不出，我寝不眠、食难安！"戎王狂躁地说。

孤竹君道："我若出于一时激愤攻之，正落其陷阱。我王暂忍，待时机合适，图燕不难。"

"要忍多久？"戎王烦闷地问。

孤竹君成竹在胸地说："燕国备边，一年备，两年备，五年八年还能坚持备下去吗？我与燕地处犬牙，居地交错，备我便是备自己。我今不与燕争，不动不回应，骄其志，疲其力，累其心，迷其民，待时机成熟，再兴师旅，燕地可任由我驰骋。"

戎王懂了，燕国现在神经绷得紧，稍有点风吹草动就如临大敌，山戎不宜硬碰硬，唯有沉默示弱，慢慢麻痹燕国，让燕国自己放松戒备，卸下管籥，拉开门闩，山戎方可一举攻略。

"善！"戎王拊掌称美，忍不住去责让大良少良们：尔等十颗脑袋摞在一块儿，不及孤竹君半颗脑袋！虽不单独提溜荣如出来讥嘲，看戎王的眼神，却多有蔑态。

被戎王骂得颜面无存的荣如，垂头丧气地回到家中，半只脚才踩在门限上，又被告知，因燕国禁市，他家送去燕国边境互市的货物也卖不得了。坐贾不成，把货物运回来也就是了，可叹时运不济，燕国的禁市令下得急切又粗暴，刚一传达，便要立即执行，不允有转圜时间，稍稍迟疑，所有货物一体上缴充公。荣如的货撤出市场仅仅迟了半步，便被燕国收缴得一干二净，渣也不剩，山戎一方提出抗议，燕方的回答是："尔违令也，况在我燕国之地，没你山戎坐贾的余地！"这哪里是依令行事，分明是明火执仗地强抢，像是燕人与山戎做邻居久了，学得了山戎的横行习气。

外头受气，屋里折财，荣如的火比戎王的还大，那火明晃晃地烧在心里，从口耳眼鼻冒出浊臭的黑烟来，他气呼呼地命令家奴道："召老夏来！"

家奴不敢怠慢，忙去传那位“老夏”。荣如便跷着脚坐在前庭的回廊里，一面叨叨“怎还不来”，一面逮着旁边的女奴乱骂。不过一会儿，两个有臂力的家奴抬着一个男人过来。那男人坐在竹编的大畚里，两个家奴把住大畚两边，走一步，颤一颤，与其说是抬，更像在颠。

家奴将那男人颠在荣如前面，荣如眯着眼睛打量他。既称呼为“老夏”，似乎确实老了，满头灰白发，发梢白得枯槁，发根也不妥协地与乌黑告别，人也清瘦苍白，除了双颧上斑驳的病态红，脸上没有一丝血色，应是长期营养不良，只那眼睛透亮得像磨砺许久的利剑，随时准备刺向人间不平事。

这么多年，这人的眼神就没变过，荣如每每与他不经意地对视，心里就发怵，荣如其实也说不清，这个衰弱得一指头就能戳死的废人，自己到底害怕他什么。

“你……”荣如不自在地咳嗽一声，他在酝酿言辞，是开口就骂，还是迂回转进。

老夏倒笑了一声：“想是此次往燕境坐贾，不仅利未赚一分，本也亏干净了？”

荣如惊疑，自己还没吐露一个字，老夏怎就知道他的心事？老夏有眼睛长在自己肚子里不成？

老夏用看傻瓜的目光看他：“大良不用猜，你每回寻我来，除了问我商事，还能有他事吗？总不能是良心发现，要送我回家吧。”

话尖刻得像毒刺，荣如被刺得浑身难受，怒气冲冲地说道：“燕国闭市，禁断戎与华夏的交易，将货物一概收缴。我可是听你建言，将货运往燕境，结果血本无归，你是故意害我吗？”

老夏漫不经心地抚了抚腿：“我早与大良言之，凡要行贾，车马未行，审事先行：风雨时节有无变迁，列国内政有无异动，往来通道有无更移，同行侣伴有无隐患。大良行商，不问时局，不察前途，明知尔山戎有灭燕之心，燕若获知，岂能不备边？仍秉侥幸之愿，运货往燕，焉得不亏本？”

“明明是你建言行商于燕，怎么赖我！”荣如跺足道。

老夏露出嘲讽的笑：“我建言大良行商于燕，是半年前。那时燕国不知山戎狼心，华夏与戎互市正是繁盛时，行商当得大利。目下是半年后，时不同，商情不同，譬如大良涉川，以今日之水度量昨日之水，迂也。”

荣如哑口无言，他听得出老夏在奚落他愚蠢，他却不知该如何反驳，他与老夏的关系本就别扭，明是他羁锁老夏，实际也许是老夏拿他当蠢人戏耍，他逼迫老夏为己谋事，老夏仿佛献言献策，难说不是对他暗中报复。

他愤愤道："你这贱奴，总也改不了的刻薄脾性，赶紧给我想出弥补之法，不然……"

"不然再折断一次我的腿？"老夏打断道，他昂起脸来，用异常决绝的语气说，"不如来个痛快！"

求死之心昭然若揭，荣如冷笑道："你想活，我可以成全你；你想死，对不住了，除非我死，你都得给我活下去。"

他挑衅地盯着老夏，等着老夏抗议，假如老夏一意孤行非死不可，他就偏要违背私人意愿，让一个人死多么容易，让一个想死的人痛苦地活着，才是真难，也才有趣。可老夏竟没激烈反应，淡漠地说："很好，让我活着，成了你的游戏，那我陪你玩下去。"

荣如抽搐了一下，他被老夏身藏的利剑正中要害，又疼又恨又怕。他与老夏的这场拉锯战持续了十几年，说不好谁赢得更多一些，无论如何，最后输的不应该是他，他咬牙道："行，看谁熬得过谁！"他摆摆手，仍让那两个家奴抬走老夏。

老夏被抬出了大门，右边拐去二十来步，进到一座长方院落，四墙为黄泥土夯筑，经长久的风雨侵袭，墙面斑驳若被剥了皮的死人脸，露出皮下的腐烂骨肉，总有黄绿杂草从腐骨缝隙冒出头来。外门很矮，成年人进出免不了低头控背，进门后的天井仿佛露天仓房，堆满了各样日用生活品，有缺口的陶瓮，有断腿的案俎，有没盖的衣箱，半空中还拉起无数根粗麻绳，上头挂着缀补丁的衣裙、破洞的衾被，风吹一吹，破衣烂衫瑟瑟抖动，仿佛一张张干枯的人皮。

院落四围皆是居屋，每间大小相仿，逼仄不过方寸之地，一格一格仿佛单人牢房，吃饭、睡觉、做活儿都在这一间屋里，有的屋住了两三人，有的屋却塞了五六人，拥挤得空气也变得稀薄。

老夏经过天井时，几个晒衣服的妇女抬头看他一眼，又埋下头去，脸上全是麻木不仁的神情。她们隐约知道，这是个有学问的先生，但那又如何？还不是与自己一样，是最卑贱的奴隶。

这里所住的，全是荣如家的奴隶，山戎权贵好豢养奴隶，有本族人，更有劫掠来的华夏人，而这小院的奴隶大半是华夏人，多为燕人，也有卫国人、邢国人、郑国人，最神秘的似是老夏。有华夏人奴隶恍惚听过他被虏前，曾是某国的商人，但他很少提及前事，不像很多华夏人奴隶，忍不住会与人念叨往事，追忆故人，纵使徒劳地哭一场，也好过憋下所有痛苦的念头。只他不说，仿佛那过去的人生，是属于别人的，他不记得了，也就不回忆了。

家奴将老夏抬至一间屋前，还没进去，门里急急奔出来一个女人，年纪二十来岁，看模样很像老夏的女儿。她一见老夏，便握住他的手，直到家奴将他抬到屋里的床上安坐，她也没撒开。

女人挨着老夏，摸摸他的脸，又摸摸他的残腿，像是生怕他有个什么好歹。这衰竭残躯，还是活人吗？未曾开言，眼泪已流出来了。

家奴可怜他们，好心道：“都这份上了，仍是一副傲骨，何苦呢？你劝劝他吧。”说毕，俱是摇头叹气，走了出去。

女人呜咽不作声，老夏伸手轻拍她的肩，软语安慰道：“你哭什么，我又没死。”

女人不愉听他说“死”，举手捂了他的嘴：“不要你死。”

老夏苦涩地说：“我想死，也死不了，若是能求死得死，倒还好了。”被俘为奴的十八年里，他求死过无数次，不是被强行救回来，就是那死的念头才发个芽儿，便被人斩断，后来也就舍了死愿，麻木地活，苍白地生。

女人倔强地重复道：“不要你死。”

老夏倒笑了：“阿彤这说一不二的倔性，却像我小妹。”提及亲人，神色微黯。

阿彤憧憬道：“又听你提起小妹，我纵便没见过，也觉得是很亲的熟人，若是能有幸见面就好了。”

老夏酸楚一叹：“见什么呢，我早断了重逢念想，她或许也以为我死了。也好，我这般死不死活不活的模样，也不想被她看见。”

阿彤说：“她是你亲妹，怎会嫌恶你变成什么样？见你受苦，只会心疼你。”她凝着老夏瘦削无血的脸，又怜又爱的情绪涌上来，渐低了声音，“就像我心疼你。”

老夏又感动又难受，他这残损之身，连人也不算了，不过是能呼吸的躯壳，可到底在这残酷冰冷的世上，还有人爱他，珍惜他的命，他自己都轻贱自己，她却视他为至宝。

十八年前，他行商燕北，不幸为山戎虏走，当作奴隶数易其主，辗转落在荣如手里。荣如知悉他的商贾经历，逼他为自己充谋臣，他抵死不肯，也曾试图逃跑，无奈举步不远，便被抓回来，生生打断了双腿，从此成了废人。逃跑既不能，唯有求死得清白，哪知死也不能，频繁为人拦下来，自刎、悬梁、割腕皆不成，狠心绝食了断，仍有人摁头硬灌汤水，荣如甚至撂下狠话："但凡剩下一口气，也得给我吊起这口气！"

死不得自由，活也不自由，他被迫为荣如献计献策。荣如若是因他建言赚了财利，高兴起来称呼他为夏先生，时不时还有赏赐；若获利微薄或有稍微亏本，便贱奴、贼奴、淫奴地乱骂，断他两日口粮，让他反省罪过。他是行动受限的废人，不像其他奴隶，能靠出卖体力讨得一口半口残羹，没了主人施舍，他只有饿死困死。若从此死了，也还好了，偏荣如不让他死，每每在奄奄一息时，将他从鬼门关硬拉回来。

日复一日受着非人的折磨，人不人鬼不鬼，精神的煎熬加速了身体的衰颓，苍老得满目霜雪。因他这老态，人人称他为老夏，真名是什么，几乎没人知道，连他自己，也快忘记自己原来的名字。

忘记就忘记吧，那从前光风霁月、如切如琢的君子，应该不是他，只是他做过的梦，生活怎会是梦里那样？生活本该是现在这样，他活着，可他活得不如沟渠里的烂泥。

直到他遇见阿彤。

阿彤也是奴隶，听她断断续续讲述身世，母亲是燕国人，遭掳掠为戎奴，被哪个山戎贵族奸污，生下了阿彤。那戎贵对阿彤母亲不过是玩一玩，自不会认这野种女儿。阿彤一出生，便与母亲同在奴属，母亲到死没对她提过生父，所以她至今也不知道，那位"父亲"是谁。

五年多前，荣如指派阿彤去照顾老夏，他倒不是有多体恤废人，而是担忧老夏生活不能自理，万一有个闪失，死硬在床上无人知，老夏对他来说，是有用的赚钱工具，人可以死，工具得活着。

阿彤来到老夏身边，为他洗洗刷刷，照顾他饮食起居，起初只当作是主人交代的要紧活路，慢慢地，她却觉察出这个奴隶的不平凡。她从一出生便活在奴隶中，周围见到的都是麻木无生气的脸，人人在活，人人也在等死，可老夏不是，他有生气，是那种温暖而明亮的生气，他即便求死，也在向死要求一个壮伟的生。

她原来只为照顾老夏生活，朝夕相处久了，感觉发生了变化，加上两人都是奴隶，都活得不易，彼此同病相怜，互相取暖，互相支撑，两颗天涯沦落心越走越近，渐渐生出异样之情。

有了阿彤的温柔抚慰，老夏的求死之心淡了许多，每有死念，想起阿彤，自己主动掐灭了，人有了牵挂，才有活的动力，因为阿彤说过："你若死了，我会孤单。"

回想过往的甘苦经历，老夏叹息道："我何德何能，值得阿彤如此善待！一副残躯罢了，拖累你也受苦。"

"就值得，我不苦，我怕你受苦。"阿彤执拗地说道。她是实心眼的女子，既认定了老夏，便死心塌地爱他。

老夏略为内疚地说："难为你了，我什么也不能带给你，若是从前……不言从前了，这苦日子何时有尽头！"

"总有尽头，或许你小妹在找你呢，不定过几日就被她找着了。"阿彤绽出烂漫的笑，她倒不是当真相信，而是出于安慰人的心情。

老夏侘傺不言，片刻，迟迟道："小妹找不着我，真要找我，只有妹夫做得到。"

阿彤恍恍惚惚记得，老夏的妹夫是哪一国的大官，她天真地说："那我们去求你妹夫，救你回家？"

老夏笑起来："傻瓜，我们见得着他吗，如何去求他？"他被勾拨起柔肠，凄楚念叨，"回家……我怎敢奢望，怎敢……"

清冷的泪从他透亮的眼中滚出，阿彤给他擦泪，不提防自己也哭了，彼此泪眼凝眸，无限悲酸在这一刻翻上心头，阿彤紧紧地抱住他，他也紧紧地抱住阿彤，两个单薄而凄惶的灵魂，在荒晦绝远的异国他乡，紧紧依偎。

我还能回家吗？他问自己，他回答不了，谁又能回答？谁又能救他出深牢大狱，将他带回到从前的、明灿的家乡？

六

齐桓公十三年（公元前673年）夏，齐鲁两国结束了历时四个月的讨戎之战，济水沿线的戎人几乎绝迹，也有居留者，皆为亲华夏一派。那之后的许多年，列国行商旅客行走在河济之间，甚少遭到戎盗劫掠，行旅之人享受着久违的出行平安，都要感谢齐国敢担重责，齐国因此一战，奠定了天下霸主的坚实基础。

在济水前线逡巡月余的小白复返国内，才走到临淄城门口，突然接到郑国发来的讣告，暮气沉沉的郑伯走入了坟墓，继位的新君自然是太子捷。

闻名的投机主义者成了郑国的君主，小白的眉头紧蹙在一起，他到现在还记得太子捷唯强是从的骑墙言论，说不好是一时的权宜之计，还是将其作为郑国未来的长期国策。

小白甫一进城，又听说公子曼重病。去年为鹿四的事，公子曼带谷柳儿重回齐国，也许是帮忙操办丧事，染了死人气，公子曼病倒了。小白去国前，她仿佛有所好转，小白回来时却被告知，她已如江河日下，怕是要准备后事。

知道公子曼将死，小白是重情之人，千里外的陌生人离世，他也要垂泣，何况是亲姐姐，哪里顾什么端持国君体面，泪便纷纷落下。他这里哭得忘我，还是管仲提醒，趁着公子曼尚清醒，赶紧去看看，说不好是最后一面。

小白被点醒了，二话不说奔到公子曼私第。公子曼果是病得厉害，已下不得床，国君来，她没法起身拜礼，便由谷柳儿扶着她，在床上行了半个肃拜礼，小白许她不必多礼，她却不肯，坚持说这是礼数。

小白打量她一眼，美人迟暮很酷烈，美人将死更残忍，他不忍见得这人生末路的伤感一幕，遂把目光稍稍挪开。

公子曼喑哑着说道："有劳我君出师平患，方才归国，不及还宫，即来看我。"

"女兄患疾，久卧不起，寡人亲临慰劳，也是应该。"小白谆诚地说。

公子曼衰弱地叹口气："我知道我是不行了……人皆有死，我又何惧。"她偏头看住谷柳儿，"只是可怜谷柳儿，过往失家不得归，如今又失了丈夫，难为她伺候我一场，我若身殁，她没了着落……"

她有些虚浮的目光盯着小白，一霎，又飘向管仲，管仲忙允诺道："公子放心，谷柳儿有大功于我齐国，断不会让她无依靠。”

公子曼费力地从唇角牵起一丝笑，她慢慢地看向小白，轻轻道：“小白。”她这样称呼国君，明明是失礼，小白却觉得心里发颤，这一声念旧的呼唤，勾出了往事的眉梢，也勾出他的满面泪水。

“过去人言小白懦而无能，不堪大任，先君却不认为。”公子曼缓慢地说，这是她第一次主动在小白面前提起诸儿，语气却平静无波澜，“他看出你是不凡之人，最可贵者，你有旁人没有的宽博心胸，他没看错你，你确实身具明君之能。”

公子曼的赞誉俨然出自真心，小白很是感动，言及诸儿，又觉悲怀，感伤道：“难得先君看重小白，犹记幼时，我在君父眼里，是最没出息的儿子，诸公子皆欺我，唯先君善待我。”

公子曼似笑非笑：“不止你，在君父眼里，我是最麻烦的女儿。”

两人都笑起来，那笑里少的是喜味，多的是难言的涩味，生于公侯家，满目争斗事，爱很淡薄，或竟没有爱，慢慢在那没有爱滋润的干硗心灵土地上，生出畸形的爱。

小白与管仲离开后，公子曼倚着枕若有所思，谷柳儿问她要不要歇一觉，她摇摇头，眼神定定地看着谷柳儿，又似乎没有看她，自言似的说道：“昨夜又梦见他了。”

谷柳儿是懂得的，公子曼口里的“他”永远都是那个人，唯一的他，爱恨纠缠，分离几度，始终放不下、舍不开、丢不得，却又不得不生死永隔。

“他怪我呢，他说：阿曼，你怎的总不来陪我，又贪玩了？”公子曼凄凄地笑着，“以往他常这样埋怨，我不搭理他，是为贪玩……他打小便陪我玩，他说，乐意陪我玩，这样我就能日日与他做伴。”

她忧伤地叹了口气：“那年在泺，他让我留下来，我说：我是鲁小君，鲁君的妻子，鲁太子的母亲，你我身份早就隔绝，你折腾这样大阵仗，不就为了与我见一面，我如你所愿，如今我们见面了，心愿了了，该各归各路，从此永不相见。”

她停顿着，仿佛在努力回忆往事里的细节：“他哭成个不更事的小儿，唉，但那又能怎么样？他从不违拗我，我要什么，他都给我，我不想见他，他也只好依我，可，谁能想到呢……”

是啊，谁能想到呢？原本决心永不相见的他们，后来又纠缠不休，人生突变往往超乎预期，他未曾预料她会重回他的世界，她也未曾预料他会为了她不顾一切。

于是他们合谋，他们离经叛道，他们为千夫所指、万人唾弃，春秋一笔，史书一页，字里行间皆是笔诛墨伐。

这一番对往事的倾诉，听得谷柳儿心里发酸，小心地安慰说：“无论如何，先君待公子极好，他是真的疼公子。”

公子曼悲伤地说：“我知道他对我好，可我始终是鲁小君。”

公子曼突提鲁小君，谷柳儿错愕不解。亲近公子曼的人都知道，她一直很排斥鲁小君的身份，她逃离鲁国，睽违亲子，舍了鲁小君的身份，仿佛舍了羁押灵性的人生枷锁。可她在人生末路，又念起鲁小君的身份，难道那枷锁从没真正解脱过？

公子曼苦苦地叹道：“这就是齐姜女儿的命，我长姊如此，我也如此，是命。”

公子曼的长姊是卫宣姜，人道她以美色颠覆卫国，搅污了君子的道德清水，公子曼步宣姜后尘，搅动齐鲁邦交神经时紧时弛，姐妹同出一源，一样的美人，一样的祸水。

“是命。”公子曼最后叹惋，不悲不愤、不郁不恨，只是平静，仿若死亡的平静。

齐桓公十三年（公元前673年）七月，公子曼病逝于齐国，这个行踪被频繁书写在鲁春秋的女人，终于终止了她的生命轨迹。

鲁国史官记录她的行踪，目的唯一，即是她不在鲁国，这于她，是最大的罪过，史书录而警示之，后人当以为鉴。

齐国将公子曼的死讯知会鲁国，公子曼生时，鲁侯接不回母亲，她死了，鲁侯却可向齐国正式提出：迎我小君归鲁。公子曼的灵柩由齐国遣使护送，在边境转交给鲁国人，仿佛传递一片简牍、一领外衣，轻易又短暂，半辈子都在逃离鲁国的公子曼，死后失去选择，终于回到了鲁国。

重回鲁国的公子曼，不再拥有齐国公子称号，鲁人起初称她为先小君，后来又称谥号。按着春秋礼制，一国夫人的谥号，往往随从国君，公子曼的丈夫是鲁桓公，她本可称为桓姜，但鲁侯否决了这个谥号，也许因为鲁桓公的死与她有脱不了的干系，也许是鲁侯想通过拔高母亲的死后荣耀，来掩饰她生前的过错，他给母亲择选了最美的谥号——文姜。

给予至高的身后美誉仍是不够的，鲁侯还将母亲与鲁桓公合葬。这一对生前决裂的夫妻，死后因为儿子的愿望，被强行扭合在一起。

这以后，没人再提起公子曼，说出口的都是文姜，知道她是鲁桓公的夫人、鲁庄公的母亲，也许还有齐襄公的情人，至于那个齐国女公子，却被时间湮灭了。

公子曼的死戳中了小白的隐忧，死的恐惧与亲人离世的伤心叠加起来，让他许久缓不过来，他极讨厌生离死别，与亲近的人分开久了，尚且煎熬，何况是阴阳两隔的死别。

他有很长一段时间，不断召见近臣，有事自不用说，没事也找事宣召，仿佛是担心有几日见不到活人，他们就会突然死去了，唯有常常在眼皮子底下出现，他才安心。

管仲与鲍叔牙被他宣召得最多，君臣往往一见就是一整日，正事闲事都说，自也要共膳，用了晚膳，华灯初上，夜幕垂落，还不放他们走，只得留宿内宫。一次两次倒罢了，五次六次地重复，鲍叔牙以为不妥当，卿大夫时常寝枕于内宫，与寺人无异，坏了内外朝规矩，对小白旁敲侧击地提醒过，小白“嗯”了一声，然后没了下文。

管仲反而去劝鲍叔牙：“国君心里害怕，要人陪，为臣者多体谅些，待他过了这道坎，自然无事。”

“宫里这么多人，不够陪他？”鲍叔牙怫然道。他最不喜小白娇气，过往任公子傅时，为小白的纨绔公子习性，也不知训诫过多少次。

管仲叹息说：“人多与人是否能陪自己，怎能一样？”

鲍叔牙沉默了，他其实不是不知道，小白幼年的凄楚生活，给他心里留下巨大的空洞，所以他浪荡不羁，狂傲悖乱，仿佛是想用无尽的欢娱去填那空洞。后来做了国君，又用权力去填，用霸主抱负去填，仍不能填满，总还存在缺口，即便拥有天下最多的权力，享尽世间极致的快乐，也弥补不了他受过的伤害，所以他敏感而伤感，深情也滥情。

“国君最需要的，是朋友。”鲍叔牙不得已承认。

管仲点首：“正是，我们为亲近之臣，纵能与国君密切来往，却因身份隔阂，不能僭礼逾矩。况太近，往往狎昵暧昧，如何进诤言？如何举国政？为良臣，则难为挚友。”

要做定国安邦的良臣，便难与君主成为狎昵耽玩的朋友，小白倚重管仲，对他言听计从，心神无贰地信任他，却无法与管仲做不问公事的纯粹玩伴，他心里缺失的亲密朋友一环，管仲补不了，但总有人会填补上去。

迟迟早早，那些人会来，迟迟早早，人生会走到那一步，强盛的国家会走下坡路，英明的君主会凄凉死去，只是现在，一切都不露端倪，一切都很好，就像春夏之季，满目姹紫嫣红，谁会想到秋来落红成阵。

齐桓公十三年，因为有战争与死亡，让人难以忘怀，史官记本年大事时，不免多书几笔。时间跨步进入了齐桓公十四年（公元前672年），开春的第一件要紧事还是关于死亡，鲁国史官搦管书道：“葬我小君文姜。”齐国史官附从书之，紧跟着的一行史录是：“陈公子完奔我。”

齐桓公八年（公元前678年）的幽之会，管仲曾经向小白预言，陈国内乱不远，短则三四年，长则五六年，果然不到六年，陈侯的屠刀便举起来了。

久为陈侯厌弃的太子御寇，尽管小心谨慎不敢有丝毫差谬，仍没能逃脱人伦残害，可怜死在亲父的刀下，与他向来交好的公子完受到牵连，在陈侯对他下手之前，奔逃出国。这桩惨事害苦了公子完，却遂了小白心愿，公子完前脚才跨出陈国边境，后脚便接到齐国邀请。

那来迎公子完的齐使称，寡君美公子完为人，欲册他为卿。公子完惶恐不敢当，连忙说：“羁旅之臣，有幸获宥，免于罪责，是君之大恩惠。所获已多，怎敢贪求高位，以辱官爵？请以死告。”

公子完的陈词，被一字不差地转达给小白，本来小白就喜欢公子完，幽之会时对他一见如故，品貌、风度统统暗合小白的喜好，今又见公子完谦逊知礼，更爱了。他便说道：“嘤其鸣矣，求其友声。寡人得公子完，是求友而得友，愿与完为朋友。”

与礼遇王子成父一样，小白也是郊迎三舍。公子完格外感动，道：“斧钺之臣，幸属腰领，怎么敢当齐君隆遇？”

“寡人视完为友，待友之礼，不可怠慢。”小白真诚地说。

小白将公子完迎进临淄城，特意在齐宫设宴款待，还召来管仲作陪，宾主相与融睦和谐，一场宴宾之席，从日头正高，持续至日落西山，仍然意犹未尽，欲罢不能。

小白说起册卿为公子完婉拒的事，公子完出身公族，又是上古圣君之后，今避难齐国，命卿也是当然。公子完谦恭道："诗曰：'翘翘车乘，招我以弓。岂不欲往，畏我友朋。'外臣获罪寡君，早失禄位，幸齐君不弃，得保残生，安敢觊觎高位？若外臣贪望卿位，是辜负齐君之厚恩。"

按传统周礼，君要宣召人，依循等级以不同贽礼召唤，一般为旃以召大夫，弓以召士，公子完称"翘翘车乘，招我以弓"是自比于士，他认为自己是羁旅去国的罪人，没有了爵禄，身份跌落在士以下，能活命已是万幸，求卿位太过。话是说得既雅致，又谦卑，也暗隐着羁旅之人投身他乡的战战兢兢。

小白叹道："完谨慎知礼，寡人焉能不从心意？然完居留我齐国，寡人不以完为羁旅之臣，既如此……使为工正。"

使为工正，真真别出心裁，陈国号称为圣君虞舜后人，其第一代封建诸侯胡公满是周武王女婿，他的父亲因为擅制陶，担任过周的陶正，小白将公子完任命为齐国工正，近乎是在复原陈国先祖官职。

公子完不能拒绝了，起身离席拜下。小白笑吟吟地唤他起来，热络地招呼他落座，今日无算爵，公子完却道天已晚，今日宴飨当毕。

"天晚何妨，以火继之。"小白无所谓地说。他是要乐起来，可以忘了时间，昼与夜没有分别。

公子完恳挚地说道："臣赴君宴，知其昼，未知其夜，不敢留。"

小白有些失落也有些茫然，他不自觉地去看管仲。管仲委婉地说："酒以成礼，不继以淫，我君当美公子之礼。"

小白虽觉遗憾，可不想强人所难，便说道："仲父也如此说，那便散去吧。"

公子完辞别小白离开齐宫，暮色正稠，西天一片辉煌晚霞，仿佛一朵朵盛开的灿金葵花，花开了，花也要谢了，每一朵凋零的花瓣背后都溢出黯黑的云，仿佛一张敷粉的脸，粉在慢慢脱落，露出衰残的真实的容颜。

管仲问公子完，要不要送他走，公子完忙道不必劳烦，他自可回去，也不是找不着道。

"如此也罢，夷吾尚有事，不能陪公子，公子自便，异日有暇，再享公子。"管仲礼貌地笑道，他便与公子完互为参礼，各自登车而去。

车马启动，轮毂哐当哐当地敲着平整路面，公子完扭头看了一眼管仲的背影，青松树冠似的华盖下，似有玉一般的光一闪一闪，这位齐国执政的后背有些模糊。夜幕将至，他却不归家，是要去官寮处断国政，还是去拜访亲臣密友，公子完无从知晓。

公子完唯一能知道的，是在齐国除了国君，权力最大的是管仲，小白先是超擢他为卿，后又尊为仲父，地位越过世卿国氏、高氏，俨然齐国执政第一人，在他的治理下，齐国的变化翻天覆地。

列国都在议论齐国的变国之政，可少有人知道到底是怎么回事，捕得个影儿的说是大胆变周制，影儿也不知的便指摘是翻花样瞎折腾。然而不管是何等改变，齐国国力蒸蒸日上却是有目共睹，国家内部实力增强带来了国家外部话语权的提升，小白成为新的霸主，有先见者都能看出，齐国要做号令天下诸侯的领袖。

车马跑上宽阔的庄道，公子完奔投齐国，小白将位于庄道的一处私第赏赐给他，使他与齐国勋贵并列，驰车在临淄城的著名通衢上，路极宽极平，风也极爽极大。前面有蓬勃喧嚣渐近渐明亮，仿佛从墙内烧出来的烈火，那是庄岳之间，齐国最大的官市，也是天下最大的集市，阛阓之内商铺林立、奇宝琳琅，齐国人骄傲地宣称：坐于庄岳之间，尽收天下之宝。

齐国实行关市不征的惠商政策，吸引了天下行商来临淄坐贾，行走在庄岳之间，一日内可遍览天下风物。有来齐国公干的列国使者，私干的列国游客，但凡在庄岳之间待上半日，品过天下最醇烈的美酒，见过天下最稀罕的珍物，再躺在女闾的绝色倡优怀里颠倒日夜，优游而不知归途，颇有人发出“恨不生为齐国人”的感叹。

闻说管仲曾为小白定下“制天下之财，收天下之心”的经济国策，不过十年，齐国不仅在国内创造出奢丽繁华的景象，甚至引领了天下风尚。齐国货物如今行销天下，设若一诸侯举宴，豆盘里盛的是来自齐国的海盐，掌中握的是来自齐国的柶匕，身上着的是来自齐国的丝衣，口里谈的还是齐国的是非轶事。物质世界的制伏，带来了精神世界的服从。好用齐货的列国嘴上不管怎么说，其实都在潜意识里承认齐国的霸主地位。

几年前，齐国获得了莱人的染紫术，将此染术引入国中，凭着齐国女工的精湛技艺，织染出的紫布紫帛行销列国。天下诸侯爱紫成风，内衣内裈、手巾被面皆为紫色，不是怕逾矩过甚，惹来下头非议，几乎要将朝服也染成紫色，连周天子也不能免俗，一面咬牙切齿地诋毁齐国居心不轨，一面悄悄打听哪里买得到齐国的紫衣。

将染紫术引入齐国的两个功臣是宁戚与隰朋，这两人被小白派去东莱，一个种田，一个学染术，各展其能，各有成就，虽性格情趣大相径庭，相处日久，倒成了好友。功成回国后，小白见他们情好日密，打趣他们说：孰人道小人君子不能同埒，戚与朋可为友，正驳此论也。

不讳言自己是小人的宁戚，如今是齐国的大司田，齐国人窃议他的出身比管仲还低，举止行为更差去千里之遥。至于隰朋，刚被小白任命为大行人，小白的意思是，让隰朋换个领域为官，且试试他的能耐。不过有知情者言说，这其实是管仲的意思，他一早看出隰朋具全才之能，生出培养他的殷切愿望，故而隰朋每次升迁，背后都有管仲的助推力，毕竟凭隰朋过去的小宗地位，论资排辈几十年，也未必能登上高位。

其实无论宁戚抑或隰朋，若没有管仲、没有小白，他们到不了今天的地位，成就不了今天的事业。或许，齐国变国之政的其中一个重要改变，便是给身份低微而才干卓荦的底层人提供上升机会。

车马从庄岳之间的市门前经过，公子完往门里投去一眼，便似看见了一个繁花似锦的华丽世界，千万耽乐的灵魂在此狂欢，千万自由的生命在此盛开，千万宏伟的理想在此启程。

这就是齐国吧。

公子完忽地想起他出生时，有通周易的王室史官过陈国，为新生婴儿占了一卦，得到“观之否”，爻辞是：“观国之光，利用宾于王。”史官解释说此子将光大陈氏，然不在陈国，必往异国，子孙后代会在异国壮大昌盛。

昨日的命运预言，今日的一语成谶，公子完果然奔逃异国，他其实不清楚到底要怎样壮大昌盛陈氏，在这奢华绚丽的临淄城，也许可以给天下的梦想者提供无数践行的希望，可他只是羁旅之臣，寄人篱下，投身仓皇，如何能喧宾夺主，为自己家族的所谓光大，招惹得主人不乐。

公子完沉郁地叹了口气，车马往前行进，离庄岳之间的喧嚣越来越远。天更向晚，血红夕阳在身后如海潮退下，临淄的夜晚即将到来。月亮升起来了，皎洁似美人的额头，无限清辉映出这个华彩纷呈的热闹世界。

第九章

太平长策

一

齐桓公十六年（公元前670年），盛夏已至，天一日比一日热，白昼一日比一日长，滚烫的阳光落下来，烧得赤焰遍地。

在这夏日炎炎的火热季节，临淄城迎来了一桩喜事，原来是齐鲁再结良缘，齐侯将女儿嫁给鲁侯为君夫人。这桩婚事最早是鲁侯母亲的期许，她在齐国长居时，相中了公子南，但那时公子南年幼，不宜婚配，婚事暂时搁置了，待公子南过了及笄之年，才将旧事重提。齐侯有心嫁女于诸侯，鲁侯有意完成亡母遗愿，双方一拍即合，遂定下联姻之好。

诸侯婚礼与常人无二，都有六礼之数，唯不同者在于，诸侯娶妻不亲迎，遣卿大夫代君迎之。鲁侯娶齐国女公子，纳采至请期都严格遵循周礼，到最后一项亲迎，他却违礼了。

不该亲迎的鲁侯来到齐国，仿佛是想早些见到新妇，未曾行大礼就恩爱缠绵，猴急得不愿等。不过，鲁侯私心真不是为新妇，他只是找个由头来齐国，没有这个成婚的理由，也有别的理由，实在是倾肠倒腹搜刮不出，也可以硬着头皮说想念舅父小白，不能不来探望。

这两年里，鲁侯频繁赴齐，常常是上个月才回国，这个月又萌动了去齐国走一遭的念头，若不是身负国君之责，恐怕要长住齐国，在临淄终老。

去年周历夏天，鲁侯来齐观社，本来哪国都有社日节，鲁也有，但齐的社与列国之社稍异，尤其与鲁国的社差着一座泰山，没有那故意端起来的正经面孔，纯属民间狂欢。

只要逢着社日，齐国的国乡鄙野、都邑边境，乃至闾巷之侧、阛阓之内，无论君子大夫，抑或庶民野人，狂潮似的涌出家门，在那官市、民市、田畴、农舍、山野、湖川，纵情玩耍，恣意放荡，像那临淄的稷门外，仿佛铺开了两个庄岳之间，四方客麇集于此，摩肩接踵，举袂成云，到处是吃不穷的美食，玩不尽的游戏，热闹不输于上巳节时郑国的东门，也许还要过之。

社日节最俗也最为人津津乐道的，是“奔者不禁”的习俗，在春社时，青年男女趁着大好春光，共赴云雨之约。

鲁侯观社于齐，对群下明言是巡省齐俗齐礼，谎话说得冠冕堂皇，他自己都差点相信了，实则眼瞎的也看得出，他是冲着奔者不禁而来。

对鲁侯的观社举动，鲁国卿大夫多有微词，但顾及国君面子，没有直言抗议。这事说到底，根源在于鲁侯好色罢了，想堂堂周公之邦，国君竟是好色之徒，传出去，污了鲁国的名声，周公庙的椽子也要发抖。

鲁侯在齐国待了一个多月，先是观社，游走于乡野，访友于山林，后来就观到了庄岳之间。风传他曾溜达至女闾门前，有没有进去徜徉风月，那就不便打听了。

这次为迎娶君夫人，鲁侯趁便又跑来齐国重温鸳梦，他是深切感觉待在齐国比在鲁国自在。鲁君子话多礼多抱怨多，爱管国君闲事，动辄指斥此举非礼、彼言非礼，不像齐国，小白大方又宽容，齐君子有趣又好玩，举朝内外少有虚头巴脑的无用之礼。

此番鲁侯又在齐国滞留月余，庄岳之间逛了十来趟。鲁君子认为非礼，史官一丝不苟地将国君的悖行记下来；齐君子却满不在乎，齐国君也不在乎，历史名声或许关系重大，但历史功业更要紧。

小白宽待鲁侯的非礼行为，并不是殊遇，其实如果天下诸侯甘心朝齐，纵有悖常，他一样可以宽待。倘哪一日南方楚国愿意服膺中原，齐国待楚也一视同仁。

齐桓公八年（公元前678年），楚国出方城隘口伐郑，为齐国逼退，七八年里不闻声息，仿佛是安心待在南方下湿之地，不耐烦逐鹿中原，直到去年楚国新君忽然遣使朝聘天子，快要把楚国遗忘了的中原诸侯惊觉，原来楚熊没忘了中原。

自楚武王自立为王，楚国与周王室的关系处于两不相干的态势，似乎周归周，楚归楚。然而，与周王室一刀两断的楚国竟然朝天子了，这就像离家出走多年的顽劣小儿，突有一日归家，楚国主动将自己重新系挂上封建国家纽带。

日常受着诸侯夹板气的周天子，服不了中原诸侯，莫名其妙服了最暴戾的楚国，激动流涕，也感动滂沱，为表心意，周天子赐胙楚王，情真意切地叮咛说：

“镇尔南方夷越之乱，无侵中国。”

天子有事于文王、武王庙，当献生脤熟膰于先祖，统称为献胙。这祭庙的胙肉有了祖先福佑，可分出部分作为赏赐，有资格得胙肉的是同姓诸侯、二王之后（夏、商后嗣）、异姓诸侯有大功者，受胙者一律地位显赫、功标当世，楚国能受胙，是比拟异姓诸侯有大功者。

齐国尊王这样久，百事请王命，试问天下诸侯少有能及，也没得周天子赐胙，楚国自绝于周王室，忽然心血来潮奔到周天子面前递上两句好话，周天子就把献给周文王的肉割下来赏给楚王。

然而楚国朝天子，只是楚国重归封建大家庭的第一步，那以后的中原大地上，处处可见楚国行人的身影，今日聘鲁，明日聘郑，后日聘陈，歇半个月，又奔向宋国，甚有多嘴的讪牙：夜深人静时，列国馆舍寂静无人，总有个楚行人在看月亮。

楚国在改变过去的国家战略，从前的楚国自诩蛮夷，宁与诸夏做死敌，不与诸夏为盟友，那样的偏执做派，只会让人人谈楚色变，敌人越来越多，而朋友寥寥无几，有朝一日与强敌对战，想求个并肩作战的盟友，也求之不得。

楚国认定的强敌，对楚国交好中原的频繁外事活动，保持了异常的沉默。

幽之会后，齐国有八年没再会盟诸侯，一门心思整顿家务。

楚越活跃，齐越沉默，天下的舞台上仿佛只有楚国的独角戏，深藏幕后的齐国仿佛要永远隐没下去，也仿佛在等待一个最闪耀的登场机会。

周历七月，在齐国耽乐许久的鲁侯，携新妇返回鲁国，临行之际，对小白恋恋不舍地表示：来年有暇，寡人还愿赴齐。

鲁侯亲自来迎新妇，齐国方面仍不减礼数，因是国君女儿，依礼由下卿送亲，齐国择的送亲使者是鲍叔牙，又按周代的规矩，女子出嫁，姊妹当陪嫁，是为陪媵，故公子南的妹妹公子顺，与姐姐一块儿嫁给鲁侯。

公子顺年纪小，话又多，见什么都稀奇，都要刨根问底，雀儿似的叽叽喳喳，日日追着鲁侯问东问西，鲁侯不嫌她烦，却喜她活泼，又见她比姐姐生得更美，好感与日俱增。两个同行几日，时常故意落在队伍后头拉拉扯扯，全不管前头婚车里的公子南脸上挂不挂得住。

未行大礼，便冷落正妻，与陪媵公然调情，鲍叔牙看不下去，想发声制止，顾虑鲁侯是别国君主，自己仅为送亲使者，只好忍耐，待送出边境，彼此告别时，才隐晦道："期鲁君与小君琴瑟和鸣，同心偕老。"

鲁侯不傻，听得懂鲍叔牙话里的规劝意味，他支吾着"嗯"了几声，俄而，车马转头，尘烟弥张，那些出于真心的劝诫之言，也许已被奔驰的轮毂碾得粉碎。

鲁侯走了，鲍叔牙的心里却生了刺，久不能拔。回到临淄向小白复命，他知分寸，没说姊妹争宠的闹心事，唯有一切遂顺之类的场面话，恰管仲也在，他特意等着管仲与小白议完国事，一起陛辞，一起出宫。

"同行？"管仲太知鲍叔牙，面君时拖延不走，便知他有心腹话说。

"甚好。"鲍叔牙颔首，他与管仲同乘，又是他来驾车，为管仲充御者的雍廪却驾着另一辆空车，缓缓跟在后边。

管仲道："说吧，是何事？"

鲍叔牙将送亲路上的失礼事细细回述了一遍，忧心道："我闻鲁君久不立小君，是为私情所碍，今新娶小君，大礼未成，名分未定，便生争心，内宫不和，国无宁也。"

鲁侯与一个出身不高的女人私通，两人暗通款曲多年，鲁侯为了她，久不肯立小君，这桃色事件传得鲁国街知巷闻，甚至翻过泰山，飘到齐国人耳里。闻说那女人过世前，鲁侯亲口允诺垂死之人，必立她的儿子为太子，斯人已逝，鲁侯断了念想，兼而又有亡母遗愿，终于迎娶公子南为小君。但鲁国人都知道，鲁侯对那女人之子甚是宠爱，似乎太子之位非他莫属，如果将来公子南诞下一子，岂不是要引发抢夺太子位之争？再有个公子顺横在中间，真成了一池浑水，这鲁国乱象已隐隐萌生。

换作旁人，或许认为鲍叔牙小题大做，管起了别国君主的被窝事，但管仲却能想透，明白鲍叔牙的担心是有的放矢，他说道："鲍叔深谋远虑，能前瞻乱局，然夷吾以为，鲁乱不乱，在鲁小君也。"

"这是何意？"鲍叔牙一霎迷惘。

"鲍叔言，内宫不和，国无宁也。内宫之主，小君也。小君能平争心、息事端，则内宫和，国宁；小君不甘心而力争，则内宫不和，国不宁。"

鲁国未来政局是平稳或乱，关键在公子南是平息争斗者，还是争斗者本身。但身为小白的女儿，公子南血液里流淌着姜齐女儿的自由天性，不服输、不认尿、不沉默，让公子南做温柔敦厚的不争者，鲍叔牙以为难，可也只能心存良好愿望。

管仲岔开话题，微笑着问道："鲍叔是归家，还是同我去做件小事？"

"既为同行，自不可中道舍弃。"鲍叔牙严肃地说。

管仲一乐，请鲍叔牙驱车行到庄道起头，在一处四方院落前停下，这便是过去的贤才馆，现在的啧室。

齐国推行三国五鄙制十余年，国家对基层管理的掌控逐渐加强，国中君令出临淄后，往往能顺利传达至乡野，因此各乡选拔上来的人才不再是卿大夫家族裙带，而是多有真才者，当然也少不了夸夸其谈的浮议之士，有心干禄，无力做事。对实干之才，送去各官寮视事一年，表现卓异者，正式任命为国朝职官；对夸夸其谈之辈，大多遣回本乡，还要责惩乡官简拔不力，但其中言之有物的，或者说纯粹的理论家，也可以留下来，做不做事倒在其次，让他的新鲜论说洗一洗耳朵，也有用处。

小白起初深感困惑，留下一帮专耍嘴皮子的闲人作甚，每日价正事不干，只是辩论、辩论复辩论。管仲却说，他得识忖里乙，皆因在鲁国大庭氏之府听了一场辩论。

小白何其聪明，立刻领悟了管仲的用心：有的人适合实干，如管仲；有的人却只能提出理论，如忖里乙，后者的理论可以为前者的实干提供养分。

于是在这选拔官员的贤才馆，将一干理论家辩说家留下来，任凭他们观点交锋、思想碰撞，说得再极端、再偏颇、再大逆不道，哪怕说急了喷唾沫骂小白，上头也不管。小白有时闻风听见两句，免不了烧起怒火，想把那骂他的嘴炮逮来行刑，都被管仲拦下来。

人有腹议，啧然有声，出口为言，故名此馆为啧室。

临淄国人饭后常言：啧室天天吵架，房顶也要吵塌了，国君倒还大度，容忍他们乱开腔。不过，国中至今没有任命合适的啧室持掌人，下头向管仲举荐过几位，不是自诩过高、狭隘不能容人，就是温吞唯诺、永远只做和事佬。

管、鲍忽至啧室，馆人殷勤迎候，不待他寒暄，管仲开口便问道："东郭牙在哪里？唤他来见我。"

馆人身上一抖，心道被执政点名，东郭牙是要倒大霉了吗？

东郭牙也是鄙野选拔上来的人才，半年多前为乡里举荐入临淄。按照齐国遴选人才的三选制，最后一选是由国君亲见，当时与东郭牙一道接受国君询问的，统共十来个人，余人平平安安，独他闯了祸。

小白开始很有耐心，挨个儿地问话，有初次面君，惶恐失语的，他还鼓励不必紧张，大胆建言，轮到东郭牙时，前边已问过八九个人，小白有些疲倦了，问话漫不经心，东郭牙一面说话，他一面打哈欠。

正在宣讲的东郭牙，突然住口，小白纵算听得不认真，也知道东郭牙的话没说完，疑问他为何不言。

"我君不愿听，臣又何必言！"东郭牙呛着声音说。

小白不乐意了，他知道东郭牙在怨责自己，可他要维护面子，便狡辩道："寡人如何不愿听？你有善言，寡人当谛听；你无善言，寡人何必耗费精力。"

东郭牙闪出一抹挑衅的笑："臣有善言，我君敢不敢听？"

一个微末小臣，也敢激君，小白敲着凭几，冷声道："既是善言，有何不敢听！"

东郭牙说道："臣殷殷期之，我君不耻下问，使贤者在旁，谏者在侧。"他顿了一顿，每个字拖着重音说，"无得罪群臣民氓。"

小白怫然作色："胡言乱语！寡人闻之，子得罪于父，臣得罪于君，从未听说过君得罪于臣！"

东郭牙不惧地说道："得罪于父，可以因姑姊叔父而开解，父能赦之；臣得罪于君，可以因便辟左右而开解，君能赦之；昔桀得罪于汤，纣得罪于武王，此则君之得罪于臣者，至今不赦也。"

胆子大过天，当面把国君比作桀、纣，小白腾身而起，狠狠瞪他一眼，旋即拂袖而去。东郭牙是一副无非是死的无所谓模样，倒吓得同伴瑟缩发抖，还埋怨东郭牙嘴贱：平白与国君起什么争执，大家伙儿好不容易披坚执锐，几番挣扎，才爬到今天这一步，因你乱进丑言，只怕要连累同伴。想国君召见，不过是例行常规，说三言好话，自然放过，偏你出风头，这下可好，人人遭殃。

东郭牙不是任人揉搓的软面团，回嘴骂道："尔等妄图进谀词而讨禄位，甚耻也，还责我出风头，小人之心。若国君善谀词而恶忠言，这禄位不要也罢。"

翌日，宫中传出君令，东郭牙顶撞国君，罚他去啧室扫溷，通俗的说法，就是扫茅厕。

东郭牙乱说话惹恼了小白，于是小白罚他去干最脏污的活，或许是小白认为，出口的污言与屙出的屎尿无二致，都该清除，让东郭牙扫茅厕，是对他最好的警示。东郭牙平静地接受了惩罚，不抗议、不抱屈、不痛苦，每日拥彗清扫，洒水清洗，把那茅厕扫得干干净净，地缝里的渣滓也细心抠出来，还在四角铺上香草，以盖臭气。

东郭牙到底要扫多久，国君的处罚命令里没有规定期限，也许是一辈子，东郭牙也不问。他闲暇时，也要与啧室的理论家们来几场口舌辩论。别个辩赢了扬扬自得，辩输了几乎反目为仇，东郭牙是嘴上绝不让人，但输赢不在乎，扫茅厕、清秽物尚且泰然自若，何况逞口舌。

管仲要见东郭牙，馆人不敢怠慢，着急忙慌地找人，才知东郭牙正在茅厕前给几个啧室客看相，急匆匆赶过去，远远听东郭牙说道："君子有三色，显然喜乐，钟鼓酒食之色也；愁苦哀忧，丧祸之色也；手足舞动，兵革之色也。我观朋友之色，喜不自胜，面有女容，口有残酒，必历欢爱之事，想是昨日有女闾之乐？"

话才出口，众人笑得舞之蹈之，那被看相的人臊得面红耳赤，但出于大丈夫睡卧美人也是伟业的心态，从鼻孔里哼出不屑之音。

馆人呼道："东郭牙，管子要见你，随我来。"

"哪个管子？"东郭牙懒洋洋地问。

馆人瞠目道："你这问得甚稀奇，齐国还有哪个管子？速速随我来。"

东郭牙掸了掸衣袖，他对等着看相的诸人说道：“没奈何，我且去见见这个管子，再与诸友观色。”

馆人一路走一路谆谆教诲东郭牙慎言，别上次冲犯国君，这次又得罪管子。东郭牙一直看天，一朵朵白云从眼底流过去，耳畔的聒吵也飞过去。

管、鲍候在啧室正堂，东郭牙走进来，不卑不亢地行了一礼。管仲抬头打量他，东郭牙是矮个子，腿短、手短、脖子短，仿佛正在生长期时，被一拳头捶在囟门，把人捶横扁了，很像竹林根部冒出来的粗矮竹笋。

管仲轻轻一笑，有些突然地说道：“闻说东郭会观相？”

“略知一二，不甚精熟。”

“能否为我一观？”

“管子欲听真话还是假话？”

“自然是真话。”

东郭牙一拜，他慢慢看向管仲，目光如笔，从他的额头描摹到下颚，滑向他端坐的全身，娓娓道：“管子之相，目无散，立无跛，听无偏。目以定体，无散则体正；立以定容，无跛则容美；听以定心，无偏则心守。然则视无散而远，远则损小义；立无跛而饰，饰则常奢侈；听无偏而密，密则关心多。”

管仲缄默不言，移时，幽幽叹道：“真话果然难入耳。”

东郭牙认真地说：“但真话是诤言，常闻诤言，耳目不昏，心智不乱。管子行变国之政，变国者，日日为新为变也。倘为政者，只听谀词假言，则下情矫饰而上闻，自以为国家无忧患，民氓无饥寒，满目皆为安乐事，必溺于假象，不思进取，请问新从何来、变从何来？”

管仲容然一笑：“东郭说得好，为政者只听谀词假言，是蔽民情也。”

“勿以私好恶害公正，察民之所欲，以自为戒，牙斗胆揣测，管子置啧室之初衷，正为此也。”东郭牙肯定地说。

管仲故作发问道：“东郭是这样认为？”

东郭牙敛容道：“黄帝立明台之议，尧有衢室之问，舜有告善之旌，禹立谏鼓于朝，汤有总街之庭，武王有灵台之复。此古圣王下听于民，广收下情也。今齐置啧室，乃效先圣而为之，欲听天下之议，纳诤言从良谋。”说到这里，他遗憾地叹了口气，“可惜国君不能容一东郭牙，又如何能容天下诤言？”

管仲不禁长笑：“东郭扫溷如许久，原来真不知国君用心。不过，东郭受辱而不忤，正见其宽博胸襟。”

东郭牙一时错然，好像明白了，又好像是不敢确定，唯恐是自己揣测有差。

管仲蔼然微笑：“山川纳污，成其伟；君子含垢，成其善。东郭能容扫溷之耻，必能容天下之议。”

东郭牙此时是完全想明白了，仿佛在翻山越岭，一会儿坠落谷地，一会儿攀上巅峰，起伏太大，震得无言诉说。管仲牢牢地盯着他，肃声道：“东郭可愿容天下之议，可能容天下之议？”

东郭牙不言片刻，忽地一振衣襟，参拜道：“愿容，也能容。”末了，似觉得这话不够，着重补充道：“是真话。”

离开啧室，日已微倾，风扫长街，热浪持之以恒地澎湃翻涌。管仲与鲍叔牙依旧同车，行到管仲家门口，鲍叔牙说要去拜见管仲母亲，进门便听说管璧来了，正与管母、姜婧叙话呢，管仲笑道：“还真巧了。”

两人一边私语一边踱步走至后院，前头回廊外，两棵大柳树树冠纠缠、树根盘绕，数条丝绦连缀成一帘葱绿帷幕，幕后隐绰站着几个人，虽隔得一段距离，却能认出是召御寇与管忆，还有个管鸣，他一个乳臭未干的童子，搅和在这两人中间，也是奇怪。

召御寇今年十八岁了，已是大小伙儿，个头高挺如泰山青松，因为自小好武，壮实得像头水牛，模样与召忽有六七分相似，常使人见之伤神。管忆也有十四岁了，稚气渐脱，越见少女风姿。

两人挨得很近，不知在说什么知心话，倒是管鸣的傻笑声乍高乍低，管忆拍了一下管鸣的脑袋，他笑得更欢实。

管忆踮起脚，凑在召御寇耳边轻言数语，召御寇瞬间脸红了，管鸣嚷着他也要听，管忆凶他道：“没你的事！”

眼前的旖旎一幕，让管仲不自在，他想避开，未料管鸣遭姐姐训斥，又不能听私房话，心里不痛快，眼风没处安放，到处乱瞟，恰恰扫到管仲，大喊道：“父亲！”

绕道是不可能了，管、鲍只好走过去。召御寇见管、鲍突然出现，脸更红得像熟透的苹果，声如蚊蚋地招呼道：“管父，鲍父。”

气氛有些微妙的尴尬，见面不说话显得生硬，仿佛自己心里有鬼，管仲随口问道：“大兄呢？”

管忆抢话道：“他能去哪里，他与父亲一样，都不挨家。父亲不挨家是为国事，他不挨家为交友。”她从来不畏管友，没拿他当兄长，幼时管友欺负召御寇，都是她站出来为召御寇出头。

管仲微一蹙眉，却不问了。

他若无其事地说道：“我与鲍父去见祖母，你们自己玩吧。”

管、鲍走出去一段路，鲍叔牙才道：“御寇渐大了，忆也不小了，有幸两人情投意合，不如把婚事办了。”

管仲想了一想：“好，就在这一二年。”

管母与管璧、姜婧正在内室说话，忽见管、鲍来了，都是一喜。管璧对鲍叔牙笑道：“我还道你今日回不来，没想你竟来见母亲，可巧了。”

管母感叹道：“可不巧吗，刚还念叨，鲍叔与夷吾相识也近三十年，初为挚友，后又连襟，同为官寮，共举国政，实在难得。”

管璧盈盈笑道：“那不是难得吗，母亲可知，管鲍之交如今为齐国风靡效之，举凡朋友皆问尔为管或为鲍，只没一个学得像。”

“这怎么学？”姜婧不免发笑，“朋友之谊，有管鲍之交，也有其他之交，能为友者，发乎心、出乎情，何须学？依循他人学做朋友，非真朋友，伪为友而博名也。”

管仲赞道：“婧所言极是。”

管璧撇了一下嘴，半笑半嗔地说：“兄长一向护妻，凡妻所言，没有不附从的。”

“我同夷吾，以为婧之言甚是。”鲍叔牙道。

管璧一梗，纵有些不情不愿，口里却温顺地说道：“那我也随同。”

管仲笑起来：“鲍叔管教得好。”

管璧嫁给鲍叔牙后，变了很多，原来还有不容人的小性子，看人用一双青白眼，明明自己是苦出身，一朝过上好日子，倒轻鄙贫寒人。管母起初不赞同这门婚事，问她缘由，只说非佳偶，但架不住管璧矢志靡他，后来见管璧越发温和，小性儿也不使了，青白眼也不用了，才慢慢接受，还对管仲念叨鲍叔牙管教得当。

日暮云合，鲍叔牙与管璧才离开。管仲夫妻问安母亲后，两个去到内寝，到这夫妻独处之时，那存了半日的心事，终于找到机会倾诉。

管仲问道：“友这一向都不沾家？”

说到顽劣的儿子，姜婧也很无奈，苦笑道：“是呢，你不回来，他不在家，你回来了，他仍不在家，你瞧今夜他在吗？”

管友好玩在临淄卿大夫子弟中出了名，整日与一帮纨绔斗鸡走狗，倚红偎翠，疯得不回家，外头知他是执政之子，走哪里都恭维着，他承着礼让，更得了意，随便招呼一声，半城的人得听他差遣。

管仲沉沉道：“少年人贪玩好交友，本也无妨，但若相交之人多玩伴少诤友，不慎走错了路，想回头就难了。”

“岂不是吗，我也怕他不行正道。”姜婧焦虑地说，“可我多次训斥，他恁是不听，教训重了，赌气不回来。”

管仲说道：“唤他回来，我来与他说。言不言在父母，听不听在他。听了，保他半生无忧；不听，他日父母老死，仰仗缺失，他又如何求乐？”

姜婧道：“你能与他说，我正求之不得。”

说话间，夜已深沉，夫妻本要就寝，姜婧想起一事，忽说道：“雍廪与谷柳儿的事，你怎么想？”

管仲不经意地“嗯”一声，突地醒悟过来，迟迟的沉默后，轻声道：“怎么想……是好事……”

公子曼病逝，丈夫鹿四惨死，谷柳儿失了依傍，端赖她会女工，管仲将她安排去工商乡织衽，她织工精湛，人又勤快能干，竟成了女工头目，凭着一身本事，不用仰食恩主，自己赚法化养活儿女。那雍廪曾经救过鹿四，却没能挽回他的命，不免抱歉，体恤谷柳儿母子不易，常常去看望他们，去得多了，相处日久，两个大约都有些没捅破的情愫。姜婧对谷柳儿很有好感，时不时去拜访，有时是雍廪陪她去，她看出二人关系不简单，才有这一问。

听管仲说是好事，显然是赞同之意，姜婧欢喜道：“我也以为是好事，谷柳儿这样的奇伟女子，正该配雍廪这样的奇伟男子，他二人脸皮薄，不如我们为他们说合，成就这一对佳偶……”她说了偌多话，管仲却没一字回应，不觉诧异，转脸去看，原来管仲已经睡着了。

夜晚寂静如深海，风在门外泣诉，时而紧时而轻，一线窄窄的月光射进窗棂，映着管仲疲倦的脸，眉头微锁，神色不宁。即便在睡熟中，他也没放松自己，也许那梦里仍是一番忙碌景象吧。鬓角恍惚有银色的暗光，细弱但不消失，是月光，还是新生的白发，姜婧拿不准。

姜婧想他是太累了，为推行变国之政，为兴齐国、富齐民，宵旰操劳，寝不遑安，食不暇饱，公门中人为政是虑一事，他要虑百事千事。外人非议管仲奢侈而小器，不像高尚君子，常亏小节，大义也没做足，真正了解他的人却知道，管仲只是不在乎无用而虚浮的枝末，其实他的内心缜密周全，倘或一国执政心思粗糙，又如何能推行细节深入国家每个方面的变国之政呢？

念及管仲的不易，姜婧油然而生绵绵深情，既疼惜他辛苦，也爱他敢为人所不能为。她轻轻挨近他，像呵护婴孩似的，小心地拥抱他。

夜如江河平缓奔海，数不尽的支流汇入河道，慢慢东去，白日里喧嚷繁闹的临淄城，所有声响被厚重的夜色掩盖，一切安逸的享受，一切沉酣的玩乐，一切背后的阴谋，都在寂静夜晚一轮轮上演。

而时间毕竟流逝，月亮未曾落下，天已亮了。姜婧很早便醒了，身旁的管仲仍在沉睡，难得一夜无事，没人汗流浃背地奔来敲门，大呼有急务，须管子夤夜处分。她不忍叫醒他，悄悄下床，悄悄走到外间，一面无事安坐，一面寻思今日让家臣把管友逮回来，不管他如何不肯、如何反抗，绑也要绑回家。

正在思想要怎么管教儿子，外头忽报，说雍廪有急事见管仲，姜婧片刻犹豫，可不待她去唤管仲，管仲的声音从里屋传出来："谁来了？"

姜婧无可奈何，答道："雍廪。"

清早雍廪急见，必是大事，管仲匆匆披上衣服，将雍廪唤来内室，又屏退了人，才问道："什么事？"

雍廪那少情绪的脸上一抹骇人的严峻，闷声闷气道："东边出事了。"

在雍廪口中的东边，只有管仲听得懂，查了四年，费了多少时间精力，却像海底捞针，久无结果，如同挖一座荒坟，一尺尺土挖下去，全是腐骨烂草，直到今天，才收到了"出事"的消息。

这东边，正是骈邑。

二

从齐宫走出来，面前拔地而起的双阙如参天之木，顶端隐没在一团白亮的阳光里，那光顺着阙身流淌而下，过其旁者，常被刺晕眼睛，让人生出一瞬的迷离。

管仲站在宫门口出了一会儿神，耳际传来銮铃逐风的声音，抬眼间，是雍廪驭车踏踏过来，他没迟疑地登上车，身体在活动，思想却还飘浮在刚才与小白的一席密谈里。

距骈邑“出事”已过去一个多月了，而事情的真实全貌仍为云雾遮蔽，就在刚刚小白焦躁地抱怨，还要等几个四年，莫非四十年也查不清？

四年前一场盗窃事件，无意中揭开了一个秘密。这秘密在暗夜的临淄城上演太多年，舞台上的主要角色都蒙着面，对话是腹语，行为掩在黑暗后面，无须看客，也不用喝彩。

鹿四临死前断断续续地回忆过，可他既厘不清，也想不透，只说那私第有黄金，有人在分金，或是哪家大夫，其余细节一概不知。听说有黄金外来，脑子里闪出的人便是伯舆，小白与他在穆陵关交换利益，将骈邑一带的山林开采权让渡给他，从此当地的金矿归他所有。

变国之政执行官山海国策，齐法化通行全国，一应支付货币，都得经过国家统一发行，市场交易、称贷还贷，全部以法化衡准，原先混乱的国家支付体系，越来越规范。负担沉重债务的齐国细民，因为统一货币、准一贷息，所受的盘剥减轻了不少。甚至这几年，由于国库充盈，国中数次开库偿贷，国君为子民还债，放贷的卿大夫家族也不好意思不要，更不好意思多要。渐渐地，齐国国君好施与的名声传扬出去，齐国下层野氓以至别国君子，都耻齐国卿大夫好财悭吝，逼得国君搬空国库满足他们的贪欲。

而坐拥金矿的伯舆，仿佛隔离于施行全国的官山海之策，外面纷传他拥有的黄金比国库还多，假若他愿意，可以买光市面上所有的法化，由他来发行统一货币。虽则按传统规矩，诸侯陪臣获得的任何财利，其三分之一要上缴国君，但实际如何，却是一笔糊涂账，因为没人有权力去查卿大夫的家族账目。

可那个夜晚发生的可骇事件，仿佛一面蒙尘的镜子被擦亮了，照出一个碎裂而诡谲的世界，不得不让人揣测，也许伯舆据有的黄金，并非他一人所有。

如果骈邑黄金本为几个家族所有，那么，当日在穆陵关下与小白交易的，也不是伯舆一个人，或许伯舆只是被推到前台来的代言人，这让小白不寒而栗。

从一开始，卿大夫们便在共谋，一面朝向公子纠，一面朝向小白，无论谁做国君，赢的永远是他们，占有最大利益的是他们，这齐国，真正做主的还是他们。

小白从继位国君伊始，便与卿大夫们斗法，斗了十来年，数个显赫家族被小白打下去，保得变国之政顺利进行，小白数度以为自己赢了，齐国政局尽在掌握，可时至今日，他才猛然惊觉，他还没赢，这场战役仍在继续。

事既起于黄金，该是与伯舆有关，卿大夫家族的最大秘密必定在骈邑，国中密切注视着骈邑的一举一动，但从那时起，骈邑的金矿再没开启，矿洞封闭，工人不往，伯舆每年给国君上贡的封地财利，黄金这一项一年少于一年，后边两年干脆没有了，说是没再开矿，封山利民樵采。

这样沉寂了四年，国中的耳目长期蹲在骈邑比邻的乡里，盯着金矿一日日生出荒烟衰草，却始终没有异动，连小白也认为伯舆不想要黄金了，这样也未尝不好，待哪年伯舆驾鹤，国中总能想到办法把金山收回来。

时间缓慢流过，监视的人倦怠了，被监视的人也放松了。今年初夏，封闭许久的骈邑金矿再次动工。

但，金矿重开半个月，竟然塌了，这就是雍廪密告管仲的“出事”。

可能是久不采矿以至失修，也可能是操作失误导致山崩，总之，塌陷的矿埋了十来个工人，命是救不回来了。

如果这种事故发生在国乡鄙野，国中可以遣大夫查探，但发生在卿大夫封地，国中无权插手，只能在外围问一声。伯舆倒不装聋，亲书上禀国君，称道是意外事故，非所预料，最后还补充说道，诸工亲眷已妥善安抚，请国君放心。

伯舆极谨慎，意思是一切都已解决，不劳国中操心，三五句话把国中企图探入卿大夫领地的触须打回去。

沉默四年，终于按捺不住重开金矿，死了的人于他们来说，轻如尘埃，而死人身下压住的黄金，却令他们欲罢不能。

国中要强行介入骈邑矿难事件，也不是不可以，但那样一来，对方一定做好了防备，不仅一毫端倪查不出来，还可能掉入陷阱。但若不查，便是放纵罪孽继续滋生，仿佛在变国之政的健康肌体里种上病菌，天长日久，必成绝症。

正因此两难，管仲才觉棘手，到底该如何做呢？小白以为可以此为由头捋下去，逮出他们的罪证，统统处以重刑。但卿大夫除非叛国忤逆，轻易难断死罪，纵算查证了分金事实，至多首犯大辟，胁从不过罚金。

车马稍稍加快了速度，迎面的阳光奔流似的涌入车舆，管仲把脸转开，右旁雍廪冷峻如刀刻的侧脸正入眼底。管仲偶动心念，说道："有事问你。"

"吾子请言。"雍廪平素寡言，一说话，便有丁是丁卯是卯的刚锋，没有废话，连喘气停顿也少。

管仲仿佛闲聊似的说道："我记得，廪比我年长一岁？"

"是的。"

"哦，那也不小了。"管仲似有意似无意地说，"有没有想过再娶？"

雍廪沉默了，车马慢了下来，他怅怅地说："吾子要我娶谷柳儿吗？"

这简短的两句反问，管仲顿觉自己多此一举，雍廪心里永远如明镜似的，照得见别人，也照得见自己，他坚持的，别人夺不走，他不稀罕的，别人强加不了。

"对，你以为如何？"管仲索性直言相告。

雍廪又是一阵沉默，六辔松松地挽在手心，车马行进得更慢了，最后竟停在了路边。他像是悄悄叹了口气，岔开话题道："我欲向吾子告假。"

突然要告假，管仲不得不问："告假吗，你有要紧事处理？"

雍廪毫不迟疑地说道："要紧。请吾子不要问，可静待之。"

话说得不明不白，管仲如坠云里，奔入车舆的阳光越来越耀眼，璀璨如跳跃的黄金颗粒，硌在眼睛里，隐隐生疼，视线变得浑浊起来，他却忽然醒悟，喝道："不准行险，你不要命了吗？"

雍廪坚定地说道："要命，也要行险，不行险怎知实情？"

管仲怔住，许多年了，雍廪还是那个逆行犯险的雍廪，当危险来临，人人皆言前途不可去，唯有他选择前去。

雍廪猛一扬辔绳，停下来的驷马扬蹄转腾，车马重新上路，雍廪也恢复成严苛模样，对适才说到的行险之事，他再没提起一个字。

第二日正午，艳阳高照，雍廪出城了，他要去的是左南乡，国都所辖五个工商乡之一，距临淄城最近，方五六里地，步行不到半日，车马所需时间更少。

进到乡里，路上有认得他的乡人，龇牙咧嘴地调侃道："又来见谷柳儿？"雍廪盯他一眼，那人像吞了刀子，吓得不敢出声。

雍廪轻车熟路地找到谷柳儿的家，那院门并未关严，稍稍用点力气便可推开，但他很守规矩，依旧举手叩门。开门的是谷柳儿的儿子鹿无极，已是十四岁的少年，个头齐着雍廪的眉梢，从小没娇惯过，有什么吃什么，养得粗糙，却也养得健康，性格又朴质无华。他见是雍廪，欢喜地对里头喊道："母亲，是雍父！"

谷柳儿还没现身，女儿鹿奚倒先奔出来，猫儿似的扑入雍廪怀里。她最喜雍廪，小时候要雍廪骑大马，大些了又要举高高，今年十一岁了，骑大马、举高高是不成了，但赖着雍廪的习惯却没变。

雍廪将她一把扛在肩上，她也不怕，咯咯笑得灿若桃花。谷柳儿从里屋出来，沉下脸叱道："这样大了还赖人，不成体统！下来！"

雍廪闷闷地说："没事，不累。"

"那也不成，太失礼。"谷柳儿揪住鹿奚的胳膊，硬把她拉下来。鹿奚不高兴，可也拗不过母亲，撇着嘴巴一直哼哼。

雍廪说道："我要出趟远门，来看看。"他说话不拐弯抹角，想说就直言直语，不想说便像不说话的哑巴。

"去哪里？"谷柳儿问。雍廪没有说，她也不打听了，问雍廪饿不饿，她刚在灶上蒸了餈饼，要不要抟儿团尝尝鲜。

"好。"雍廪干脆地说，他不装客气。

餈饼是将粟、麦、稻一类的米粒捣碎，搓成面饼，以温火蒸熟，所以与其说是饼，不若说是米饭团子，吃时用手一抟，掌大的抟得多，掌小的抟得少。

谷柳儿将满满一篮餈饼放在雍廪面前，一面添柴烧水，一面看他吃得津津有味，又问他要酒不，不巧家里没有，可以打发鹿无极去隔壁讨一罍。

"不必了。"雍廪摇头。他将那篮餈饼吃得干干净净，一粒米也没剩，边沿处为火燎焦的米煳，也用手拈来吃了。

谷柳儿笑道："你倒不奢靡，过去侍奉国君，现在随从执政，常与驷马轻裘的君子周旋，竟没沾染上丁点侈气。"

雍廪平淡地说："我是苦出身。"

谷柳儿一叹，她把饭具收拾了，左右无事，两人便坐在灶边闲聊，说到鹿无极尚武好勇，不愿长居工商乡，一门心思地想去士农乡做战士，雍廪赏赞道："我齐国男儿自来尚武，无极有向战之心，是好事。"

"四民分业，工自工，商自商，战士自战士，他纵有为战士之心，师旅也不要他。"谷柳儿愁道。

雍廪不认为是难事："齐国行变国之政，有才者不论出身，皆可得乡里举荐。你放心，他若真有勇略，何愁师旅不收，万不得已，我与执政知会一声便是。"

谷柳儿嫣然一笑："听你这一言，也便够了。能不能，且看他自个儿本事。"

雍廪盯着灶里跳腾的火出神，暖烘烘的火光映得脸膛发热，他安静地说道："前回你说，乡里给奚说媒，定了夫家没有？"

"还没定呢，我想再看看。"

雍廪点首："择个好人家，家资倒在其次，要紧是人品。"

"那是自然。"

雍廪发了一会儿呆，又道："儿女渐长，别太累着，能歇就歇一歇。若有麻烦，可去求执政内子（妻子），她心善，必定能助你。"

谷柳儿觉得他有些奇怪，过去利落得好似能削金断玉，今天却絮叨得像个迟暮之年拼命回忆往事的末路人，于是揶揄道："你今日比往日啰嗦，倒似在交代后事。"

雍廪像被强灌了鸩酒，心脏疼得一阵痉挛，薄怒道："瞎说！"

从没见过雍廪动怒，谷柳儿措手不及，被吓住了，哆嗦着嘴唇不敢吭声。雍廪也知自己失态，连忙道歉："对不住，我性子急，别往心里去。"

"没有，是我口无遮拦。"谷柳儿小声道。

两人忽地沉默了，腹中似有千言万语，却不知从何说起，耳听得柴火哔剥的爆裂声，仿佛是紊乱不安的心跳，火光荡漾开去，铺成一面流动的镜子，照见两张红彤彤的脸。

良久，雍廪站了起来：“我，走了。”

谷柳儿道：“略等一等，我给你织了新衣。”她一溜小跑去里屋，捧来一包衣囊，说道：“试一试，瞧瞧合体不，不合体，我再改。”

雍廪将那衣囊抱过来，用确信无疑的语气说：“不用试，肯定合体。”

他深深地凝着谷柳儿，目光流转，无限心事、无尽深情，都蕴在这一凝之中，而后他背转身，头也不回地走出门。

谷柳儿先是痴愣，听得那熟悉的脚步声渐渐远去，鹿无极、鹿奚在院子里问“雍父何时再来”，雍廪仿佛没答，接着院门吱扭一声，她像被一鞭子打在头上，痛得神志清醒，终于追了出去。

院门外有风起起落落，空气里飘动着花草浮尘，正是初秋的爽冽天气，门前总有路人来来往往，却没有雍廪，谷柳儿望着他也许会去的方向，说不出的怅然若失涌上心头，忽地悲从中来，仿佛那离去的亲人，从此再也见不到了。

雍廪离开左南乡后，没再来见谷柳儿，不几日也从临淄城消失了，因他一向沉默寡言，甚少交际，除了与宾胥无有来往，几乎没有朋友。关于他，大多是过去的传说，既成了传说，便像不是真实的人，人们怕他，却也常常遗忘他，只是忽然有一天，细心的人发现那为管仲驾车的御者换人了。

新御者是召御寇，十八九岁的青春小伙儿，年轻得春光明媚，眼角眉梢尚有些微嫩翠的稚气，面上瞧着老实巴交，是个乖巧的好孩子，见谁都怯怯地笑一笑。闻说雍廪教过他弓马射驭，算是他的老师，他却似没有雍廪的凛然杀气，性格有点儿温吞。

雍廪失踪后，召御寇为管仲兢兢业业地驾车，手一样稳，话也少，凡有企图向执政讨好处、施贿赂、探口风的，从他这里入手以为曲线救国，问他什么，一概回答不知道、不晓得、不明白。外边盛传管仲要把女儿嫁给他，哪家子弟得做执政女婿，还不得趾高气扬、目中无人，眼皮子翻去云霄之上，他偏偏谦逊得很，身上没一丝一毫的纨绔气，不像齐国执政准女婿，倒像大夫家看门的忠犬。

光阴流逝快如白驹过隙，凄冬已至。雍廪走了有几个月，开始还有好搬弄是非的胡乱猜测，雍廪是不是被管仲派去杀人灭口，他以前在襄公手下，一贯干这黑夜里断人头颅的恐怖勾当。时间如流沙滑过指缝，慢慢有更新鲜更稀罕的逸闻趣事，供闲人做谈资，便少有人再说起雍廪。

十二月的一日，召御寇在宫门口接了管仲，车马刚在管氏宫门前停住，就见管友像跳蚤似的蹦出门。他没想到与父亲遭遇，想躲也来不及了，慌慌张张地行礼，慌慌张张地呼喊“父亲”，口齿还不清。

管仲睨他一眼：“你这是要去哪里？”

“我……”管友心虚地说，“访友。”扯完谎就后悔起来，生怕父亲追问他是哪个友，其实访友也不假，原来一众纨绔邀他去观斗鸡，说是新进从郑国买来的雄鸡，鸡冠鲜红，鸡腿劲健，鸡爪锋利，好斗而倔强，不斗死对手不罢休，管友一听，喜得屁股下生了火，哪里还坐得住，即便腿断了，也要匍匐爬去与雄鸡相会。

管仲并不问他访哪个友，淡淡地道：“跟我进家，有事与你说。”

管友怔住，他哪里有空闲听父亲庭训，一刻时间也不想耽搁，满脑子都是那只雄鸡，着急得抓心挠肝，苦着脸说：“可……”

管仲不听他找理由，也不看他，径直往里走。管友无法，只好跟在后面。父子走到内院正堂，管仲缓缓坐下来，抬手道：“坐。”

管友歪歪扭扭地把屁股搁在蒲席上，心里甚急，神情极其不自在，皱眉毛、耸鼻子、歪嘴角，只希望父亲能两三句话交代完毕，放自己出家门，结果父亲自落座后，一直盯着挂衣的椸枷出神，像那髹红漆的木架子有值得琢磨的玄奥秘密。

时光不等人，管友挨不下去，鼓起勇气说道：“父亲……有何要紧事？”

管仲慢慢地转过脸，悠悠地问：“你忙得很吗？”

管友颤颤地说：“略忙。”

“我执齐政，持掌举国事务，也没你忙。”管仲讥诮道，“想是管氏长子，每日斗鸡走犬、糜乐滔淫，行走于阛阓之间，操劳于游艺之事，岂不忙碌乎？”

管友缩了一下脖子，不敢吱声。

管仲注视着他，语重心长道：“你生于大夫家，不见天下困苦艰难，以为这富贵之身得自本来，财利、权势仿佛反掌之易，岂知今日赫赫之家，明日乡野蓬门，若不小心为人，他日惹来大祸，离家亡也不远了。”

管友小心地顶嘴道：“大夫家往往百年之业，仰承恩荫，数代富贵，纵有罪愆，也不碍宗亲，哪一家遭过大祸？父亲…… 太胆怯了。”

儿子的自以为是，让人痛心，管仲摇头叹气：“我管氏与大夫家不同，别家大夫，或与齐同封建，或为公族后裔，绵延数代，根基深厚。我管氏能与君子同位次，全在国君不拘出身，用我执齐政矣。以我一代之小族，与数代之强宗较力，若萤火较皓月，光华不及万一。今不审慎，一味任性妄为，少行善而多行恶，我在时，尚能护佑你，我若不在，由得你胡闹闯祸，谁能救得了你？”

管仲的话清醒也残酷，管家能有今日的显赫地位，全因为管仲自身的政治能力，国君要用他为政，必然赐给他与他的家族最优厚的待遇，他就是庇护管家的坚守高墙。如果管仲不在了，就是墙塌了，那些因推行变国之政而得罪过的卿大夫，或者现在管友交恶的敌人，都会冲到宅门里来肆意报复。

被长期的奢华生活迷醉了头脑的管友，不相信管氏的荣耀会一代而终，他心里很不服气，但自认讲道理讲不过父亲，嘴里硬邦邦地说：“父亲教训得是。”

管仲哪里看不出他的不甘愿，说道：“我言尽于此，望你反省，自此始，哪里都别去，在家陪陪祖母、母亲，把心思静下来。我给你谋了事做，过得些日子，送你走。”

不能出门已经是最残忍的酷刑，听父亲话里的意思，还有后续惩罚，所谓“谋事”，断不会是好事，管友急问道：“去做什么？”

管仲偏就不回答他，说了声“待着”，起身往外走去。被撇下的管友茫然不知所措，斗鸡是不成了，出门更别想了，烦恼得毛发生烟，眼底流泪，怏怏地一顿足。

三

夜晚的伯氏宫像一只骨灰盒，死寂的黑在墙内的每个角落沉坠，西天上一钩寒凉残月，清辉无力，只将那浊重的夜色稀释了薄薄一层。

安静的夜晚，最适宜行阴谋事，在伯氏宫后院西厢，斯役们的下房里，有人从躺下起就一直睁着眼睛，现在起身了。

他推开房门，像一块冰似的滑了出去，脚步轻得如鸿毛落水，恰这时，破云的月光挑开夜幕，照在他的脸上。那脸仿佛是一张鬼面，从额头拉到下颚，从左耳横过右耳，从眼角扯到唇边，纵横数条疮疤，惊得月光闪避不迭，不敢多看一眼，又匆匆藏匿云后。

这人沿着墙根往前院走，高处跳跃，矮处躬身，夜色晦暗，道路模糊，他却驾轻就熟，一步不停，好像这混淆视线的浓稠夜色，于他没有任何影响。

伯氏宫前后三进院，皆有回廊环绕，廊上偶有值夜的厮役打着哈欠走过去，庭燎之光闪烁不定，忽而伸展开来跃起火光，忽而猫下身子压低光焰。

这夜行者脚步很轻，速度却快，像山猫似的扑到第二进院落，往左一拐，熟络地摸到东厢的一间五楹大室。门掩着，门上有锁，这于他不是难事，从腰间拔出一根细长的竹篾，三下就解了机栝，轻轻一推，门悄无声息地开了，他闪了进去。

室内漆黑一团，他要找的东西也许在，也许不在，可他总要试一试。

他正是雍廪。

雍廪潜入骈邑近一年了，国中不能使人进入卿大夫封地查取罪证，但私人可以，只要掩盖身份，等待时机，总能搜寻到蛛丝马迹。

为混进伯氏宫，雍廪费了很大的功夫。他做的第一步，是让自己变得陌生，于是他刺烂了自己的脸，齐国人也许认识雍廪，可齐国人不认识脸有伤疤的雍廪。

接下来，有三四个月的时间，他在骈邑周边逡巡往复，发现那骈邑金矿重新开采，似乎未受塌矿事件影响。他本也想去充采矿工人，可那矿山如铜墙铁壁一般，其他人进不去，里头的人也出不来。听说他自荐为工人，骈邑工官怀疑他居心叵测，要不是他溜得快，险些被抓起来拷掠。

直到有天，他在距金矿十几里外的山背后，无意中救起一个逃亡的工人。那人奔了两日两夜，藏在林深山险之地，久不敢露面，又累又饿、又怕又惊，若不是雍廪伸出援手，只怕已成枯骨，他感激雍廪救命之恩，尽其所能，把知道的实情统统说了出来。

原来这些采矿工人大多为奴隶，国别还不同，近的有莒国、鲁国、邾国，远的有薛国、滕国、宋国、许国。由于齐国乡野除了卿大夫封邑，皆划归入五鄙，封邑人口有限，野人如今又为国家细民，但凡乱抓一个野人，乡大夫立马上报国中，称道某大夫抓了国君的人。

但这难不倒伯氏，国人不能征，野人不可抓，还有失去人身自由的奴隶供选择。奴隶从哪里来呢？齐国奴隶在国君的监控下，列国奴隶却在国君的目力之外，国君再强权，也管不了他买来别国奴隶充苦力。有了喂口泔水就能活命的劳动力，骈邑凡是耕田、营造、开矿，都能见到奴隶身影，倒乐得一帮伯氏乡里宗亲成了腆肚懒人。

这逃出来的奴隶原是莒国人，在国内犯了事，被罚在边鄙充苦役，夯了不到半个月的黄土，莫名其妙被卖到骈邑挖矿，莫名其妙成了奴隶。他说，像他这种情况的很多。

“你知道开采的黄金流向吗？”雍廪当时问他。

那奴隶说道：“我听比我早前做工的老人说，过往每年骈邑采出的黄金，贡给齐国国府不到十分之一，其余都被君子们分了。对了，伯子还将黄金送给楚王呢。”

前一种情况在预料之中，后一种情况却大大出乎意料，雍廪追问道：“伯子送黄金给楚王，你是如何知道？”

“楚人曾来过金山，是伯子陪着的，人人都看见了，那还有假？”那奴隶的语气相当笃定。

伯舆交通楚国比与卿大夫分金还严重，雍廪以为兹事体大，他便请那奴隶去临淄城，把实情告诉齐国执政。奴隶开头不肯，他不过求活命，不想卷进齐国政争，万一出差谬，死无葬身之地。雍廪苦劝他：如今这处境，其实是穷途末路，你不去临淄，又能逃到哪里去？回莒国吗？你被卖为奴，一定是莒国有他们的人，只怕半只脚没踏入莒国边鄙，就丢了性命，那才真是死无葬身之地。雍廪又再三保证了他的人身安全，那奴隶才勉强答允。

雍廪亲自护送他到东阳，与伏在此地的国中耳目接头，着意嘱咐将这人证送回临淄，至于他自己，返回骈邑寻找更多罪证。

仅凭一个奴隶的证词，不足够扳倒伯舆，雍廪需要更多更有力的证据，而要想获得一击即中的致命利器，唯有进入伯氏宫。

也是凑巧，伯舆忽要在后墙外扩一座别院，召人手做工，雍廪赶紧去应征，有幸这趟没被拒绝。因他手脚麻利，不怕吃苦，勤快又寡言，一人能干三人的活儿，被司营造的家臣相中，赞叹这人有把子力气，丑是太丑，可人很实在，又有一股子傻气，于是把他召来伯氏宫干体力活儿。

雍廪在伯氏宫勤勤恳恳地干活，脏的苦的、沉的累的，让他干什么就干什么，从不挑剔，像知道自己太丑，日常不把脸抬起来，人问他话，仿佛既是聋子又是哑巴，难得给次反应。

他像蛰虫似的把自己埋下去，眼睛却从不曾忘记搜查伯氏宫的角角落落。他记得宁戚说过一件事，伯氏每年年末要会计称贷之款，在这堂皇私宅的某间屋子里必然藏着称贷券契，也可能有历次分金的账目，像伯氏这么精明机诈的贪利小人，不可能不为自己留后手。

观察了三个月，雍廪发现有间屋子不寻常，伯舆每次进去都是一个人，出来又把门关得严严实实。有次伯舆最宠的小妾忘了规矩，擅自进去找他，被他骂出来，砰地摔了门，严厉地威胁道："再有下次，你滚回母家去！"

雍廪因此铭记在心，这间屋子里一定藏着伯舆的秘密，纵不是券契账目，也有掐住他死穴的罪证。

所以今夜，当天地万物都陷入沉睡，雍廪行动了。

屋里仿佛终年积雾的山谷，一切都看不清，雍廪的眼睛慢慢适应黑暗，渐渐能辨出矮榻、凭几、案俎、衣箱、椸枷，以及一座大屏风，屏风上有黝黯的光芒闪一下，再闪一下，仿若是哪个君子饰容的玉充耳。

雍廪忽地背心蹿上一股凉意，他想也不想地转过身去，背后一个阴沉的声音道："来都来了，何必急着走。"

姜黄火光跳纵而起，将黑暗撕开一个偌大的角，是有人点亮了灯。雍廪不逃了，他重又转回来，看见就在那面屏风上，火光投上去，映出一个人变形的影子，此刻眼底的景象都漫漶而模糊，只有他耳垂的充耳莹澈明亮。

雍廪冷冷地问："你在这里候了多久？"

"不久。"

"你何时发现我的？"

"惭愧，也不久。"他仿佛怅惘地叹了口气，忽而绽出一丝促狭的笑，"不过闻名齐国的勇士雍廪，想要不被发现也难。"

"伯子果然眼力惊人，佩服！"雍廪用讽刺的口吻说。

伯舆慢悠悠地走近两步，雍廪那张朽烂的脸被灯光映得发亮，每个疮疤都似烧着火，他叹息道："不愧是齐国第一勇士，为了伏于我身边，不惜伤损面容，对自己下手如此狠。”

雍廪毫无情绪地说：“不得已，对付伯子这样的聪明人，不付出代价，做不得大事。”

伯舆忧伤地说：“你们就这样想我死？”他在屏风前坐下去，轻轻抚膝，说道，“你都查出了什么？说给我听听。”

雍廪嘲弄道：“伯子心胸阔达，竟想听自己的罪行。”

伯舆嘻嘻一笑：“好奇而已，纵算让我死，也得死个明白不是？”

这临危而厚颜无耻的做派，倒让雍廪生出两分古怪的钦服，他懒懒道：“伯子欲听，我自不当隐瞒。伯子胁君让利，是犯上之罪；得利则分金于二三君子，是欺君之罪；交通楚蛮，贿金于敌，是叛国之罪；逼良人为奴，是祸民之罪。”

伯舆摇摇头。“果然桩桩是死罪。”他眯起眼睛，目光从眸缝里探出来，“你今晚潜入此室，欲查何种罪行？”

雍廪冷笑：“伯子明知故问了，你若不知我查什么，何必冷月凄夜，在此苦候。”

伯舆沉默，蓦地发出干硗的笑声，他侧身从脚边捧起一具沉沉的漆匣，挥了挥无处不在的光影：“你要的罪证正在此。”

雍廪看着漆匣，眸光一跳，仍旧形容不变。

伯舆郁郁地说：“你敢潜藏我伯氏，必有上峰授意，不扳倒了我，你们不罢手。”他深深一叹，又露出狡黠的笑，“不如做笔交易如何？”

雍廪冷漠地说：“你要做什么交易？”

伯舆将那漆匣放在腿上，一字一顿道：“无他，若你们能保得伯氏举宗平安，你们已知、欲知、未知之事，我皆愿以实情相告。”

雍廪质疑道：“我凭什么信你？”

伯舆自唇角挑起一抹舛诡的笑：“随你信不信，你信，我们还有的商量；你不信，你以为走得出这伯氏宫吗？”

雍廪并不害怕，凛凛道：“伯子不必以死威胁，我若出事，外边三日不闻音信，必知我死，国君特使失踪迹于骈邑，国中自会遣人彻查。这骈邑纵便为陪臣封邑，也不能挡国中问变，到时查到何种罪行，就由不得伯子了。”

伯與缄默一会儿，赞道："高明！"他摩挲着漆匣，仿佛那上边有不平的凹槽，指尖微微颤动，"你们有你们的应变策略，逼我自系囚狱，不过，如果有些事我不说，你们永远也不会知道。"

雍廪疑道："我倒有些困惑，伯子为何愿意交托实情？你便是杀我灭口，也是当然。"

这疑问像针，刺中了心里的陈年创痛，伯與神色转黯。"我有我的难处，别看伯氏外头风光，里边早成败象，唉。"他把神色一敛，"不必说废话，我只问你，做不做交易？"

雍廪不言。

伯與轻轻咬牙，说道："你不想知道当日穆陵关下胁君让利，谁才是真正主使？"

雍廪眉棱一耸，他看向伯與，那张带笑的脸被摇曳的火光割裂成无数片，仿佛他也曾经自残。

五日后，一道密书传入临淄城，写书的是雍廪，收书的是管仲，书里内容不长不短，说了这么一件事：伯與愿意反水，但他要与管仲谈判。字面意思到此为止，字里的意思不难猜，谈妥了，全盘秘密交托，谈不妥，他咬死不说，大不了奔逃出国，大夫罹罪去国者比比皆是，也不少他一个。

管仲斟酌一日，回书说可以谈判，双方谈判的地点可在临淄，可在骈邑，也可择其他。伯與选择了第三种，他有戒心，害怕只身赴临淄，遭到强行扣押，于是他提议在隰氏封地东阳见面，这是他的小九九，东阳离骈邑近，万一遇变，能随时逃回来。

双方约定的时间是本年七月中旬，管仲遣召御寇先期抵达，他吩咐道："事恐有变，当机而谋。"

"伯子若迟迟不至，或至而又奔，该如何做？"召御寇问。

管仲果决地说："不至，使其不得不至；若至，不可使其奔。"

谈判只是管仲稳住伯與的权宜之计，这时候，万一伯與遇难，或是去国避祸，真相就永远石沉大海，但最终目的仍是逮拿下狱。召御寇领会了管仲的意图，他率私属赶赴东阳，心里盘算在管仲来之前，先把伯與拘系了，不待骈邑的伯氏宗族反应，押着他飞奔临淄。

先遣队伍到达东阳，刚刚秣马歇脚，骈邑那边传来消息，说伯與已上路了，因两地相距很近，车马跑得快，不过一日行程。召御寇长了个心眼，他不在东阳乡里痴等，率众往骈邑方向多行进了十里地，当道驻扎候人，他想的是，伯舆如果中途反悔，也能及时追回来。

这一日从日出等到中午，又从中午等到日落，阳光拖长了人影，缩短了人影，又拖长了人影，车道上久无动静，风呼呼吹过去，满地尘埃烦躁地起起伏伏，原本瓦蓝无尘的天无端平添了几缕愁云，好似蜷曲的干枯尸体。

迟迟等不到人，不安的情绪在召御寇心间泛滥成灾，原想派候人去前途探个究竟，转念一思，管仲交代过当机而谋，既都挪到当道了，何必按部就班，索性全队开拔，朝着骈邑扬镳奔突。

走了约有五里路，前方有车马之音接近，只听那声儿，哐当当、哐当当，车似乎很破，马也像跛了足，驭车的手还不稳，仿佛是醉汉赶驴车，轮毂又太干涩，关辖处没抹脂膏，在车道上划出生硬的曲折线。

召御寇示意私属们提高警惕，这时黄昏的霞光从背面射过来，将那车马影儿往后狠狠拉长，乍像天上愁云掷地的阴翳。驷马歪扭前行，拖出两道红得发乌的车辙印，像是这车上载着两罐红漆，罐子不小心裂了缝，一路走一路洒。

车上端坐着一个人，如果还能叫人的话，这人保持着驭车的姿势，仿佛一尊时间久远的雕塑，生命就此凝固了，凝固在他永远肃穆的面孔上。

召御寇大喝一声，众私属冲上去将那车马拦下来，驷马其实也不想跑了，鼻息粗重，四脚软软地刹住，有一匹服马眼见要一头栽倒，幸而有勇力的私属一把拽住鞅带，将累得抽筋的服马硬拉起来。

稍停片刻，从那御者身下钻出又一个人，仿佛是他精心呵护的巢穴里的稚鸟。那人满脸血污，一身淋漓，不是他的血，是御者的血。那血未曾凝结，顺着车舆往外淌，在伏兔上折个弯，一线线填入轮毂篆槽，满得溢出来，啪嗒摔在地上。

召御寇全身都在发抖，只觉那颗心被锐器扎伤，疼得脏腑痉挛作一团，悲到极致，痛到窒息，忽然间盛怒竟燃起来，烧得理智全无，他像拎鸡仔似的，把那活人揪下车。

“怎么回事，谁干的！”他厉声吼道。

活人抖得像狂风中的枯枝，刚刚经历的一切太血腥太可怕，魂魄已灰飞烟灭，余得的这一副肉身只是行尸，无知无觉、无情无欲，他茫然而惊恐地抬起血红的眼睛，梦魇似的自言道：“是他，是他，他要取我性命……”

“谁！”召御寇愤怒地逼问道。

他仿佛怕得不能见人，颤颤地捂住脸，癔症般重复道：“是他，就是他，我知道是他！”只是一瞬，他狂笑起来：“齐有三分，国、高二分，执政不敢动他，国君也不敢动他，你们统统动不了他，动不了他！”

那如痴如狂的笑声扬起来，再扬起来，终于不胜其高，跌陨而下，陡然变成凄咽哭声。

最后的余晖扫过车道，稍稍停在两行长长的血色车辙上，抚了一抚，慢慢退却了，黑夜徐徐涌来。

四

伯舆在来东阳的路上，遭到伏击截杀，一行三十多人，只逃出他一条命。

那伏击的刺客，或许接到的上峰命令是不留活口，下手直取性命，招招毒辣，不是割喉，就是断首，来不及立刻杀死的，先打断腿骨，令其不能动，俟后挨个儿检查，只要还有活气，果断补上致命一击。后来召御寇率私属赶来刺杀现场，见得一地里残肢断体，腐臭的血腥味在四野弥散，又有食腐肉的老鸹盘旋其上，真惨不忍睹。

被这么一群亡命徒截杀，本来伯舆必死无疑，得亏有个雍廪拼死角斗，豁出命来救他，终于抢出一条血路。

伯舆与管仲在东阳密会，除了极少数亲信，没人知情，临淄方面严守秘密，不可能泄露消息，唯一的解释是，伯舆身边藏有他方耳目。事后，伯舆痛心地承认，伯氏宫多年为大夫家充阛阓，他本该想到墙内有耳，是他疏忽大意。

刺杀主使者获悉伯舆要反水，恐机密暴露，遂先下手为强，只要伯舆这口气断了，死人不会说话，秘密就会被永远埋在坟里，至于他的身份，谁能猜得到呢。但伯舆逃出来了，活人有嘴，总要说话，即便起初伯舆的疑似反水还有观望心态，遭了这一场劫难，你不仁我不义，伯舆宁死，也要用染血的口把实情说出来。

那么这人是谁呢？

临淄国人议论纷纭，把卿大夫轮番地数了一遍，人人皆有可疑，这家大夫富可敌国，钱财来路多半不正，那家大夫阴私里小动作甚多，坑蒙拐骗少不了他，大逆不道的还信口雌黄，只怕国君也脱不了干系。

遇刺不死的伯舆被带往临淄，才走到城门口，便有君令传出，将伯舆逮下牢狱，反水的先吃了牢饭，幕后主使却至今不明身份，也没见国君宣令彻查到底，当真如伯舆所说，那人权势大过天，国君也动不了他吗？

伯舆成了囚犯，与他有利益纠葛的卿大夫，是与他一起同系缧绁（借指监狱、囚禁），还是继续逍遥法外，国君没有明确表示，掌刑的司寇也不吭声，唯有压抑的沉默，像此际乍起的秋风，在临淄城的街陌间缓慢而安静地吹拂，遇着大夫家的摩云高墙，自动绕路而行。也许一切都将不了了之，也许，那强大的卿大夫家族真能与日月同辉，周朝灭亡了，他们依然仰荫承荣、富贵等身，风光延续千秋万代。

国君不敕令逮捕大夫，隔日却宣下一道奇怪的君令：即日起，各公门各私门前，不允有闲人滞留。换而言之，临淄城从现在开始，禁止蹲门。

这可要了闲汉们的亲娘命，临淄的蹲门历史源自太公，绵延数百年之久，已成齐国的别致一景，有远客来临淄，问曰：齐有何奇乐？答曰：庄岳之间、蹲门闲人。

历代齐君都不管蹲门，闲人蹲得意气风发，常蹲去齐宫门口，齐君看见，也要乐呵呵地分派赏物，叹一声“可怜见的”。因为上层纵容，蹲门与齐国社日、庄岳女闾一般，仿佛成了沧海桑田也不变的传统。

不想当今国君竟容不下区区一蹲门，闲汉们闹将起来：不让我们蹲门，我们能去哪里？公家的答复是：国中给尔等安排了谋生劳作，若不肯愿，则遣返乡里，尔等何以懒惰至此，生得堂堂之躯，又不曾残废，日日在公门私门前昏昏欲睡，与狗争食，不嫌丢人？

蹲门正是为了不劳动，若是有心谋生，谁还来蹲门？遥想当年宁戚也为蹲门闲人，而今官居高位，住的广厦，乘的华车，富贵气直入云霄，焉知闲人里不能有下一个宁戚？我今日不务正业，是为明日经纶国政。

不管闲人有何不满情绪，禁止蹲门的君令仍然坚定地执行下去，国君御士每日在临淄城的三街六巷巡逻，发现有冥顽不化的蹲门钉子户，架起就走，要么送去国乡务工，要么遣回原乡种田，着各乡官严加关注。

对清门行动，临淄国人颇有微词，到底蹲门是齐国由来已久的传统，闲人不就在门口坐坐躺躺，掰扯大夫家的私生活，也不干碍国法，何必呢？终究有头脑清爽的暗议：你们以为蹲门闲人仅仅是闲人？诸位忘记十来年前淹死在淄水里的闲人了吗？他为什么死，不就说了个逸事，是谁在旁边听了一耳朵呢？粗略算一算，闲人里大概三分有一是卿大夫家的眼线，白天盯梢别家大夫门前往来车马人流，一并盯梢国君。

如此说来，禁止蹲门是在铲除卿大夫的眼线，将大夫家埋于临淄城的消息触须，一根根斩断，国君或者不罪卿大夫，但国君得把卿大夫的眼睛刺瞎。

就在清门君令发出的当日，国君召见了一个人。

君臣面见于内朝燕寝，殿门紧闭，言语不漏，声息不闻，摒人密议持续了很长时间，那人来时红日临空，走时夕照半城。待宫门洞开，久挂檐前的血红晚霞乘虚而入，照见那人煞白的脸，他本已半只脚跨在门槛上，忽地转身，对着国君俯身伏拜，砰砰砰地磕头，他行的是顿首礼，重过稽首，唯身罹丧祸，才有这顿头于地的礼数。

君位上的小白一动不动，他没叫那人免礼，也没半字抚言，守门的御士忍不住好奇，偷偷往里瞥去一眼，国君憔悴得像老了十岁，仿佛一日之间，原来那个快乐自由、常带几分孩子气的齐国君主不见了，这里端坐的，是虚弱的垂暮人。

那人磕得额头出血，哽咽说道："我君待臣厚恩，优待宠任，甚有分国之礼，臣不思报效，欺君罔上，多所残剥，死罪难赦，蒙我君体恤姜姓旧宗，宽待国氏一门，国氏永铭君恩。"

小白还是不说话，唇角绽出一丝不易察觉的讥笑。

小白想起那年朝会，卿大夫们非议变国之政，此人还出声制止大夫非礼，他们本是同一战壕的友军，他却当着自己的面，惟妙惟肖地演了场敌我阵营不两立的好戏。都是不吃亏的聪明人，知道出头鸟易受伤，便混淆视线，丢三五个小卒子出来挨打，老帅安然幕后不动如山，因为保住了他，才保住了富贵生意，保住了他，这齐国不论怎么变，永远是他们的天下。

小白目送他一步一步走出门，仿佛在国君这里受了莫大委屈，伤心得挪不动腿脚，可，其实是他和他的同党，伤透了国君的心。

翌日清晨，小白收到宫外呈上来的请辞执政书，他看也不看，冷冰冰地说："这边辞，那边接。"

那边指的是管仲，在好几年前，高傒就因身体抱恙，居家长期休养，名义上还保留执政职权，但他少问国事，实则与半隐退也没区别，如果国、高皆让渡出执政权，那管仲将是齐国唯一的执政。

世执齐执的国氏、高氏，开辟头一遭退居二线，国牧退权，高傒不争，齐国由异姓执掌大权，放眼列国，绝无仅有。

知道自己成为执齐政唯一人，是小白把请辞执政书转给管仲，他扫了一遍，神色不见兴奋，只把辞书搁下，前去探监伯舆。

伯舆被关押在司寇官寮，他毕竟是大夫身份、大家宗子，不适宜在阴暗牢房里与耗子爬虫做伴，现任司寇的宾胥无请命国君，暂将伯舆羁锁在官寮的一间小屋里，由责任心强的御士在门口日夜监守。

管仲来时，伯舆正歪躺在榻上，捧着一卷简册看得入神，这是他昨日刚刚讨来的史典，见管仲进来，也不起身，旁若无人地念道："史佚有言：无始祸，无怙乱，无重怒。"他沮丧地摇摇头，"无一不中，怎不落败！"

他把简册徐徐放下，站了起来，懒洋洋地给管仲行了一礼。管仲看着他："伯子倒说说，怎么个始祸、怙乱、重怒？"

伯舆卷起简册，丢去那榻上，因掷力大了，简册又散开来，他散漫地说道："执政皆知，何必问我。"

"我所知不详，望伯子明告。"

伯舆倦倦一笑，抬手邀道："请吧。"两人分宾主坐下，伯舆轻轻一咳，说道："我伯氏外头风光，惹来人人称羡，全是假象。不瞒管子，约莫二十年前，伯氏便已衰败，说是齐国称贷第一家，不过是撑持颜面的空言。管子可知，这称贷事业，在齐国要论根基，若较试大夫家实力，孰家及得上国、高？"

管仲点头："不错，齐有三分，国、高二分。"

伯舆哈哈笑道："原来管子也赞此言，高子闻见，又会不乐意咯。"他将案上竹篮里的红枣拈起一颗，说道："齐国称贷之家甚多，凭何大赚财利？凭爵禄官位也。伯氏一宗，数十年里不曾在内朝任过高位，称贷之业遭诸大家蚕食，况凭着区区硗薄之骈邑，要养活全宗老少，谈何容易！不得已将名下贷券转让，崔氏得十分有一，曹氏得十分有一，隰氏也得十分有一，管子不妨猜一猜，谁家所得最多？”

“想是国氏。”

“管子所断不差，正是国氏。”伯舆将红枣塞进嘴里，慢慢咀嚼滋味，一颗枣儿下肚，才道，“国氏得了我二分有一贷券，俨然是称贷第一家，只是第一称号虽美，往往成众矢之的，国氏岂能显财于众，遂挂我伯氏的名，赚他国氏的暴利！有国氏先行，别家从而效之，使得伯氏平白背负称贷第一家虚名。”

原来宁戚故事里的伯氏会计称贷之款，出现多家券契，真相是这么回事，管仲嗟叹道：“你们也肯？”

伯舆苦笑一声：“管子才言：齐有三分，国、高二分。齐君子皆知，可得罪国君，不可得罪国、高，大夫罹祸，国君顾惜旧情，尚给活路，国、高吗，不给活路。”

他拾起一颗红枣，用力一捏：“此为始祸。”

管仲道：“故而才有穆陵关下，出面迫国君让利者是你，后边做主者是国子。”

伯舆死攥着拳头，紧蹙眉头道：“这便是怙乱，当日国君与公子纠夺位，诸君子各有主张，然高子力撑国君，国子以为国君胜算更大，决意趁乱牟利，生夺得骈邑金山。那崔子、曹子、隰子拥趸国子，不过承其恩惠，分得少许末利，黄金有一大半流进国子私府。”

“何以交通荆楚，献金于敌？”管仲问道。

伯舆道：“管子行变国之政，推官山海之策，法化通行，私门有黄金者，一概由国中设定交易，出国境之金定有限数，何以赢大利？诸夏奉齐为伯主，黄金流向诸夏，易为国中所知，唯楚与齐为敌国，因而私下与荆楚交易，以我之金换楚之宝。”

人为博利，怎样下作阴暗的手段，也竭尽所能使出来，管仲不由得忡忡一叹：“重怒也。”

伯舆扑哧笑出来：“管子所言极是，非重怒而何？”他又恼又悔地说：“道路皆以我伯氏为不齿，我为弈子耳，为他国氏背罪名、担险责，他日事发，也是我伯氏引颈就戮。”

管仲语气刻薄地道：“伯子未必没留后手，不然，那分金之书从何而来？历年分金细务，无一不录，伯子有心了。”

伯舆自嘲地笑笑：“我求自保而已，什么富贵荣光，早不敢奢求。倘或我难逃一死，唯愿伯氏举宗无事，纵便埋首乡里，永为野氓，又有何伤？”他说得悲伤，声音微微发抖。

“果然是诸方纠缠，各有筹划，其实伯子若抵死不出头，国中无从查起。”管仲的话仿佛认真，也仿佛在套他的话。

伯舆半笑不笑道：“管子何必诓我，已遣亲信伏于伯氏宫，据闻又获一要紧人证，早已捏住定罪把柄。我若不出头，便是我伯氏背负全部罪名，他国氏倒摘得干净，为他门前担事这多年，纵下黄泉，也得拖上他！”

他发泄了这通复仇言论，竟自失一笑：“国子又怎会陪我下黄泉？管子动不了他，国君也动不了他，纵使我伯氏墓前荒草生了两丈，国、高仍是二分齐国。”

仿佛有细细的冷雨淋在心头，微冷的感觉收摄了语言，管仲沉默了。

伯舆用挖苦的口吻说：“想想这国子，一手探进变国之政里承君恩，一手与二三君子勾连求私利，两头装君子，两头得利好。国君以为他是自己人，二三君子拥他为领袖，可叹国君与二三君子皆看错了他，他不为任何人，只为自己。”

他长长地呼了一口气：“管子啊管子，这齐国上下，这天下列国，谁不在谋私利？谁不在行苟且？唯有你在为公，何其迂阔！”

管仲轻轻一动手指，仍不言。

伯舆攥紧的拳头敲在案上，郑重地说道：“我虽愚拙，也知变国之政是为强国富民，可齐国君子与管子不同心。管子想过没有，你在一日，变国之政或能执行，若你百年之后，这变国之政，恐怕就……”他没说下去，后头的话太过灰暗，宣出口可能要暗淡了心情。

管仲缓慢地半仰起脸，目光平静而从容，坦然道：“我想过。然我之所求，在裨补当世，短促之生年，尚不能有所作为，又如何追问后代？孰人不会死？因未来必死，便碌碌此生，方才迂阔，我能生此天地间，无他宏愿，向死而生矣。”

伯舆怔忡不语，蓦地长笑：“好！好！管子果然不同凡响，行大事者该当如此，管子是真君子、伟丈夫，伯舆区区小人，不敢与丈夫论大事。”

管仲露出浅淡得没有情绪的微笑，起身往外走去，伯舆喊住他：“雍廪为我而死，他是天下少有的节烈君子，劳烦管子为我奠一爵酒。”

管仲后背倏地一颤，仿佛有微风摩挲衣衫，他稳稳地说：“好。”

伯舆闲适地抱住膝盖，自言自语似的说：“为变国之政，付出偌大代价，倘若不能使后代承继，值得吗？”他张开手，那在掌心捏得濡烂的红枣落下去。

管仲没有回答，他推门而出，外面天正高爽，云正娟白，风更柔软，阳光如玉壶里倾倒出的清水，流向这繁华又可耻的红尘世界，若是情愿，可不可以洗净人间肮脏？

管仲走出司寇官寮，在门口登车，驭车的召御寇问道：“子往何处？”

“左南乡。”

召御寇明白，管仲要去看雍廪。雍廪的死讯传入临淄，不得不告诉谷柳儿，她倒还撑得住，表现出异常的坚强，她唯有一个请求，雍廪生前，没能与她结为夫妻，甚为遗憾，但她愿以妻子身份为雍廪守丧。

这请求令人鼻酸，谁又会不答允呢？便将雍廪的灵柩运去左南乡，就在谷柳儿家里设下神主，一应丧仪都在此进行。雍廪的尸身刚运到，谷柳儿为他沐浴，从他身体里取出五十多枚箭头，旁边帮忙的鹿无极惨白着脸，谷柳儿每启出一枚，便递给他一枚，口里念一声第几十几。到最后，鹿无极的手已抖得拿不动箭头。

送雍廪来时，他的遗物也一并送达，谷柳儿在遗物里找到那领没来得及穿的新衣，她给雍廪穿上，实际从里到外的小殓之服，全是她亲手缝制。

雍廪在齐国闻名已久，他的死惊动了四里八乡，远近之人都赶来吊丧，有痛心勇士不再见，有叹息人命无常，也有纯属看稀奇。很多人不清楚雍廪为何死，乡里向谷柳儿打听雍廪的死因，她不说，问她何时嫁给雍廪的，她还是不说，问得着急，又不得满足好奇心，话便难听，讥笑谷柳儿的丈夫多。鹿无极跳出来臭骂：“再饶舌，雍父在上，必不饶你！”

活着的雍廪，让齐国人心胆欲裂；死了的雍廪，也让齐国人噤若寒蝉，只怕变了鬼，更凶残些。想想死雍廪站在床头瞪眼睛，背脊骨寒凉得裂出千疮百孔，果然不敢乱说话了。

召御寇驾车奔到左南乡，径直行至谷柳儿家门，大门外还算清净，偶有乡人把着门悄悄觑一眼，嘴里碎碎念着这般那般，很快就缩头不见。前一阵子，谷柳儿家墙里墙外挤满了好事者，大人叫小孩嚷，吵得活人不平静，死人不安息，后来是召御寇率私属来此赶人，凡是并非真心吊孝的看客，统统撵走。又有个鹿无极，天天横着刀在门口骂："哪个杂碎再来惊扰亡人，左脚踏进门，我砍断左脚，右脚踏进门，我砍断右脚。"

人是走干净了，可背后嚼舌根却挡不住，乡人捂嘴闲话：鹿无极莫不是雍廪的种，他那窝囊废的亲父，丝毫血性没有，怎生得出这悍戾的儿子！

门墙外尚停着其他车马，望一眼车衡上的銮铃，是卿大夫乘车，管仲走进门去，果不出所料，鲍叔牙与宾胥无也在。

谷柳儿与鹿无极、鹿奚兄妹跪在灵柩前，三人服的是最重的斩缞，谷柳儿尽妻礼，兄妹尽子礼。那粗糙的白，不客气地撞入眼底，让人既疼又悲，管仲把眼睛别过去，认真地敬拜亡人，母子三人还礼以谢。

管仲说道："若有难解之事，可告诉我。"

谷柳儿谢道："有劳管子，一切都好，并无难事。"

管仲知她好强，百事不愿求人，但他不能视若无睹，因说道："雍廪曾言，无极有为战士之愿，这也是廪之愿，若是无极仍有心，待葬礼毕，可随我走。"

谷柳儿怔愣，当日随心的闲聊，她说过了就飘散了，也没指望能成真，可谁能想见，雍廪真的告诉了管仲，要为鹿无极达成心愿，自己的一句话，在雍廪心里，便是必须完成的责任，感动与伤心交织成绵密的网，兜住自己那颗泪水涟涟的心。她把头低下去，抽噎道："多谢管子挂心。"

管仲暗自叹息，却见宾胥无正拿着把小彗扫棺，一面扫一面轻声吟曲，自从他充任刑官，一步步登临高位，很久没开嗓唱歌，后来者都不知道宾胥无除了精刑律，也通音律。

东方未明，颠倒衣裳。颠之倒之，自公召之。

东方未晞，颠倒裳衣。倒之颠之，自公令之。

折柳樊圃，狂夫瞿瞿。不能辰夜，不夙则莫。

管仲想起来，这是那年弥水战后，他们一众徒兵结伴返国，夜宿荒野，宾胥无唱的一篇诗，当时勾拨出离乡徒兵的怅惘情绪，独雍廪称了一声“善”。就是那次，他结识了雍廪与宾胥无，也结识了鲍叔牙，那时，召忽也在……

宾胥无唱至最后一阕，却是泣不成声，调不成调，音难成音。他流着泪笑道：“唱不动了，别怪我。”

在世人眼里仿佛死神化身的雍廪，于宾胥无，是他相交多年的朋友，于谷柳儿，是可以交托终身的爱人。从不在意旁人口舌眼光的雍廪，一生末路，有至亲送行，那必定留存心间的遗憾，该有所弥补吧。

宾胥无那未能唱完的一篇诗，在管仲心里久久盘桓，满涨的情绪被零碎的歌声催发，无数次涌上来，又无数次被他压下去，他掩饰地转开脸，不看宾胥无，不看谷柳儿，不看棺椁、神主、旌铭，他要躲开一切可能引出伤情的人和物，却正与鲍叔牙目光对视。

两人默契地同时告辞，宾胥无不走，他要为雍廪守灵。两人出了大门，这次是鲍叔牙先说：“同行？”

“嗯。”管仲用很低的声音回应，似乎乏力。

仍旧是鲍叔牙驾车，两人一乘，别无骖乘，以往是雍廪随驾跟从，现在是召御寇。两人默默行了很长一段路，车马碾过乡野的小道，不时簸一下踬一下，道路两旁的田土一畦畦铺陈，仿佛纵横平直的棋枰，东面的金黄麦子与西面的火红高粱间隔相望，触目之处，一派丰收的灿烂景象。

鲍叔牙开口道：“听璧说，友来书了，他可还好？”

“还好，吃些苦，对他是好事。”

今年初，管仲将管友送去边鄙充戍兵。管友自是死活不从，他去母亲面前哭诉，去祖母面前耍横，还去寻管璧，撺掇从小带他的姑姑向父亲讨说法。管仲那颗心仿佛铁秤砣，谁说情都没用，管璧劝得口干舌燥，对方却是软硬不吃，气得撂下狠话：“对亲儿子如此绝情，你也枉为人父！”

母亲与父亲同一阵营，祖母只是流泪，求她给父亲求情，她反劝管友懂事，姑姑的劝说又败下阵来，管友百计莫施，凄凄惨惨地踏上戍边之旅。

管友戍守的边鄙是夷仪（今山东聊城西南），位于黄河以东济水以西。原来这一带多有戎人，因为几年前齐国扫荡济水诸戎，此地戎迹绝少。戎走了，夏人还未曾来得及徙居，方圆百里之地皆是荒凉平原，农田废弃，人烟罕至，唯有孤零零的一座小城。这里虽少了人间烟火，但地盘广袤，草木蓊郁，水泽丰沛，却是养马的好地方，齐国在此辟了一处不大不小的牧场，任命一位圉师专门管理，因此守边的戍兵其实更像养马的圉人。

管友来到夷仪后，因他的身份只是最低级的徒兵，所有底层徒兵必须干的苦活儿累活儿，他都得干，每日除蓐、扫厩、刍牧、刷马，与五大三粗的戍兵厮混，与臭气烘烘的战马打滚，浑身的汗味、马味，累得毛发稀疏，手足胼胝，叫苦没人搭理，偷懒会被惩罚。戍兵们见他是管氏，好奇问他与齐执政有什么亲缘关系，他说不认识执政，也没亲缘，戍兵们很是相信他的话，临淄卿大夫矜贵着呢，谁家舍得送子弟来边鄙风吹日晒。

对管仲将儿子送去戍边，卿大夫们说长道短，理解的少，非难的多，连小白也去问管仲：仲父要训诫儿子走正途，何事不能为，送他入宫充御士也可，何必远别父母，去那苦楚边鄙受罪。

管仲答道："天下富贵君子少，而贫寒民氓多，凡力耕、营造、做工、戍守、畜生，为诸般国事操劳之人，俱为贫民。贫民能送子勤国事，君子如何送不得？君子仰食祖荫，受国厚恩，本该多效死力，今贫民勤勉国事，君子坐享其成，不公也。"

小白无话可说，卿大夫们耳闻管仲的高论，都道他想法怪。自古以来，劳心者治人，劳力者治于人，乃百世不更之至理。在传统社会的森严等级这棵大树上，每个人各安其位，盘曲粗根不要妄图爬上高枝，高枝也不会俯身屈就盘曲粗根。

唯有鲍叔牙能理解管仲。

为管友的事，管璧与管仲争一场，铩羽而归，回家对鲍叔牙磨牙，鲍叔牙却责管璧多嘴：你若真心为侄儿好，就该支持兄长。

这当口提起管友，鲍叔牙期期道："但愿友能领会你的一片苦心，切勿辜负了。"

管仲神色戚戚，久不出声，低低道："人各有心。此以为是苦心，彼或以为是狠心；此以为是公心，彼或以为是祸心。"他怅然一叹，"鲍叔，求人心齐，难；求人知你心，也难。"

从没听过管仲用这样凄恻的语气说话，鲍叔牙心里忽地一抽，他偏了一下脸，管仲竟然满面是泪。

轮毂嘎嗒两声涩响，车马停住了。

眼前这个悲伤哀惋的管仲，让鲍叔牙手足无措。他们相识三十年，在鲍叔牙的记忆里，管仲永远是最刚强最坚韧的那一个，艰难困苦打不倒他，生死恐怖慑不住他。跃迁命运很难，他要奋斗下去；变国政很难，他要执行下去；重整天下更难，他也要实践下去。

可这般的呕心沥血，这般的一往无前，到底换来什么？是无数次的妥协，无数次的让步。那仿佛触动齐国根基的变国之政，被有些激进者诟病为与卿大夫共分利，旧势力依然树大根深，只能在夹缝里栽新苗，历经阻扰长出来的一株小树，禁受住今日的狂风摧折，禁不住明日的风雨重来。

正像伯舆的质疑，为变国之政，付出偌大代价，值得吗？这一路行来，牺牲了忖里乙，牺牲了雍廪，多少人为改变旧秩序前赴后继，舍死不顾，可如果变国之政是一代而终，如果当信仰同道者皆为尘埃，一切又重回到旧路上，那从前的努力，意义何在？

是不是再伟大的实践家，也只能谋当代，谋不了后代？管仲回答伯舆，他不虑身后事，可在他真实的内心中，却不能不思索，不能不忧患，因为未来不可为，也不能不悲慨。

鲍叔牙能猜到管仲的伤情缘由，他不追问也不安慰，他知道管仲不需要，他现在能做的，只是无声地陪伴。

彼此久久不交谈，眺看着漫天红霞流溢，将一朵朵白云染得绯红似火焰。高天上有风，将火云吹向西边，彼处燃起灿艳的余晖。这是一天里最明丽的时刻，绚烂到极致，璀璨到极致，而黑夜在那落日背后久候了。

不经意地，管仲轻轻地说："还可同行吗？"

鲍叔牙扭脸看他，神色平和，目光镇静，他点了点头："可。"

车马重新启程，道路越走越宽，颠簸越来越少，前方的临淄城仿佛被夕阳熔铸，金光灿灿，富丽堂皇，这座富贵气与烟火气并兼的城市，她独一无二的魅力在于，总能承载同行者昂贵的梦想。

五

骈邑金山一案，牵连进去的卿大夫甚多，临淄国人咋舌惊叹，全是一群脚指头都能戳死人的狠角色，其中有伯氏、崔氏、隰氏、曹氏，以及世卿国氏。

对涉嫌金山案的卿大夫，司寇处论的罪名不少，排在首位的是叛国罪。看到这个罪名，再混沌的人也懂了，分金欺君还能留得一条性命，叛国唯死而已。

按照周礼，卿大夫有罪，其罪不及家族。就是说，哪怕是谋反罪，如与国君刀枪相见，至多死首犯，宗亲不受任何影响，萎靡一阵子，过后又风风光光地登上政治舞台，爵禄不变，富贵不变，这种保存血亲家族势力的顽固传统，是所谓不轻易绝人祀。

也许小白想将卿大夫家族连根拔起，可他越不过周礼去，他只能给几家大夫送去死亡通知，待他们咽气，还得册命他们的儿子为新的宗子。

判死君令由国君御士背负，一家接着一家宣布。因临淄卿大夫宅第不在庄道，就在岳道，君令送达很方便，刚去这家宣布完毕，隔壁就是彼家，转个弯就到了。

出于对刑不上大夫的周礼断狱原则的尊重，国君为大夫们留存了最后的体面，不逮下牢狱，不身系缧绁，不公开处刑，死后也不会陈尸于朝，至于该如何死，请自行选择。

收到判死的君令，大夫们都非常平静，没一家异议，没一家反抗，仿佛慑于国君权势，也仿佛在人生末路，醒悟出难得的忠心。

曹鳌选择的自杀手段是仰毒，据说是从楚国购来的剧毒之药。有小道消息称，买药所用酬金正是骈邑黄金，极具讽刺。他将毒药掺在烈酒里，喝至酩酊大醉，在沉酣醉意中死去，说不好到底是毒死，还是醉死。

曾受惩闭门思过的崔夭，四五年前恢复了自由身，逍遥日子未过多久，索命君令却套上脖子。他选择了自刎，不像曹鳌临死而醉不省人事，他死前很清醒，最后还说了意味深长的遗言："我代国子而死，国子可肯为二三君子而死？"

隰辰虽也被论处自杀，可他早就病体难支，不用判死，也离死不远，国君体恤垂暮老人时日无多，仅仅在他床前宣布君令，没让他立刻动手了断自已。也正因这道君令，仿佛催命符，加快了隰辰死亡的节奏，他痛苦地挣扎踢蹬了两日，在第三日子夜时分挣不动了。

隰辰这边才落气，国君那边就册命隰朋为新宗子，他说是遂从亡者遗愿。隰氏宗亲暗中非议国君冷血，亡人尸骨未寒，丧哀未绝，就晋升亲信取而代之，但也不得不庆幸，有了国君宠臣做宗子，隰氏不会有危险了。

挑起整个事件风波的伯舆，小白原是要他死的，第一道君令下到司寇，与其他大夫同样，都是自杀论处，伯舆去问刑官要来白绫，刚在房梁上打了个死结，头还没伸进去，第二道君令接踵而至，国君竟赦免了他的死罪，理由是“子有悔心”。

赦免君令后有附加处罚，褫夺伯氏爵禄，骈邑的田土、山林、人口统统收归国有。伯氏在骈邑经营百年，其下统辖的大邑小邑加起来将近三百，全落入国君手里，后被划归到五鄙里，成为齐国的基层乡。

别家大夫死一人保全族恩荫，而伯氏活一人褫全族荣光，伯舆从贵族跌落为平民，伯氏举宗由大夫亲族沉沦为普通乡人。伯舆开始有些过不去的心坎，慢慢越想越畅顺，只觉前途光明，万事平坦，从前是富贵身显赫家，可日日活在恐惧里，如今什么都没有了，身外的牵绊，心里的负累，都卸下了，才觉出纯粹的活的味道。他高高兴兴地对接他出狱的家人说：“这样最好，活得安稳，日后哪家大夫死活都与我无关。”

他洒脱又自如地离开临淄城，令他意料不到的是，管仲居然遣召御寇代为送行，百感交集之余，他请召御寇带话给管仲：“上禀管子，伯舆欠子一条命，无从报答，唯以无怨之心，报子之恩。”

这就是后代儒家赞誉的“夺伯氏骈邑三百，饭疏食，没齿无怨言”。

涉案大夫或自杀或被褫爵，剩下一个幕后主使国牧，人人知他是死罪，凭他欺君叛国、贪利枉法、残杀无辜，纵使车裂十遍也不为过，可人人也知他不会死。国氏是什么身份？临淄城死一半国人，国氏依旧安然无恙。

国牧若被论死，凭国氏在齐国的势力，逼急了振臂一呼，号召对变国之政不满的卿大夫家族，与国君硬碰硬，鹿死谁手也未可知。小白知道利害关系，与国牧做了一场交易，他不杀国牧，而国牧与他共谋，迫使其他大夫服法。国牧盘算得很精明，与国君生死角力，打得临淄城血流成河，国氏未必能摇撼国君根基，国君却可借此清剿国氏，于是他出卖同党的命，换来自己的命，惩罚代价是他被驱逐出临淄城，永远待在国氏封地，终身不得踏入国都。

小白撵走国牧，除了犯法惩戒，也因他不想看见那张假面，那每日稽首拜称“我君万年”的卿大夫们，其中有几张真脸，几许真心，只怕十之八九是矫饰。卿大夫一再的欺骗背叛，让小白受了隐秘的内伤，他对齐国公族更加不信任，渐渐生出偏狭心理，异姓的、外来的、落魄的、卑贱的，才是可靠的。

数个卿大夫家族遭到重创，不仅使变国之政的阻力降低到最弱，而且齐国称贷之业也陡然衰落。号称齐国称贷第一家的伯氏的倒台，将众多平民从债务的枷锁中解脱出来，生命因为自由重获了活力，带来齐国乡野生产力的大幅度提升，也因此，国君的声望在民间达到了前所未有的高峰。

齐国内争的高潮结束了，从此时起，直到齐桓公末年（公元前643年），齐国政局平稳，内部无事，变国之政坚定而有效地进行下去，无论都邑、国乡、鄙野，齐国的一草一木都受惠于变国之政。十几年里，农业丰收，商业繁盛，手工业发达，齐国向着极富之国大步迈进。

国家的富庶强大，为接下来的战略转型奠定了坚实基础，不问外事多年的齐国，终于把目光从国内转向国境外。

齐桓公十八年（公元前668年），齐国联师宋、鲁共伐徐国，战争理由是徐国无礼于宋。

徐国是嬴姓，追溯祖宗来历，原是殷商时的东夷土著。西周代商，周人强势东进，将东夷土著揍得呕血，嬴姓东夷人被迫四处迁移，迁得最远的，奔到甘陇牧马，后来繁衍为秦人，稍微近些的，散在淮泗之滨，或融入南方诸蛮，或建起小邦国。

徐国位于淮泗之间，地理位置很是微妙，倘从徐国乘舟解缆，溯淮水逆流而上，即赴淮上诸国，有江、黄、弦等。从诸国的腹心横渡淮水，水路转为陆路，行不多时，面前两山余脉相合，这两山一是桐柏山，一是大别山，相合处形成三处险隘，正是著名的义阳三关。

后代命名义阳三关为大胜关、武胜关、平靖关，在春秋时，这三关名称有别，称为大隧、直辕、冥阨。若不惧险，翻过三关，往南随便抻一抻脚，便跨进随国领土，再往南抻远一点儿，就挨着了楚国的毛发。

汉水与淮水，是楚国伸向中原的两条长手臂，当楚国兢兢业业地啃噬汉水诸国时，始终没忘记淮水诸国，大约在齐桓公六年（公元前680年）前，楚国吞并了淮水北岸的息国，获得了自淮水流域踏入中原的前进门户。

楚之灭息，如同在淮水流域锤下一枚钢钉，威震着淮水诸国，实力不堪楚国一脚踹的小诸侯国，相继投入楚国怀抱，纷纷纳贡、朝聘、服命，待楚国如待周天子。

可齐国忽然在淮水下游丢了一节爆竹，爆破之声撼天动地，声波传到了淮水上游，正在天天琢磨如何与中原诸侯搞好邦交关系的楚国，被这声巨响惊得美满的迷梦碎了。

齐桓公十五年（公元前671年），新楚王遣使朝天子，拉开了楚国重返封建天下的序幕。三年间，楚国外交成果斐然，楚行人几乎走遍了中原诸侯国，到得一国，问礼而从俗，少见蛮夷气，赢得列国赞誉。

对楚国张扬过甚的外事行动，齐国保持了异乎寻常的沉默，使得楚国产生了错觉，那个东方大国，可能懒管人间事，忙理家务事。至此才醒过神来，楚国在改变国家战略，齐国原来也在变。齐国施行了十多年的变国之政，终于锤炼成才，藏在背后的拳头蓄势太久，该是挥出去的时候了。

被三国联军的组合拳锤击得头昏脑涨的徐国，迅速与三国行成，服齐为伯主，齐国对徐国谆谆训诲："尊天子而从中国。"话里甚有深意，中国者，诸夏也，自然不包括楚国。

伐徐之征不久，齐国向诸侯发出会盟邀请，定于齐桓公十九年（公元前667年）夏在幽地与会。这次齐合诸侯，距离上一次幽之会已过去了十一年。

漫漫十一年，齐国专心内政，蓄威养锐，没有盟过一次诸侯，仿佛空负伯主之名，而无伯主之实。乃至中原诸侯被楚国灌多了迷魂汤，忘记了中原有霸主，被楚国送来的三五筐淮南橘喂饱肠胃，被酸甜味冲得神志不清，差点拜倒在楚王的金舄下。

第二次幽之会，与盟之国与前回无差，宋、鲁是齐国的坚定盟友。在齐桓公有生之年，这两国对齐国忠贞无贰，每有征役盟会，必定景从。奉行骑墙主义邦交政策的郑国，在齐国消隐声息的这几年，与楚国来往甚密，双方互派行人，有时明里朝聘，有时暗中勾连，郑伯还与书楚王，倾诉了不少仰慕之情。

但齐国邀会，不管是一以贯之者，还是携贰骑墙者，都不能不来，不敢不来，尤其郑伯，知道齐国伐徐震楚，出师方完，旋即邀同盟与会，分明是在向中原诸侯发出警告：“从我还是从楚？”想到本国这几年与楚国私下通过的款曲，郑伯心里直发虚，生恐齐国算旧账。

诸侯们各具肚肠，各怀心肝，齐国方面却是绝口不提一个楚字，只言盟会为重修旧好，仿佛只要此时此地服顺齐国，从前无论与楚国有过如何不见光的勾当，都可一笔勾销。

第一次幽之会的同盟国，尚有卫国，这趟齐合诸侯，却没了卫侯的身影。

这时卫国坐纛已不是卫朔，前年卫朔赴了黄泉约，太子赤继位为新卫君。有感于先君为齐国做哈巴狗儿太久，卫国几被天下人讥笑为狗国，新卫君改变了对齐的态度，不要做狗，要做人。

做人的第一步，就是拒绝参与齐国主持的诸侯盟会，理由有黄河浪急，也因先君方薨，卫侯哀毁过逾，身体抱恙，不欲出远门。

卫侯不肯与盟，卫国方面也不是彻底缺席，却有个公子辟疆，以私人身份参会。

这公子辟疆，是宣姜与第二任丈夫公子顽的儿子，论起亲缘，也该称小白一声舅父。他之所以私自赴会，一则有善齐之愿，卫侯意气用事得罪齐国，将来必有殃咎，他及早与齐修补关系，免受连累；二则是与行为乖谬的卫侯实在没法共处下去，生出奔齐的私心，借着盟会的机缘，请求小白收留他。

卫侯有个特别的癖好——爱鹤如命，把鹤当朋友知己、爱人良臣，辟出数座养鹤苑囿，之如丹顶鹤、白颈鹤、黑颈鹤、赤颈鹤等，只要是鹤一类的鸟，或疑似鹤，皆圈起来豢养。平日里与鹤共枕眠，与鹤同案食，与鹤携伴游，就连举朝会时，也牵着两只鹤，那鹤不慎发起疯，喷了下头君子们满脸口水。但这般痴迷还不够，他甚至册命心爱的某某鹤为大夫，赐私第寝卧，乘轩车出行，倘国人路遇，必须向鹤大夫行礼。

国君荒悖失常，卫国政局日渐混沌，上层多失德，下层生怨心。有识者皆能预见到卫国的乱象，公子辟疆就是其中之一。他是聪明人，也是极现实的人，匡时济世的手段有很多种，与其陷在泥淖里一块儿烂掉，不如抽身离开，先求得平安，再图后续。

公子辟疆私赴盟会，原本非礼，主盟方有权不受，但小白没有拒之门外，与他会面，赞誉他有礼。是以公子辟疆的奔齐心愿，才委婉地表达了只言片语，小白就应承了。他自来喜欢收留各国失意人，这仿佛是他的奇特嗜好，无论是何人，在本国受了委屈、遭了打击，齐国都敞开怀抱欢迎之。过去接纳王子成父，让周天子呷酸；容留公子完，让陈侯心梗，现在受一公子辟疆，让卫侯受挫，何乐而不为？

王子成父与公子完奔齐，被小白尊为贵客，公子辟疆奔齐，也就成了小白的客人，他将公子辟疆请到了齐国款待，也请到了盟诸侯的宴会上，当着众诸侯的面，乐呵呵地介绍说："公子辟疆，寡人之友。"

小白原要安排公子辟疆与诸侯同朝位，辟疆不敢受，称道身份有别，不可僭越，再三辞让，主动退到列国公子们的席位。

跟从诸侯参会的公子不少，宋国就有太子慈父与公子目夷，辟疆的席位与宋公子们相邻，两边落座，互为谦让，请对方先坐下。实则让座只是虚礼，最后都得屁股落席，偏那慈父是头犟驴，辟疆不先落席，他就不坐，一起坐也不行，推挡了三五回合，他竟赌咒说："公子不先坐，我愿立成。"

立成就是站着成礼，慈父非要将先坐之礼让给辟疆，不然，他宁愿不坐，争枝末礼节，争得伤损自己，辟疆心里暗叹：人道宋人戆直不转弯，果然名不虚传。

目夷插话道："太子礼让公子，公子礼敬太子，原为求善尊礼，今两下让礼不得，久则酿成纷争，徒伤亲好，违背初心。依目夷浅见，莫若二子同坐，正是先让而后服，同列而共乐，成礼而合欢。"

慈父很是信服目夷，尽管目夷说的是虚话，却打中了他的软肋，他略想了一霎，笑道："就依长兄良言。"

与慈父争了半日虚礼的辟疆，终于得以落座，微睨那慈父一眼，年纪也不过十三四岁，童子之龄，非要端持出老成模样，仿佛浸淫周礼几十年的学者，说话一板一眼，合着礼、循着度，好像一旦逾矩，会招来杀身之祸。

再看那目夷，痴长慈父几岁，行为举止却大相径庭。慈父看似端重，也因太端重，言行往往偏颇，甚至幼稚，常须目夷从旁警醒，这句话说过头了，那个行为很不合宜，慈父若有违逆情绪，给他扣上一顶"非礼"的帽子，十有八九改弦更张。因为目夷关心过多，密切注意慈父的一言一行，很像慈父的姆妈，不免让人浮想联翩，若目夷不问、不管、不理，全由慈父自决，会是怎样的光景。

辟疆与宋公子席位的对面，是鲁公子般，正是那位传说中鲁侯的私生子，原来藏掖人后不见光，现在公然暴露于人前。鲁侯携他与会，事先不曾知会，小白乍见这不登台面的儿子凑到眼皮底下来了，脸色很难看。鲁侯原先还有请小白为公子般正太子位的念头，见小白不高兴，也不敢提了。

三年前，鲁侯娶走了小白的两个女儿，第二年公子顺便诞下一子。于齐国的意愿来说，当然希望鲁侯能立公子顺的儿子为太子，鲁侯爱公子般，一心想扶他上位，这与齐国意愿背道而驰。实际上，鲁国君子大多以为鲁侯过于执拗了，鲁侯想要偏爱哪个儿子，尽可随他本心，可太子是国储，将来的国君，选择太子应当综合考量各方因素，如个人德行、母家根基、拥戴势力，凭喜好任性立储君，是拿国本开玩笑吗？

何况那公子般着实不像样，或是生长于民间、没受过严苛的鲁国宫廷礼教的缘故，行为粗鄙浅陋，自有几分不受拘束的放纵野性，吃饭吧唧嘴，喝酒喷鼻水，动辄飙脏话。最爱抠礼仪细节的鲁君子见之摇头，想象将来鲁国君座上，坐着这么个不拘形迹的粗野君主，鲁君子心如槁木。

随侍公子般就座的是曹沫，从宴始到宴毕，神情严肃得可骇，恍惚瞄他一眼，以为他在参加葬礼。曹沫的不悦心情，是在获知公子般也随行后才滋生的，刚开始，鲁侯择他同行与会，他以为是荣幸，待出城走了半里路，忽然发现公子般也混在队伍里，气得他几乎想打道回府。鲁侯先斩后奏，就是担心君子们多嘴反对，他是觉得带爱子出游，人之常情，无须与二三子商量。君子们却觉得与盟非小事，国君携公子同会，也当举朝会商榷，该选个体面的公子。毕竟，要在诸侯面前亮相的公子，代表的是鲁国的脸面，万一出丑，落笑柄的是鲁国。

鲁侯有心立公子般为太子，也向曹沫咨询过。曹沫是耿直丈夫，即便对国君也不拐弯抹角，当即表示他坚决不同意，他说公子般德行欠妥，不具君相，我君是为国择君，不是为私利择赏赐，国岂可充赏物？我君视鲁君子何、视鲁民何？话非常刺耳，鲁侯听得满脸生疮，从此再不问曹沫了。

公子般知道曹沫反对自己为储君，他也不喜欢曹沫，两个人在宴会上被强扭在一起，彼此都不舒服，酒喝得闷，肉吃得涩，目光不往一处瞅，毛发丝儿也谨慎地保持距离，苦苦地挨时间。上头小白热情地招呼无算爵，心里都算得清清楚楚。

好不容易挨到宴毕，两人如释重负，迅疾起身，对齐君拜礼辞别，赶紧各走一边。对面的辟疆窥伺了一晚上的人间情态，本也要离开，小白却召他上前，问他是否欢愉。

“多承齐君礼遇，外臣甚欢愉。”辟疆恭谨地说。

小白笑道：“公子是寡人贵客，若待客疏礼，是寡人之过也。”他又说了许多温煦的体己话，才吩咐底下送辟疆去馆舍歇息，侍奉精心些，有什么不当不妥，及时来告。

宴席虽散，小白却没尽兴，又召唤近臣来国君行在欢饮。这趟盟会诸侯，随行的重臣有管仲、鲍叔牙与宁戚。三人中，宁戚是第一次参与重大外事活动，向以小人自居的宁戚，日常放浪形骸，一贯地乱开腔，逢此大场合，却肃静得像里外都换了人。小白对左右赞许：宁戚很懂分寸。

君臣私宴，规矩少了许多，小白驭下从来宽纵，君子们当他面没皮没脸地胡扯瞎掰，以至失仪无礼，他不生气也不责罚。周围坐的全是熟面孔，国君又宠溺他，宁戚也不拘谨了，渐渐把脚伸出席外，觉着脚心痒，动手挠了一挠，旁边鲍叔牙频频给予规劝眼神，他也像双目蒙了黑布，唯有看不见。

因说起辟疆的事，小白咨问群下：给他的待遇，同于王子成父还是同于陈公子完？管仲说道：“公子辟疆与二子不类，我君优待二子为客礼，实已为齐臣，然辟疆不可为臣也。”

小白予王子成父恩渥永不称臣，王子成父明是寄居齐国，却为齐征战，倘有战事，王子成父必会执齐将旗，擐甲执兵，冲锋陷阵。陈公子完被小白奉为朋友，却担任齐国工正，有了齐国官身，与齐大夫无别。这两人投身齐国，渐从羁旅之臣变为齐之君子，而辟疆奔齐，是先见卫乱，不得已离境避祸，待时机合适，他还要回国。但，是归去继续做公子，还是归去主持大局，辟疆纵便敢想，也不敢说出口。不过齐国却可早做预备，如果卫国内乱，扶植一个亲齐公子为卫君，对齐国大有裨益。

这些深远考虑，小白不用管仲明言，他都能想得到，说道：“仲父言之有理，寡人待辟疆，始终待以客礼。”

宁戚一手捧酒爵，一手捏脚丫，啧啧地道：“辟疆也真伶俐，国有急难，先溜为敬。”

小白玩笑道：“辟疆岂不与宁子同心乎？”

宁戚把脸一沉，肃声道：“臣为小人，然臣不避难！倘国有急难，君有祸患，臣也能效君子所为，舍身赴义！”

小白自知失言，连忙道歉：“寡人不该信口乱言，宁子勿怪。”他为表歉意，罚了自己一爵酒。

这是小白的心胸，犯错被人指出来，勇于承认，迅速更正，不会为面子抵死不认账。

国君向臣下道歉，宁戚改了颜色，哧哧笑着饮尽爵中酒。

小白叹道：“人之困境不同，身陷蹉跌，亦各有所求，辟疆有其当秉之义，不可指责他是自私避难。”

宁戚谆诚地认错道：“我君训诲得是，臣也有信口乱言，也该纠正。”

小白微笑点头，邀群下同饮一爵，却见鲍叔牙若有所思，便问道：“鲍傅有所思？”

鲍叔牙仄身浅拜：“臣在思量我君之言，人之困境不同，身陷蹉跌，亦各有所求。”

“鲍傅如何以为？”

鲍叔牙从容起身，双手捧起酒爵，声音清朗地说：“臣愿我君勿忘出如莒时，愿管子勿忘束缚在鲁时，愿宁子勿忘拦执政车时。”

鲍叔牙口中所道的勿忘之事，既是他们的困境，恰恰也是他们人生的转折点，人生之路行至此处，过去竭蹶跋涉，未来前途远大，不管明日如何，应当记得自己走过的每一步，那些尝过的艰辛、忍过的痛苦，铺就了脚下的璀璨之路。

小白感喟道：“寡人无忘鲍傅之言，则社稷无忧也。”他也举爵，与诸臣一起饮尽，因此生出种种感想，说道：“人之困境不同，有人跌宕半生，以不屈之志终成事业，有人劳苦终日，而才志不能伸，可叹可伤。如那鲁之曹沫，耿介君子，伟烈丈夫，奈何鲁不能尽用，寡人很为他惋惜。”

很早以前，当长勺之战败于曹沫之手，小白就对曹沫产生兴趣，打听到这人行事不俗，有些子不羁作风，极对自己的脾气。小白有宏阔胸襟，只要是真才，他不在乎这人曾经挫败过自己，让自己颜面扫地，若能将真才据为己有，过去嫌隙更可一笔勾销。

曹沫是鲁侯在国有危难时的超常选择，待危难过去，却只把曹沫当作寻常大夫，并不委以重任。其实鲁侯知道曹沫忠心，也知道他与满脑浆僵化周礼的鲁君子不同，可他没有勇气与壁垒森严的传统势力对抗。即便曹沫端委朝堂，跻身肉食者之列，依然孤独而不得志，他在鲁国卿大夫里没有一个朋友，甚有挑衅的大夫，故意挤对他：你问他过去常叱责肉食者鄙，而今自己也是肉食者，你鄙不鄙？

小白显露出可惜曹沫之意，宁戚建议道："我君若爱曹沫，莫若将曹沫再召来齐国，我君尽用其才。"

管仲蹙起眉头："难！曹沫爱鲁如命，纵使鲁待他不善，他也不愿舍鲁奔他邦，当日他落魄穷巷，尚且对母邦不离不弃，如今得以待命朝堂，他更不会走。"

"强人所难，寡人不为也。"小白痛惜地叹了口气，"只是可叹啊，天下伪君子满地走，迫得寥寥真君子没活路。"他越想越烦恼，入口的酒也变得滋味酸苦。

宁戚故意切齿道："我若是曹沫，整日受鲁国伪君子的夹板气，倒还不如做小人！"

管仲微微摇头："不不，设若天下皆是伪君子，曹沫也要为真君子。他那赤心，岂能因境遇改迁，而生锱铢之变？"

宁戚愣了一瞬，骤然发笑："那不是……傻子吗？"

虽然知道宁戚嘴巴贱，嘲人不分场合，可这样笑话曹沫，鲍叔牙不乐意地啧了一声，管仲倒还沉静，语气也很平实："我君才言，人之困境不同，身陷困境，亦各有所求。鲍子亦言，愿君臣勿忘当年沉沦困境之日。曹沫之求，是在历困顿、苦痛、误解，也不可改其志，所谓真君子，无非如此。"

宁戚哑口无言，就在这一刹那，这一席话后，他忽然觉醒，自己可能看错了管仲。原来他以为管仲与自己一样，从底层一步步挣扎上来，当年穷饿乡野时，未免有些不择手段的肮脏念头，而今身份尊荣，只不过穿得好衣、居得广厦，心里的下作思想却去不掉。可他现在才算是看明白了，管仲心里住着一个君子，所以他能理解曹沫，他们都具赤心，外界的颠沛风浪，不能撼动他们的本真信仰。

第二次幽之会算是圆满告终，诸侯们相继离开，因皆为中原要紧国家，小白逐一亲送。鲁侯走得最晚，他约莫还有去临淄巡游的念头，可惜小白没邀请他，主人不留客，客人不便厚颜逗留，只好抱憾回国。

走的那日，小白挽住鲁侯在前头寒暄，管、鲍则落在后面与曹沫叙话。朋友几年不见，曹沫越发显老了，鬓发染了微霜，皱纹在眼角打叠，人似瘦了一圈，精神隐隐委顿，只那眼神清澈而坚定，彼此说着说着，不知谁牵起往事的幕角，竟说到了召忽，曹沫忽然就红了眼眶。

召忽死后的每年忌日，曹沫纵不能去他墓前亲寄哀思，但一定会想法送来祭品，请管、鲍代为祭奠。其他朋友或许因俗世繁忙，偶尔恍神忘记，但曹沫从不会忘记。

曹沫为故人落泪，既是因为心中的哀痛不曾淡去，也是人生一路坎坎坷坷，渐显下世的凄凉光景，油然而生兔死狐悲的同情之感。

鲍叔牙想起小白对曹沫的爱惜，虽然认为没用，他还是说道："如果实在过得不如意，随时来齐国寻我们。"

曹沫沉默，沿途的风吹得泪渐渐干了，他勉力地一笑，诚朴地说："朋友盛情，曹沫不敢忘，只鲁为母邦，沫不想离开。"

语气是悲伤的，却隐着异常坚定的力量，这便是曹沫的固执，他愿意用全部生命去守护母邦。世上有的人就是爱那个国，不在乎国爱不爱他，若有一日国之大厦倾覆，人人逃奔寻求新归宿，他还要守下去，把这衰残之躯献祭给死亡的国。

送别了鲁侯与曹沫等人，目送鲁国使团越走越远，管仲才对鲍叔牙笑道："鲍叔愿与夷吾同行否？"

"求之不得。"

那头小白正要登车，扭头嗔怪道："同行怎能忘了寡人！"

管仲拜手道："不敢与我君同乘，僭礼也。"

小白板着脸，啐道："扯淡！也不是没同乘过，仲父又捣鬼，今日非要同乘不可！寡人说不僭礼，便是不僭礼！"

国君脾气倔起来，没人能拧过来，管、鲍只好从命。管仲为难地说："那……谁充御者？"话是疑问，他和小白却都去看鲍叔牙，鲍叔牙嘟囔道："又欺鲍叔。"

尽管抱怨，鲍叔牙还是老实地坐在御者位置，小白居左边尊位，管仲充了骖乘。小白叮咛道："鲍傅手稳些，无论跌了谁，皆是国之惨事。"

鲍叔牙佯怒道："一对赖皮君臣，跌了才好。"他握住六辔，神情微肃，"坐好了，同行当不弃。"

驷马奋蹄，车马稳健地奔出去，前方烟水渺渺，山川雄丽，坦途与险隘交错迭生，但有了同行者，旅途不再惶恐，也不再寂寞。

六

齐桓公十九年（公元前667年）的幽之会，是齐国相隔十一年再合诸侯，此时的齐国相较彼时的齐国，内政更平稳，国力更强大，民生更富庶。中原列国看得见齐国蒸蒸日上，也正因为看得见，即使齐国数年间少问外事，依然承认齐国的霸主地位。

诸侯盟会是天下大事，齐国照例上禀周天子。听闻处理家务事很久的齐国又有了对外大动作，临淄城楼上亮一嗓子，诸侯们颠儿颠儿地赶去参会，唯恐落后，小白的面子一如既往比天子大。周天子像用窖了一百年的晋国老陈醯泡了个热水澡，骨髓也酸了，面见齐使时，阴一句，阳一句，冷一句，热一句，满口都在喷酸气。

直到听说卫国拒绝与会，周天子的酸气里才搅拌了甜酱，又太过腻，眉毛、胡子、头发汗毛也滋滋地吐甜水，对齐使笑哈哈地说：齐君有心了，稍后有王命。

是什么王命？

周天子卖了个关子，于是混混沌沌地过去了几个月，冬天的时候，天子遣召伯廖赴齐，赐小白命。

周代的册命涵盖两种类型：一为命人，即命诸侯、命臣下；一为命事，即命征讨、命司事。天子可命诸侯王臣，诸侯可命世卿大夫，颁布册命之时，还应赐命服，分为三等，后世的九命十二命，在春秋以前并不存在。

天子对小白的册命，却是命事。其实从小白的本心来说，更希望天子命人，因为齐国的霸主地位，完全是凭实力强势登顶，自始至终没有得到天子的承认，如果天子能册命齐国为伯主，对坚持尊王的齐国是莫大的肯定，异日号令诸侯更有政治资格。

天子不蠢，心里清楚齐国想要天子册命，只他一向与齐国有隔阂，疑心病太重，总是猜忌齐国企图不良。说来同姓诸侯不尊天子、不为伯主，异姓诸侯倒跳出来整顿天下，天子以为此事不符常理。

这回天子赐小白命，那命书里有句话是“令女更乃祖考司王事”，意思是命令你效法祖先勤于王事。齐太公在周初任太师职，是为周王室掌兵，先征殷商，后征东夷，所以齐先祖勤王室主要在征讨，周天子说话很讲究，迂回转进，萦纡婉转，外围包抄了百里地，才走到目的地。天子命令，或许说是希望齐国征讨卫国，出师理由是卫国乱王室。

周天子果然记仇，卫朔死了，王子颓之乱早已过去若干年，可他与卫国的旧账不能算了，偶然喜闻卫国与齐国有些不睦，小心思便动起来：齐国不是标榜尊王吗？天子被诸侯欺负，尊王者是不是该去为天子讨回公道？

小白私心觉得周天子很失体面，这位天下之主自登王座，一贯地成事不足败事有余，明明是个大棒槌，偏当自己是聪明人，故而小白对王命的第一反应是不想接受。还是管仲与他分析：天子令齐国承续太公，看似是为伐卫寻找理由，但往深处想，太公司王事，主要在挞伐天下，诸侯有不服者，太公征之，这不是间接册命为伯主，又是什么？小白恍然，欣然承纳王命，他对王臣特别恭顺地说：“天威在前，小白敢不遵王令。”

来赐王命的召伯廖对齐国素来有好感，不像周公忌父，提到齐国，一鼻子怪味儿，或是天子的做派，他也觉得跌身份，于是在小白面前，说了齐国许多好话。召伯廖亲善齐国，小白自然对他友好，设宴款待，酬币甚多，请他下次私访齐国，彼此会面以朋友。

无论天子赐命掺杂了多少私心，又有多少不如意，毕竟是齐国打起尊王大旗以来，首次得到王室认可，是值得拊掌庆祝的好事，加上新年将近，小白于是大肆封赏，卿大夫们有赏，其中管仲、鲍叔牙所得币帛最多，内宫也有赏，各位夫人、如夫人，按着身份等次与受宠程度，受领了国君的心意。

赏赐派发到内宫各位夫人处，卫姬略施了些小伎俩，打听到蔡姬获赐为宫中翘楚，赏物不仅多且昂贵，甚至有无价奇宝。卫姬气得头发丝儿都要烧起来，若不是下头拦住，几乎将赏赐一股脑儿丢出门去。

那蔡姬嫁来齐宫方一年多，魅力仿佛八爪鱼，把小白的心整个地吸附走了。原来各位夫人再不受宠，两三个月总能见国君一面，自从蔡姬入宫，小白就像遁地了，音信一去不复返，忐忑问一声国君在哪里，回答正与蔡姬如胶似漆干柴烈火，各位夫人就算等得肝肠寸断，小白也不会伸半只脚过来。

小白好美人，内宫夫人比肩迭迹，夫人们的国别横扫天下，齐国人常调侃自家国君，欲知天下列国几何，且去国君后宫走一遭，数数夫人几何，尽知天下封建。

卫姬嫁给小白较早，原先宫里女人少，她得享专宠，后来随着小白称霸事业的扩张，齐国每每结盟一国，则与一国联姻，暂不结盟，也联姻求好。如那蔡姬，齐与蔡并非同盟，蔡国长期受楚国压迫，蔡姬父亲蔡哀侯，在楚国囚禁九年，客死异乡，蔡侯将妹妹嫁与小白，虽不能单单因联姻摆脱楚之羁锁，总给本国多辟了条出路。

复杂的列国关系，却带来内宫女人的累进式增加，卫姬受专宠的好日子一去不返。过去小白宠爱卫姬，一为美貌，二为好发嗲。后来宫里女人都学得她的邀宠招数，你嗲我也嗲，嗲多了，便失了勾人的韵味，只剩馊味了。渐渐小白也觉烦躁，某一日卫姬再发嗲，他不高兴地训道：好好说话！

正当小白厌烦于后宫女人千篇一律的嗲味儿，突然来了一个不同寻常的蔡姬。女人们为邀宠，往往柔情百转，曲意逢迎，国君有所愿，她们便十二分用心地去满足。可蔡姬偏不这样，她不大顺从小白，常与小白置气，惹恼了国君，也不服软，小白还要向她道歉。身边尽是低眉顺目的贤妻良母，忽遇见一个不顺从自己的泼辣美人，激起了霸主的征服欲。小白爱上这口新鲜劲儿，沉陷在蔡姬精心营造的追爱游戏里，不能自拔，将曾经恩爱缠绵的其他女人忘在脑后。

回想小白从前对自己千依百顺，山盟海誓言犹在耳，如今新人一茬茬长出来，满园春色看不够，旧人成了墙角枯草，卫姬的心凉透了。

刚巧公子无亏来看望母亲，见母亲又是长吁短叹，他劝道："母亲何必愁，君父向来好色，今日爱此女，明日爱彼女，那蔡姬如今受宠又如何，君父好新鲜，过得几日，又放下了。"

卫姬心事重重地说："你当我只为自己愁？我也是为你。尔君父宠幸女人多，公子也多，本来你是长子，论理，太子之位非你莫属，可他久不立嗣，让人猜不透他到底有何谋算。我若受宠，还能为你争一争；我若遭冷遇，太子之位岂不被别家公子抢了去？"

无亏以为母亲过虑，语带骄傲地说：“君父不宠你，他可一向喜爱我。”

到底年幼，经事少，被人赏了两口蜜糖，便以为自己占据那人的整颗心，卫姬不由得冷笑：“尔君父宠幸女人多矣，喜爱公子亦多矣，我且问你，君父不爱公子昭吗？”

无亏无言以对，小白喜爱他不假，但小白同样喜爱公子昭。公子昭生母是郑姬，也曾是小白在某段时间里的心头所爱，公子昭性格温顺懂事，特别听小白的话，无亏还有任性闯祸的时候，他却从不闯祸，小白一再对左右赞誉子昭省心，后边还必须加一句“生得与寡人有七八分相似”。姜齐子孙因为天生美貌，因此自恋，小白打小就是漂亮孩子，年纪越长越是相貌出众，越发自恋得收不住，他说公子昭长得像他，一半因为公子昭在诸公子里，确实是最漂亮的那一个，一半也是在夸自己，这样精致的儿子，只有他才生得出，别国歪瓜裂枣的国君只能生出歪瓜裂枣的儿子。

论相貌论懂事，自己都不是翘楚，无亏觉得沮丧，口里却撑持道：“君父最爱谁，我管不着，但我能凭本事争君心，子昭再受宠，为君父挡过灾吗？”

无亏说的挡灾，是那年清邑大火，他护在小白身前。卫姬觉得幼稚可笑，微讽道：“那算什么挡灾，偌多君子为国君舍生忘死，也不伐功，你倒拿这小事夸口，不嫌丢人！为人子者，舍命救父，也是应该，日后切勿再提了。”

遭母亲指责，无亏又恼又羞，赌气道：“你不受宠，我也不受宠，难道强迫君父爱我们，母亲想不到转圜良法，只知怪儿子。”

卫姬见惹恼儿子，和缓口气说：“你这遇事急躁的性子得改改，一戳就闹脾气，事没做成，反得罪人。学学尔君父，他当初还不如你，先君僖公待他薄情如仇雠，他忍了多少年，君父不爱又如何，这国君之位最后还不是归他所有？”

母亲说得在理，无亏的一腔恼火矮下去，他讨教道：“那母亲有何主张？”

卫姬踌躇道：“尔君父好稀罕，他不宠我，是与我相处太久，情生厌倦，若是我们能寻得新奇玩意儿，或许能把他的心拉回来。”

“怎样的新奇玩意儿？”

“是物，也或是人。”

“女人吗？”无亏又问。他想的是：难道寻个美人献给小白？这不是自掘坟墓吗？

卫姬迟迟疑疑地摇头：“我好好想想，你也好好想想，天下奇物奇人何其多，尔君父再是好女人，可未必只有女人能使他瞩目。”

无亏从母亲处离开后，还在苦苦琢磨到底寻什么新奇玩意儿，能将小白的心牢牢牵引住，最现实也最便捷的，是往庄岳之间觅稀罕物，要说荟萃天下奇宝最多的地方，也只有庄岳之间了。

无亏行走在庄岳之间，那满街的琳琅货物令人目不暇接，原来是为觅宝，后来眼底填满了奇货珍宝，耳里充盈了鼎沸人声，心似受了麻醉神经的诱惑，渐渐忘记了最初的目的，这么走走看看，不知不觉竟走到女闾门前。

女闾是庄岳之间最具特色的娱乐场，东面背靠庄岳之间的市墙，其余三面建起围墙，仿佛城中城，南墙上开大门，门里延伸一条只容一车独行的狭窄街巷，街之两面房舍林立，有宽敞楼观，也有逼狭小院。女闾中囊括的商肆众多，故而商主并非一家，三分有二是某某君子家的产业，只是挂着商贾的名头。坊间传说，女闾每年上缴给国府的税收，在庄岳之间位居第一，齐国将帷帐里的男女风月事作为赚钱营生，守礼的君子嗤之以鼻，好色之徒却趋之若骛，伪君子羞羞答答地掩面而入，完事了掩面而出，风闻鲁侯也曾来此享受过，当然他绝不会承认。

忽听里头吵吵嚷嚷，倏尔，只见有个魁梧黧黑的壮汉提起一个瘦巴巴的男人，甩鼻涕似的丢出门来。那男人摔得不轻，还没爬起来，壮汉又是一顿拳打脚踢，先是照脸一拳，鼻子给打歪了，接着飞踹一脚，头角肿起包来，再是下颚遭暴击，牙也磕出一颗。周围看热闹的商贩客人觉得太凶残，忍不住问为何当街打人，壮汉一面揍人，一面喷着唾沫星子骂闲人管得宽：你们知道个屁！这混账男人在女闾干活，人蠢也懒，手脚还不干净，偷东偷西，不撵他撵谁？不揍他揍谁？

听说是贼，看客的怜悯心减弱了十之六七，但见揍得过狠，直要将那人的半条命拔掉，对贼的痛恨转为对人的同情，你一言我一语地劝说：撵走也罢了，何必下手不留余地！无亏也挤在人群里，从中插话道：“窃物可大可小，若打死了人，你们却脱不了干系。”

舆论风向吹得歪，壮汉打人打得不给劲儿，目光一通扫射，发现好事者中无亏年纪最小，柿子自然要捡软的捏，瞠目凶道："关你屁事！毛没长全的黄口童子，滚回家找你亲母擦鼻涕去！"

一国公子，身份尊贵，平白在大街上被陌生人辱骂，无亏当即与那壮汉吵起来，彼此都是嘴不饶人的傲恨脾气，你骂小杂种多管闲事，我骂老畜生不得好死，若非路人拦阻，又有无亏亲随拖拽，差点要轰轰烈烈地干上一架。

骂架扫了打人的兴，拳头下不去了，壮汉恨视无亏一眼，又对那遭打的男人恶狠狠地唾了一口，一跺足回门里去了。

因那挨打男人抱着脑袋半晌不动，有人虑他死了，探手试一试，还有活气，只是伤得厉害。两个好心的大伯扶起那男人，却见他口鼻流血，脸肿得像发面馍馍，看不出个人样，便有看客问他叫什么名字、多大年纪、偷了什么昂贵什物、在女闾干什么特别活路。

那人一言不发，像是个哑巴，只把头埋下去，众人见他既没死又不肯倾诉悲惨故事，仿佛一根死木头，这么干巴巴地围着一根木头，太没意思，纷纷散开了，同情心强的扔给他一张手巾，让他包住脸，实在肿得有碍观瞻。

热闹与看热闹的人一忽儿聚起，一忽儿流散，无亏本也走了，忽地被某种不可说的心念催动，又倒回来两步，从腰里取出几枚法化，丢在那男人面前："给你了。"

那人抬起头，充血的脸一抽又一抽，辨不出是什么表情，无亏咳嗽一声，仿佛行下莫大的善事，把头高傲地一甩，大步流星地走了。

那人痴痴地盯着无亏的背影，街面上的行人涌上来，织成的人网将无亏兜住了。他收回了眼睛，目光像荡秋千，晃晃悠悠，悠悠晃晃，停留在脚边的几枚法化上，一水铸造精湛的齐国公币（刀币），刀面上闪动着诡秘而冰寒的金光，是财富独有的光芒。

他把法化一枚一枚小心地捡起来，法化在掌心轻轻颤动，那金光跳进眼睛里，渲得瞳仁像贴了金箔。法化可真美呢，女闾最绝色的倡优也及不上万分之一，凑到鼻子边深深一嗅，真腥臭，也真香，让人沉迷陶醉，甘愿为了钱生死以之，隳宗庙，灭社稷，杀尽天下人，也在所不惜。

他将别人扔给他的包脸手巾摊开，把法化放在上面，细心地裹好，再揣入怀里，挣扎着站起来，便觉疼痛钻心刺骨，走一步颤抖一下，迈一脚哆嗦一下，踉踉跄跄地往庄岳之间的市门走去。

路上有认出他的熟人，嗤笑道：“丙刁，听说你挨打了？可是又行窃？”

丙刁不搭理，仿佛聋了瞎了失去了全部知觉。身后熟人咯咯的嘲笑声，与阛阓间的买卖交易声别无二致。他自己扶住自己，忍着那噬心的疼痛，走出了市门。

寒冬天气，本来极冷，庄岳之间人烟稠密，仿佛密集挤在蒸格上的热馒头，竟升高了空气温度，这一出来，顿觉凄风袭面，冷得连连寒战。

丙刁在市门外茫然地站了很久，身上冷又疼，如果能有一间小屋容身，一床被子护体，再来一碗热汤暖胃，该有多好，可他什么也没有。临淄城很大，到处华栋高墙，到处驷马轩车，到处峨冠博带，到处是极致的欢乐、纵情的喧嚣，所有看得见看不见的糜乐享受，却与他无关。

很久以前，他对父亲丙季扬言，总有一日，他会在临淄城打下一片天，与钟鸣鼎食的君子们同厌膏粱、同衣锦服，从此跻身上流，与穷寒日子一刀两断。父亲用极其轻鄙的语气讥笑他异想天开，说要给他脑子开瓢，那里头八成灌满了水。

“同为乡里，人家能跃升为君子，我们凭什么不能？”他当时激动地反驳道。

“人家是人家，我们是我们，能比吗？都是命。”父亲哀叹道。

他不服气地说：“什么狗屁命，我就不信了，他能执齐政，无非国君宠任，若我能见国君一面，国君指不定也宠任我！”

父亲捶了他的脑袋一拳头：“你是个什么东西，国君还宠任你？你便是到死也没机会见到国君，纵便有幸舔一嘴国君车马的尘土，他也不会看你！”

每回他说要出人头地，父亲都会骂得他狗血淋头，仿佛这个话题有毒，略沾一沾，便死无全尸，后来他不说了，父亲却还是骂，或者说，父亲一年到头总是骂骂咧咧，骂儿子，骂乡邻，骂世道，骂君子，骂小人，骂天气，唯独不骂自己。

父亲丙季一生都在极端贫困中煎熬，穷像烙在他身上的奴隶印记，洗不掉，挖不去，世上光风霁月的人这么多，为什么不是自己？他觉得人人都亏欠了自己，比如那窝囊半生死在粪坑里的老父亲，比如与人私奔的浪荡妻子，比如这拖油瓶般麻烦的儿子。

“没有你们，我本活得极好！”他常常这样抱怨。

那一年，他们口中的“人家”衣锦还乡，乡人瞧得从前的贫家野氓，如今的朝堂君子，这般风光，这般荣耀，谁不羡慕？谁不称叹？那人走时，还赏给他们一包好物，大半被丙季拿去沽了酒喝。丙季于是逢人就说：我认识齐国执政，我与他当年一起充过白徒，在哪儿哪儿讨过生计。起初别人还听他吹上两三个时辰，发出“啊”“哦”的称羡声，后来说得多了，每次讲述内容都不同，显见是假话，也听烦了，待他再吹嘘，回顶他说：谁不认识执政呢？

外头找不到倾听者，丙季便回家来对儿子海吹，他从前经常欺负那位执政，那人当年被自己如何如何地凌辱糟践：你是不知，他过去傻不愣登，穷得狗都嫌。

丙刁却讥诮道：“他傻，他能执齐政；你欺辱他，你却仍是穷乡野氓。”

丙季被儿子挤对，心里憋火，又开始骂人，骂丙刁拖累他，养儿子不如养只狗，至少饿急了可以杀狗充饥，骂起来刹不住，一路骂到丙刁母亲，诅咒淫妇肠穿肚烂，再往上骂那死成烂泥的老父：皆怨你这老狗，废人没出息，养不了家，赚不了利，害我受苦受累。

有的人在生活的最底层待得太久，眼里见到的全是黑暗、污垢、死亡。希望是不存在的，明天是得过且过的，未来是永远伤人的。于是他对这世界充满了仇恨，恨一切罪恶肮脏，也恨一切善良温暖，许多时候，认为后者比前者更可恨：我既这样苦了，其他人也不配获得幸福，要下地狱，大家一块儿下。

一辈子怨天恨地的丙季，一辈子没想明白为什么自己会受苦，一辈子没能从底层抽拔出来，最后死在了那场清邑大火中。

逃出火场的丙刁跟随众乡人，在“人家”的带领下，长途避难，路上“人家”问乡官丙季何在，乡官说可怜烧死了，还指着丙刁给他看，这是丙季的儿子。他只点了个头，什么也没说了。

后来在祝柯，丙刁真的看见国君了，国君的车驾卤簿像潮水般漫过车道，他与众乡人匍在路边送行，轮毂滚滚而去，车马扬起的尘埃呛进了嗓子眼，他给吞了下去。这个时候，他离国君仿佛很近，一抬手就能触到国君的袍角，也仿佛很远，远到另一个世界的尽头。就像父亲说的，即便他有幸见到国君，国君也不会看他一眼。可他仍然幻想，有一日，自己也可以与国君面对面交谈，像“人家”一样，既是君臣，又是朋友，国君亲切地称呼他的名字：“刁啊。”他立即回答：“我君有何吩咐？”

因清邑为大火焚尽，国中安排乡人在祝柯附近暂居，重建房舍，重辟田畴，一切都重新开始。丙刁在祝柯住下来，没了父亲骂人扰耳，有田种，有屋住。农闲时，乡里会征辟青壮年去做工，得到的稍食足量不欠，乡人皆交口称赞，变国之政利国利民，齐国民氓的日子比从前好过多了，可他并不觉得现在的生活与过去相比有什么大不同。

他不像没见识的乡人，得吃两口硌牙的糙米，娶个粗手大脚的傻婆娘，生养一群愚拙的子女，便觉人生圆满了。道德家谆谆教诲世人要懂得知足，可为什么要知足？我偏偏不知足，我偏偏要求富贵，要做上等人，要居华屋、乘轩车，出入有人开道，坐卧有人侍奉。

在祝柯当了几年勤劳的农夫，丙刁只身前往临淄。

天下皆言，临淄城能圆梦，穷寒的能得富贵，怀才不遇的能施展抱负，可深入其间，才发觉圆梦并不容易。

临淄城人才济济，出类拔萃者数不胜数，仅仅啧室里光说不练的空谈学者们，鼎盛期就达到七八百人。其余未被啧室遴选的，大胆自荐公门的，在街角盘桓多日苦苦等待机会的，更是多如牛毛。凭他区区丙刁，腹无点墨，胸无经纶，又无中间牵线人，如何能被上头青眼相中？他心心念念想见的国君住在临淄城，可国君走错路也不会走到他面前来。

丙刁在临淄寻不到上进机会，腰间钱囊倒一日日瘪下去，最后投身无所，乞食无路，沦落为蹲门闲人。

偏他倒霉，才在门口蹲了没几日，还没和闲人们聊起火花来，临淄忽然开始清门行动，所有蹲门闲人，或留在国都做工，或遣返乡里务农，决不容留懒人。他自是不肯回乡，又不愿干重体力活，便去庄岳之间找活路，想着充个酒肆侍从，趁便也可结交贵人，阴差阳错却被女闾召去了，也许是看他还算伶俐，让他给客人们捧酒，奈何手痒，顺了倡优的耳饰，给撵了出来。

生计没了，着落也就没了，他在这临淄城举目无亲，该去哪里藏掖这残躯？寒风一阵紧似一阵，身上越发酸痛难耐，天色渐趋昏黄，过不多久就该宵禁了，道路不可有闲人滞留，倘被巡城御士发现，再挨几下笞打，只怕连命也丢了。

但丙刁别无选择，他便拖着步子漫无目的地乱走，想着去哪家君子的墙角藏一晚上。天气仿佛故意与落魄人作对，忽地竟落起冻雨，冰凉雨滴为风吹得凌乱，扑了他满脸满身，雨水淋湿了衣服，浸入皮肉里，冷刺一样扎人，身上既疼且冷，肚子也饿，真真饥寒交迫。

他想躲雨，慌慌张张地拐进了一条深巷，寒冷与饥饿让他头晕眼花，哪里还管得东西南北，忽见前头有棵掉光了枝叶的梧桐树，树后有一扇小门，跳到那小门前，抱着手臂瑟瑟发抖，喷嚏一个接着一个，怕是要惊扰了宅门内贵人的休憩。

毫无征兆地，身后的门嘎的一声开了，有人把脑袋探出来，喃喃道："是有人吗？"他看见丙刁，吓了一老跳，惊道："你……"

丙刁也吓得魂飞，两个人惶怕地对视一眼，那人在丙刁苍白浮肿的脸上辨出了相识迹象，奇道："是你啊！"

丙刁也认出来了，他与此人有过一面之缘，此人曾来女闾逍遥过，后因囊中羞涩，被今日揍自己的壮汉丢出门。他那时为此人捧过酒，不知怎的，两个攀谈起来，原来都是异乡人，都来临淄讨生活，彼此说得投机，问过姓名行止，此人还自诩擅长烹饪，可惜没机会一展厨艺。

"易牙……你住这里？"丙刁磕着牙齿问。

易牙不自然地笑了一下："住也不住，给君子家帮厨，勉强得一容身之地……你怎么在这里？"

丙刁不答，唇齿抖得像那一口牙都要掉了："能，能让我进去略坐一坐吗？不，不打扰你太久。"

易牙有些犹豫，但见丙刁冻得面皮发青、嘴唇乌紫，若是弃之不顾，怕是要出人命，于是他说道："进来吧。"

丙刁称了一声谢，问道："这是哪个君子家？"

"曹氏小宗罢了。"

原来此处是曹氏小宗子的后院，一溜低矮的平房，多为家徒所住。易牙不敢将丙刁带去仆役居屋，怕人多嘴杂，万一有哪个好告黑状的，去主人面前叨叨易牙私携外人入宅，自己怕是吃不了兜着走。于是他悄悄领丙刁去一间堆杂物的草料房，满室马粪味，但门一合上，空气不流通，臭是臭，倒还干燥温暖。易牙是好人做到底，还给丙刁捧来一小碗热羹，说是他自己所熬，喝了驱寒气。

丙刁感激万分，他是又冷又饿，将那热羹喝得干干净净，点滴不剩。说起来，其实只是寻常菜羹，几片菜叶子捣一捣，却被易牙烹出肉羹味来，猜不出他到底加了什么特别作料，果然易牙自夸擅长烹饪，并非虚言。

易牙叮嘱道："你就在这屋里待着，天明时，悄悄从刚才那门出去，可别让人发现。"

丙刁应诺着，又信誓旦旦地说："蒙牙襄助，这一羹之恩，一宿之情，没齿不忘，哪日得势，必当重报！"

易牙认为丙刁在说梦话，就他这穷酸潦倒样儿，连个遮风挡雨的住处也没有，还妄图得势，明日不饿死在临淄街头，就是上天垂怜了，他之所以伸手相助丙刁，与顺手打捞溺水的臭虫一样，不过是因突然涌动的怜悯心。

"行啊，我等着你来重报我。"他用玩笑的口气说。

易牙把丙刁独个儿留在草料房，他自去家徒居屋歇息，这夜却没睡好，总担心丙刁不老实乱跑，也担心丙刁被人发现，不由得对这做的好事生出后悔来，生挨到天刚擦亮，偷摸去草料房窥一眼，原来丙刁已经走了。他大大地松了口气，一溜风奔向小门，将那虚掩的门关得不透风，心里悬吊了一夜的大石终于踏实落下。

既已起身，赶紧去庖厨为主人备早膳。他这里烧柴担水，淘米蒸饭，切肉剁骨，忙得汗流浃背，哪知管厨房的庖人打着哈欠姗姗来迟，还反骂自己死磨烂拖：又想躲懒不成？耽搁了主人用膳，打得你皮开肉绽！

易牙不敢抗议，一迭声"是是是""唯唯唯"，他辛苦一早做出来的美味膳食，却由庖人亲捧去献给主人，殷勤恳请主人品尝"我"的手艺，和易牙绝没关系，易牙是谁？庖厨里烧柴的废物罢了，这令人唇齿留香的佳肴，怎么可能是他做的！

易牙是郑国人，在本国犯了事，被罚在边鄙修城墙，不料被黑心掮客卖为奴隶，强行赶去骈邑开金矿，每日受着鞭打捶笞，性命几乎不保。不久伯氏倒台，被囚在金矿的奴隶全得释放，齐国一方便表示，愿意回国的，齐国帮助其返回母邦，不愿回国的，可留在齐国做工。易牙不想回国，他在郑国过得甚不如意，可怜还沦为罪犯，回去了只怕还得服完刑，他便留在齐国，自信凭着出众的烹饪手段，不愁找不到饭吃。

他早就耳闻临淄富庶昌盛，人才多，机会也多，欢天喜地奔来临淄求生计，梦想在齐国开辟新的生活。也是机缘巧合，偶然被那曹氏小宗管厨房的庖人发现他的厨艺，把他招进私第，他原来以为自己的一技之长得到用武之地，后来才知，他是为他人作嫁衣，他做的每一羹每一饭，都归在那庖人名下。借着他的烹饪技艺，庖人越发得主人恩宠，今日随炮豚献上妹妹，明日捧酱鱼请主人为妻弟谋肥缺。

易牙很为不忿，数次想冲去主人面前说出真相。庖人威胁他，敢说一个字，就让他死无葬身之所。他在临淄是异国他乡人，无亲无故，无依无靠，真的遭人暗手，谁会为他出头？也许就无声无息地死了，他在女闾与丙刁一见如故，昨夜又拉了丙刁一把，一半出于这同是天涯沦落人的戚戚之心。

一晃过去了三四个月，寒气渐消，温暖渐生，亲口允诺要重报的丙刁再没出现过，说不定已饿死多日了，再繁华的都市，也会有饿死的流浪汉，而易牙依旧在庖厨辛勤劳作，仿佛沉默的功臣，但功勋册上没有写他的名字。

这是齐桓公二十年（公元前666年），本年齐国受王命征讨卫国，被桑间濮上之音麻醉的卫军，哪里禁得住钢铁齐军的冲锋，三五下就溃不成军，史官重重书写一笔："卫人败绩。"

战胜方齐国，并未对战败方卫国赶尽杀绝，而是"数之以王命，取赂而还"。数之以王命，周天子很欣慰；取赂而还，周天子很丧气。也许周天子有些阴暗想法，齐国能把卫侯的脑袋削下来，洗干净了送给自己做贡品，齐国却坚持适可而止，王命要遵从，卫国也不能彻底决裂，这不，取赂而还了。

某天易牙正蹲在灶台前烧火，柴灰喷了满脸，有厮役过来告诉他，故友寻他，请他去后门见一面。

"哪个故友？"

厮役回答不了，易牙胡乱抹了一把脸，急匆匆地跑到后门。那门外的梧桐树经过一冬凋敝，迎着春风，枝头开出朵朵新绿，阳光正明媚，映得新绿闪闪发光，树下站着一人，听见背后脚步声，那人回头一笑。

易牙难以置信："丙刁？"在他心里，原已成死人的丙刁，现在活生生地站在他面前，仿佛一尾跳出激流险滩的鲤鱼，通身鲜活的湿腥气。

丙刁像风里响铃一般笑得脆生生的，冷不丁说道："我要进宫了。"

易牙一阵惘然，昨日还困顿街头、居无定所的苦命人，今日竟要迈入宫墙，他傻兮兮地问道：“进宫做什么？”在他脑子里闪过的第一个念头，丙刁是进宫充厮役，干些扫秽、倒粪、补墙的粗笨活路，每月赚几袋稍食，发家是痴心妄想，但也饿不死。

丙刁的笑里似落了渣滓，笑容变得脏污，他别别扭扭地说：“牙说笑了，岂能不知进宫何为？”

易牙错愕地看着丙刁的怪笑，仅仅一霎，像被巨斧开颅，把脑子彻底地暴露出来，没了遮盖，倒更敏锐，他惊骇地吞了一口唾沫：“你……”忽又觉得难言，把想问的话吃进肚里。

丙刁知道他的想法，显出没所谓的神情，易牙在他脸上看不出臆想中的羞愧，也没有挣扎的痛苦，莫若说更多的是不屑，甚或有些自傲，易牙陡地对他生出冰寒的惧意，一个人要决绝到何等地步，才能这样残忍地伤害自己。

“进宫，也好。”易牙干巴巴地说，用力挤出一丝惨淡的笑。

丙刁一字一顿道：“昔日逢难，多承牙襄助。我曾许诺，若我得势，必有重报，今日还是这话。”

搁在从前，易牙会把这许诺当作是空言；但现在，他却相信丙刁做得到。为了改变命运，丙刁可以轻贱自己至尘埃之下、泥淖之下，只要能往上爬，能做人上人，他一定不择手段。他既能伤害自己，伤害更多人又如何？不放过自己的狠人，最后都不会放过身边的所有人。

风来了，梧桐树叶沙沙作响，阳光从枝丫间跌落，晃在丙刁似笑非笑的脸上，刀子似的剜去他的轮廓，人的面目没有了，鬼的面目却逐渐清晰起来。

第十章
燕山如怒

一

齐桓公二十一年（公元前665年），夏日热风拂过燕山的苍劲脊梁，吹起满山浓稠碧色，那翠的树、朱的花、青的石、黑的土、白的泉，以及山里五彩的走兽，都迎风扬起恣意的生命力，蓬勃的生长气息挡不住，奔入山前平原，在人的世界纵横驰骋。

夏天是喧嚣的季节，万物蜩沸着，风在呼噪，草木在喘息，河流在吟唱，人也不安分，因此鲍丘水之滨的诸夏与戎互市，热热闹闹地开市了。

鲍丘水即今潮白河支脉之一的潮河，春秋时的河道走向与今不同，源出河北赤城，穿燕山南山而出，过今密云、潞县、宝坻、宁河而入海。至于潮白河另一支脉白河，与鲍丘水源出一地，对中原来说，皆是塞外来水，这白河在古时称为沽水，流经顺义、通县，在武清以北汇合㶟水，同奔天津入海。两河原本各走其途，魏晋以后逐渐汇合，河道改了方向，名称也改了，漫长岁月湮灭了自然的原初遗迹。

鲍丘水与沽水是燕国与山戎的边境河，两河流域间分布着戎与诸夏的聚落田土，双方疆域犬牙交错，你中有我，我中有你，时常是隔着一条水渠，南边是燕国的麦田，北边是山戎的菽田，这边农夫讲个荤段子，那边农夫跟着傻笑。

如果没有战争，这些普通的华夏人、戎人将平静地生活在同一片天空下，你种你的小麦，我种我的冬葱，一辈子晒着北方平原的阳光，眺望着门前燕山的苍茫剪影，慢慢老去，到死去那日，抱着华夏人的牛角梳、戎人的曲刃剑，长眠在燕山的青绿画卷里。

但这梦想过于奢侈，燕国与山戎比邻百年，冲突期多于和平期，如果说，西周板荡后，中原列国常有戎难，那么，燕国遭受戎难最多，每次都是直接的、近乎致命的侵袭，最激烈时，几乎是一年一战。故而每年一到农闲，燕国边境立即陷入紧张氛围，有时为备戎难，边鄙为之一空。

早先山戎迁来燕山南山麓，多居于滦河中游，那时山戎的征伐目标主要为辽西走廊诸方国，燕戎少有面对面的冲突。随着孤竹、令支、屠何纷纷臣服戎旗，辽西成了山戎的天下。忽而一日，戎王城拔地而起，山戎向北方平原腹心阔步前进，原来远隔重山的燕戎，狭路相逢了，两国之间唯有鲍丘水与沽水为限，倘在枯水期，山戎战车溅水而行，能冲到燕国都城下。

正为危机在侧，八年前齐国告戎情，燕国出于备边考虑，紧急关闭边境互市，那颗紧张的防备心提吊了好几年，边鄙乡邑的农人春耕夏耘，总有持戈操矛的燕兵在田畴边巡逻，瞠着一双炯炯虎目，密切关注着十来畦田之外山戎农人的一举一动。

可这似乎偏颇的防备仿佛是杞人忧天，一年过去，边境平静得只闻鸡犬之声；又一年过去，鲍丘水日复一日潺湲南流；再一年过去，燕山的乔木在春光里抽出新芽，战争始终没有发生。慢慢地，心里的负担卸载了，边鄙巡田的燕兵消失了，久闭的互市心照不宣地重开。

鲍丘水行至古时雍奴薮（今天津武清区）西北，有沟水与之合，两水交汇处，是燕戎边境最大的互市，每月逢五，则日出开市，日入闭市，偶也会连续开市数日。在这里建肆交易的不仅有燕戎，有些中原列国行商也在此坐贾。因此，在这集市上，除了能买到燕宝戎货，列国奇出之物也不少见，甚至还能淘到吴越珍品。

互市上有一家戎商，据说背景深厚，商主是山戎大良，甚得戎王宠任，故而生意做得大，便在市场的最佳地段，辟出一座仿佛私第的商肆。他家卖的货物很杂，有毛皮革带、冬葱戎菽、黄金面具、戎酒膻肉，但最为买家称道的却是曲刃剑。

曲刃剑是山戎最具特色的青铜制品，与中原直刃剑不同，剑身呈流线，通体曼妙婀娜，颇具匠心。春秋时的剑因剑身短，常为半臂之长，少充战场武器，更多拿来用作便捷工具，或做配饰品，中原君子尚精致，佩玉不足够，能添短剑饰体，更妙了。

曲刃剑的产量并不多，物以稀为贵，东西少了，需求量增多，价值就飙升了。这家戎商售卖的曲刃剑，为个中最优者，货量自也少，选择出售给哪个买家，不仅看出价，还得看投缘，说是要留住回头客。行商坐贾，岂能只赚利？要紧还在交朋友，把每个买家当成朋友，生意才做得长远。秉承买卖重在交友的宗旨，戎商从没有过坐地起价、售假欺客的行为，待客向来亲善，若是熟客，便认作是商主至友，常有让利。

因其独具一格的经商方式，让这家戎商赢得声誉，生意越做越红火，连燕伯也曾遣人购货，买来的奇宝，样样是精品，他甚为满意，对群下啧啧言说，这商不欺客。

这日开市不久，戎商的贾肆便迎来大买主，坐贾的主事邱如赶紧率一众侍从迎候。邱如是商主的心膂，那商主从没来过互市，买卖进出的大小事务皆由邱如做主，他也勤勉，将这贾肆经营得有模有样。

大买主是回头客，半个月前买过一批货，觉着中意，才有了第二轮看货。大买主实也是商人，行商坐贾几十年，有些子精熟的手段，早就富甲一方。走遍天下列国，独独爱上齐国山水，遂长期定居临淄，风传他与齐国上流交情匪浅，齐君也要卖他薄面。他原为己氏戎，因特爱华夏人文明，给自己取了个文绉绉的华夏人名字，叫作乐无荒。

为款待大买主，顾虑前头商肆太吵，邱如将乐无荒迎进后院正堂，毕恭毕敬地捧了戎酒上来，请贵客品尝。

乐无荒承情饮了两爵，见邱如谦恭侍立如仆役，便拉着他与自己共坐，连连称太客气了：久闻商主待客如待友，今日我既是客，我们也是朋友，何必拘谨！邱如见他大富之身却平易近人，性格朴质豪爽，很是欣赏，于是问他此番来看货，有何特别要求。

“我独爱青剑，想多多买之，拿回去送朋友。”乐无荒笑眯眯地说。

青剑正是这家的曲刃剑，因剑柄上刻了一个华夏文字“青”，故而得名，但为何要刻个华夏字，可能是为别出心裁，也为讨好华夏人买主，邱如问道："贵客要多少？"

乐无荒豪气地说："有多少要多少。"

邱如一笑，和气地说："贵客果是富贵，愿掷千金购鄙货，我代商主感谢。然青剑毕竟数量有限，若皆卖给贵客，他客有求，如何遂愿？贵客是友，他客也是友，朋友皆有求，主人岂能偏颇？望贵客体谅。"

买货被拒绝，乐无荒也不恼，笑道："怪道你家声誉美，正是这公平待客之心，我怎能强取？无妨事，无妨事，你且自忖，能卖给我多少便是多少，纵算一具不卖，我也承接。"

见乐无荒心态如此平和，邱如更有好感了，说道："贵客稍候，我去为贵客取剑。"

乐无荒忽喊住他，脸上带着困惑的神情说："叨扰叨扰，恐见笑了，我却有个疑问，为何此剑名'青'？这'青'有何殊意？何以在戎剑上铭一夏文？"

不是头一个人发出疑问，邱如早听惯了，回答道："无他，华夏文美，饰剑增色不少，取义华夏人之诗，是为'青青子衿，悠悠我心'。不瞒贵客，正为有此华夏文，更得华夏客喜爱。"

乐无荒恍然："原来如此，敢问是何人所思？实在雅致。"

邱如轻笑："乃我主所思。"

"你主也好华夏诗？"乐无荒惊喜道，"巧了，与我同好尚，难得难得。我们同为戎人，又同爱华夏风，若得幸与你主见面，必能为至交。"他说得激动，连声宣言要与商主相会，又问商主为何好华夏风、他最爱哪一国的诗、去过哪个诸侯国、有没有兴趣巡游诸夏，自荐可为向导。

可能乐无荒过于热情，让邱如应付不及，对乐无荒连珠炮似的发问，多少有些支绌。为何好华夏风，回答是华夏风有可玩赏处，最爱哪一国诗，回答是都可以，后边的问题就有答有不答了。

大概乐无荒也觉得自己过逾，抱歉道："勿怪，我结交的华夏人朋友甚多，戎人朋友倒少，乍闻有戎同喜好，不免狂乐。"他用虔敬的语气请求道，"我很愿与你主交朋友，但贸然求见，唯恐失礼，可否先去书聊表结交之心？烦劳代转。"

能结交豪富朋友，自家主人求之不得，邱如欣然道："有何不可？我主也好交朋友，若能结识贵客，他必当欢喜。"

乐无荒舒朗长笑："甚好甚善！"

这一日看戎货，乐无荒买走了五柄青剑，本来按照规矩，每人一次限量三柄，但邱如当乐无荒是家主人朋友，虽未正式见面，却算是神交，便给了乐无荒特权。乐无荒极其感动，临走前自要留书一封请邱如代转。

邱如将乐无荒送出商肆大门外，两个执手话别，说不尽的亲善之情。乐无荒走出去老远，回头看见邱如还在原地瞻望，他面带微笑，挥了挥手，转过脸来，笑容像被风吹干的瓦面水渍，倏忽消失了。

身旁亲随说道："主所留书，文字佶屈，引诗甚多，纵使那家商主好华夏风，恐怕也看不懂。主既要交友，何苦拗文？"

乐无荒淡漠地说："看不懂无妨，若看得懂，且能回书，才有蹊跷。"

"什么蹊跷？"

乐无荒不作答，只叫亲随将一柄青剑递给他，薄薄短短的曲刃剑，持在手中不沉，也不太轻，剑柄上的青字嵌了金，闪动着灿焕的光。那青字的上半截羊头格外大，衬得下半截月亮略小，两只羊角弯曲成偌长的弧线，倒是很像草原文化里特有的卷角羊装饰，这样不拘文法的书写，或是为了凸显夸张的艺术美，但对讲究温润文教的中原君子，会认为是写错了字。

波浪蜿蜒的剑身像女子婆娑的舞姿，难怪这剑原来有个别称，是为女青剑。后来好剑的燕国君子们嫌太女气，听着像女子首服，大丈夫配女饰，岂不丢人？遂把女字拿掉，凡称此剑，一律名为青剑，简练有力，含蓄隽永，正配君子。

乐无荒首识女青剑，是在燕都，他发现地位尊贵的燕君子酷爱配女青剑，方知这几年，女青剑是流行燕国的奇货，此剑甚至还卖到了邢国、卫国。

受风靡北国的女青剑吸引，乐无荒四处打听奇货出处，终觅到这家戎商。他自称是慕名而来的远方客，有了首次买货，过得些不长不短的日子，又有了今次二轮购买。事情在有条不紊地推进，将来若顺利，还要与商主见面，待交往熟络，慢慢套出真相，如果有他想要的那个真相的话。

乐无荒离开互市，南入燕国境内，暂居在沽水滨的燕国乡邑馆舍。约莫过了一旬，邱如遣人给乐无荒送来回书，信使恭敬地说：家主得贵客留书，无限欢欣，愿与贵客结为挚友。

乐无荒当着来人的面，拆开那回书细览，脸上流露的神色既激动也克制，让人看来，是得以结识新朋友的喜悦，他笑哈哈地对信使说："承蒙你主看得起，愿意结交我这不成体面的朋友，烦劳转告，约期我们见一面……啊，口头传话，太过失礼，我再回书。"

他又写一书，交给信使代转，还备了一份厚礼，也请信使递交，以托深情，厚礼之外的余物，是赏给信使的酬劳，辛苦他奔波。

待那信使离去，乐无荒将那搁在一边的回书，重又捧在手里，鉴宝似的一个字一个字地抠细节，两片巴掌宽的简牍，被他翻来覆去地研究了足足两个时辰，口里呓语似的反复念叨："是他，就是他，怎不是他？必定是他……"

他像梦游似的跳起来，满屋子乱窜，忽而面朝房柱无声抽泣，忽而站在门口自笑自乐，旁边家臣又惊又怕，以为主人患了疯病。说来也是年过六十的老人了，别个富家老儿，谁不在家安享晚年，偏乐无荒不安分，本来在临淄待得好好的，非要来燕国，这一路水宿山行，险些跌坏了一把老骨头，现又要交什么山戎朋友，人家看在钱的分上，给他面子写了几笔阿谀假话，瞧他这激动失态的样儿，像是周天子同意将洛邑王城卖给他。

发了半日癔症的乐无荒，突然又跳回来，手忙脚乱地濡墨写书信，却是一面写一面哭，眼泪洒在简牍上，污了字迹，不得已又换了一片。因为太激动，手直发抖，书写很潦草，不明就里的，见他伤情过度，怕要误会他在写绝命遗书。

好生艰难地写完这一书，他将此书与那商主回书并作一处，上边加一柄女青剑，同放在漆匣里，交托一个细心的家臣，令他立刻折返临淄。

"越快越好，便是给我跑断了腿，也不得耽搁！"乐无荒郑重地交代道。

家臣将信物背负妥善，当日就出发了，为安全起见，从燕国去齐国，仍只能走太行东麓，南穿邢国卫国腹地，再东渡黄河，那盗匪横行的河间地，再是能缩短远行距离，也不是行人优选。

有乐无荒着意叮咛在先，家臣不敢有片刻懈怠，星夜兼程地赶到临淄城，径直奔往管氏宫。管家臣仆听说他是乐无荒的家臣，有要紧来书呈递，抱歉地说主人不在家，若是愿意，可以在此等候，知道是主人的朋友亲随，他们绝不敢怠慢。

“管子何在？”家臣着急地问。

“出城了，放宽心，今日一准回来。”

“主母呢？”

“陪老主出门了，家里大主小主俱不在。”

还真是不凑巧，家臣无奈，只得在管氏宫等候。

管仲出城是为见小白，原来是酷暑难当，小白嫌城里热，欲去申池纳凉。

这一趟纳凉之旅可谓浩浩荡荡，小白能想到的亲近人，都召来随侍，比如宠爱的几位公子，公子无亏、公子昭、公子潘等。后宫的诸位夫人也没忘记，有圣眷正隆的蔡姬、余情未了的郑姬、旧情仍在的卫姬——她现在被称为长卫姬，因她妹妹作为滕妾，在成年后也嫁于小白。齐宫出现前后两卫姬，为了做区别，年长的呼为长卫姬，年少的呼为少卫姬。

有了女人，国君出行卤簿色泽鲜艳，入眼尽是姹紫嫣红，但也因女人扎堆，叽喳喧闹很多，钩心斗角更少不了。原来是长卫姬生气蔡姬所乘衣车，比自己的宽大凉爽，也华丽富贵，认定是国君偏心，这一路都没顺下那口恶气。到达申池时，两人的车恰恰停在一处，发生了轻微的错毂。长卫姬正窝着火，借势就烧起来，骂那为蔡姬驾车的御者不长眼：“偌许宽的地儿，非要往这边挤，下等贱人，敢占上等贵人的位置，你也有脸！”

蔡姬听出长卫姬在指桑骂槐，她岂是省油的灯，平时对小白都敢甩脸子，何况对失宠的长卫姬。她也骂那御者：老不死的狗东西，人既生得丑，能耐也差，既是这般衰老，已然不中用了，趁早滚回去闭门思过，何必出来丢人现眼！

蔡姬的辱骂，句句都戳中长卫姬的痛处，她索性不装了，当面与蔡姬顶起来，两个人吵得天昏地暗，一时吵急了眼，蔡姬要振臂甩巴掌，长卫姬要脱鞋抽耳光，幸有一众寺人宫女死命拦下，又有个和事佬郑姬居中苦劝道：“二子皆为尊贵人，于稠人之中争执不休，太失体面。国君尚在前头，若知你我姊娣不睦，叫他如何思量？”

两个不听劝，仍吵得像急赤白脸的斗鸡，那架势仿佛就要让小白听见看见，最好拉来小白评理，他若偏袒对方，连他一块儿骂。

正吵至难分难舍时，忽有寺人急忙忙地跑过来，高声说道：“国君有言，长卫夫人、蔡夫人谛听！”

国君要发话，两个骂架的声儿收住了，只互相瞪着眼睛，寺人眼角带笑地说道：“天暑难耐，热扰于心，二位夫人想是太热，兼之车马劳顿，动起肝火。国君体恤二位夫人，甘冒烈阳，随君出行，辛苦二姬了。如今二姬责任已尽，当可折返。”

小白的意思再清楚不过：再吵吵嚷嚷，统统给我滚回去。果然，寺人传达完小白的狠话，两人不敢吵了，互相呸了一声，各走各道。

那传话的寺人走回前边，向小白复命，小白只点了个头，也没多余的话，抬眼看见随侍的众公子，一张张脸晃过去，唯公子无亏难掩尴尬。生母不顾体面，大庭广众之下与人骂架，丑态毕露，诸公子在场，诸公子母亲也在场，个个都尊贵矜重，独他的母亲像个乡野泼妇，几下对比，人家笑话长卫姬，也要笑话他。

无亏感觉到小白在看他，这当口本想找条缝钻进去，永不曝光，却不得不说话：“臣母昏悖荒忽，失礼甚也，臣代母亲，向君父认错。”他说得几乎坠泪。

小白宽慰道：“你是你，你母亲是你母亲。别学你母亲，百事谨重些、宽厚些，待人接物以亲善为先，岂会生昏心？”

话是体恤的意思，听着却仍刺耳，实是说长卫姬不谨重、不宽厚，也不亲善，俨然反面教训，无亏真是满腔的委屈，嘴里唯唯应着，心快被眼泪淹没了。

“如子昭，”小白提起公子昭，亲昵的笑像旭日东升，从眼角冉冉升起，“虽为童子，向来行事得体，是得自天生，也有赖生母教诲之功。国之公子，便该讲礼、修己、秉忠、尽孝，诸子皆当以为模范。”

为国君当众褒扬，公子昭迈前一步，惶恐道：“臣之德薄也，不敢为诸子模范。”他今年不过十岁，却有着超乎年龄的成熟，少有犯错，经常被诸公子劣迹惹恼的小白，从没为子昭操过心，对这么个省事的儿子，小白焉能不爱。

“谦虚不伐，又是良德。”小白赞许地笑道，举手牵着子昭，于是父子相携同行。

众人迤逦走入申池边的行宫。这座行宫初建于襄公时，十年前又经翻修扩建，形成两进院落，后院依凭茂郁竹林，前室瞻望千顷碧波，建筑基脚有三分之一插入水底，数座台榭建于水上，坐于榭内，无论赏景、钓鱼、游戏、冥想，都是享受。

从炎热都城，乍来此清凉地，身心倍感舒爽，国君招呼道无拘束，众人便撒开手脚耍乐起来，于是有的钓鱼，有的对弈，有的品酒，有的搏戏。只有无亏无精打采，毫无玩兴，又看见小白与公子昭同坐台榭里钓鱼，两个挨得很近，时不时亲密耳语，眼睛像被针扎了，疼得视线黑漆漆一塌糊涂，周遭偏是一派其乐融融的景象，与他的心情格格不入，他像避光植物似的往阴暗角落里躲。

这一躲再躲，避着前面不堪入目的画面，背后没防备，差点撞到一个人身上，幸而那人反应快，紧急闪避而过。即便是无亏先冲撞，那人却很是知礼，小声地关心道："公子无恙？"

无亏扭头一看，原来是管友。

管友是去年回的临淄，在夷仪吹了几年的荒野狂风，把往昔的精致做派全吹没了，人糙得不像矜贵的卿大夫子弟，有熟人对面相见，恐要认不出。他之所以能回临淄，是为了娶亲，他妹妹管忆恰好也要与召御寇完婚，两兄妹一娶一嫁，同时举行婚礼。那阵子管家双喜临门，人人脸上都挂着一轮太阳，管友却贴着一钩残月。

因为父亲那猜不透的心思，他被强迫至边鄙牧马，平白地吃了若干苦、受了若干罪，生了一身虱子、跳蚤、臭虫，撑着挨着熬着，才盼到回临淄的日子。父亲也没半个字的安慰，仿佛那戍边的苦不值一提，过去经历的辛酸苦痛，父亲不给予同情，更使他恼怒的是，竟让他与妹妹一起嫁娶。

好歹他是管家长子，长子婚娶，应是家中独一无二的大事，偏要与管忆的婚事搅和在一起。作为嫡长子的独属荣誉，他从没享受过，他觉得自己在父亲心目中的地位，还不如召御寇，甚至怀疑，将来父亲的爵位会不会传给他，可别是让召御寇这个外人摘走了。

父亲安排他与管忆同时嫁娶，明里是要兄妹一碗水端平，彰显不偏不倚的为人父母风度，难说不是给召御寇长脸。雍廪死后，召御寇接过职责，成为父亲的新忠仆，父亲对他视如己出，信任过于血亲，一概心腹事都交给召御寇去处分，却不会漏一丝口风给亲儿子。

管友成婚后不久，因小白的恩渥，他被任命为国君御士，从此不用去边鄙吹风食草。他那失落在外的悲凉心境并没好转多少，日日活在父亲眼皮底下，不敢与过去交好的纨绔们重建友谊，若某日不当值，只能待在家里，但凡有点逾矩行为，耳报便传到父亲那里，少不得一通铁面庭训。

因为家里待着憋屈，他倒还乐意当值，陪国君比陪父亲自在。小白素来没架子，待近身御士极温善，常常打成一片，一块儿游戏，一块儿闲聊，他曾对小白抱怨父亲太严厉，小白还劝他想开点儿：仲父是为你好。

随侍国君的时间多了，有机缘与诸公子亲密接触，他对公子无亏最有好感，毕竟人同此心，无亏约莫也觉得他是同道中人，彼此都有心结交，只暂时没有私下来往，他其实担心与公子交通，惹来父亲不悦。

这两个险些撞跤，互相看了看，待要说什么，不及开言，忽听外头来报，管仲有急事面君，小白惊讶，但他对管仲从来不问究竟，但有求见，必定肯允，只说请过来。

不一会儿，管仲疾步迈入台榭，他是从临淄赶来，车马飞驰，不曾歇息，才见小白，歉然道："扰君怡乐，臣之罪也，然有大事，不得不面君。"

"仲父是为国事，何有扰乐？过来坐。"小白招手道。身旁的公子昭懂事，悄悄地退下去，因此君臣并坐。管仲赶路急切，遭大毒日头晒得通身热汗，此际临湖而坐，水上凉风仿佛纤纤玉手，将热汗一颗颗捡走。小白因问道："是何等大事？"

"郑侵许也。"

小白本握着钓竿，听闻此事，手上一抖，钓纶划出去一线波浪，惊得咬钩的鱼儿也溜走了，他忍不住骂道："这携贰小人，甚无信也。"

小白怒郑无信是事出有因。原来去年秋天，楚国令尹子元率兵车六百乘伐郑，这是继十二年前首次出方城隘口，楚国第二次北征中原。这趟楚军不仅在边鄙试水，而且斩将搴旗，一直冲到了郑国都郭门，逼得郑国整出空城计，将内城门御敌的悬门拉起来，所谓"悬门不发"，似乎是放开了腹心引诱楚国跳入陷阱。

南方来敌，不遑迎战的郑国同盟告急，齐国旋即联合鲁国、宋国，并师驰援，然而前脚诸侯师才至楚郊，后脚楚国就宵遁了，双方与十二年前一样，在将战未战之时，掐灭了战火。

齐国联合诸侯军队救郑国，一半原因出于同盟之谊。两次幽之会，诸侯盟誓凿凿，所谓凡我同盟，互为襄助。不想郑国去年才接受同盟帮助，今年就出兵同盟，真真口血未干，而信诺已弃。

许国与盟第一次幽之会，自此与齐国交好不变。许男数次朝聘齐国，谦恭礼让，愿唯小白马首是瞻，郑国侵许，就是故意朝齐国脸上抽巴掌：你爱惜小国，我偏偏要拿小国开涮。

想到郑国无信，玩心大减，小白把钓竿丢在一边，恨声道："仲父以为，可要为许出师？"

管仲道："郑侵许，不为灭许，求赂也。我出师奔许，只怕两国早已行成，然也不可不问，当出言警示。"

齐为盟主，同盟有违誓之举，盟主不能坐视不管，不出拳头也要出声。小白思索片时，叹息道："也只能这样。"

"还有件不急的事。"管仲泛出微微的笑，"王子成父已练成新阵，我君有闲，可去观瞻。"

小白灰暗的心情瞬间明亮起来，王子成父奔齐后，为他有善战之能，小白请他操练齐军，他也尽心尽责，多有非凡创想，在寻常的三军政基础上，演化出更细致、更多变化的新军阵，经过几年时间的磨合，终于操演完成。

"寡人怎么不闲，寡人日日都闲，日日都可观瞻新阵！"小白兴奋地说，他哪里禁得住新鲜事的诱惑，巴不得现在就冲去欣赏新军阵。

管仲一乐："我君稍安，臣与王子略作安排，就在这几日，必将新阵奉于我君尊前。"

小白欢喜地说了声"再好不过"，忽而愁了容色，带着歉意道，"仲父每日操劳国事，内务外事无所不思，寡人反在此享乐，惭愧至极。"

老实认错的小白，仿佛偷嘴吃而自愧于心的孩童。管仲笑道："垂拱用人，君也；勤勉恭恪，臣也。臣不过尽职分，况食君之禄，不为君分忧，岂非尸位素餐？"

小白感叹道："君人者牢于索人，逸于使人，寡人得仲父已难，既得仲父后，为君何能不易乎？"他自嘲地一笑，挽住管仲的手腕，亲切地说："仲父既来了，陪寡人同做一日懒人如何？"

管仲璨璨笑道："敢不遵君命。"

小白将公子昭留下的钓竿递给他，君臣一面钓鱼娱乐，一面乘凉闲话。眺望一湖碧水仿若卷起的绿帛，为风吹得层层展开，阳光正烈，照见满湖潋滟波光，却见两只轻舟在水中央推波缓行，原来是诸位夫人乘舟游湖。一舟乘者是蔡姬，一舟乘者是长卫姬。蔡姬在船上跳跳蹦蹦，早忘了先时与长卫姬的争执，远远地朝着小白挥手，似是在召唤小白登船。

“瞎胡闹。”小白板着脸嘀咕道。他怕水是人尽皆知，滨水垂钓尚可，泛舟游乐决意不肯，蔡姬爱闹，玩疯起来不知轻重，竟来撺掇小白乘船戏水。

蔡姬这里邀请国君同乘，落在后边舟上的长卫姬看在眼里，冷哼了一声，回头命令摇橹的寺人加把力气，超过前边那破舟，不然总有个污糟贱人遮挡视线，看不见好风景。

那寺人年纪很轻，瘦巴巴，干硗硗，像一长截烤煳的腊肠，神奇的是，模样倒还清俊可看，他好心提醒道：“摇棹太快，恐致舟中人跌足。”

长卫姬先是沉默，莫名露出一丝诡笑，慢悠悠地说：“不妨事，你尽管摇，出了事，我自负其责。”

寺人怔愣一霎，赔笑说他力气不够，恐摇不快，因请旁边膀大腰圆的肥壮寺人替几手，那寺人果然有把子开山劈海的力气，摇得那兰棹噼里啪啦溅起半丈高水花，一时推波斩浪，如飞一般，很快赶上了蔡姬的轻舟。长卫姬迎风咳嗽，一口响亮而灿烂的唾沫吐在水里，蔡姬扭脸瞧见，指着她骂道：“老母狗作践谁呢，我不与你计较，你倒蹬上脸来！”

长卫姬不回嘴，异常冷静地面对蔡姬的辱骂，沉默地凝看蔡姬跳脚骂人，仿佛在看跳火圈的猴子，脸上没有愤怒，却有捉摸不透的嘲笑意味。

两舟错身而过，长卫姬所乘轻舟像拧了机栝，越飞越快，两线激流从船头飞向船尾，在水面划出锋利的刀痕。也许除了一双眼睛，谁也没注意，长卫姬何时站到船尾去了。伴随着蔡姬凶悍的谩骂声，轻舟像受了刺激，一阵猛烈的颤抖从船心爆发出来，长卫姬忽然尖叫一声，像被筛出簸箕的豆子，失足跌下了船。

突如其来的变故，惹来水上水滨惊呼连连。小白远远望见这骇人一幕，吓得钓竿脱手，他哆嗦着喊道：“救……”那个人字尚没出口，轻舟上已有人跳入水中，三五下挥舞手臂，将扑腾呛水的长卫姬环肩抱住，舟上众人纷纷醒过神来，慌得你摇橹我伸手，合力将长卫姬救上船。还好救命及时，长卫姬并无大碍，只是呛了数口湖水，但受了莫大惊吓，魂飞了大半。

轻舟载着惊魂未定的长卫姬往岸边驶来，长卫姬遭难，蔡姬哪敢独个泛舟赏湖，跟在长卫姬轻舟后面，两舟一前一后，相继泊岸。

小白早已候在岸边，两个寺人搀着长卫姬下船，许是受惊过大，她腿直发软，脚底下打滑，步子迈不动，脸煞白煞白，仿佛死人，看见小白，又是委屈又是难受，哑着嗓子哭不出来，却强撑着力气要给小白行礼，小白伸手拦住了。瞧着长卫姬楚楚可怜的娇弱模样，小白心疼难忍，他纵便现在对她少有恩幸，也不愿她死，温故往昔缠绵旧事，追想今日惊魂一幕，倘有差离，已与曾经亲密无间的爱人阴阳两隔，便觉深深后怕，那过去对她的诸多不满，瞬间烟消云散。

怜爱了长卫姬，自要迁怒于身边人，小白责道："怎的如此不小心，是哪个混账摇棹！"

那肥壮寺人吓得跪下来，磕头如捣蒜一般。长卫姬忙道："不干他事，是妾自己不当心，受了惊吓……"她没说下去，掩面抽泣。

话不说透，小白却懂，余光瞥见蔡姬，劈脸斥道："皆因你不温善谨饬，必争不可，逞此口舌之能，几乎闹出人命来，你现下满意了！"

蔡姬隐约觉得遭了算计，却是有苦说不出，旁观的小白不问青红皂白，把罪名扣在她头上，她也委屈，更懊恨，想解释，又觉说不通，也懒得说，冷笑一声，昂首就走了。

小白被她噎得差点背过气去，转眼见得梨花带雨、柔弱无力的长卫姬，把那撒在蔡姬身上的火气摁了下去，于是唤公子无亏，带母亲去换身衣裳，陪她好生歇息，压压惊，又对长卫姬耳语，稍后他去看她。

无亏应承着，扶住长卫姬离开，一行人走过小白身边，其中有个瘦棱棱的寺人，浑身湿答答，正是此人刚才跳入水中救起长卫姬。小白叫住那寺人，夸奖道：

"你很勇敢，也很机灵，幸而有你，夫人得免于难，当赐大赏。"

寺人面带怯意道："不敢受我君大赏，臣不过是举手之劳。"

"你唤作什么？"

"丙刁。"

小白哦了一声，不再言语。丙刁躬身拜礼，抬起眼睛的一霎，与小白身旁的管仲目光相碰，仿佛触了火，慌得跃过去，他想管仲八成是认出他了，纵使知道迟迟早早会有这一日，却遏不住心虚。

受此惊变影响，小白的欢娱之情大为减损，原说要与管仲同乐，也没了兴致。管仲说要赶回临淄城，他并不挽留，恹恹地说："明日寡人也回临淄。"

管仲辞别小白，出得行宫，有召御寇在门外守车以候，他登上轩车，莫名叹道："一日翻转，目不暇接。"

这话无迹可寻，仿佛梦中胡说，召御寇听得费解，可他不探问，听了也当没听过。管仲之所以信任他，正是看中他腹中藏乾坤，而面上若木讷，口风特紧。

召御寇驭车驰往临淄城，路上彼此交流很少，一是炎热，二是疲累。管仲很久没说话，召御寇还以为他睡着了，直到进入城内，他却忽然开口道："御寇，你今日回家吧，不用陪我，左右今日也无事。"

"嗯。"召御寇答应得像个乖巧的孩子。

管仲不觉一笑，倏忽，幽幽一叹："御寇，你之才干不在私家臣属也，实可有大作为，我意简拔你入公门，你以为如何？"

召御寇语气固执地说："我不要入公门，只想追随管父。"

"跟着我，终身只为私属，屈才了。"管仲劝道。

召御寇默然少顷，挽着六辔的双手捏了一捏，缓缓道："屈才抑伸才，在我自己如何思量，我虽蠢拙，也略能明事理。倘无管父，则无今日之齐国，为管父效力，便是为齐国效力，故此生无别远志，唯愿追随管父，为管父牛马奔走，已是尽我全才。"

他说这一番话，朴质无修饰，语气也平实，却字字用心而坚定。管仲心中震动，本待要言，轮毂戛止，车已到家门口，召御寇先行下车，伸手搀了管仲下来，而后行礼道："管父劳苦，请归家歇息，御寇随时听候召唤。"

管仲深凝他一眼，有些话也不必说了，他了解召御寇，正如他从前了解召忽，父子血脉一体，同样的忠贞不贰，同样的节义不亏，对认定的人或事，必要生死以赴。

他举手抚上召御寇的肩膀，像父亲那般拍了一拍，亲切地说道："你也回去吧。"

管仲这里刚刚进家门，那里久等的乐无荒家臣慌忙迎出来，家臣也无多余的话，将那漆匣交给管仲，说家主人吩咐，请管子夫妇同启，末了着重补充，烦劳尽快回书，他还要带回燕国。

管仲捧着那漆匣，猜不出这里边到底存了何等要紧物件，问家里人道："主母可曾回来？"

"还没呢。"

姜婧陪着管母，还带上管鸣，去召御寇家见管忆，娘儿几个凑在一处，多的是体己话心腹话，彼此聊得投机，指不定今晚也不归家。管仲略一思谋，吩咐底下道："去请主母回来，告诉她，北方来书。"

姜婧回来得很快，天刚擦黑，半个月亮升在高天上，她迈步踏入内室，墙外清亮的木柝声为风荡进来，是宵禁开始了。管仲正端坐屋中，身旁搁着打开的漆匣，手里捧着乐无荒的来书，见姜婧回来，他一言不发地把来书递给她。

乐无荒的来书很长，写满了四片尺牍，这还不够，数行之间还有添补语，有些添补语写太长，不得已飞去了背面，是想说的话太多，情绪也太饱满，复杂得连书信也倾诉不完。姜婧才阅了一半，眼泪已悄然滚落，看完全书最后一字，泪水把尺牍打湿了，再看那商主回书，声声悲泣，情不能已，最后捧起那柄女青剑，婆娑泪眼盯住那剑柄上奇异的青字，悲伤彻底崩绝了，失声哭道："是兄长，是他，他还活着，还活着……"

她看着管仲，颤抖的手急匆匆地掠过剑柄，断断续续地说："这青文……幼时他书我名，非要与我逗趣，故意书成浮夸之态，这天下，唯有他会这样写，唯有他……"

管仲长叹道："怪道此剑名为女青，女青为婧。申兄失陷异国二十余年，乃心无日不思亲人故国，他是用此非常之法向外传言，他仍在世。"

女青为婧，姜婧的婧，二十多年了，跌陨枯井的申庶其在绝望中痛苦煎熬，他可能把从前的一切都忘了，唯独记得他血脉相依的小妹，那是照亮他垂死生命的温暖微光，在最深寂的黑暗里，仰面承接那微薄之光，也能获得活下去的力量。

念及兄长的良苦用心，再一思忖他这二十多年身在异国，不能归家，必是失了自由，难以想象他遭受了怎样可怕的非人磨难，姜婧难过得心如寸割，又是心疼兄长受苦，又是自责不能救他出困境。管仲叹息一声，将她搂在怀里，任她宣泄哭泣。

实际乐无荒北上燕国，一半是脚下不得闲，一半是为寻找申庶其。起因是有一日，他来拜访管仲夫妻，与姜婧说起申庶其，彼此都伤切又遗憾，好端端的一个人，二十多年活不见人死不见尸。姜婧当时哭着说，便是当真死了，也得知道他死在何处，总好过现在，想为他祭一爵酒，也不知该往哪里祭奠。

原是无望的口头期许，乐无荒却牢记在心。过得几日，他再次登门，称道要去燕国打探申庶其的行踪，甭管是生是死，他都要求个明白，申庶其是个活得清清楚楚的真君子，他也不肯自己的结局稀里糊涂。

乐无荒一去北国历时弥久，除了给朋友们送来北方特产，关于申庶其的音信，一字不曾提及。姜婧其实不甚抱希望，她很早就默认申庶其不在人世了，一个人消失在人间二十六年，除了永隔天涯的死亡，还能有别的缘故吗？

可原来申庶其还活着，在无限的绝望、无尽的痛苦中活着，也许他这样的活，还不如死去，却给久盼他归来的亲人莫大的希望。

宣泄许久的姜婧，抬起哭肿的脸，期期道："我们去救回兄长吧。"

管仲沉吟："救自然要救，然他失陷山戎二十六年，不知他到底是什么情形，是为人囚禁，还是能自由出入？你且稍安，待乐兄打探清楚，一切明晰，再谋后续。"

姜婧虽然急切地想救回申庶其，但也认为管仲分析得合情理，便说道："好，我听你的，我方寸已乱，烦你给乐兄回书。"

"那是自然。"管仲绽出宽慰的浅笑，脸上是从容神色，心里其实揪了起来，申庶其还在人世的消息，无疑是令人狂喜过望的，也是令人忧心忡忡的，救回申庶其是一句话，真正操作起来谈何容易。

很可能要救回他一个人，先得发动一场战争，但戎不侵我，我何能为戎陷一人而燃起战火？到底该怎么做？操切过激不得，意气用事不得，万事总有解决之道，万事也总有转捩之时，或许再等一等，再看一看，那个合适的机会就来了。

今夜的月亮升得极高，天涯海角，同此一轮明月，却不知那远方故人，是否也为清辉所照。

二

夜风啸吟，鲍丘水翻起了浪花，有一点月光失足跌入水里，映出半川激荡涟漪。仿佛被不安的水流声扰动，乐无荒睡不着了，翻了几次身，汗却淌得厉害，只得披衣而坐，倚在榻边喘气。

夜很深，窗外有白蒙蒙的光，是月光，还是露水，其实分不清。忽有狗吠时起时落，似乎很远，但在静夜里显得很清晰，恍惚又有脚步声在门前来回奔跑，细细一听，应是不甘寂寞的风声。

乐无荒现在寄居之所，是鲍丘水畔的山戎聚落，已住了一个多月。当地人知道他是戎人，且是有钱的戎人，待他很客气，兼之有上峰嘱意，辟出一座空院，供他与随从歇脚。

自乐无荒将申庶其可能健在的消息传去齐国，已过去了大半年，其间他与那商主荣如只见了三次面。荣如非常谨慎，虽有意与乐无荒结交，却决不肯赴燕，每次都是乐无荒来戎境相会，两个人的关系谈不上一见如故，唯寻常而已。

几次会面，荣如的谈吐举止，看不出有多高的文明素养，对华夏文、华夏诗、华夏风，也不甚了了，乐无荒与他谈论诸夏典籍，他要么草草敷衍，要么闭口不言，与他说坐贾牟利，他倒是兴致勃勃。

乐无荒认为自己猜得没错，前番回书并非荣如手笔，他故意用佶屈聱牙的古文给荣如写信，满篇引文，不是诗便是史，若非自少接受华夏文化教育的君子，断然看不懂。可荣如竟能回书，且那来信里也引诗引史，仿佛是乐无荒在去书里问出一个典故，他便在回书里开释这个典故。

去书中有一句是："昆吾，旧宅是许。"回书复述了这句，却改成："昆吾，旧宅是申。"这看似笔误的一个字，让乐无荒觅到不同寻常的端倪，乐无荒断定，回书由荣如亲笔写就，但原文绝非他所写，他若当真好华夏风，不会犯下如此明显的错误。

"旧宅是申"，这是申庶其的暗示吗？他知道老友来了北国，无法现身求救，只好用隐晦的曲笔，借他人之皮达自己之心，就如由他精心构思而挂名旁人的女青剑。

乐无荒怀疑申庶其健在，也正是因为女青剑。这风靡北国的曲刃剑，取名颇怪，他最早也意识到女青可并为婧，更觉得那“青”字可疑。多年前，他曾与申庶其结伴行商，二人途中无事闲聊，申庶其说起他与小妹的趣事，他常爱逗弄小妹，譬如把她的名字写得浮夸无比，可把她气坏了，他还比画给乐无荒看，问他是否浮夸有趣。乐无荒原来当成是家庭逸事，笑一笑，听听也罢了。未料，申庶其竟把这亲缘趣事刻于剑上，作为商品售卖万家，他是怀着不可明言的期颐，有朝一日，这女青剑传到相熟者手里，必能明白他的苦心，猜到他尚在人世。

为探寻答案，乐无荒特意去那家戎商买货，登门之前，先访于周边，十人有九人纷传，这家商主能赚大利，实是背后有个能出主意的谋士，据说是个华夏人，遭商主囚禁多年，着实悲惨，但究竟这华夏人是谁，却没人能说得清，对此有言之凿凿的，也有不置可否的，或以为谣传的。

乐无荒却相信是确有其事，为了试探虚实，才有了去书求交友。乐无荒那封字字深奥的书信，让好面子的荣如觉得受挫，可他不愿露怯，命令申庶其代书，他则抄录，因为乐无荒在书里署了真名，申庶其一见便知是故友，遂不动声色地写下“旧宅是申”。

女青剑加上回书，让乐无荒坚信申庶其还活着，只是沦为失去人身自由的囚犯，可知道他在世本不易，要救他出来更难。他与荣如几次见面，旁敲侧击，迂回辗转，也没法从荣如口中套出申庶其的消息，又怕话说多了，被荣如怀疑，给申庶其带去灾殃。

为早日接触到申庶其，乐无荒在与荣如交朋友这事上，表现出空前的热情，又是书信不断，又是赠送丰夥，荣如似乎总有犹疑，双方见面极少，乐无荒提出想去戎王城看看，他也没答应。后来，或是觉得一再拒绝贵人亲近之心，不免拿大又失礼，便请乐无荒暂居山戎边鄙，理由是方便他们见面。

乐无荒也不恼，安安逸逸地住进鲍丘水畔的山戎聚落，闲来无事，这里走走，那里看看，有时坐于水边钓鱼，观风景想心事，能坐一整日，若心情亮丽，尚可对山戎美人吟哦“邂逅一人，适我愿兮”，可惜人家听不懂。

他想的是，今日坐于鲍丘水边垂钓，明日则挪去戎王城捞人，万难之事，成于涓滴，他就不信自己救不出申庶其，哪怕拿自己的性命做交换。

他有救回朋友的决心，却不知申庶其有没有持续等待的耐心，二十多年囚徒生活，他能坚持到现在，已是奇迹，寻常人的每一瞬间，于申庶其都是无比漫长的折磨。

想到好友受苦，乐无荒连连叹气，睡意更淡了，考虑再去求见荣如。他可以耗下去，申庶其却耽搁不起，可他住进山戎聚落，一直不得机会与荣如见面，莫不是对自己起疑了？细细回想，并无出格举动，疑心何来呢？

外头忽有脚步声奔过来，有人在门口试探性地敲了一下，用很低的声音说："主，有人求见，她说有要命的急事，非得当面告诉不可。"

"请进来吧。"

俄而，家臣领进来一个女人，火光冉冉亮起，乐无荒仔细打量，是张生脸，年纪三十出头，衣不完采，粉黛全无，显见是贫家女，也可能是奴隶。

乐无荒客气地说："你找我什么事？"

女人说："是申庶其让我来找你……"

听见"申庶其"三个字，乐无荒本坐着，腾地跳起，泪已冲到眼眶，他打断女人的话，急切地追问道："他当真活着？"

女人错然地顿了一下："活着……"她见乐无荒又要激动地盘问，忙道："你听我说完，当真是要命的大事，延宕不得。"

乐无荒也知失态，他擦着眼泪："你说，你说。"

女人用很快的语速说："庶其让我告诉你，赶紧走，最迟明早，晚不过日出，荣如就要来抓你。"

乐无荒大惊："他为何要抓我？"

"他以为你是齐国细作，来燕北行阴谋事。他暗中观察你很久，你急于与他交友，热络过头，必有所图，所以诓你来戎境，一为近身省察，二为方便逮人。"

乐无荒霎时想明白了，荣如始终对自己若即若离，原来是猜疑自己有不良企图，他在此聚落每日巡游赏景，也许在荣如看来，是借着游山玩水之名，行考察戎情之实，进一步验证了其判断。

"我有没有连累到庶其？"这是乐无荒获悉自己罹险，脑中闪出的第一个担忧。

女人摇头："荣如没有怀疑他，你尽可放心。对了，庶其还说，戎将侵燕，不出一旬，即有大动作，若乐兄能力所逮，请尽快知会燕国。"

戎侵燕却是始料未及的消息，燕戎和平了差不多十年，双方开互市、兴边贸，边鄙乡人毫无隔阂，经常互访，交友通婚的不在少数，莫名让人生出错觉，仿佛山戎也是天子封建的诸侯国。

乐无荒其实不知该如何知会燕国，凭他区区一张口，人家信不信还难说，但既是申庶其有所请，他便应承下来："我试试。"他仍不放心，又道："庶其现下如何？我今逃难，他该怎么做？"

女人肯定地说："有我在，不会让人伤害他。"口气是平实的，而眼神是坚定的。

乐无荒心中一震，他本来想问问这女人与申庶其的关系，现在也觉得没有必要了。他想，申庶其能在绝境中生存下来，一多半有这女人的功劳。

女人催道："事不宜迟，乐兄请快上路。庶其说，若想救他出去，燕戎交战，或是机会。"

这个"机会"让乐无荒摸不着头脑，他也知拖沓不妥，一面吩咐底下人悄悄备好行装，即刻上路，一面匆匆问道："你来报信于我，可有危险？"

女人淡淡地说："我是微末贱人，没人会注意我，出来容易，回去也容易，乐兄放心。"

一时准备就绪，以轻装简行为要，该丢的丢，该弃的弃，临出发，乐无荒对那女人说："照顾好庶其，请转告他，我便是拼掉性命，也要接他——"他略作停顿，咬牙说出两个字，"回家。"

女人怔怔的，眸中浮出薄薄的一层水雾，她点了点头。

趁着茫茫夜色，乐无荒一行人悄然离开山戎聚落。两个时辰后，那藏在聚落里的荣如耳目才发现乐无荒不见了，慌里慌张冲出聚落追索行踪，却恰与来逮拿乐无荒的戎人会合。双方先是互相埋怨了一阵，你怪我半夜睡觉不把眼睛睁开、耳朵竖起，我怪你拖拖拉拉来得太晚，而后又胡乱猜测，到底是谁走漏了消息，哪个贼眉鼠眼的浑蛋看起来像内鬼。

乐无荒一行人连夜赶路，不敢停留，因这鲍丘水与沽水之间，燕戎聚落错落相间，循着两河中间平原狂奔三十多里，终于奔入燕国边鄙。

这时已是天光方亮，乐无荒惦记着申庶其的警告，想着把戎侵燕的情报告知边鄙的乡官，由乡官一级级顺次上报，比起自己赶到燕都，叩首宫门求见燕伯，更便捷高效。

乐无荒寻到这处鄙野的乡官寮。日上三竿了，寮内却没几个人，门口有条瘸腿的黄狗，人来了也不叫，呜呜地哼着，拐着拐着绕到墙后去了，院子里却有两个仆役在扫地，你刚把灰尘从东墙扫到西墙，我又把灰尘从西墙扫回东墙，有人进门，也像眼瞎，直把灰尘扫去来人脸上。

乐无荒呛着一嗓子眼的灰，大声问这里主事的是谁，他有急事必须上告。

“啥急事呢？”扫地的仆役有气无力地问。

“灭国绝祀的大事，你说急不急？”乐无荒瞠目大喝道。

俩扫地的吓得差点儿扫帚脱手，其中一个机灵的，夹起扫帚往后院跑。过了很久，前院的地也快扫好了，有个冠带略歪的乡官走着优雅的曲线，慢腾腾地挪出来。那乡官背起手，乜起眼睛仔仔细细地打量乐无荒，目光像烛照，从头发丝儿照到脚底板，可能是看出乐无荒一身行头颇考究，才显出矜持又巴结的笑容来。

“客从何处来？来燕行商抑或游方？有何要紧事？须我帮什么忙？”乡官笑得像头叫驴。

乐无荒不想说废话，直接将戎侵燕的军情说出来，请乡官上告燕国国中，实实是事急，耽误不得。

乡官不可置信：“戎侵燕？客从何得知？”

“我有朋友在山戎，他遣人告知于我，必不会假。”

“你朋友？哪个朋友？他为何在山戎？又为何告知于你，而不是自己来说？”乡官分析得头头是道，这个特殊的时刻，头脑清晰得让他自己都佩服。

连珠炮似的追问，让乐无荒无从解释，焦虑道：“他身有不便，不能亲来，但请相信他，也相信我，不出一旬，戎必侵燕。”

乡官觉得乐无荒八成是个疯子，平白无故跑来乡官寮大放厥词，这安乐清净的世界，哪里有战争迹象？即便当真有边境异样，戍兵不报，边鄙不告，这来历不明的怪人倒先知道了，要么是他的臆想，要么是别有用心。

乡官打着官腔说：“好了，我知道了。”私心是想将这疯子赶紧打发走，原来看他衣饰华丽，还以为是家资不菲的大户，蹭着裙带攀一攀，能打个秋风，刮层皮油，如今看来，不值当结交。

乐无荒见他不相信自己，着急起来，话便没经斟酌，冲口道：“尔如何罔顾危情！国有急难之变，尔坐视不理，尸位也！”

乡官变了脸，从哪儿里钻出来的狂狷之士，谎报军情不说，竟敢大言不惭地教训自己，他是嫌自己命太硬太长吗！

“疯人说疯言，什么东西，敢咆哮公寮！我还没审你，你是哪国人？什么身份？来我燕国何为？有何叵测目的？”乡官咄咄逼问道。

乐无荒待要驳斥回去，一旁家臣眼见不妙，忙赔罪道：“勿怪勿怪，他是疯了。”口里道歉，手上使力，将满脸怒火的乐无荒生拽出了官寮，人出了门，那乡官的质问还在背后炸开：“什么人？什么目的？”

家臣们拥着乐无荒走出去老远，乐无荒气不过，直脖子诅咒那乡官嘴里生脓疮，便有家臣劝道：“主啊，不是我说你，你是戎人，却为华夏人告戎难，谁会信你？这又不是咱齐国，百事还是藏掖着吧。”

这话打中了乐无荒的软肋，他怅惘地说：“以往见夷吾行变国之政，身在其中，不觉其好，甚有无端怀疑，至今方憬悟个中深意，真不出齐国，不知齐国好。”

“自然是我齐国好，这等尸位之吏，若在我齐国，岂容他猖狂！”家臣赞同道。

时至春秋，国家行政管理仍然较为原始粗放，尤其基层管理几乎是半瘫痪状态，从周王室至列国，国、野分离严重，国乡鄙野判若两别，国乡是一套系统，鄙野是一套系统。

齐国推行变国之政，正为将国乡鄙野纳入同一组织系统，建立起结构完善的基层管理模式。中央命令一经发出，能沿着基层各级组织，顺利地传达到个人。同样，个人有所请，也能沿着基层各级组织，畅通地上报到中央。

为杜绝情报壅塞，齐国严禁官吏留令，即是国中一旦布宪，各级官吏受宪后，必须立即传至下一级组织，倘有滞留，论处死罪。

这严苛的法令并非具文，因为数年前，曾有个乡官留令，遭砍了脑袋。那乡官是高氏宗亲，担任五鄙乡师一职，出身高门，官职也不低。某日赴属大夫处接受上级布令，本该立即传达下去，恰他老丈人过寿，心里拨动小九九，算计着偷摸溜去喝上三五爵，再办公事，也不迟这一时半会儿。谋算是好的，但酒一下肚，天大的事也忘得一干二净，你敬他敬大家敬，直把他喝得人事不省，一觉睡到翌日日中，祸便闯下了。

生了鹰眼的齐国司刑吏收到消息，立即将留令的乡师逮拿下狱，按律，他犯的是死罪，出于常情，家里人总不至于坐看他死，于是上下活动，夤缘求请，关系通到了高傒那里，请大宗子出手救救同宗一命。

闭门养病多日的高傒果然出面了，即日进宫面君，但不是求情，而是请国君依法处死：倘若世受国恩的高氏能超于国法之外，如何使齐民服法？小白感动于高傒深明大义，决意给予乡师刑不上大夫的优渥，赐他自杀，保存体面。高傒不同意，他说死罪便是死罪，不可为人情枉法。

高傒不肯徇私，那位倒霉催的乡师被押上刑场，处以斩首之刑，本要陈尸于市三日，小白特赐恩渥，不必陈尸，令家人将尸体领走。

这件留令案，小白对群下反复说了无数次。一告诫诸君子遵法守令，万事以国事为先；二赞高傒公义，当为群臣模范。这事确实威慑很大，下头从此惕厉警戒，再没出过留令事，只要受令，性命可以不要，令不能不致。

齐国不养懒官吏，也不养懒国人，人道是齐国国君拿根鞭子在后边猛抽，赶着举国上下昼夜狂奔，跑断了腿、跑折了腰，仍不敢停步。变国之政执行二十年，齐国改天换地，得益于勤勉做事的作风，君子拼命，国人奋进，野人努力，以其汗水，用其血肉，浇铸出领先列国也领先时代的泱泱之齐。

在齐国待久了，耳目常新，习以为常，骤入他国，事事落后，事事迟滞，难免有心理落差，乐无荒一众人才发出齐国好的感慨。

乡官不信戎难，事又紧急，乐无荒不得已，决定直奔燕都，设法面见燕伯，直达上听。

从此去往燕都，不过一百多里地，车马不停，无非两三日行程，孰料经过燕都郊野门关时，被拦了下来。

齐国大力惠商，十数年关市不征，凡来齐国的行商，在入国门时籍一次，以后路经的所有关门市门，一概不籍，齐是如此操作，燕却不是。乐无荒以行商身份来燕，入燕都时被籍一次，后离开燕都去往山戎，籍二次，今日复返燕都，籍三次。纵使乐无荒是豪富，也觉征税过重。因此过关籍税时，有不堪重负的家臣与征税的门官争了两句：出入一次籍一次，我们一货没卖，一分利没赚，如何又籍？门官叱他们撒谎，行商出外不卖货，你哄黄口小儿呢！况行商坐贾赚利薄厚，在你自身本事，岂在籍不籍！于是傲岸起来，不给他们通关，晾他们在关外自省过失。

这一晾，就过去了两日，乐无荒逼于无奈，着家臣与那门官私相勾连，塞点好处，请他通融通融，那门官偏有不饮盗泉的廉心，见此大胆行商既要抗税，又要行贿公门，真真贪婪强贼，一怒之下，又晾了他们三日，并严正警告说，再敢行不轨，逮起来送与有司。

五日光阴缓缓过去，乐无荒像被晒在风地里的湿衣服，怒气、怨气、郁气都晒干了，紧紧收敛起一身不服顺，去关口求见门官，老老实实承认错误。门官训了半日大道理，把乐无荒训得低头弓腰，后重罚两倍关税，方才放他们过关。

乐无荒等人进入燕都，商量着先去求见相识的燕国君子，请燕君子带自己觐见燕伯，可那燕君子家的大门还没迈进去，外面世界的喧嚣已跳进了燕都城内，不用乐无荒知会燕伯，燕国上上下下都知道了，与他们做了十年友邻的山戎，忽然对燕国发动了侵袭。

第一轮侵袭发生在深夜，尚在熟睡中的燕国人，仿佛做了一场家园被占的噩梦，醒来发现梦全变成了现实，戎兵像暴雨来临前，成群结队出行的蚂蚁一样，蹚过鲍丘水，蹚过沽水，蹚过濡水，仿佛燕山背后飘来的阴云，向燕都迅速逼近。

两日之内，燕国边鄙如熟透的果儿，为山戎轻轻一碰，纷纷坠地。山戎用了近十年时间伏低示好，麻痹了燕国的战争神经，防备心丢了，警惕心丢了，边警一塌糊涂，军备糊涂一塌，上层下层都陷入战争很远的迷梦里，倘或有人警示忘战必危，还责他危言耸听。

山戎席卷燕境，刀兵过路，所向披靡，堡垒、城邑、聚落，无一幸免，仿佛洪水漫道，很快漫向燕都。戎兵如蝗灾似的铺天盖地，过者皆噬尽，直接踏平郊野门关，冲到内城下。

面对攻到国都门口的敌人，燕国选择的不是坚守城池，相机而动，而是出城迎战，仿佛是想一战定乾坤。

后世形容燕人是“愚悍少虑，轻薄无威”，浅白的意思是，勇悍然而一根筋，性子甚急，急自己也急别人，果于赴难，但冲动不虑后果。若遇灭顶之祸，便急得不能等，必须即刻想出一劳永逸的解决办法，他们要的是杀一主将而退却十万兵的光辉伟业，慷慨悲歌的个人英雄在燕国很受欢迎。

与中原诸戎的兵力配置不同，山戎虽也以徒兵为主，但其拥有一支战斗力不输于诸夏的车兵，山戎的强悍可见一斑。

战斗从日中持续至黄昏，顽强然而组织无序的燕军，扛不住更为顽强而号令严明的戎军的冲击，燕军尽了最大努力，仍然溃败如潮，溃兵出于本能，撒丫子往城内奔逃，却把紧追不舍的戎兵带进了城。一百个一千个戎兵仿佛爆炒豆子似的，一颗颗蹦进城内，这一队徒兵跳上通衢大道，那一列战车奔入燕宫外朝，燕都于是陷落了。

率师出战的燕伯，险些遭山戎生擒，幸得国君御士拼死血战，护卫燕伯夺路逃奔，几十里路跑得肝肠寸断、生不如死，途中风在呼啸，马在嘶叫，战士在咆哮，总觉得山戎追兵在后背呼气。

这般舍命不顾地逃命，逃到涞水边时，燕伯停下来，等等他丢在半道上的魂魄，也等等逃出生天的残兵，与追随国君的燕国君子。等了约莫两日，残兵与君子陆续到达，人不多，好歹也是人，问一声其他人呢，不是做了俘虏，就是做了鬼。燕都现在是戎人的天下，燕伯的君座上搁着戎王的屁股，燕伯的厩槽里卧着戎王的战马，燕伯喜欢的庖人正在给戎王做饭，还有燕伯宠爱的女人们，也许正被戎王搂在怀里亲嘴，想一想那画面就心如刀绞。

众人见面，说起国都沦丧，戎人肆虐，你我君臣无家可归，动起悲情，你哭我也哭，燕伯哭得最惨烈，擗踊号啕，仰天长叹：召公在上，儿孙无能，燕祚亡矣。

有清醒的君子却说：哭无益也，哭一百年，也哭不走山戎，赶紧想办法救国退敌。

“能怎么办？”燕伯哭得要背过气，说话的鼻音很重。

“向他国求救，诸夏一体，燕有戎难，也是诸夏有戎难。”

燕伯哭晕了的神志清醒过来，当下里，简拔出数个谨重使者，奔赴列国求援，各使都携上燕伯泣血悲慨的亲书。燕伯其实拿不准谁会来救援，如今的诸侯们自扫门前雪，别国死绝了户，也不伸一根指头救命。那就广泛求援，每国皆遣使，周天子处也送去一书——天子虽然废物，帮忙向封建诸侯求请援助，也是可以的。

求援书首先送到最近的邢国，邢侯对燕国的遭际深表同情，又说奈何本国国小民弱，就算把这点子家底掏空了，也不够山戎塞牙缝，但可以接受流亡的燕伯来本国长住，寡人的寝宫虽小，勉强容得下一个失家的寓公。

燕国请援路线沿太行山南下，第二个抵达的国家是卫国，无奈卫侯最近心情不佳，没有亲见燕使，因为他心爱的白头鹤大夫不久前驾自己西去，卫侯伤心欲绝，如丧考妣，给予白头鹤大夫等侔于上卿的葬礼，逼迫卫国君子们集体临丧。有丧鹤之痛在先，所以卫侯听说燕国惨遭戎难，比起自己失去鹤大夫，痛苦要小得多，亡国而已，值当这样椎心刺骨地悲号？

卫国对燕国的求援态度，是淡漠处之，没说要救，也没说不救，其实就是不搭理，毕竟为他国救难，跨越国境征讨异族，这一趟走下来，能不能打胜还在两可间，便是数一数劳师远征的种种弊端，也足可让急功好利者退避，问遍天下列国，没有哪个诸侯愿意当这冤大头。

派往邢国、卫国的燕使失望而归，然而仍有燕使奔跑在求援的路上，穿越邢卫，东渡黄河，涉济水往东疾行不辍，进入齐国境内。

三

昨夜下了整整一宿的雨，将要天明时才稍稍止了，路面积水未干，车马跑过去，哗哗乱响。苍劲秋风愈渐猖獗，将积存在墙垣屋瓦的雨水吹得飞起，一丝丝抛在行人脸上。

管仲在齐宫门口下车，因想事入神，一脚踩在潦水里，险些摔了一跤，踉跄着站稳了，却溅了半身泥水，瞧一眼腌臜的朝服下摆，真哭笑不得，这副脏兮兮的样子居然要面君，可总不能返回家去换衣服，凑合了吧。

小白召见管仲的地方，是在内朝寝殿。除非正式朝会，他与近臣会面，都择在内寝，他不喜欢正式严肃的朝会，拘得手脚没处放，下头卿大夫们板着脸，他也板着脸，仿佛彼此有仇，今日不得已坐在一起算总账。

管仲刚一进门，小白就瞧见他那污黑的朝服：“仲父跌跤了吗？”

“惭愧，宫门口失足于污潦，以此邋遢之身面君，失礼也。”

小白不介意，对旁边一寺人吩咐道：“去，给仲父取身干净衣裳。”

那寺人利落地应了一声，脚下无声地闪退出去，管仲暗睨他一眼，他是丙刁。

去年在申池勇救长卫姬，丙刁便入了小白的眼，他原只是宫里的低等寺人，干些扫秽、浆洗、修葺、倒粪、补墙的粗浊活路，近身伺候国君夫人还轮不到他，所以前回长卫姬乘舟，是他摇橹。长卫姬承丙刁救命，感激他的恩情，将他带在身边使唤了一段时间。这丙刁不孚其望，伶俐又机警，常常是长卫姬眼风扫一扫，唇角翕一翕，指头动一动，丙刁已心领神会，而且交给他办的事，从不推诿叫苦，行动快，完成度也高，还不伐功。长卫姬甚是喜爱他，于是荐给小白，说是得了个好人儿，不舍得独享，定要送给国君，保管国君满意。

长卫姬说得没错，小白确实满意，他最赞丙刁的一点是不多言。该他说话时，问一答一，问十答十，少有冗言；不该他说话时，仿若聋哑。更难得的是，让他做事，绝不会问为什么，做完了事，也不吭气，他越是寡言，越受小白信赖，渐渐成为国君贴身内官。

不过片刻，丙刁已捧着一摞衣服进来，小白瞄一眼，似乎里里外外皆有，笑道："够齐全呢。"

丙刁平静地说："因不知管子里外衣裳有多少受污，臣擅做主张，多多备下。"

"你虑事总是很周全。"小白点头夸道。

管仲因避进里间换衣服，丙刁要帮他穿衣，他没让，说是小事，自己来。偏生系腰带时，带钩像是发生扭曲变形，两头怎么也扣不拢，恁大的人竟不会穿衣，管仲自嘲地笑出声来，终究是丙刁伸手帮了一把，只轻轻一挂，两头严丝合缝。

"手真巧。"管仲称赞道。

丙刁静默一笑，毕恭毕敬垂手侍立，管仲往外走去，缓缓一停，问道："你是丙季儿子？"

"承蒙管子记得我父亲。"丙刁用特别柔顺的语气说，脸上表情一动不动。

管仲盯视他，仿佛要说什么，话到口边，徐徐湮没，他把脸转过去，似乎刚才那一问，只是随口寒暄，问出口就忘记了，听了的人也没放在心上。

小白正在阅书信，见管仲出来，顺手就递给他，那正是燕使送来的求援书，他与管仲言事从来不纡徐，直接问道："仲父以为当救不当救？"

管仲一面看书一面说："燕之简书，应该不只送我齐国，臣大胆揣测，从燕来齐，这沿途诸国皆受燕书，想来鲁国也闻燕国请援之声。"他摇头道，"投书虽多，恐怕响应无几。"

“那，仲父的意思是？”

管仲将简牍轻轻合拢：“当救。”

别国不救，齐国要救，原因何在？小白不忙提问，听管仲说道：“齐为伯主，有救患之责，一也；戎狄之难，为诸夏共难，二也；我君欲定伯业，立威诸夏，今攘除燕之戎难，正可立威，三也。有此三者，齐当救燕。”

小白默想少时，斟酌道：“仲父之言，虽也有理，然齐去燕境，千里之遥，劳师远征，师老民疲，恐未及交战，士气已损，莫说救燕，我已陷入绝境，有全师覆灭之祸。”

管仲说道：“我君思虑，正中要害，实则劳师远征，其难事无非有二，一为千里馈粮之难，二为孤军深入之难。”

小白显出愁容：“正是此二难，况从齐至燕，千里之道，辗转不顺畅，中间尚有大河阻断，还需借道邢卫，这两国毗邻燕国，尚不肯伸援手，又岂肯开国门让他方过境？倘拦我于外，或动起阴险之谋，我师岂不进退不能？”

齐国前往燕国之途，惯常走的都是太行黄河这条路，先渡过卫国扼守的黄河关津，再横穿邢卫腹心。齐国要救燕，军队必须借道邢卫，若两国不肯借道，也许先得打一仗，那样的话，付出的代价也太惨重了。但从情理而言，也没哪个国家，心甘情愿别国军队从自己境内经过，谁知道你是借道呢，还是打着借道的幌子另有所图。

“臣以为，救燕之途，不必借道邢卫。”管仲明确地说。

不借道邢卫，唯有走河间地，那就意味着，齐国军队将两次渡过黄河，不过若选择在秋冬枯水期行军，渡河不难。走河间地，比走太行黄河一线，行程要缩短得多，借道的麻烦也省却了，但那荒凉僻远的河间地，是盗匪的天堂、亡命徒的乐园，齐军要过路，这些麻烦还得想法解决。

小白踌躇道：“不借道邢卫也可，然另一条道并非坦途，该怎么走？”

“可先遣一师开道，道里不平，则清扫之、剪除之，沿途营造行次、候馆，使得千里馈粮，次次有廪，馆馆有储，前师开道完妥，后师再行，前途无患，后顾无忧，可速行得达，达则可战。”

小白明白了，齐国要走河间地，先把泥泞草野里的危险摘干净了，再在沿途建立临时仓廪，仿佛斥候哨站，从齐国运出的粮草辎重抵达“哨站”，一站一站，宛如接力一般，最终运抵燕北战场。远途运粮，因道里艰难，多逢险阻，如遭遇恶劣气候，会造成极大耗损，十分粮运到目的地，可能只剩一分，而像管仲这样的安排，能使千里馈粮有条不紊，一粒粟从临淄仓储转出来，在临时仓廪里安稳地歇过几脚，完整地落在齐国士兵的饭碗里。

“这是解千里馈粮之难，孤军深入之难呢？”

管仲诚实地说：“此难难解也，然我君可晓谕同盟，有愿救燕难者，与齐同行北征。”

让那帮子好风花雪月的懒惰诸侯，跟着齐国去苦寒燕北打仗，真要了他们亲娘命。小白也知求不孤军很难，但又不能不试一试，好赖有个帮手，总好过齐国孤军奋战，于是想来想去，一个个数过去，也只想到鲁国。到底上回征伐济水诸戎，是齐与鲁联手，今次再伐戎，齐鲁当再联合。

考虑了行军路线，也考虑了盟友，小白因道：“千里行军，要清除不平，又要营造仓储，非短时可成，燕之戎难甚急，今燕都失陷，燕君流离，恐不及驰援，已举国尽戎也。”

管仲剖析道：“燕人素来果悍顽强，今遭宗庙灭亡之难，断不会俯首称降，山戎固克燕都，而燕境何大，燕人何多，山戎悬师深入，欲据全燕，谈何容易！我师救燕，千里行军，诚如我君所虑，当先清除不平，营造仓储，然臣粗粗筹算，这清除、营造所需时日应不会太长，倘即日出师，不过月余，可全师至燕北。”他停了一停，又道：“臣适才断言救燕有两难，实则尚有一难，只此难或发，也或不发。”

“何难？”

“早先闻悉，山戎欲勾连太行白狄，同寇诸夏，若白狄也寇燕，则我师战两强敌也。不过至今不闻白狄侵诸夏，或是臣多虑。”

居于太行山茂林峻岭间的白狄，一直在太行西山活动，极少翻下东太行，以至近邻邢国、卫国经常忘记卧榻之侧有这么个潜在威胁，山戎几次与其交通求好，希望东西出师，共伐诸夏，白狄都不置可否。

在大多数人看来，白狄或许无心与诸夏为敌，尽管管仲说出担忧，小白也认为他多虑了，这个时候，比之于迫在眉睫的戎难，白狄的危险仿佛无存。然后，仅仅几年以后，曾经似乎消匿在诸夏视野里的白狄，仿佛飓风骤起于太行山，以摧枯拉朽之势席卷而下，接连攻陷了数个周的封建侯国，从此太行东山之下，狄人纵横捭阖。

为谋戎难，小白邀鲁侯会面于鲁济，当时济水东来，过曹、卫、齐、鲁四国之境，济水在哪一国内，则称为某国济，所谓鲁济，是济水流经鲁国的一段。小白会鲁侯于鲁境，而不是召鲁侯来齐国，足可显示他对鲁侯的重视。

小白力邀鲁国与齐国并师，一起北征山戎，鲁侯有些犹豫，毕竟此去燕国，荒僻辽远，不同于以往伐个郑、讨个徐，齐国在前头战场秋风扫落叶，鲁宋等盟友在后头摇旗呐喊，战胜了与盟时郑重署名，受赂时也得分赃。

但燕国是什么鬼地方，荒晦苦寒，远隔中原，仿佛周室封建的弃子。同样姓姬，周公后代在鲁国颐养君子风范，召公后代在燕国吃虫啃草，生活常态是与不服顺的殷商遗民战斗，与燕山土著战斗，与北方异族战斗，在艰苦环境中陶冶出一身彪悍气质，后人叹息燕赵多慷慨烈士，其实是被形势逼出来的。

小白了解鲁侯的顾虑，他大方地表示，鲁国可量力而行，酌情遣派出征之师，话里意思再明显不过，只要肯出兵，人少点没关系，哪怕只出一军先旆，齐国也能接受。

让步到这般田地，再忸怩支吾，就是拂逆齐国面子，鲁侯不好拒绝了，咳着说："燕有戎难，诸夏皆有救难之责，鲁愿与齐并师北征。"

小白赞美鲁侯明大义，冷不丁冒出一句话："鲁君要保重身体。"

明明是关心的好话，鲁侯却像被当众拔下底裤，涨红了脸，勉强挤出干焦的笑，觑一眼神采飞扬、健硕敏捷的小白，越发觉得自己像个命不久矣的痨病鬼。

鲁侯与小白见这一面，不是咳咳咳，就是喘喘喘，揩汗的手巾换了三四张，难怪小白要关心他的身体，也许小白并不清楚鲁侯的病根，但鲁侯心里有鬼，小白的体恤，在他听来，很像嘲笑。

鲁君子都知道，国君热衷于床帏乐事，近几年里变本加厉地折腾，渐被美人掏空了身体。然而鲁君子很能为本国君主掩丑，偏就不说实话：想我周公子孙向来禁欲，寡君不是爱美人，而是爱与美人深入细致地讨论周礼而已。

鲁侯与小白同岁，要说鲁侯好美人，小白更好之，这点香艳爱好上，倒是甥舅同心。可鲁侯与美人过手几招，人就萎靡如皤然老者，小白却依旧精力充沛，康健得像个二十出头的小伙儿，鲁侯很是想不通，难道是姬姜两家体质有别?

什么是霸主?既有卓绝超拔的政治才能,还得有旺盛的生命力,一个衰靡的诸侯,纵有做大事业的野心,提前来到的死亡也会将求霸之路斩断。

鲁侯揣着抑郁的心情返回国都,想到小白的飒爽,对比自己的衰残,人生的整片天都黯了,这趟讨伐山戎,小白必定是亲征,而自己呢,只怕被黄河的冷风吹一吹,便把命吹没了。

或者是被小白刺激了,或者是抱恙的身体发出警告,鲁侯半只脚才跨进曲阜城,立即宣召群下举朝会,所议大事只有一件:要不要随从齐国赴燕伐戎?

因是临时起意,宣传君令的仆人,只能一家家地通知君子们,鲁君子大多在家,不在家的也能知悉去向,着亲近家臣去告诉一声,唯公子庆不知何往,询问家里人,没一个答得上来,也可能是知道但不想说。

公子庆与公子牙比邻,宣召公子庆的仆人,一样宣召公子牙,约莫出于病急乱投医的心理,苦脸说:“找不着公子庆,敢问公子知道吗?”没想到歪打正着,公子牙竟然说:“你不必管了,我去找他便是。”

仆人多嘴问道:“公子在哪里?”

公子牙把脸板下来:“轮得着你打听?”

仆人噤了声,平时闷屁不放一个的公子牙,变起脸来,也够骇人。

鲁侯三位兄弟,庆父暴戾狂躁,叔牙怯懦寡言,季友深沉难测,各有性格。叔牙是出了名的胆小怕死,素性没个主见,国有大事,拿不出良谋,国有小事,也想不出对策,国中每举朝会,他就是个充数的人头,跟着君子们一起点头称是,摇头称否。为他与国事不决策,鲁侯骂过他多次,他除了道歉认错,过后仍是没主张。他这样无聊的呆人,却与庆父交好。庆父是个暴脾气,像怀里掖着爆竹,一点就着,与鲁侯也吵过嘴,唯独对叔牙和善。也是叔牙性格寡淡,庆父便是动怒把他家大门烧了,他也不恼。

庆父与叔牙走得近,也有季友的缘故。季友与鲁侯一母同胞,亲缘本昵,季友又颇具才干,稳重少言,端持隐忍,最要紧的一点,鲁君子皆反对鲁侯立公子般为太子,唯季友支持,鲁侯便更对他另眼相看,任他执鲁政。鲁侯待庆父别于季友,庆父常遭鲁侯白眼,他有所举策,鲁侯一概否决,以致心灰意懒,索性学起叔牙,也充哑巴。同是兄弟,同为桓公儿子,鲁侯却厚此薄彼,庆父积怨甚深,又有怀才不遇的不忿,因此与季友公开不睦。有了敌人，就要有战友，同被鲁侯嫌弃的叔牙便是庆父的战友。

那宣令的仆人走后，叔牙也出门，乘轩车往西城而去。原来鲁国都自营造初始，便划分为东西两区域，东城为周人聚居区，西城为殷遗聚居区，横亘周殷居地之间，有一条纵贯东西的干道，其西段是为著名的五父之衢，叔牙要去的地方正是五父之衢。

叔牙的轩车奔上五父之衢，走不多时，往右一拐，进入一条里巷，在一座小宅门前停下。看门的阍人认得是叔牙，点头哈腰迎上来，叔牙闷着脸色问道："庆父呢？"

"在……不在。"回答得力不从心。

叔牙冷声道："我知道他在，唤他出来，不然我进去揪他，若揪出别的什么人，可不好看。"

阍人满脸痛苦，拐着两只脚跑进去。过了一会儿，庆父慢条斯理地踱出来，外衣耷拉在肩上，中衣也没穿，里头的亵衣领子敞到了胸口，趿着一双鞋，走起来啪嗒啪嗒响，像刚睡醒，扑面而来很浓的床榻气，脸上挂着一抹冷冰冰的讥笑，他便倚着门，不阴不阳地说：

"是敌国入侵，还是国人暴动，劳动叔牙来寻我，即便真有大难，该去求季友想良策，寻我作甚？"

这满不在乎的模样，让人又恼恨又无奈。叔牙道："你可收敛些吧，国君回来了，立时要举朝会，国中寻不着你的人，我才为你敷衍过去。"

庆父丝毫不急："举朝会有季友在，万事皆不难，我与不与会，有何要紧？烦劳叔牙说一声，我这里身体不舒适，不得与会。"

叔牙劝道："何苦为与季友怄气，得罪于国君！不必啰嗦了，赶紧收拾收拾，跟我走！"

"早得罪了，也不在今日。"庆父幽幽叹口气，"行吧，稍等。"他折身走进宅内，应该是去换衣服。

叔牙在门外静候，孰料左等右等不见人出来，像是庆父跌足摔在深井里，四壁无下脚处，于是只能坐井观天。他一时情急，抬脚冲了进去，这才入得门里，眼前一幕逼得他几欲落荒而逃。庆父正与一个女人扯在一起，两个打情骂俏，忘乎所以，庆父半嗔半酸地说："你男人回来了，还不赶去伺候他，别挨在我这里，若为他知晓，我性命不保。"

女人骂道：“放你亲母的屁！什么我男人，什么我去伺候他，我这一向伺候的是谁，那混账心里不清楚？”

庆父捏住她的脸：“悍妇！怪不得他不宠你，学学你女弟，柔顺侍君，媚而奉上，他自然疼你。”

“我柔顺侍君，媚而奉上，你怎么办？”女人故意问道。

庆父叹了口气：“我？要么死于他之手，要么死于季友之手，你跟着我，没好结果。”

“放屁！甭管是他还是季友，哪个畜生敢动你，叫他试试我姜齐女儿的手段！”女人狠厉地说。

庆父像听见孩子话，笑不可遏：“是是是，姜齐女儿惹不起！”

“那你惹不惹？”女人哧哧笑，庆父不答，将女人用力抱在怀里，两个窃窃私语。情话说得太满，总有一两句逃逸出去，飘进听者耳里，臊得肠子打结。

叔牙见这两人痴缠得没完没了，重重咳嗽一声，女人吓了一跳，扭头看见叔牙，不觉骇怕，也不觉惊异，即便现在鲁侯来了，她也是这副表情，镇静中夹杂着一丝古怪的自豪。

“走不走？”叔牙带着火气问。

庆父放开了女人，温柔地说：“你也回去吧，下次再见。”他拉住女人的手亲了又亲，恋恋不舍地看了她一眼，这才随叔牙走出门。

为方便说话，两个同乘一辆轩车，却由叔牙驾驭，车马行驶起来，埋怨的话也迸出来：“你说你，天下女人多得很，何必爱这一个！她可是小君，若是国君知道，你还有命吗？”

庆父无动于衷道：“是小君又如何？我管她是谁，我非要与她好，谁也拦不着。”

叔牙谯让道：“我瞧你是为了与国君作对，在国君那里不得宠任，便去对他的女人下手，置一时之气，埋将来祸根，这又能得什么利好？”

庆父寡味地笑了一声，却不说话了。

“国君重用季友，也有国君的道理。季友沉稳干练，凡事深图远虑，甚具公心，故而国君信任他。”

庆父不爱听人夸季友，反驳道：“屁的具公心，真具公心，能附和国君，拥戴公子般为太子？分明是谋一己私利，扶公子般这无用蠢人上位，将来新君登位，他为执政，这鲁国上下，还不是他说了算！”

叔牙连忙喝止道：“乱言，你还嫌惹的麻烦不够多？国君立嫡，国君说了算，臣下多什么嘴。不管那君位上坐的是谁，鲁国不还是周公之国？”

庆父轻鄙地说：“你便是胆小如鼠，将来人家以死胁你，你难道当真去死不成？鲁国是不是周公之国，还就得看君位上坐的是谁。”

“你是何主张？可别乱来。”叔牙紧张地说。

庆父咬着牙轻笑，又不吭声了。

车马行到鲁宫门口，话就不便说了，两人沉默着走入举会的治朝正殿，君子们陆续与会，按着朝位依次坐好。鲁侯姗姗来迟，因气力衰弱，扶着一个寺人的手，走一步叹一口气，像是来参加哪个亲近大夫的丧礼，脸上掩不住哀婉的苍白颜色。

鲁侯颤巍巍地依着凭几，咳着说：“寡人召二三子，是为与齐并师北征山戎事，望二三子尽抒良言，这北征山戎，究竟是去，还是，还是……”他大喘了一口气，才道，“不去？”

当面允诺小白齐鲁同出兵，那时的唾沫星子还挂在下巴颏儿，背转身，便召集群下重新商榷，鲁侯的心思，与他的身体一般，都有着扭曲的病态。

鲁侯的话刚一落尘，朝位间便响起了施父那熟悉而浊重的咳痰声，一双肥白的老人手越过层层叠叠的肩胛骨，像解牛的刀般穿出肯綮，一刹那，施父那张保养得富态而光泽的脸像水下沉渣，缓缓地浮现出来。

施父已是高年老人了，鲁国君子经常私下打赌，施父是今年死，还是明年死，结果他哪年都没死，于是下注的输得底儿掉，坐庄的赢得盆满钵满。君子们戏言，只怕周公庙的椽子朽烂了，施父还在城门口晒太阳，喋喋道“臣早言之，太阳不会从西边出来”。施父便像这个守旧陈腐然而总也不过去的时代，命硬得历经沧海桑田而不变，他是一面保卫等级秩序的墙，虽然苔藓斑斑，蛀洞遍身，仍然是墙，阻断着下等阶层的奋进之路。

“臣以为，”施父开口了，他这次没说“早言之”，“师行数千里，深入蛮夷之境，莫说胜负未知，全师而去，恐返国不及半师，臣不赞同北征山戎。”

施父总是头一个发言，也总是唱反调，这仿佛成了他的人生信仰，有时甚至为了反对而反对，惹急了鲁侯，不顾他是长辈，劈面一通臭骂，他却仍然乐此不疲。因为施父持之以恒几十年唱开场白，故每决大事，鲁侯一旦请群下畅所欲言，君子们默契地闭口，等着施父“臣早言之”，那就像开闸放水的信号，他开了闸，君子们的言论才能流泻而出。

施父这次开闸，君子们随从奔流，有二分之一附议施父，意见也差不多，大抵是燕国苦寒，出师不利太多，恐怕鲁国战士还没走到燕国，已死丧殆半，齐国要逞能，逞就是了，人家是霸主，管闲事是霸主的责任，鲁国何苦去送命。剩余二分之一观望，先看看同僚怎么说，再决定是赞同还是反对。

鲁侯对君子们的意见不表态，而是习惯性地去看季友，咨询道：“友认为如何？”

季友不急不躁地说：“我若北征，乃齐先有求，为遵伯主之请，同盟同行也。然二三君子所言也有理，燕国荒凉绝远，劳师远征，征程辛苦，胜算不多。”

这是持两端而论，等于没意见，鲁侯迷惑了：“那，是去还是不去？”

“去，难向鲁之君子国人交代；不去，难向齐国交代。是为两难，请我君择其利者。”季友抛出了一个选择题，鲁侯是服从本国君子意向，还是屈从于齐国意志。他大概是猜到了鲁侯其实不想去，召集群下商榷，是为给自己不去寻找充分理由：不是我不想去，是君子们都不想去。

鲁侯未曾回答，一个洪亮的声音震荡耳际：“季友此言差也，北征山戎，需要给这个那个交代，独独不需要给燕人交代？不需要给诸夏同盟交代吗？”

不用看人，也知道说话的是曹沫，满室君子，唯他会耳闻不平而直斥其非，别说是对季友发声抗议，若他认为鲁侯有错，一样直言不讳。

曹沫挪出朝位，对季友肃拜，亢声道：“我今北征，岂是应齐之请？燕也求援于我，燕之简书尚在君手，救燕为尽诸夏互助之谊。依季友之言，鲁救燕讨戎，竟是惧齐之威，不得已而从之。所谓同盟同行，同盟者，诸夏之盟也，燕不为诸夏乎？同行者，尊王攘夷也，伐戎不为攘夷乎？”

曹沫的慷慨之论，惹来在座君子纷议，七嘴八舌各说各话，其中施父的声音最响亮，老归老，中气十足，咳嗽一声，喉头嘎嘣一声：“为救一蛮燕，把我鲁国战士陷进去，曹子忍心？”

诸君子仿佛炸了炒锅，被曹沫针锋相对的季友神情却淡淡的，语气也淡淡的："曹子以征戎为秉大义，空言动人，行事难为。此去燕国，何止千里，师徒远征，深入他国，其弊多也。道里如何行？粮秣如何运？历时多久能至燕境？一旦与敌交战，胜算有几何？若战事拖延，师老民疲，能否全身而退？曹子可曾思量？"

曹沫说道："季友所虑，不过用兵常势，凡兴师，无论御敌国门，或远师征讨，岂能不思？然此非不出师之理。齐能不顾险难，涉远道而征强敌，我鲁国如何不能去？况我君与齐君已许诺在先，今不出师，背信也。"

季友正要回应，跃跃欲试很久的施父抢话道："曹子一再坚持出师，竭力听从齐之命令，齐有所求，我鲁便有所应，却不知曹子之心，是为齐还是为鲁？"

阴阳怪气的质疑很刺耳，曹沫微微蹙了一下眉头："子怎能随意揣度君子之心！什么为齐为鲁，沫在朝会倡言，皆为国事，剖全心以对，而无寸毫遮掩，岂有阴私之意！"

施父怪笑了一声："见谅，我昏聩了，忘记曹子已是君子，曹子往常叱言'肉食者鄙'，我为肉食者，鄙也，不及曹子，身为肉食者，也不鄙，故而倡言国事。与鄙君子不同，鄙君子心胸狭窄，谋事在鲁，而曹子的心胸在天下也。"

像被刺了要害，曹沫猛地一颤，几欲发作，强把自己摁稳了。诸君子都听出施父在嘲讽曹沫，有憋笑的，有忍不住笑出声的，也有同情曹沫总被翻家底的，却是少数。曹沫是鲁君子里的另类，出身卑微，原没资格升位为君子，只因长勺之战建大功，才被鲁侯超擢为大夫。然而，长勺建功仿佛是曹沫一生能达到的巅峰，从此后二十年，曹沫的仕进之途几乎停滞了，举朝会时，有个不尴不尬的朝位，国君会向他咨询急难，偶也命他司事，仅此为止。

施父的恶毒嘲讽，也是一次开闸放水，打开了君子们的玩笑洪流。因为曹沫的格格不入，鲁君子常拿他当谈资，爱在宴上编派他的各种逸事，用来佐酒格外开胃。曹沫本恼火，可耳底满是奚落之音，眼里尽是嬉笑之色，一股悲酸之气冲上来，把愤怒掩埋了，冷冷地道："二三君子不识天下形势，坐而空谈在鲁在天下，无天下何来鲁国！无诸夏同盟之谊，何来鲁国百代之安！今日戎侵燕，明日便能侵鲁，今鲁不救燕，明日鲁有难，孰来救鲁！"

施父像被掐了脖子，鸡打鸣似的叫起来："危言！危言！什么叫鲁有难？曹子为齐一命，而乃奔走不顾，罔顾母邦安危，竟敢诅鲁！曹子之心，果然不在鲁也！"

脏水泼得太顺手，曹沫正待驳斥，话未出口，一直默不作声的鲁侯开口说道："二子言过了，举朝会论国事，出于公心，有所倡言，皆当容纳，这般激动诋毁，伤君子体面。"他纵算私意与曹沫不同，也不愿意施父挤对曹沫，曹沫再不济，也是他一手提拔起来的，要骂要打该由他，施父没资格。

鲁侯制止了臣下争执，慢慢看向群下："二三子之言，皆有理，皆是为国建言。寡人细忖之，北去燕国，千里之遥，劳师远征，伤损恐多，然与齐有约在先，若违背许诺，恐伤盟友之谊，实两难也，故寡人以为，北征之事暂时搁置，君臣再思再议，二三子以为如何？"

说是搁置，其实就是不要去，顾及面子，不好亲口承认毁约，至于再议，议的不是北征事，而是想出个妥帖的理由搪塞齐国。

鲁君子都是不好战的和平人士，国君既然也不想战，正好顺水推舟，稽首同呼"我君明睿"。曹沫还想争一争，鲁侯不给他说话的机会，赶紧把朝会散了，哀哀说：与齐君会这一场，累得腰疼，寡人要去歇息，二三子不要来打扰。

鲁侯一朝歇息，像睡过头，从此面不露、人不见，每日闷在寝宫里，是在休养身体，还是继续折腾身体，宫门关得紧，透不出风声来。

曹沫数次求见鲁侯，都被挡回去，他问那回拒的寺人：国君为何不见人？寺人用仿佛死了亲爹的语气告诉他：国君身体不适，谁也见不了，怎么个不适法，不便透露。

不能面见鲁侯，曹沫只有给鲁侯上书，恳请鲁侯看在诸夏同盟的情分上，不要背信毁诺，若鲁侯实在是身体抱恙，不能亲征，他愿代君出征。上书请接受卿大夫奏书的仆人代转，书至多日，鲁侯没回复他。曹沫不愿放弃，遂二次上书，这次曹沫放低了要求，鲁国出不出师，他不敢求，但他愿携私属从齐北征，鲁侯可能病得懒理人间事，还是没答复。

曹沫不屈不挠地请求伐戎，君子们都以为他得了失心疯，又嘲笑他：说我们"肉食者鄙"，他从前吃素多了，肠胃寡得很，忽然吃肉，吃出病来。

也许病得快要成为先君的鲁侯，仍不忘记遣使往齐国走了一趟，悲痛又郑重地告诉小白，鲁国不能从征，理由并没推陈出新，仍然是鲁侯身体不适：寡君在病榻上殷殷期盼齐师凯旋，到时将为齐君接风。

小白沉默着听完鲁行人长篇累牍的解释，神情动也不动，末了，似笑非笑地说："行吧，好生养着，寡人也殷殷期盼，回师之日，能见到鲁君。"

话说得刻薄，隐隐还有诅咒的意思，鲁行人的头皮也麻了。

对鲁国的背信，齐国没有非难，也许本就在意料之中，齐国向列国发出的北征之请，遭到了冷遇，在蜜糖里滋养得心宽体胖的诸侯们，乍听要去苦寒燕北和野蛮人打群架，苦胆也怕得呕出来，平日内争也罢了，不过是在方圆百里内钩心斗角，范围超不过那一城一国，就算要称霸，也在中原称，北燕南楚那荒僻之地，不肯服我，就不肯吧。

但总有例外，诸侯们当了缩头乌龟，宋国太子慈父却主动请缨，宋公不让他去，理由不外乎是：燕国荒绝，山戎强悍，师徒远涉，恐至全军覆灭。慈父便说，如果国君有顾虑，可以宋师不出，他率私属北征。

宋公没答应，宋师都不准北上燕国，何况是亲儿子？万一把儿子折在燕北战场，他这老命也得搭进去。

还有个郳犂来愿意为北征出力，他惭愧自称郳国太弱，国中师旅不足为远征之用，但送给齐国五十多个工人，都是善于营造的能工巧匠，如果齐师有建营垒、筑城墙、造仓储、搭桥梁的活路，可以交给他们，这让小白甚为感动。

齐国出师时间定于本年冬月，或是出于故意，齐国将出师时间以书面形式发去鲁国，请鲁侯亲览，附赠小白送给鲁侯的一剂好药，请鲁侯亲尝。

这时曹沫仍在苦苦等待鲁侯的答复，君子们也在暗中观望，鲁侯到底允不允许曹沫以私人之身参战，在千百双眼睛的瞩目下，鲁侯偏偏消隐无声，也可能等齐国军队上路了，走远了，他就意外地露面了。

可曹沫不想等了，他等得太久，这一生的时间都拿来等待，等着鲁侯成为明君，等着鲁国君子骄傲的目光往下张望，等着旧秩序的大门为更多有才者打开，等着天下归一、海晏河清，漫长的等待将生命的棱角一片片削掉，当锋芒不在，当刚强不存，他还是他吗？

曹沫做了个决定，鲁侯许不许他参战，他不管了，更不等了，当送呈出师时间的齐国使者离开曲阜城，他也率私属离开曲阜城。

那齐使问他：曹子未有君命，非礼出战，鲁君怪罪怎么办？

曹沫怆然地回答道："罪不过一死罢了！纵死，也不当违逆本心。"

因距齐师出征没几日了，一行人奔驰不停，直奔到边境的阳关，过了这关，便进入齐国疆域。众人才在关下停脚，后头有一辆轻车泼风般追上来，车上有人大喊道：

"曹子留步，请受国君玺书！"

曹沫惊愕，片刻工夫，轻车追及眼前，车上是一仆人，那仆人高举一书，是一卷简册，先以泥封口，再加盖玺印，故称为玺书。

曹沫不敢不受，稽首参礼，接过那玺书。仆人说道："国君请曹子即受即览。"

玺书在曹沫手中打开，是鲁侯亲书，一笔一画规整干净，写书人以此凸显他的用心。

鲁侯请他回去。

玺书回忆了长勺之战，鲁侯要曹沫记得，他能跻身君子朝位，是谁给了他改变命运的机会，他对赐予自己人生变化的恩人，应该如何报答。这就是鲁侯给他的答复，鲁侯不去燕国，也不准曹沫去，无论是为公与战，还是私人身份，因为曹沫是鲁侯的臣，无论他有多强烈的个人信念，也不能违背君主意愿。

鲁侯在赌曹沫的忠心，他其实知道，曹沫比之其他矫饰忠诚的君子，他的忠诚是真实的、纯粹的。然而，曹沫的忠心换不来同等的政治待遇，鲁侯即使了解曹沫的委屈，他依然不能为曹沫争取权益，如果说，他曾经成就了曹沫，那么他现在也在摧毁曹沫。

曹沫把玺书轻轻放下，神色疲累凄然，他用很慢很微弱的声音对齐使说："烦劳代告管子，曹沫不能，不能与朋友同行，深为抱憾，君命不可违……"

齐使很怜惜他，可也不合过问别国事务，只能用安慰的语气告诉他，必定把话带到。

车马奋蹄扬尘，齐使一行人穿过阳关，像随便宣出口的誓言，一瞬过去，一瞬消失，一瞬再也不见，说的人不在意，听的人却记了一辈子。

曹沫痴痴地看着远去的人影，那玺书仍被他紧紧握住，指骨捏得发白，掌心磨得生疼，也还是不放开，仿佛握的已不仅是一道君王令，而是他不喜欢不满意、却又不能从容撒手的人生选择。

忽然起风，身旁的泰山摇撼起来，整个天地也摇撼起来，风的呼啸之音如千乘雷起、万骑纷纭，是大战来临，男子为国立功、马革裹尸，便在今日，那样蹈锋饮血的烈战之勇，属于不畏死的伟丈夫，也该属于他。

可是他再没机会了，他的抱负、理想、信念，以及他这个人，将为这个陈旧的时代殉葬，千百万人死在旧时代的生锈铁门前，千百万人在寻找一个崭新的世界，但千百万人等不到新世界大门打开的那一日。

曹沫笑起来，滑出鬓角的白发，与滚落的眼泪，同时被风扬起。

四

齐桓公二十二年（公元前664年）冬，齐国应燕国之请，北上征讨山戎。尽管燕国向中原列国求援，齐国也在决意救燕后力邀同盟参战，却没有一个诸侯积极响应，诸侯们怕苦怕死怕麻烦，自私自利自扫门前雪。如果是受邀会盟，喝酒吃肉，歃血发毒誓，或者跟在霸主屁股后头，狂揍哪个不乖的小国，自然欣悦往之，但去鸟不拉屎的北国吹风杀人，就算了吧。

从齐去燕，千里之途，河川漫漫，荒野萧萧，齐国军队义无反顾地踏上征程。

按照之前的行军计划，齐军走的是河间地，于是先遣一师开道。因为管仲建议先遣者须持重而细腻，小白便将开道重任交给鲍叔牙和隰朋，一个持重，一个细腻，极其互补。隰朋目下的任职仍为大行人，但其实这些年里，他在齐国各公门都待过。最早隰朋是因献先券后工策，为管仲慧眼识才，超擢他主司女工，将齐国丝织业管理得有声有色，后来小白任他为大行人，又司外事邦交，自此职位稳定，但处分的事务时有变化。有时操办各种节庆大典，有时协助王子成父演练军阵，有时主持营造边鄙新城，有时与宁戚开荒相地，有时兼职工官纳潮制盐，无论做什么，都无差谬而近完美。齐国君子叹服隰朋是万事皆能，是天才也是全才，故而在前年，小白册命他为卿。

齐国人皆言，管仲百年之后，执政应该就是他了，谁让他是万事通呢；

甚有君子玩笑，便是把他打发去啧室扫茅厕，东郭牙也要拱手认输。

与他们同行的，还有其他人，这人是宋国太子慈父。

慈父能北行，不是宋公终于想通，而是他一意孤行：既然君父不允，那我就自己为自己做主。于是慈父率太子私属，借口出城打猎，一路奔到宋国边境，车马刹不住，径直出境北上。闻太子擅自出征，宋公虽懊恼，倒也没追回，只是召来目夷，请他追随太子：给寡人看好这犟种，别让他白白送命。

宋公拿慈父没办法，这儿子年纪轻轻，大道理堆山积海，明知是歪理死理，偏就说不赢他，而且慈父在宣说道理时，并非出于言辞狡辩，他是真的相信自己的那套歪理死理，宋人那撞到南墙不回头的执拗个性，在慈父身上表现得很鲜明。

对以私人身份参战的慈父，齐国方面其实难办，拿他当寻常战士，命令他一同冲锋，不大合适，毕竟是宋国太子，可不让他上战场，仅作为尊贵客人，在后方观战，慈父自己又不同意。他与小白刚一见面，便坚定地请求给他分配任务，请忘记他的太子身份，哪里最艰苦最累人，就派他去，小白自不能答应，请慈父随在中军，充个参谋罢了。

慈父不乐意小白的安排，他可是来上战场杀敌立功的，不是待在后方营垒里陪霸主聊天的，偏他耳报灵通，打听到齐军有开道重任，自告奋勇要求随前师出行。小白劝了几回，说那开道没意思，芟薙不平，兴建馆次，都是苦活路，慈父听说是苦活路，更要去了，不苦他还不稀得搭理呢。

小白拗不过慈父，一个倔强的宋国人跑上歧途，一百个勇力的战士也拉不回来，你告诉他，前边有陷阱，他回答：知道的，前边会死人，那又如何？

慈父着实像个教而不改的熊孩子。小白有很多儿子，怪脾气的也有，即便荒唐狂悖，犯的错也就那几板斧，却没一个像这样，明明很熊，却能熊出一套自圆其说的原则来，世人皆指摘他错了，他说我没错，我自有我的规矩，可惜你们不懂。

慈父兴高采烈地追随先遣师开道，虽然有个目夷日日盯梢，防着他乱开腔、乱指挥，行动多少受限，他也不在乎了。

先遣师提前后师半个月出发，人数有五千人，一半是战士，另有一半是工匠，工人里有三分之二是五鄙乡人，若据变国之政前的说法，其实是野人。

齐国执行变国之政前，齐国军队充任后勤白徒的野人，与别国一样，自愿的很少，强迫的很多，往往是通过抓壮丁的非常手段，乃至一上战场，逃亡者不可胜数。变国之政后，齐国将鄙野纳入国家统一行政体系，野人享有的国民待遇虽仍不能与国人彻底齐平，最大的区别是国人一出生即为战士，野人要做战士，不免要费些力气，但在其他领域，野人与国人的权责或基本平等，或渐趋靠拢。过去野人的国家归属感很淡薄，问一个野人：你是齐国人吗？他说：不是，临淄人才是齐国人。现在问他，他会说：我是，齐国是我们大家的。于是乎，若有战事，国中征召野人从军，野人的抵触情绪大不同于从前，因为上战场不仅能拿到足量稍食，一旦建了卓越功勋，国中会给予褒赏，微薄些得赐财利，厚重些得封爵秩，一跃而为能做战士的国人。

由战士配合工匠组成的先遣师，一路北上，有道芟草，无道开路，每隔三十里建起一座自次，既可充临时仓廪，又能做军队宿营地，若未来粮草消耗或兵力受损，从齐国补充而来的人或物，北上途中，可在此歇脚。郳犁来送给齐国的五十多个工人，帮了齐国大忙。郳犁来很实诚，这帮工人果然是营造的好把式，尤擅造船架桥，恰恰齐军要渡黄河，正是技有所用。

工匠负责营造事务，而战士肃清道里危险。自古以来，黄济之间的千里疆土是无主荒地，耕田难为，居屋难建，活人很难生存下去，倒便宜了身犯重罪的亡命徒，逃来此处避祸偷生。

人聚多了，便要生事，奔来这里的人十之八九不耐烦诸侯国的规矩，于是自动转变身份为不守规矩的盗匪，但待在黄济之间，只能抢劫黄河水与西北风。盗匪们便移动起来，有时南下抢掠卫齐边鄙，有时北上抢掠燕国郊野，偶也西渡黄河，在卫国西境抢一圈，曾经也抢过山戎。

齐国大军开道，一众强寇脑子很灵光，与训练有素的正规军交手，无异于自寻死路，纷纷躲得没影儿。盗匪不来骚扰，齐军也不主动出击，过路而已，没必要为不成障碍的匪患，耗损时间精力。

两边保持着心照不宣的微妙和睦，但意外终究避免不了。某次先遣师正在营建自次，有一群好奇心过于强烈的盗匪，偷摸来营垒前探头探脑，被正在竖藩篱的战士发觉，举手一箭，将领头者的肠子射了个对穿，其余盗匪咋呼惊叫，俱作鸟兽散，落下一具还没死透的尸体。

鲍叔牙褒奖了这位当机立断的战士，并训诫群下，凡遇类似事件，皆以此为模范。旁边的慈父多嘴说，应该问问情况再动手，不该一言不发就起杀心。

鲍叔牙给他解释说：大军行营，敌来窥伺，显然之事，何须问情况？若不当机立断，斩除敌人窥探之途，难道等着敌人将我方底细打探得一清二楚，再动手不成？

慈父不说话了。过了很久，鲍叔牙都快忘记这事，慈父又说道："还是问问较为妥善，万一对方不是来窥伺军情，我方岂不杀错人了？"

鲍叔牙像被鱼刺卡了嗓子眼，吞不下去，吐不出来，原想与慈父好好说道说道，又觉得是对牛弹琴。

实际上，慈父的"高论"并不止这一次。

他对任何事都要发表意见，荒草不是这样薅，营舍不是这样建，夯土不是这样捶，桥梁不是这样架，粟饭不是这样煮，柴火不是这样烧，仿佛他什么都能，其实他什么都不能，却因为盲目自信，误认为自己能。

与慈父同行不久，鲍叔牙与隰朋都看出来，慈父很崇拜小白，几乎是将小白当成人生信仰，尽管他没明说，可他流露出的言语芒角，折射出他的内心渴慕，他想要成为像小白一样的君主。慈父有回问隰朋："齐君是不是无所不能，像你一样，是个通才？"隰朋回答说："寡君之能，在于无论偏才抑或通才，都能尽其才。"

慈父琢磨了很久，没想明白，他没说，又去问隰朋："那管子何能？与隰子相较，管子也为通才否？"

提到管仲，隰朋显得谦虚又恭敬："怎敢与管子比！管子能用朋，而朋不敢用管子。"

慈父懵里懵懂："那谁敢用管子？"

"唯寡君也。"隰朋郑重地说，他在"唯"上加了重音，唯是唯独，仅此一个。

慈父还是迷惘，他当然承认管仲才干卓荦，可再能干，也是臣，无双的良臣也得为君驱使，他自信如果管仲是他的臣，他也能尽其才，可隰朋说的是"唯"，在隰朋心里，只有小白才敢用管仲，所谓敢，是驾驭操控，也是协作共谋。

那时的宋太子慈父，后来的宋襄公，到死也没想明白隰朋那句话里的深意。他自始至终不曾领悟，君与臣的良性关系不仅来自磨合，更来自天生，有的人天生就该是君臣，互相磨砺，互相锻炼，互相成就，唯小白敢用管仲，唯管仲能造就小白。

先遣师开道以来，自济水西岸至黄河东流支脉，沿途建起约十座自次，每往前推进一步，就是为后师清扫一步路障，先遣师推进距离越长，后师行军速度越快，最早与后师之间相距半个月行程，后来越缩越短，到渡河之前，只剩下两日。

原本走河间地去燕国，要渡过两次黄河，纵是枯水期，连续涉水也太费周章，是以齐军改变既定的行军路线，在黄河东流支脉上游乘舟，横渡至两流交汇处，船桨向东北摇，进入黄河北流支脉，之后是顺水而下，风若助力，不及两日，可到燕国南鄙。

即便顺风顺水，齐军也要在黄河里漂上五六日，若好风不来，也可能漂一旬，对素来怕水的小白来说，是极大的心理考验。

先遣师择了个适合渡河的津滩，船只一一系桩泊岸，等着后师前来。齐国此趟开赴燕北战场的兵力约两万人，齐有三军，实是两军之数，剩余一军留守国内。巧的是，后师抵达渡口的那日，燕伯特使也乘舟溯流而来。

鲍叔牙与隰朋迎候国君，照面一打，小白脸色不好看，可能是车马劳顿，休息不好，后来他们才知，小白为渡黄河的事，挂虑再三，寝食难安，这一日日临近黄河，恐惧也一日日累叠。王子成父好心建议小白坐镇后方，由诸臣代君征战燕北，小白却不同意，他说道："若寡人因惧水而后退，与临战而逃有何差别？君畏死，却令战士死战，战士肯否？"

因燕伯使者来了，小白不及休息，立即与他见面。那特使先说了七八箩筐感激涕零的动情语言，倒不是客气，确然出于真心。

燕使没完没了地倾诉衷肠，一席表白刚刚落音，管仲的声音像剑指偏锋，猛地插出来："现下戎情如何？"

终于挪回正题，燕使收住了澎湃的情绪，开始细致地介绍当前的燕戎态势。

自燕国都被山戎攻破，至今已过去四个月，燕都还在山戎手里，燕人发起了几次夺都之战，但都被山戎击退。

山戎不是独个侵燕，其联合了孤竹、令支、屠何等辽西部族，是以联军之力，共同攻下燕都。占领燕都的戎方联军气势汹汹，乘胜利之势，一路追击败逃的燕伯，战线一度推到燕国西南边境的易水，逼得燕伯几乎西奔太行山，然而燕人确是顽强而果悍，经过数次血战，顶住了戎敌的疯狂进攻，又把战线推回燕都。目前双方在鲍丘水之西与易水之东，展开艰苦的拉锯战：有时燕国稍占上风，兵锋指向国都，战车已驰骋到内城门下；有时山戎更见凶悍，追蹑燕军数百里，只差毫厘，燕伯便遭生擒。

这一场戎与诸夏之战，可谓打得苦，耗时久，也亏得是强悍的燕人，若换作是其他中原列国，比如婉约的卫国，恐怕早就亡国了。

燕使介绍完燕戎战事，说道："有位乐无荒先生……"他停了一停，着意补充道："寡君说了，乐先生是齐君朋友，也是寡君朋友——他为鄣邑复国竭力付出，寡君甚为感激，他已与戎都某不具名君子交通，那位君子甘愿为间。"

山戎攻陷燕都时，乐无荒也在城内，当时国破，一片惊惶失措的大混乱，戎兵往里跑，燕人往外跑。君子庶人皆拖家带口、扶老携幼，满地里哭天喊地，抄近路的抄近路，找出口的找出口，可惜只有不到三分之一成功逃脱，其余则困在都城，成了山戎的俘虏，天幸乐无荒是前者。

山戎从燕都北城冲进来，刀枪剑戟杀掠半城，坚持等待战局翻盘的南城司门终于绝望，才想到打开城门，放国人逃难，彼时城门下已挤得水泄不通，城门一瞬洞开，人潮开闸洪流似的往外狂涌，有人被撞得连滚带爬，有人却跌倒起不来，也有十来个老弱不慎被踩死了。

乐无荒就挤在这群难民里，逃出燕都后，与一众难民往西奔逃，说是燕伯在西边，他们去投奔国君，当国难降临时，再混账不靠谱的国君，都成了细民心中的依靠。因为山戎要抓俘虏，没人敢停步，日也走夜也走，但开始还是成群结队，后来结伴同行的人越来越少：有的是腿脚慢了，被追上来的戎兵一绳子捆走；有的是投亲靠友，走小道歧路离开；有的是失了方向，不知走到哪条绝路；还有走不动瘫倒路边，等待死亡将自己彻底带走。

乐无荒自己逃命不说，路上还救了一对疲累不能行走的母女，请她们坐车，他自己步行。家臣让他不要管，他骂家臣心眼黑，见美人落难不施援手，非君子也。

走了三日，稀稀拉拉要死不活的难民，遇见来接应的国君御士，既见御士，便知国君不远，众人立刻哭作一团。乐无荒赶忙向御士提出，请求面见燕伯，他这次学奸猾了，说自己是齐君使者，来燕北打探戎情，惊闻戎将侵燕，他曾将此戎情知会燕国边鄙乡吏，奈何燕之官何蠢也，何蠢也，若当日信他一言，将戎情上报燕伯，岂有今日之难！

话说得言之凿凿，让人纵有怀疑，也不得不取信四五分。御士遂带乐无荒觐见燕伯，不虞燕伯居然听闻过乐无荒的大名，知道他在齐国是煊赫人物，对乐无荒说起的报戎情而受冷落的情况，燕伯向乐无荒诚恳道歉，自责理国有差，以致国遭大难，民罹创痛。乐无荒原来对在燕国的诸种遭遇，揣着一肚子怨气，见燕伯认错，心却软了，主动提出为燕国打探山戎内情，他说戎王城有旧相识，就是燕使口中那位不具名的君子。

知悉了燕戎战事情态，小白请燕使暂留，与己同行，当夜齐军在渡口驻扎，安稳地歇了一宿。翌日黎明时分，曙光在天际绽开芳华，上百只轻舟依次解缆，艄公一撑竿，轻舟像离弦之箭，飞一般漂向水中央，一时桨翻浪花，舷压水波，而乃舟船相属，百里连樯，浩浩荡荡的水上军队，甲胄闪亮，兵杖闪烁，仿佛银河灿星，缀满了半条河川。

小白自从上船，就不曾开口，周围人知他紧张，也不敢与他说话，仿佛是为求得心理安慰，他要求管仲同舟。冬日朔风烈烈，或遇激流险滩，船身常会摇荡，船一晃，小白便紧张，一紧张，就去捏管仲的手，两人同舟数日，管仲的手被他捏得发乌。

轻舟横渡黄河分流汇合处，顺北流支脉东下，却是白日行舟，夜晚泊岸，约莫摇了三日橹，齐军终于系舟上岸，从此北行数十里，便是燕国南鄙。两脚稳稳踩在陆地上，小白那颗提吊多日的心重归其位，待覆盖一切的紧张过去，他才发觉自己捏伤了管仲的手。

大军离岸北行不到五里路，又有燕使赶来迎接，说是燕伯在三十里外的边鄙等候。燕伯失国后，逡巡于涞、易之间，指挥燕军收复失地。燕伯作为国君，能力欠妥，作为战士，却甚是勇敢，燕戎数次交战，他都冲到最前面，几度壮烈宣言，他若阵亡，请拥太子为君，太子阵亡，公孙为君，公孙阵亡，尚有其他公子公孙，哪怕子子孙孙奋战一百年，也要把燕都夺回来。

不意随同燕使一起来的，竟有乐无荒，两下相见，各自感慨。乐无荒将一个女人领到小白面前，他介绍道："她是阿彤，是申庶其的……"他很认真地思考，该怎么形容女人与申庶其的关系，可无论哪个词，都不够合适，索性一概抛开，给出最直白的形容："妻子。"

这个称呼让阿彤红了脸，她与申庶其共同生活了十多年，彼此情若夫妻，却没有真正行过婚姻之礼，但她认定他是丈夫，他也认定了她是妻子，彼此只是未明言。今日乐无荒的一声形容，将阿彤最大的人生荣耀显于人前，心里的满足感、自豪感满得要溢出来。

阿彤赧赧笑了一小会儿，耳听乐无荒与小白、管仲等人说起申庶其的情况：这些年，他为荣如经商出谋划策，荣如赚了大利，对他客气多了，给他的自由度也比过去大，偶尔能出城去转一转。可他毕竟身有残疾，走不远，逃不掉，他为了让荣如放心，常常表示他有了阿彤，哪里也不想去，愿意老死戎王城。荣如以为困了申庶其二十年，再刚强的意志也消磨殆尽，大约申庶其真的死了回中原的心，他便撂下话来："一个废人，纵便跑出去百里地，我也能追回来。"

荣如对申庶其放松了监禁，除了不准踏过鲍丘水，不准与华夏人接触，别的地方都可以去，反正凭申庶其那双断腿，也翻不过燕山。申庶其很守规矩，便在阿彤的陪同下，在戎王城周边走走看看，或是往东走，前往濡水流域的孤竹、令支。有四五年时间，申庶其都在辽西走廊看山看水，仿佛沉迷在辽西的绮丽景致里。

山戎侵燕，荣如随从戎王出征，申庶其在戎王城更自由了，无奈行动不便，不能轻易出逃，因听说齐国驰援燕国，委托阿彤去找乐无荒，请乐无荒带她去见齐国君臣，有极为重要的东西交给他们。

乐无荒说到重要什物时，阿彤将一卷布捧了出来，管仲接了过去，抖开来，宽宽长长，上边勾点密集、线条纵横，却是一幅绘制清晰的形势图，从鲍丘水以西至辽西走廊，何处有城邑，何处有仓廪，何处有堡垒，何处有关隘，何处有险途，都被详细地画了下来。

这就是申庶其若干年里看山看水，看出的结果。

见此图画，众人都觉得震撼，二十多年囚徒生涯，申庶其的意志力始终坚挺，或许遭受过无数次重击，又一次次崛起。

小白唏嘘道："二十余年受苦，其心竟不曾颓丧，仍能谋大事布大局，伟丈夫也。"

管仲细看那图，片刻沉思，问燕使道："戎子是否仍在燕都？"

燕使道："是，自鄚邑国破，戎子不曾离开，还放出狂言，欲将燕都作为山戎国邑。”

管仲扭头对王子成父道：“王子以为如何？”

这没头没脑的一问，旁人或许莫名其妙，王子成父却了然：“我师北上救燕，山戎必知，若我师贸然改道，山戎定会生疑，然目前之势，唯行此权变之策，可一虚一实，虚以掩实，实以补虚。”

“孰实孰虚？”

王子成父筹划道：“我实燕虚，我改道东去，燕为我掩护，行东道不仅为剿敌之巢穴，更为引敌决战，一战则大事底定。”

管仲向小白请道：“是否改道，还请我君决断。”

小白何等聪颖，二臣的话方才说了一半，他便懂了，并没犹豫，果断说道：“改道！”

五

作为燕戎边境河的鲍丘水，在奔入渤海之前，接纳了数条支流，庚水便是支流中较大的一条。这庚水源自今河北遵化，从徐无山潺湲淌出。徐无山在历史上颇具名声，汉末三国时，天下崩乱，中原百姓避难于此，众至五千家，后来，曹操北征辽西乌桓，正是避难徐无山的田畴为他带路。

庚水出燕山南山余脉西南行，在今玉田县接纳源出俊靡（今遵化境内）的灅水，两水并为一水，于戎王城东面迤逦南流，注入鲍丘水，由于鲍丘水又称柘水，故庚水入鲍丘水处唤作柘口。

柘口距戎王城不远，跑马奔一奔，半日可到，因在此处建起储藏丰夥的粮仓，当中包含十来座尖顶仓廪，大的能容十万斛米，稍次的也能藏万斛谷。戎王率师侵燕，几乎是倾巢出动，战心充实，而戒心未消，简择谨重的心腹率余部三千余人驻扎在柘口，既守王城，又守仓廪，那心腹便是孤竹君。

守后方是孤竹君主动请缨，戎王还赞他不争功，实则他有自己的盘算。此次侵燕，戎王想毕其功于一役，把燕国完全彻底地归入版图，戎王有雄心壮志，孤竹君却有不同想法，燕人勇悍不说，燕境也广大，要在短时内征服燕人燕境，不是易事。事实也确是如此，戎王攻下燕都后，战果再难扩大，常常是刚刚攻克这一地，那一地就爆发冲突，且多为燕人自发的反抗。

为夺回都城，燕军进行着不屈不挠的斗争，今日在外郭斩关而去，明日去内城执杖决斗，大仗小仗不断，折腾得戎王焦头烂额，攻下燕都本让戎王脸面生光，如今成了尴尬的鸡肋，丢也不是，守也不是。

戎王向太行白狄求援，再次请其出师，甚至提出，愿与白狄平分燕国，狄子的回答是"且等"，等什么，狄子不说，戎王久等白狄不来，却把齐国人等来了。

闻说齐军将与燕军并力，一起夺回燕都，目前两军已经会师，正在赶来燕都的路上。站在燕都城楼上，登高瞻望，能看见浩荡大军扬起的漫天尘埃，仿佛一面开天斧钺，杀气腾腾地劈过来。戎王紧张起来，他将分散在各地扑火的戎兵召回来，统统麇集燕都，准备与燕齐两军决战。

远在后方的孤竹君听闻前线战况，更加赞服自己的先见之明。他不认为山戎与燕齐决战，山戎必胜。不过，胜了，他是稳定后方的功臣，将来戎王论功行赏，少不了他的好处；输了，他远别战场，毫发无损。若燕齐乘胜追击败退的戎王，在两军攻入戎王城前，他能及时逃回孤竹国，真一举几得。

从鲍丘水以西传来的消息，燕齐联军已至燕都郊野，军中打出了两面九旒七仞诸侯旗，飞扬的旌旗摩着天、掠着云，旗下荟萃着数不清的战士，尤以齐国战士居多，密密麻麻，铺天盖地，如黑云压城，坐在燕都城内，耳边也传来城外战车奔腾的轰隆声。

燕齐联军在燕都郊野安营，似乎不慌着立刻决战，山戎斥候每要打探军情，因联军在营垒方圆十里外都设了藩篱，那藩篱后守着严阵以待的战士，戎兵还没靠近，便被一箭穿心。

戎王想战，而燕齐两军临战而不交兵，或许就是不想战吧，双方一个守在城内等战，一个住在城外避战，成了僵持态势。乃至于山戎上下都猜测，齐国驰援燕国，不过是做样子，来的不是战士，而是一群观光客，看两天热闹，就该回去了。

对齐国救援而不战的怪事，孤竹君感到疑惑，他与戎王想的又不一样，倒不认为齐国千里跋涉，是来看热闹，兵临城下却不交手，也许是有所图谋，阴谋耶？阳谋耶？

燕都的僵持局面开始于周历年的最后几日，时间翻到周历正月过半，燕都的对峙没有改变，后方自然也无事，一切都像退潮的海岸线，平静、温柔、安谧。

这天晚上黄昏时，孤竹君就歇下了，他有早睡的习惯，因为天冷，把自己捂得严严实实，这一觉睡得扎实，梦也没做。半夜时分，朦胧有噪声在门外翻来覆去，被盖着头的厚重被子过滤了大半，也许是哪个士兵喝开水烫了嘴，疼得乱叫唤。

噪声越来越大声，起初在门外蹦跶，后来跳进门来，再后来穿透了被褥，重重地撞在耳边，孤竹君被吵得睡不着，愤怒地掀被而起，这一坐起来，不愤怒了，惊恐钻入心间。

屯守柘口的戎兵都在疾奔，在飞跑，在逃难，也在呼救，在叫唤，在呐喊："齐军来了！"

那被认为在燕都郊野观光的齐军，仿佛从天而降，忽然出现在柘口，至此困惑的人们终于得到答案，与燕军一起肆意地铺陈阵容的齐军是在虚张声势，彼处齐军除了那面诸侯旗是真实的，其余都是假扮，扮演者是燕军。为了营造大军临近的恢宏场面，燕国战车每日从东跑到西，又从西跑到东，狂奔战车拖出的烟尘，弥散得天地无光。

燕军制造的假象将戎王的注意力牢牢吸引住，他将分散燕境的戎兵统统召回燕都，一门心思准备决战，他误认为齐军就在燕郊，而其实齐军那时正行进在前往戎王城的路上。

齐军走的是水路，舟船循黄河北流支脉而行，一直不停桨，划进渤海湾，在海上摇橹两日，即可驶至鲍丘水入海口，往北挪一挪，就到了柘口。海上行军比河上行军危险性更大，紧张感也更强，小白仍是忍了下来，齐军这一路备尝辛苦，又是吹河风，又是吹海风，但人人见得怕水的国君勇敢地承受了恐惧，不埋怨不责让，受到莫大激励，虽然行军劳累，却没一个战士叫苦。

齐军登岸之后，不走大道，走的却是申庶其绘图上标示的小道，钳马衔枚，昼伏夜行，悄然逼近柘口，在夜色掩护下发起突然袭击。

三千戎兵在睡梦中惊觉敌袭，裸着半身、光着脚丫冲出营舍，才奔出几十步，便被忽然跳出来的齐国战士一矛刺死，后脚跟随的同伴，见前头丧命，要么拐个方向逃命，依旧被截杀，要么放弃抵抗，束手就擒。冬夜的柘口并不寒冷，仿佛一锅温度极高的沸油，到处是怒喊声、叫骂声、拼刺声、垂死声、求饶声，人影晃动着，鬼影也摇曳着，千百点亮光在黑夜的背景幕布上急速跳动，是战士手中高擎的火把，也是兵器挥出的光弧。

孤竹君反应甚是敏捷，顾不得穿衣着鞋，跳上一辆战车逃跑。刹那间马踏飞尘，车逐狂风，人在移动，视线里的齐国战士也在动，仿佛采蜜的工蜂，数量多得可怕。耳旁、身旁、屁股旁嗖嗖乱响，是开弓力道十足的两翼箭，也可能是膂力强劲的战士掷来的长矛。毫无疑问，偷袭柘口的是齐军主力，至于燕都郊野排场壮丽的“齐军”，只是迷惑戎王的障眼法。

眼底有尖锐的光一闪，一支箭从孤竹君面门呜咽飞过，刺破了他的眉梢，孤竹君惊得魂丢了一大半，斜刺里突地杀出一个齐国战士，孤竹君啪啪地甩动辔绳，驷马扬蹄而腾，便要撞开那战士，直冲过去。战士像道闪电，堪堪从服马腹侧划开，战车冲向前，他也往前奔，两两交错，只是交睫之间，他已抓住了车较，战车冲锋的速度带着他飞上了车舆。

这种在高速运动中跳跃上车的技战术，叫作超乘，也称距跃，是车战时代每个战士的必备技能，对单兵作战能力一等一的齐国战士来说，其实是他们自小就玩的游戏。

战士来这一手超乘，太出乎意料，也太骇动人心，孤竹君残存的魂也飞了，一面下意识地继续赶车，一面脱口而出：“你放了我，我给你……”

话说不出来了，因为战士一手掐住他的脖子，一手将辔绳抢了过来，孤竹君像一只溺水的旱鸭子，脖子以上动弹不得，脖子以下扑腾乱晃。这时两旁又冲出来一群齐国战士，约莫有二十人，可能是一两编制的同袍，大家伙儿齐心合力，你拽鞅带，我戳马腿，将战车拦了下来。

那战士托着孤竹君的后背将其举起，再将他砸下车，吐了口唾沫：“这废物一准是山戎贵人！”

孤竹君很想狡辩自己不是贵人，而是给贵人驭车的仆役，后背心给人重重踩了一脚，疼得发不出声音。遭齐军生擒的孤竹君被缚了手、塞了嘴，背脊骨顶住一柄戈，动一动，便是一巴掌，战士们兴高采烈地讨论，将这废物献给国君：瞧他这模样，起码是个少良，能讨得不少赏赐呢！又去夸赞那超乘擒拿孤竹君的战士，是真勇士：我们真心佩服你！

经过一夜扫荡，屯守柘口的三千戎兵死伤近千人，其余则成了俘虏，有百十来个残兵逃回了戎王城，齐军也懒得追。柘口被齐军占领，藏粮丰厚的十几座仓廪自动归了齐军。掌粮的仓官一座座数将起来，数得心花怒放，这里储备的千斯仓万斯箱的粮食，齐军就是躺着吃、摊着吃、匍着吃，至少能吃半年。

天已大亮，白亮一颗太阳挂在东天，一夜没合眼的小白，精神得不见一丝倦意，打了胜仗更兴奋，哪里肯休息，非要率群下料检仓廪。底下捧上一把冬葱，说这是山戎特产，燕国君子最爱吃，伴着麦饭，滋味别样。小白将冬葱凑到鼻子边闻了一闻，冲味儿刺激得眼泪流，赶紧把冬葱丢给别人。

下边递上话来，说战士们抓获一个山戎贵人，请求献给国君。小白兴致勃勃地说："行啊，带上来。"

二十五个同袍押着披头散发、赤足光膀的孤竹君，排着整齐的队列走过来，领头的正是那超乘擒敌的战士，小白一眼就认出了他，笑道："鹿无极是吗？"

鹿无极没想到小白能记得自己，他当初承管仲举荐，以五鄙乡人之身入士农乡从军，虽在军中，却因少有战事，没机会建功，只是低级士兵，哪有可能与国君会面。小白所以认识他，皆母亲谷柳儿的缘故，与年少的他有过数面之缘，不意时隔多年，小白对他还有印象，他激动道："原来我君记得臣，臣何其荣幸！"

小白叹息道："怎会不记得，你母亲如今是工乡女工官，也算是寡人之臣，岂可忘怀……你小妹前年嫁人了吧？寡人与你一家相识，是十六年前，你还是孩子。"

不仅记得自己，还知道家里的情况，鹿无极感动得险要垂泪，颤颤道："蒙我君记得臣一家人，臣母亲常念叨我君恩德，臣家若无我君，埋骨黄泉多日也。"

小白笑融融地说："你们抓获了什么贵人？"

鹿无极搡了一把孤竹君："这个贵人，他驭车逃跑，臣等生擒了他。"

孤竹君慌得叫道："我不是什么贵人，我只是寻常徒役，抢了车逃命而已。"

"他是贵人，我在荣如家见过他。"有个细细的女声说，原来是阿彤，她自从给齐军献图，并没离开，而是随军同行，齐军抄小道进抵柘口，也是她带的路。

小白问道："他是谁？"

阿彤看住孤竹君，清晰地说："他是孤竹君，可尊贵呢。"

本刻意掩饰身份，却被陌生女人认出来，孤竹君急眼了，乱骂道："贱女人，瞎了你的贱眼，我不认得你，你又如何认得我！"

阿彤不理他，对小白说："你们若不信，可去觅个戎人问一问，便知我说得没错。"

小白一笑："不用问了，寡人信你。"他看向鹿无极等战士，褒扬道，"尔等生获孤竹君，当大赏赉！"

原以为逮了只蟾蜍，结果是只青蛙，战士们大喜过望，众口交赞鹿无极有眼光：你咋就能看出他是个体面人物，一逮一个准！既然孤竹君被这一两战士擒获，小白索性着他们看管，生擒其人是大功，看好了也是功劳。战士们受君命押解俘虏离开，孤竹君一路上仍在否认："我不是孤竹君，我是孤竹君的庖人……"

听着孤竹君渐渐远去的号叫，小白笑叹一声："竟能生擒孤竹君，省却多少麻烦。"

管仲说道："听闻孤竹君是戎子臂膀，我今获他，戎子缺一臂也。"

小白点点头："而今我师已深入山戎后方，却要看那燕都的戎子还坐不坐得住。"

"唯等。"管仲干脆地说。

柘口失陷当夜，西面的戎王城便知晓噩耗，戎王城只有一千留守戎兵，欲与来势汹汹的齐军作战，无异于以卵击石，夺回柘口是不要奢望了，唯一的选择是把戎王城四门闭合，关得跟铁桶似的，寄希望于远在燕都的戎王回师击退齐军。

齐军出现在山戎国境的惊天凶信，以最快速度传给了燕都的戎王，仿佛晴天里走大道，突然电闪雷鸣，地上还有个深不见底的巨坑，上边被炸，下边失重。知道戎王城岌岌可危，戎王与荣如先吵了一架，戎王埋怨荣如不早预难：你为我重臣，竟不能献良策，要你何用！荣如顶嘴：戎王何以怪我？不是你困守燕都，固执与敌决战，拖耗时日，人家怎么能包抄后路！

戎王与荣如吵这一遭，除了让彼此怀恨，并没吵出力挽狂澜的解决方案，实际也想不出行之有效的完美措施，唯能撤出燕都，回师救国难。

戎王不敢等，收到噩讯的当日即撤离燕都，因为担心燕军追击，由荣如率精锐之师殿后。山戎刚一离开，驻扎郊野的燕军就冲进了城，战车奔上熟悉的通衢，轮毂转得格外畅顺，哐当当、当当哐，声儿脆也亮，比飨宴宫乐更要悦耳动听。

燕伯亲自驾车，第一个奔入了燕宫，抱着宫殿的柱子失声痛哭。受困多日的燕君子、燕国人都跑出门，与相识或不相识的战士见面，也与国君见面，大家说起这些日子担的惊、受的苦，伤情的泪水不够流淌，燕都被浩瀚的哭声淹没了。

夺回国都的燕军并没沉湎于接受胜利，分出一师追蹑东撤的山戎。燕军追得快，戎军也撤得急，因戎军警惕心很高，殿后的又是精兵，燕军不与其交战，隔着若远若近的距离，仿佛是送客。燕军在身后如阴魂索命，日也索，夜也索，给撤退的戎军施加了巨大的心理压力。

从燕都东去戎王城，路途不算远，蹚过的河流却不少，涉了沽水又要涉鲍丘水。过鲍丘水时，燕军前驱追得过快，马头几乎撞到了戎军徒兵的后腰。顾虑燕军恐要对戎军半渡而击，戎王命令殿后之师守在鲍丘水西岸，约有五千人排成一道横陈的人墙，隔断了燕军前进之道，两师隔着半里地眺望，你不攻我不击。

有了身后保障，戎军踩上临时搭建的浮桥，顺利渡过鲍丘水，在岸边抖一抖身上的水汽，继续往戎王城方向行进，可那连日赶路而酸胀发麻的腿脚抬了几抬，却走不得了，因为探路的候人飞奔来报，前方有敌情，戎王问了声敌距我多远，候人还没回答，他就看见了。此刻凛风肆起，浮尘漫漫，极目处荒原辽阔，天高无云，这苍凉的北国冬景下，一支军队如静默渊薮，严阵以待，如同耐心等待客人赴宴的谨饬主人——那是齐军。

为夺下燕国，山戎几乎是全军压上，以致后方空虚，没人能挡住士气如虹的齐国军队在山戎境内横冲直撞，所以选择战场的主动权在齐军，而齐军不在戎王城下以逸待劳，却西来鲍丘水积极出击，这是逼着山戎背水而战。

“列阵！”戎军发出了紧急号令，决战不可避免，决战即将打响！

戎军是混合部队，除却依旧守卫在鲍丘水西岸的五千殿后之师，兵力有一万七八千，与齐军人数其实差不多，一半是山戎，一半是辽西诸邦。山戎是车步混搭，辽西诸邦却多为步兵，戎军因此排开了三个阵，一个车兵阵，两个步兵阵。

齐军布阵看似传统的三军阵，实则当中大有玄机，王子成父投效齐国后，因他擅用兵，小白特令他训练齐军，他便与管仲合力，将齐国的原有三军——即中军之鼓、高子之鼓、国子之鼓，改造成了新的军阵，是为内政阵。

整个军阵分为六个部分，其中有前锋部队即先驱与申驱；为国君掌鼓的中军；保卫中军的贰广，左右两翼各有一广，即为左广与右广；原为国子之鼓的左军新置为启；原为高子之鼓的右军新置为胠；军阵尾巴上是后军大殿，尚还领率驷乘。

内政阵是在传统三军阵基础上的革新，核心仍是左中右三军，但从中间离析出数个小阵，大阵套小阵，阵阵互补，阵阵勾连，一阵若被攻破，一阵及时救援，相互支持，相互配合，灵活机动，攻守自如。

齐军自练成新军阵，还没历过大战，此次北征山戎，是第一次以新军阵对敌，故而战前小白训诫战士，就把与山戎作战当成是练手。

两军战鼓激响，齐军当先出战的是先驱，率领先驱的是公子无亏，他其实该待在中军，可他不耐烦陪国君观战，等中军终于有机会出手时，战斗早就结束了。他向小白请战数回，小白怕他有个闪失，他说身为齐国男儿，宁愿斗战死，不愿观战死，小白可能那一刹那被悲壮情绪攫住了心，冲口许诺无亏，若他阵亡，给他以太子之礼下葬。

齐军先驱是车兵，戎军也以车兵先旆对战，两支车兵像两柄飞驰的长矛，呼啸旋转，悚然怒喝，猛烈地撞击在一起！

齐军先驱没有车下步兵，山戎车兵也没有，全然是车与车的交锋，左旋的战车像湍急河流，在窄窄的河道里奋争前行，尽管逼仄，却没有一滴水溢出河道，奔流的力量遭到限制，更加急迫，更加凶残，更加狠厉。

齐国战士默契得像心有灵犀，不用明发号令，自动齐一动作，车右甫一交手，车左的箭已飞出去，御者驭车的速度快慢、辔绳抖动的频率、车道行驶轨迹，近乎划一。山戎车兵顶不住齐国车兵仿佛一人的合力冲锋，原来是长矛对决长矛，渐渐变成了长矛对决短槊，长矛对决竹竿，最后是长矛刺破空气。

眼看先旆将败，山戎车兵后师急急奔向战场，可齐军申驱也奔出阵列，绝不给山戎救援败兵的机会。齐军拥有两支先锋军，第一支可进行致师斩首行动，成功则矣，不成功，第二支可及时补救，通过连续两次致师斩首，能震慑敌方心理。

挡在齐军中军前的先驱、申驱都投入战斗，中军前忽然变得很空，仿佛是大宅的前门打开了。戎王当机谋变，命令一支步兵攻击中军左翼的启军，断了齐军三军的一只臂膀，中军可擒也，另一支步兵则相机而动。

步兵挺起戈矛，狼一般扑向了启军，就在两军行将刀兵相接之际，齐国军阵忽然发生了改变，中军与胠军仿佛两块滑在冰面的方糖，一起向右滑动，排在军阵最后的大殿向左上前进，不仅补上了中军挪开的原位，还与启军合并为一军。转眼间，戎军要迎战的不是一支启军，而是启军与大殿。

战场形势突发变化，相机而动的另一支步兵，赶紧持兵追赶，想要拉回落入陷阱的这支步兵，齐军胠军却跳纵而起，往左猛地横插，铡刀似的落将下来，挡住了戎人的救援之路，

于是乎，戎军被齐军分割成三块，为确保胜利，护卫中军左右翼的贰广也加入战斗，左广加入启军与大殿，右广加入胠军。鲍丘水东岸的广大战场，烟尘弥张，杀声震天，错毂、交兵不断，飞箭、掷矛不息，搏杀、决斗不停。在平原作战，车兵对步兵具有优势，战车像铁磨盘似的，轰隆隆碾过步兵阵列，一阵剽疾如雷地冲锋，再密集的步兵也如星云流散，不仅阵列在飞驰的车轮下一塌糊涂，人也被撞飞出去。

骁悍而有严格纪律的齐军，在三个战场上对戎军无情地切割、宰杀、凌迟，齐军的胜利与戎军的失败仿若倒峡泻河，遏不住，止不得。

交战两个多时辰，戎军一败涂地。

溃败的诸戎士兵慌不择路，东去归家之途有齐军当道，只能掉头跑，背后却是鲍丘水，渡河的浮桥唯有一条，戎兵一窝蜂往上跑，却是你挤我，我搡你，成群的士兵被强行挤下水。齐军偏也故意，赶鸭子似的，将溃兵一股脑儿赶去水里。会游泳的，扑腾狗刨着往对岸疯狂游去，不会游泳的，呛了一肚皮水，不是被水流卷走，就是重新爬上岸来，实在觉得逃跑没用的，干脆放杖投降。

戎王是抢道而逃，他也精明，知道渡鲍丘水等同于自寻死路，遂携一众效死亲随冒险往上游奔，想着齐军再强悍狂飙，也不可能把燕山占了。一面

狼奔豕突，一面在心里骂脏话，刚刚那场撼天之战，厮杀之声十里外也能听见，对岸的荣如为何不涉水过来救援，奔逃途中，往对岸丢去巴巴的一眼，更恼恨了，原来西岸的殿后之师已不知去向。

荣如其实不是不想涉水参战，他是过不来。东岸那边刚一列阵，西岸这边就知道了，可燕军虎视眈眈压阵而逼，两军相隔不到一箭之地，荣如若率师渡河，脚才蹚水，背后便会遭刀砍斧凿、箭射矛刺，五千人都得死在水里。所以无论东岸战事如何激烈，西岸仍是死一般的沉寂，戎军与燕军彼此无声地凝眸，耳边传来东岸震耳欲聋的拼刺声、怒喊声、马踏声，空气紧张得似乎不流动，双方士兵都凝重着脸色，握兵器的手不自主地发颤，似乎血战一触即发，似乎永远这样对望下去。当东岸戎兵的覆败之声被河风送来，燕军脸上的凝重换成了释然，战鼓咚咚一敲，终于出击了。

前有被盟友胜仗鼓舞的燕军，后有一川大河阻遏，主力部队又一败涂地，未曾开战，殿后之师的士气已落了一半进鲍丘水里，还有一半挂在甲衣上，风吹吹就化为齑粉。

鲍丘水西岸的燕戎之战，比起东岸的齐戎之战，开始得慢，结束得快，东岸的溃逃戎兵还在浮桥上抢生路，狠心将同伴推下河，西岸的戎兵已被燕军揍得找不着北，也不是实力悬殊，而是荣如无心死战，因为战了没用。草草过手几招，丢下七八百自己人的尸体，荣如便撤退了，自然不能渡河，他与戎王选择了相似的逃跑路线，也往上游的燕山山脉狼狈窜逃，那儿山高林密，道路多险，华夏人的战车进不去。于是戎王与荣如夹着河跑，只是互相不知。

西岸的燕军只有五千不到，却俘虏了两千多戎兵，战果极其辉煌，所获无算的甲杖辎重，燕军决定分出一半送给齐军，作为犒劳。燕伯有言在先，感谢齐国跋涉千里救燕，燕国将倾国之力报答。

东岸的齐军正在打扫战场，缴获的战利品、俘虏的败兵比西岸多出几倍，公子无亏缴获了戎王的一辆战车，诸末饰金，车舆绘彩，也许是效仿周天子的金路车。他令人稍做整饬，欢欢喜喜地献给国君，小白应该不敢乘，但没关系，这是独属于无亏的功劳。

鲍丘水之战才结束，狼藉战场还未打扫干净，小白即遣人去柘口通告战报，这边才落话音，那边忽然像是憬悟出要紧事，对管仲说："仲父也去。"

小白的话一出口，管仲就明白了，感激地说："多谢我君。"

小白将未交战的中军完全交给管仲，还让管友跟他走，嘱托道："一定平安接他回来，寡人为他在齐置家。"管仲父子不赘言，匆匆拜别国君，率中军奔戎王城而去。

六

齐军西来鲍丘水决战，柘口还留守了一千五百人，用来看管俘虏与粮仓，鹿无极所在的一两战士受君命看押孤竹君，也在柘口，不能与大部队一道斩将搴旗，很是遗憾。最可烦恼的是孤竹君，天天嚷嚷自己不是孤竹君："你们抓错人了，我一千一万地是孤竹君家的俳优！"柘口的戎兵俘虏十之八九指认过他，他还在矢口否认。

鹿无极恼他话太多，把他嘴巴塞住，搁不住他拿眼神抗议。战士们清楚孤竹君很重要，但二十五个人看一个人，这俘虏的待遇过于奢侈，也过于浪费人力，为此一两同袍决定更番看守，共分两更，一更十二人，一更十三人，每更隔天轮换。一更盯人时，另一更可以去干点别的事，正事诸如操练，闲事诸如狩猎。狩猎其实就是出营去乱转，有人曾经奔到戎王城下，朝城里喊话："你们赶快投降吧！"不只他们这么闲极喊降，有些不当值的齐国战士也跑来凑热闹，还捧着一碗热腾腾的粟饭，高声问里边的人要不要出来吃，于是乎城上骂山戎脏话，城下骂齐国脏话，互相听不懂，可也对骂得热火朝天。

齐军在鲍丘水东岸决战山戎当日，正值鹿无极这一更看人，想到其他战士与敌人生死搏杀，建大功挣爵位，独他们在这破地儿看管一个破人，一个个垂头丧气，只觉营内空气闷得要压死人，众人便出营散心，东西无定，随走随看，巡游了半日，不知不觉又走到戎王城。

前阵子死气沉沉的戎王城，像冬眠的蛇遭打了七寸，激得昂起头来，西城竟打开了一座城门，已被关得奄奄一息的半鬼半人，饿狗似的奔出来，一地里哭爹喊娘。

鹿无极等人远远观望，觉着蹊跷，往前摸近一些，逮住一个抱头乱窜的戎人，有个战士通戎话，逼问他发生了何事。那戎人被吓坏了，狂呼滥叫着：齐国人在鲍丘水大破戎军，戎王死了，荣如也死了，两万多戎兵都死了，齐国人正在赶来戎王城的路上，大家伙儿逃命吧，再不逃，都得给齐国人做成醢酱。

剔除戎人话里的夸张成分，齐军原来大胜山戎，鹿无极等人欢呼雀跃，唯那戎人还在手舞足蹈地叫唤赶紧逃命。鹿无极照着他屁股上踹了一脚，喝了一声："滚！"那戎人踉跄冲走，边跑边号："齐国人来了！"

战士们都去看鹿无极，他有胆识，也有主意，在此非常时刻，他们该怎么做？鹿无极思想少顷，果决地说道："进城看看去！"

进城？凭他们十三个人？就算山戎战败，就算戎人惊惶失措，可满城都是戎人，一只老虎陷入一万只羊的包围中，再凶猛的老虎也会被浩瀚如海的羊群踩死。

"等我师回转，再进城也不迟。"有战士建议道。

鹿无极摇头，说道："救人在快，迟了怕出差池，就要趁此混乱摸进城里，把人带出来。"

"救谁？"

"申庶其。"

战士们豁然明了，他们之所以知道申庶其，是因为阿彤。齐军主力西移鲍丘水，阿彤与乐无荒留在柘口，戎王城四城锁合，阿彤没法返回去，她离别申庶其，已过去了两个多月，她虽托了人照顾他，申庶其也向她一再表示，自己能照顾自己，可这十多年，她与申庶其相依为命，他的一食一衣皆要过她的手，他也惯了她细致入微的护理。而今两个多月了，他吃得可好、穿得可暖、心情可安好？若是生了病，谁去细心呵护他？阿彤念及于斯，忧心忡忡，不免日日垂泪。

鹿无极与阿彤同在柘口，低头不见抬头见，齐军战士不甚认识阿彤，模糊听说她是有功之人，齐军能走捷径来柘口，皆因她带路，鹿无极却知道她，或者说，他知道的是申庶其。因鹿无极一家人与管仲的渊源，谷柳儿常带鹿无极兄妹拜访姜婧，彼此闲聊时，姜婧说起兄长失陷山戎二十多年，生死未卜。谷柳儿是个善心女人，为陌生的申庶其落了很多泪，私下还对鹿无极兄妹念叨：好人咋就没有好结果？

鹿无极是个心思灵动的聪明人，一点旁人轻易忽略的蛛丝马迹，他却能捋出清晰的线索来，他看到阿彤为齐军带路，乐无荒与她交往甚密，管仲对她礼敬有加，种种迹象联系起来，隐约猜到她与申庶其有特殊关系。某次，鹿无极与阿彤在军中遇见，随口说认识管仲妻子，他母亲与姜婧来往密切，阿彤惊喜，向他打听姜婧的情况，还说自己与申庶其生活了十多年，申庶其无日不思念小妹。鹿无极确认了阿彤的身份，听阿彤说起申庶其二十多年的囚禁经历，既怜悯他的苦难遭遇，也佩服他的坚韧不屈，曾把这事悄悄告诉一两同袍，战士们都很同情申庶其，俱是满腔义愤，个个摩拳擦掌立誓打入戎王城，救出申庶其。

鹿无极向来佩服烈丈夫，过去他将人见人怕的雍廪当成父亲一样尊敬，正为雍廪秉持节义，至死仍不更那烈性，如今知道申庶其身陷异族，二十多年不忘故土，真正的守义君子，他也钦服不已。抑或，在他潜意识里，推崇品格高标的君子，其实是对他父亲卑劣人生的追补，鹿无极要强，偏有个不成体统的亲父，活着时怯懦下流，死得也窝窝囊囊。母亲那样刚强能干的好女人，嫁得一个孬种男人，鹿无极常常为她抱屈，如果雍廪不死，与母亲结成夫妻，该有多好。

“愿救人的随我进城，不愿的留下来。”鹿无极斩钉截铁地说。

纵有顾忌，可没人愿留下，十三个人把头发散开，衣领往左压，凡是身上可能被认出是华夏人的标志统统摘掉，匆匆收拾一番，往洞开的城门口奔过去。

那城门口是一片嘈杂，寻常山戎细民往外跑，守城的戎兵也在跑，满城流言四起：戎王死无尸骸，国已亡了，守着这破城顶什么用！赶紧上路吧，跑去燕山的穹谷幽林，或者再跑远些，跑回燕山以北的老家。

鹿无极率一众战士奔入纷乱的人群里，人家往外逃，他们往里挣，这国破家亡的要命关头，谁也没心思注意其他人，战士们轻易就混进了城内。

鹿无极记得阿彤说过，囚禁申庶其的山戎人叫荣如，他向奔逃的路人打听荣如家在哪里，可人人都忙着逃命，没空搭理他们。恰有个男人慌里慌张地从对面冲来，瞧那一身破衣烂衫，像个奴隶，那通戎话的战士顺手拦住，随口问道：“知道荣如住哪儿吗？”

那男奴隶竟然打个哆嗦：“不知道……”因为害怕，大脑不经思考，把华夏语言带出来了，口音很像燕国人。

鹿无极早闻山戎劫掠了很多华夏人，押到戎王城充奴隶，非常之时，他不再掩饰，用雅言问道：“你是华夏人吗？”

男奴隶瞠大眼睛：“你们也是？”

“是，齐国人，来救你们。”鹿无极说得简洁明了，见他半信半疑，似乎还要花时间揣测这话的真伪，鹿无极急促问道：“能告诉我们荣如家在哪里吗？”

男奴隶又打了个哆嗦：“别去，要杀人了，我……我就在荣如家干活，才逃出来。”

鹿无极陡然紧张：“杀人何意？”

“杀，杀那个老华夏人……”男奴隶颤抖着说，满脸恐惧。

只觉浑身的血倒涌上头，刹那间昏天黑地，鹿无极再也忍不得了，怒气冲冲地吼道：“带我们去！”他不管那男奴隶愿不愿，仿佛劫持人质一般，挟着他往荣如家飞奔。

戎军战败的消息甫一传入戎王城，为荣如看家的邱如便决定动手，他其实不忍，对一个废人下毒手，过于残忍，到底荣如能有今日的富贵家业，背后全是申庶其的功劳。囚禁人二十年，利用人二十年，临了还要取人性命。但荣如走时有过交代，倒不是先见失败，而是说若有意外，此人留不得。

邱如懂他的意思，荣如羁系申庶其，既把申庶其当成牟利工具，也把困人这事当成了人生游戏。荣如知道申庶其从不曾臣服，就算他沦为山戎奴隶二十多年，也没忘记自己是华夏君子，荣如折断了申庶其的双腿，却折不断他心里的傲骨。荣如恨这傲骨：你不投降，那就永远失去自由！他活一日，便要困申庶其一日，申庶其只能在他的恩赐下求活，便是死，也要死在山戎，死了，将申庶其那一身废骨丢去燕山北坡，离中原更远。

鲍丘水一战，山戎大势已去，戎王奔命，荣如逃亡，夏人胜了，申庶其的自由便来到了，这应该就是荣如所说的意外，申庶其的命留不得了。

邱如带着几个家徒去那奴隶小院，本也可以野蛮地冲进申庶其房中，一刀结果了，但邱如觉着申庶其好歹为主人效过力，人也温雅，他想客客气气地送人上路，再告诉申庶其：杀你非我所愿，死后有灵，别来找我。

外头兵败的事，奴隶们也是知道的；城里人逃出城的事，奴隶们更是一清二楚。贵人举家奔逃，奴隶岂能留下？于是你跑我也跑，腿脚健硕的一步跨出门，溜烟无影；体弱多病的与同伴互相搀扶，拐着拐着也不见了。

邱如等人刚弯腰走进那低矮的大门，便和一个往外奔的男奴撞作一团，两下都是一惊。晃眼见得这处小院里满目狼藉，原先堆在墙角的破烂杂物像横生的乱草，恣意地挡了路，却没几个人，家徒一把揪住那男奴，厉声道：

“老夏呢，也跑了？”

男奴吓傻了，半晌说不出话，咕咚吞了一声口水：“没，没……”

生恐申庶其也逃跑，邱如等人三步并作两步地奔到申庶其屋里，申庶其确实没走，屋里还有个上了年纪的老妇，她是受阿彤委托照顾申庶其，外头闹得沸反盈天，她守在这里，既为保护申庶其，也为自己壮胆。邱如一进门，便令左右将这老妇撵出去。

老妇自是不肯，一面喊叫一面挣扎，家徒力大又粗野，揪住她的头发往外拖，听那喊声越来越远，也许是一直拖到了墙外。

申庶其先是关心那老妇，即使行动不便，也竭力想要起身，却被个家徒死死摁住，他动弹不得，无声地叹了口气：“你来取我性命吗？”

邱如倒也坦白：“你既已知，我也不隐瞒，主人有命，不能让你活。”

申庶其鄙夷地说：“荣如这心胸狭隘的小人，得势不饶人，失势更不饶人，我早知会有这日。”

邱如惋叹道：“你是个人才，可惜了，若能早些臣服，何有今日？”

申庶其像听了个不逗趣的笑话，讥诮道：“臣服谁？荣如？臣服荣如，我倒宁愿死。”

“弯膝臣服，少受苦，也不至落得这个下场。”邱如劝道，虽然这时候说劝服的话，与废话无异。

申庶其冷笑一声，却不言语。

知道自己将死，不求饶不恐惧，邱如佩服他的从容，好心问道：“你有甚遗言？”

申庶其沉默，也许是没有，也许是有，但不想对敌人说。

邱如突地发现什么异样，疑问道：“阿彤呢？她怎么不在？她也跑了？”

申庶其平静的面孔像被划了一刀，一阵抽搐，疼痛遏不住，从皮肉往心里钻，他把脸狠狠地仰起来，昂然道：“与你何干？动手吧！”

据说华夏君子终身都在学习如何面对死，他们不怕死，只怕死不得其所。二十多年失陷异邦，半生都在痛苦中度过，申庶其曾经相信过的，没被消磨，曾经秉持过的，没被挫败，他到死也不忘记自己是君子。

邱如对他又佩服又怜惜，也有些降伏不了的懊恼，向旁边点了个头，有个家徒顺手抽下自己的腰带，绕在申庶其的脖子上，那家徒很同情申庶其，安慰道："你放心，不用多久……"

话没说完，外头像炼炉爆了，炸出掀天揭地的大动静，仿佛是一伙强盗明火执仗地闯入民宅，耳听喝断声、拳脚声、掷物声此起彼伏，似是守在门外的家徒在与人交手。邱如不明就里，惊惊惶惶地想探头看一看，忽然被人当胸踹了一狠脚，要不是屋里窄，这一脚怕是将他踹出去一丈远。

倏忽间，几个面目狰狞的年轻男人跳了进来，冲在前头的那个，劈手给了要勒死申庶其的家徒一掌，这一掌像燕山垮塌，仿佛有千钧之力，家徒被劈得摔倒在地，后槽牙也给打掉了。跟在后头冲进屋里的还有三个人，门外也有人，早把看门的家徒制伏了。数一数，那些年轻男人统共十三人。

徒手劈人的年轻男人看着申庶其，急切又恭敬地说："是申庶其吗？我们来救你。"

申庶其本以为自己必死，突然有人从天而降救回一命，他如坠梦里，一时发蒙，话也不会说了："我……"

"是管子令我来救你的。"年轻男人很聪明地说，停了一停，补充道，"我叫鹿无极。"

申庶其醒过神来："我是申庶其。"

鹿无极见申庶其腿脚不便，主动背起他，看一眼被踹晕了的邱如，因对同袍说："这人要杀申先生，咱们断了他的首级。"申庶其却说道："算了，他不是坏人，奉命行事而已。"

"申先生心肠真好。"鹿无极赞美道。

战士们簇拥着申庶其走出大门，满城人还在往城外逃，却比之前更仓皇更惊恐，也有人更振奋更欢欣，道路纷说齐国人已兵临城下，这次不是谣传，而是确有其事，坐于城内，若冥神谛听，能听见车马奔过原野的巨大轰鸣。

鹿无极等人如释重负，他们趁乱入城救人，其实冒了极大风险，成功与失败，皆有可能，而今知道齐军临城，戎王城即将于弹指间覆灭，便是给这次冒险行动提供了最好最安全的保障。

鹿无极兴冲冲地说："申先生，我们带你去见管子。"

管仲率中军驰来戎王城，才至城下，便遇见乐无荒与阿彤，他俩是听说齐军大败山戎，戎王城指日可破，立时能救出申庶其，哪里坐得住。一个与老友久别经年，期望再见，一个与爱人失联多日，苦盼重逢，两个都心急如焚，因此不顾一切赶来戎王城。

失了主君的戎王城遭大军摧城，城里人都忙着跑路，即便有三五个坚持守城的忠臣，在崩溃的大局下，也如江河一粒沙，为浪冲灭了。齐军毫无阻挡地进入了戎王城，像在无主的菜园子里散步，大把的冬葱戎菽任意摘取。

乐无荒与阿彤也跟着进城，两人急忙忙地去找申庶其，才奔出去不多远，后头有人喊住他们：破城之前，申庶其已被人救了，快去看看！

原来鹿无极等人刚一救下申庶其，齐军便临城，索性不忙出城了，遣了个腿快的战士给军中报信，他们却觅了座没人的空宅静候。那空宅在荣如家背后一条街，宅主人是个少良，主人随戎王出征，是战死抑或逃亡，不好说，但家里人听闻战败，卷起家资跑了个干净利落，宅内半个鬼影也没有，倒是方便藏身。

乐无荒与阿彤慌手忙脚地奔去那空宅，门里当值的战士认得他们，让了他们进去。里边中庭的回廊里，申庶其坐在廊下，正与鹿无极闲话，问他一家人与管仲夫妻真的熟络吗？他母亲与姜婧交好吗？伤感地叹息自己有二十多年没见过小妹，只怕见面，相互都认不出了。

阿彤喊了他一声，申庶其回过头，忽然呆了。

乐无荒也呆了，这是他认识的申庶其吗？是他的记忆出现偏差了？他明明记得申庶其比自己年幼，他明明记得申庶其是温润倜傥的君子，他明明记得从前的所有美好，再漫长的光阴，也不该把美好带走。然而现实击碎了他的奢想，眼前这个苍老、衰竭、忧郁的残废人是谁？不可能是申庶其，不可能是他，他怎么会是申庶其！

乐无荒受不住了，他这一生最不能离舍的是朋友，可他在乎的朋友不是死去，便是受难，他赚来倾城财富，又有什么用！

他迈着僵硬的步伐，像拖着沉重又漫长的时间，慢慢走向申庶其，走一步泪一行，他这里泣不成声，阿彤那里也跟着流泪。两人齐齐走到申庶其身边，抱着他号啕大哭。

两人哭得厉害，尤其乐无荒，也是年过六十的老人了，哭起来撕心裂肺，仿佛丢了花裙子的小姑娘。申庶其反倒笑起来："我还没死呢，你二人悲泣何为？"

阿彤吓得捂他的口："呸呸！吞回去，不许说死！"

申庶其含笑道："我怎么会死？要欢喜。"他重复道："我很欢喜。"

他是欢喜的，因为他自由了，自由是什么，是漫天流云，是连绵青山，是一川江流，是万里河山，是天下列国，是人生的无数种可能性，是生也随我、死也随我，从此四季轮转，光阴荏苒，将不再是煎熬身心的炼狱，每一瞬都值得全心度过，每一瞬也值得温故并铭记。

"是欢喜，我也欢喜！"乐无荒应和道，破涕为笑。

门外隐约传来车马声，马蹄嘚嘚一顿，轮毂辘辘一转，而后是战士高亢的参礼声，有人进来了，申庶其望过去，此时天很清明，明熠的阳光照在那人的眉目间，动人心魄。申庶其忽然想起那年在郑国东门与这个人初遇，同行一路，见识此人不凡，他便生出一念，将妹妹许给此人，愿望后来成了真。可惜他没能亲送小妹出嫁，也没能目睹此人推行那堪称波澜壮阔的变国之政。

"许久不见，夷吾安好否？"申庶其微笑问道。

管仲平静地答道："安好。"他没回问申庶其，二十八年磨折身心的囚禁，岂能安好？

申庶其叹道："夷吾今日不同昔日，我也不同昔日。"他沉默了一会儿，语气有些浅浅的忧伤："婧是否安好？"

"安好。"管仲微睨着申庶其，缓缓道，"我北上时，婧特意嘱托，务必要接兄长回家。"

申庶其忽地震颤，管仲向他伸出手，他也伸出手，彼此紧紧持握，仿佛握住了某个坚韧的信念，这信念在最黑暗的世界里坚持了二十八年。

他要回家了，对其他人来说，最寻常的归家之路，他却走了二十八年，如同从最深的山谷攀爬高峰，一步竭蹶一步叩首，一步泣血一步蹒跚。

"好，回家，我回家。"他笑着说，泪像从心里弹出来的思念，很多很沉，用整个天下去承载，也载不动。

戎王城被齐军踏平，标志着山戎国的全面崩溃。春秋以来，山戎从燕山以北的西拉木伦河逐步南迁，在山前平原建起城邑聚落，往东征服辽西诸邦，往西与燕国一较高低，也曾南渡黄河戳伤中原诸侯的神经，其势力最强时，燕山以南的河川平野，皆有山戎踪迹。然而齐国联合燕国，北上讨戎，戛然结束了山戎的辉煌。山戎国曾经占据的燕南之地，被燕国吞并，在蒙古高原的游牧民族南下之前，燕国最大的边疆隐患消除了。

战败的戎王与山戎遗民逃窜到太行山以西，建起一个无终国，在晋北高原残喘了百年，后来为晋国赵氏所灭。

山戎覆灭了，战争却没结束。齐燕联军继续向辽西走廊进击，在那狭长的平原走廊上，分布着山戎的盟国：孤竹、令支、屠何等。这些方国，原是殷商外服，也给周天子献过贡物，后又服膺山戎，数易其主，反复无常，仍然是燕国潜在的敌人。

既然征讨孤竹，自要带上已成俘虏的孤竹君。他到这时才忸怩着承认自己是孤竹君，但山戎侵燕与他无关，他也是受害者，孤竹国被山戎欺负得民不聊生。他原来天天念叨自己不是孤竹君，现在又天天念叨自己是受害者，负责看管他的鹿无极等人，每日忍受他碎碎念，耳朵也要生茧。孤竹君碎碎念很上瘾，逢人就叨叨两句，还在小白面前念，在燕伯面前念，小白每见他一次，就烦得想切下他的嘴。管仲问他："听说殷商末年，孤竹国有两兄弟伯夷叔齐，持守节义，不食周粟而死。敢问孤竹君，不肯食哪国粟？"

孤竹君从此沉默寡言。

强国挟持君主来战，孤竹国主位空悬，兼之民弱而国小，很快便举国投降。齐燕联军解决了孤竹国，蹚过濡水，往东继续扫荡。端赖申庶其绘图在先，一路行军，少有迷途，于是陷令支、灭貊国、破屠何，兵锋一直攻到了辽西走廊最东端的医巫闾山，齐燕战车一度在大小凌河饮马。

史载齐桓公"遂北伐山戎，刜令支，斩孤竹而南归"。这一场轰轰烈烈的北伐之战，燕北诸邦元气大伤，相当多的族群消失在历史中，或是逐渐融入华夏血脉，或是至战国时，当北方的匈奴联盟南下，被迫归附匈奴麾下。

民族在争斗，民族也在融合。华夏与戎，在特殊的时间里遭遇，春秋战国的大变时代，铸造了多样化的思想，也铸造了多样化的民族性。君子们看待天下，渐渐学会不用非白即黑的褊狭视角，这时距离百家争鸣的年代还有一段路，但历史已经启程。

七

齐桓公二十二年（公元前664年）冬，齐国跋涉千里北伐山戎，至二十三年（公元前663年）夏战事结束，历时半年有余。一场跨年战役，从寒风凛冽的冬日，持续到山河振兴的春夏之交，万物在明灿阳光的照耀下，热闹地盛开，被战火蹂躏的国家也在复苏。

戎难已除，齐军预备回国了，燕伯感激齐国仗义襄助，不舍得恩人急着走，如果齐军非走不可，就是他没良心，不报大恩，反要撵客。小白因为燕伯盛情难却，多留了半个月，但这时天热起来，雨季已渐来临，再耽搁下去，逢着汛期，黄河不易行舟。燕伯挽留不得，只好放了小白离开，客要归家，主人之谊却仍绵绵无绝，于是他一路相送。

这一送竟是没了止尽，从燕都送到边鄙，依依不舍的话说不完，说着说着就离了燕境，燕伯殷勤陪同小白水行乘舟，陆行乘车，越送越远，越送越是割舍不开。照燕伯这缠绵如黄河水的惜别之情，难道要送到临淄去不成?

终是小白委婉拒绝道："非天子，诸侯相送不出境，若是出境，请分疆予君。"

诸侯相送诸侯，只能在国境内，出了国境就是失礼，燕伯若执意送行到齐国，也即是齐国也为燕之内境，小白得把燕伯踩过的每一寸土地都划给燕国。

燕伯的送行脚步戛然而止，两国君主在黄河边上辞别，相约永为盟友，同尊天子。

周历六月，远征大半年的齐军凯旋，然未至国门，小白即令择出部分此次伐戎缴获的战利品，遣了个能说会道、脸面精致的妥善人，径直送到鲁国去，对鲁宣称是献戎捷。

整整一个冬天，鲁侯都在生病，瘦得一把骨头，眼瞅着天气转暖，身体稍好，忽闻齐来献戎捷，甲兵车马、戎宝珍品、俘虏臣仆，应有尽有，其中最为珍稀者，还请上供周公庙，这是太公子孙对周公的一点不成体统的心意。鲁侯觉得献的不是戎捷，而是耳光。

去年燕国被戎难，向列国求救，诸侯们个个装死，唯齐国慷慨赴难，兵行千里驰援。一帮子诸侯揣着看好戏的恶毒心态，坐等齐国困死燕北。可事实是齐国大胜山戎，英勇的齐国战士在燕北纵横驰骋，辽西走廊的每寸土每脉水，都曾被碾下齐国战车的辙印。

齐国打了胜仗，诸侯们沉默了，因为一个抗赢强悍山戎的国家，是可怕的，是不能轻易挑战的。经此一战，齐国的霸主地位更为牢固，中原列国也更怕齐国，未来齐国号令诸侯也更自如。

齐国的胜利让鲁国颇为尴尬，当初小白与鲁侯商议北征，鲁侯当面允诺得好好的，转背就毁诺不去。小白那时涵容了鲁侯的失信，这口气却没消，隐忍到战事结束，家门还没进，积极向鲁国献戎捷。

鲁侯即便病得智力耗损大半，也懂小白献捷的意思，是炫耀，是嘲讽，是羞辱，也是示威。来鲁齐使将一份长长的献捷清单呈上来，外附小白送给鲁侯的两剂药，并带上小白的问候：鲁君身体养好否？前次赠药想来吃完了，身体若仍有不适，尽管问寡人要，寡人这里多得很。

鲁侯的脸皮也要臊掉了。

给鲁国送去耳光，小白心满意足地回到临淄，一去大半年，临淄的一花一木，一瓦一土，在归家者眼里，都显得格外可爱可亲，繁华热闹的临淄城，与寂寞寒冷的燕北相比，充满了活泼鲜丽的人间烟火气。

“未想齐国富庶如斯，变国之政果然变国。”自从进入齐境，申庶其就一直这样感慨。他有二十八年没踏上中原，没有亲身经历齐国二十八年来的渐进变化，一切都是突然跳到眼前，带来的冲击便很大。

申庶其一发感叹，乐无荒就说：“这得归功于夷吾。”不忘记着重强调道，“你找的好妹夫。”

“是呢，亏得有他，不然当年我失陷山戎，申国又覆亡，婧投身无所。”申庶其幽幽地叹了口气。

管仲在戎王城时对申庶其说，要接他回家，所以他才随齐军一起返回齐国，可认真论起来，这所谓的回家，也不是完全回家。他原是申国人，可怜申国在二十六年前被楚国吞灭，那个原初的家早就不存在了，二十八年魂梦不忘回家，最后终于获得回家的自由，回的却是别人的家。

进了临淄城，管仲先带申庶其回家，其实在戎王城救下申庶其，便已去信家中，自那时起，姜婧日日翘首以盼，待归期临近，急得三日寄一书，追问兄长何时到家。

车马还没在门口停稳，里头的人已奔了出来，召御寇刚将申庶其背下车，小心地放在肩舆里，有人已扑入申庶其的怀里，无法遏制的悲哭涌出来，沉沉地压在他的胸口，每一声哭泣都似一块尖石，锥进心里。

哦，是小妹。

“小妹不哭。”他温柔地安慰道，仿佛幼年时，他在安慰那个弄脏了新衣服的小姑娘。

姜婧止不住眼泪，等待太久，伤心太久，她没法控制自己。

申庶其又劝道：“不要哭，我好好地回来了，是欢喜的好事。”

“你以后哪里都不许去，给我留在临淄，留在我身边，半步也不准走！”姜婧仿佛要赖似的说。

申庶其一笑：“半步不走恐怕不行，我还得做事。”

姜婧抬起头来，疑问道：“你做什么事？”

申庶其不答，给她擦去眼泪，又唤阿彤来与她见面。姜婧知道阿彤这些年在照顾申庶其，若没有阿彤，申庶其早成了荒坟枯骨，给她行了大礼，阿彤慌得拉住她，却拗不过她的坚持，勉强受了这一礼。

姜婧迎了申庶其进家门，亲人久别重逢，有体己话要倾诉，管仲却要进宫。原来小白先行，比管仲等人提前三天到临淄，管仲才一进城，小白便宣他觐见，管仲请申庶其家里休息，其他的事稍后再说。

匆匆几言交代后，管仲即驱车前往齐宫。小白在内朝后庭，天正热着，舟车劳顿地赶回来，也不待在屋里纳凉休息，像是精力旺盛得挨不住，于是指挥几个寺人搭秋千。偏那几个寺人手笨，脑子也不灵光，不是这头木板翘太高，就是那头绳索拴得过松，忙活半日，一架简单的秋千仍没完成，急得小白跳脚骂：“没一个逞心！”

秋千是山戎特有的游戏，生性好玩的齐国人，打着仗也没忘记玩，乍见得如此独特的游戏，两根绳一块板，便能将人荡上天，可独荡也可众荡。这荡来荡去的游戏，岂不切合齐国人的性格？都说齐国人放荡不羁，齐国人不荡秋千，哪国人能荡？

小白头回见到荡秋千，是在戎王城，仿佛邂逅美人，而乃一见倾心，念念不忘。从此，小白痴迷上荡秋千，在戎王城那些日子，日日荡，夜夜荡，梦里也在荡。有人来寻小白，问左右国君何在，答曰：国君正挂在秋千架上。小白自己荡不说，还邀请群下与他同荡，奈何齐国人虽浪荡，齐君子仍要面子，没人肯与国君一起疯，连最愿陪他玩的管仲也推托了。

回到齐国后，小白仍是放不下秋千，决心在宫里搭起七八架秋千，把公子、公孙、夫人、如夫人都拉来荡一荡，还要比试较力，谁荡得高荡得持久，能得大赏赉。

寺人们磕磕巴巴将一架秋千搭好，小白瞅一眼，总觉得哪里有不妥当，对一个寺人命令道："你上去试试。"

那寺人扶着绳，哆哆嗦嗦地把一只脚踩上去，另一只脚在地上蹭了又蹭，脚尖转了一圈，才踏上木板，双脚刚刚立住，木板的一头陡地一沉，仿佛大浪掀翻了小船，系木板的绳索脱落，木板掉下去，人也往后一倒，摔了个仰面朝天。

小白先是一惊，后又笑得跌足，眼泪也笑飞出来，笑声了了，想到秋千玩不成，又烦恼起来，落落寡欢道："若是刁在便好了。"

丙刁今日不当值，出宫去办私事，不得伺候国君。小白想的是，丙刁这般伶俐手巧，搭秋千而已，于他是反掌之易，哪里似这一群蠢材，系根绳也系不紧。

他正苦恼着，下头报管仲来了，他把秋千的事暂时放下，因与管仲一面往内寝走，一面说："召仲父来，有两件事，头一件，有楚使至齐，称令尹有礼赠予仲父，然不敢私下交通，故请寡人代转。"

楚使至齐，管仲是知道的，但楚国令尹送礼给自己，却始料未及了。他对楚国令尹子文向有耳闻。子文先祖若敖是楚国先代君主，子孙分宗以先祖名为氏，故称若敖氏，又称斗氏，子文父亲与南方郧国君主女儿私通，生下子文，因是私生子，母亲生而弃之荒野，然而仿佛神助，竟有老虎怜而乳之，故得不死。在楚言里，乳汁是穀，老虎是於菟，故楚国人呼他为斗穀於菟，用浅白的话解释是，那个吃老虎奶的斗家小崽。

这段传奇经历在楚国人人皆知，传入中原来，十个君子，九个叱为扯谎：什么哄鬼的老虎哺乳，明明把是后稷生来遭弃的故事改头换面，挪去楚国裱糊门楣，楚蛮子与周天子祖先争出生的传奇性，你们也配！

故事真假不论，但子文很得楚国人心，去年楚国内讧，斗氏击杀令尹子元，国不安宁，政不平稳，子文却能“自毁其家，以纾楚国之难”，赢得楚国上下交口称赞。

子文任楚令尹方一年，作为甚少，变政也无，倒来给管仲馈礼，其意若何，却叫人疑窦重重。管仲踟蹰着：“楚令尹无端馈赠，臣不敢受。”

小白反倒是特别通透：“楚令尹赏识仲父，欲与仲父结交，是好事，仲父有何不敢受？”

管仲默然片刻，含蓄道：“毕竟是楚令尹。”

小白明白管仲的顾忌，笑道：“管他哪国令尹，他有结交仲父之心，足见他有眼光，自然，寡人更有眼光。到底仲父是寡人之臣，越多人赞誉仲父，寡人越开心。”

管仲刹那感动，这就是小白，他从没看错的君主，拥有宽广心胸、雄伟志向，相信伟大的理想，并能以强劲的意志力持续执行理想。

说话间，君臣走入室内，小白吩咐下头给管仲取来子文的馈礼，是一只小漆匣，外边系了丝绦，看得出没有打开过。这礼物在小白处放了有两日。按理说，外臣交通内臣，君主即便查验，也无可厚非，可显然他没有这么做，管仲更感动了。他便当着小白的面，将那漆盒启开，里头卧着一对白玉充耳，下边压着一片简，上有子文亲书，唯有一行字：楚子文进齐君子。

小白见到那对充耳，不禁一乐，“诗曰：‘有匪君子，充耳琇莹，会弁如星。瑟兮僩兮，赫兮咺兮。有匪君子，终不可谖兮。’楚令尹对仲父神往，终不可谖也。”

管仲将那漆盒合上，叹道：“难为他了，未曾谋面，却馈礼达情。”

“仲父还份别致之礼给他，也别辜负了他。”

“好，臣想一想。”

小白说道：“第二件事……”他却忽然住了口，似乎不便当众说，因叫左右退下，摒了人，室内只有他与管仲，才道，“寡人若立无亏为太子，仲父以为如何？”

管仲心中猛地一跳，面上却极平静：“我君欲立太子，自是应当，太子，国之贰也，今日不立，明日也要立。然公子多也，各有所长，敢问我君择公子无亏为储君，取其何能？”

小白思虑道：“其年最长，建有战功，寡人也喜爱他。”

管仲道：“择嗣君者，先择嫡子，若无嫡子，则择年长，年均则以德，公子无亏年长是也，然我君以为无亏德行胜过诸公子否？”

小白沉默了，他没有嫡子，太子只能从庶子中选择，而公子无亏年最长，择他也在情在理，但要说与诸公子比较，德行最佳，似乎不能够。小白虽宠爱无亏，也觉得他身上有些乖张气质，不大能容人，恐会行下睚眦必报的暴行。作为一国之君，容人是最应具备的德行，容争议、容讽谏、容异见。容下了，海晏河清；容不下，血流成河。

小白久不作答，管仲知他心里犹豫，问道：“我君是否急于立太子？”

小白迟迟缓缓地说：“嗯……也不急。”

“既是不急，何不等等，诸公子年齿尚幼，我君今日择太子，是择稚气童子也，莫若待其成年，再行斟酌。”

小白有子十余，最年长的无亏也才十六七，最年幼的还在襁褓中，其余要么七八岁，要么五六岁，正如管仲所言，皆为稚气童子，当中并没哪个是拔尖儿聪颖，懵里懵懂的倒还不少，有时小白还遗憾叹息：怎不见有一子类于寡人幼时？

他怅惘地一叹：“也罢，寡人听仲父的，再等等。”他歉然笑道：“仲父才回来，便被寡人召来，若是平日，寡人必留仲父同食，今日不同以往，寡人不留仲父了。”

管仲因而辞君，小白送他出门，随口说起这一阵子胃口不佳，珍馐旨酒一概无味，不知是天热所致，还是身体抱恙。

“是劳师远征，颠沛太久，我君多多休养，自会好转。”

“也许吧。”小白似信似疑。管仲请君留步，小白也不送，慢慢回过身来，不经意地看见那垮了的秋千又竖起来，旁边一人正在全神贯注地系绳，手也巧，更有劲儿，那绳扎得牢不可破。秋千搭好，那人踩上去试着荡了一荡，板儿不脱，绳儿不松，他才跳下来，还细心地把木板上的脚印擦掉。

见到此人，小白格外高兴，乐呵呵地说：“刁怎的回来了？”

丙刁似乎太专注于搭秋千，不提防国君背后喊人，唬了一跳，反应也快，慌忙地参礼，说道：“左右无事，不如回来当值。”

小白笑道："别个不当值，恨不得长在外边，你倒好，轮着你不当值，倒还急着回来。"

"别个在外边有家可归，有亲人可见，臣在宫外无家可归，无亲人可见，孑然一身，若不当值，无去处。"丙刁的语气有些微微的伤感。

对丙刁的身世，小白约略知道些，齐国乡野寒门，穷至甑尘釜鱼。因为穷，祖母与人私奔，母亲也与人私奔，可怜丙刁襁褓里失了母，稍知事又失了父，可如果不是穷家子，谁愿意进宫充寺人？成为寺人，便意味着不算个男人，甚至也不算个人。

小白怜惜道："无家无亲人，也是可怜。"

"于臣而言，我君是臣亲人。"丙刁动容地说。

小白心念一震，眼前这谦卑至极的丙刁，像一条可怜又温顺的丧家犬，既是犬，自然具有犬的忠心，却听丙刁说道："适才我君与管子密谈，臣不敢打扰，我君若暂不处分国事，臣有样好物呈给我君。"

"是什么好物？"

丙刁妥帖地笑着："期我君勿要责怪，觅此好物，实是长卫夫人之意。过去臣侍奉夫人时，因臣识得宫外一良庖，常唤此良庖为夫人烹膳，夫人多有赞誉。这几日夫人见我君食不甘味，颇为忧惧，私下嘱托臣再寻那良庖，为我君烹膳也，故而臣趁着今日不当值，出宫正为此事。"

什么陌生良庖为君烹膳，小白并不在乎，但长卫姬的心意让他感动。前次长卫姬在申池落水，险些殒命，他因怜她，进而爱她，两个像是旧情复燃，恩爱如初。长卫姬重获国君宠爱，比之以往，逾渐温良，仿佛是被申池的水把戾气洗掉了，还把善解人意的丙刁举荐给小白，如今又关心小白厌食，为他谋思良庖。

小白从来吃软不吃硬，对他施以强力逼迫，他宁死也不从命，对他温柔体恤，他有求必应。长卫姬以赤诚深情待他，他也优待长卫姬，说来他想立公子无亏为太子，也有长卫姬的缘故。

"难为她了。"小白感激叹道，"那便呈上来吧。"

丙刁答应着，转身跑去取那所谓的好物，待回来时，小白正从秋千架上跳下来，意犹未尽地叹气，对丙刁夸道："只有你手巧。"

小白因见丙刁双手捧着一只短柄豆，问道："是什么？"

丙刁把那豆盖取开，里头盛满了某种酱，酱有素酱与荤酱，素酱由蔬豆所制，荤酱为牛羊鱼肉，这酱却不知是素是荤，匆匆瞧一眼，看不出个所以然，只一启盖，那香味像监禁多年的囚犯，急不可待地跳出来，却因慌不择路，撞着口鼻喉舌，被寂寞太久的味蕾一把攫住，从此沦为味蕾的阶下囚。小白好奇了，不及进屋，便有寺人递来一柄牙柶，他就着丙刁的手，往那豆里舀了一柶。

第一柶才咽下，第二柶已递到口中，第三柶又伸了出去，原来被关上大门的胃口，忽然门户洞开，迎接着食物的自由冲击。

小白一面吃酱吃至撒不得手，一面赞叹："是哪个妙手所烹？寡人宫里良庖不少，然无一人及得上此人！"

丙刁小心地说："我君以为此酱可好？"

"岂止好，竟不知用何等言辞形容！"小白为美食钩住魂，赞不绝声，口里品着美味，脑子里想着憾事，不由得惋惜，"可惜可惜，这无双良庖不在寡人宫中，若有他在，寡人怎会厌食！"

"我君……想他进宫为庖人否？"丙刁试探地问道。

"焉得不想！"小白爽利地说，"他在何处，是哪个君子家庖人？还是在庄岳之间掌厨？"

"是在小曹子家为庖，我君若想他入宫，恐怕还要小曹子同意。"

小白不悦道："寡人要一庖人而已，还得忐忑询问臣下同意否？这事就交给你办，你去把这良庖领进宫来，至于小曹子……寡人赐给他三个庖人，换他家里一个庖人，算来寡人还吃亏了。"

丙刁利落地应诺，像是生怕别人抢了酱，不能吃独食，小白将那短柄豆抱在怀里，寻思着分一半送给管仲、鲍叔牙，因吩咐丙刁去给长卫姬传话，感谢她用心，再有那良庖，若能在明日之前带进宫来，最好不过。

丙刁领君命去见长卫姬，告诉她国君胃口大开，待手头的事处分完毕，便来见她，长卫姬盯着他咯咯笑："脑子果然好使，不枉我抬举你。"

丙刁垂手浅笑，却不出声。

长卫姬挑挑眼睛："你一个，易牙一个，俱是人才，我与无亏寻觅的奇人，算是齐全了。"

"易牙进宫，夫人固宠之谋，大成也。"丙刁恭维道。

长卫姬得意地笑起来，忽而又一叹："固宠又如何？倘无亏不能备国贰，国君宠我一百年，又有何用？"

"夫人勿急，立储之事慢慢来。夫人为国君殷勤奉事，长公子为国君竭力谋事，再有臣等从旁扶助，其余公子或为庸人，或不知争宠，国君不立长公子，还能立谁？"

长卫姬缓缓点头，别有深意地一笑："我还真没看错你，这宫里若许多人，个个都蠢，唯你是聪明人。"

长卫姬识出丙刁与众不同，是在申池那次"意外"落水，她在众目睽睽下演了一出苦情戏，瞒过了小白，或许也瞒过了在场其他人，唯独没瞒过丙刁。长卫姬落水，丙刁救人，这出惊心动魄的生死表演一气呵成，双方不曾明言，却默契同谋。长卫姬自此对丙刁另眼相看，把他从操持粗重活路的低贱寺人，提拔为侍奉衣食起居的近身内官，精心培养了一段时间，将他送去小白身边，给自己充眼线、做耳目。

"臣实实蠢拙也，不敢当夫人夸誉。"丙刁谦恭道。

长卫姬啧啧叹道："不不，你怎会蠢拙！明明聪颖过人，凭你之智略，怕是胜过许多朝内君子，我常也迷惘，不知你屈身为内臣，所求为何？"

听出长卫姬语气里的刺探意思，丙刁连忙道："臣一介贱人也，前蒙公子一币之赐，后受夫人简拔之恩，臣愿为夫人效死力，为公子效死力。"

长卫姬显出一抹耐人寻味的笑："聪明人才能知恩图报，甚好。"

次日，丙刁前往曹氏小宗子家里，称道：国君欲召你家良庖入宫，望曹子肯允，曹子无忧，国君会给予补偿。那小宗子初听国君要他家里的良庖，还以为是他最喜爱的庖人，着实是舍不得，未料丙刁却清晰地说出易牙的名字，小宗子怔愣了半晌，恍惚想起家中似乎是有这么个微末人物，一向蜷在东厨烧柴扫地，可并未听过他有精湛厨艺，咋就莫名其妙地被国君惦记上了？他便惴惴问道，是不是弄错人了？

丙刁笑盈盈地说："国君要什么人，是国君的事，我如何知晓？曹子也不必过问，只管把这人交给我，您放心，国君不会让您吃亏。"

话不说透，越让人猜疑，也越让人害怕，小宗子纵有满心不解，也不敢去打听国君的心思，着人去把易牙唤来，本想问问易牙是如何结识的国君，有丙刁在场，也不好说出口。

丙刁携易牙离开，临出门，又回过头来，脸上堆满真诚又温情的笑："异日曹子用膳，若察觉滋味有别，不及过去可口，不如问问家中庖人，或者他会说实话。"

小宗子一头雾水，丙刁也不解释，他何必说清楚，只须一言，留下矛盾的引线，让他们去猜去问、去争去斗、去自相残杀，为此死了一家一城一国，与他无关。

丙刁、易牙在门首登上一辆朴素的马车，没有华盖，没有鸾铃，没有任何繁缛装饰，因为有这些车饰的是君子才能乘坐的轩车。

若说小宗子浑噩，易牙也很迷惘，稀里糊涂被丙刁带走，听得轮毂哐当敲击路面，仿佛拿把炖刀在案俎上砍牛骨，茫然地问道："我们去哪里？"

丙刁面无表情地说："我曾说过，若我得势，必有重报。今我得小势，故而报也，期兄与我协作，共谋大事。"

易牙丧气地叹口气："我们这等小人，能谋什么大事！"

丙刁自信地说道："在别国谋不得，在齐国谋得。齐国野人为执政，小人做君子，卑者皤然成尊者。你我小人，也可成伟业。"

易牙不以为然："可那是别人，我一个庖人，你一个……"忽意识到失言，忙住了口，小心翼翼地晃了丙刁一眼，那张脸如静水无风，不是他能容，是他对自己的身份无所谓。

丙刁淡淡道："我之所求，愿与君子同朝位。不过，若易兄甘愿一生只为小人，穷饿乡野，填尸沟壑，我又岂能强人所难。"

激将的话让易牙涨红了脸，语气激烈地道："我怎的甘愿一生只为小人？我也是堂堂丈夫，不争上进，枉为人也！"

丙刁平和地一笑："若不甘愿，与我同盟如何？欲行大事，凭区区一己之力，难为也。"

"同盟就同盟！"易牙用力拍着车舆。

丙刁一甩辔绳，发誓道："总有一日，使你我得乘轩车，见君子而不行臣礼。"他挺直了腰身，目光望向道路远端，一丝得意的笑在颊边渐生渐广。他终于笑出声来，无法遏制的笑声里伴随着他的宣言："将来这临淄城，就是我们的天下。"

说不出为何，易牙打了个寒战，他悄悄看了一眼丙刁，那张被笑容扭曲的脸，充盈着灼热的渴慕、疯狂的痴望，与毁灭一切的残忍。

他忽然相信，如果给丙刁绝对大的权力，他可以毁灭整个天下，甚至不惜毁灭自己。其实，他早已经把自己毁灭了。

一个人沉陷在绝境中太久，或者衰靡颓唐，终生寂寂，或者奋起抗争，以绝大的勇气开拓人生的新局面，或者像丙刁这样，与这薄待他的世界为敌，恨着天下人，恨着人间的幸福美好，更恨着自己。

世上的罪恶由此而生，那些最卑劣的伤害，最无理的报复，最恐怖的残杀，也许源自某个人不幸的过去。

（未完待续）

《上兵伐谋：管仲传3》精彩预告：

经过管仲的十年改革，齐国国力大增，内部危机得以解决，齐国开始走上称霸的道路。但此刻来自外部的危机涌现，北方的戎狄再次入侵中原，燕国和邢国已被攻破，齐国也无法独善其身。

在华夏民族生死攸关的十字路口，管仲能否挽狂澜于既倒，扶大厦之将倾？

周边强国虎视眈眈，管仲又如何让齐国成为中原霸主？

……

曲终人散，管仲与齐桓公这对千古君臣的人生又将以何种形式落幕？

敬请阅读《上兵伐谋：管仲传3》（大结局）。

读客®

激发个人成长

多年以来，千千万万有经验的读者，都会定期查看熊猫君家的最新书目，挑选满足自己成长需求的新书。

读客图书以“激发个人成长”为使命，在以下三个方面为您精选优质图书：

1. 精神成长

熊猫君家精彩绝伦的小说文库和人文类图书，帮助你成为永远充满梦想、勇气和爱的人！

2. 知识结构成长

熊猫君家的历史类、社科类图书，帮助你了解从宇宙诞生、文明演变直至今日世界之形成的方方面面。

3. 工作技能成长

熊猫君家的经管类、家教类图书，指引你更好地工作、更有效率地生活，减少人生中的烦恼。

每一本读客图书都轻松好读，精彩绝伦，充满无穷阅读乐趣！

认准读客熊猫

读客所有图书，在书脊、腰封、封底和前勒口都有“**读客熊猫**”标志。

两步帮你快速找到读客图书

1. 找读客熊猫君

2. 找黑白格子